Hitzelberger

KNAUR

Im Knaur Taschenbuch Verlag sind bereits folgende Bücher der Autorin erschienen:
Inselsommer
Inselzauber

Im Knaur eBook Verlag sind folgende Bücher der Autorin lieferbar:
Eine Villa zum Verlieben
Wolkenspiele

Über die Autorin:
Gabriella Engelmann, 1966 geboren in München, ist gelernte Buchhändlerin. Nach Stationen als Lektorin und als Verlagsleiterin eines Kinderbuchverlages arbeitet sie heute freiberuflich als Literaturscout und Autorin von Romanen für Erwachsene sowie von Kinder- und Jugendbüchern. Gabriella Engelmann lebt und arbeitet in Hamburg.
Mehr über die Autorin erfahren Sie unter www.gabriella-engelmann.de oder bei Facebook über: Gabriella Engelmann – Autorin.

GABRIELLA
ENGELMANN

Sommerwind

ROMAN

KNAUR

Besuchen Sie uns im Internet:
www.knaur.de

Wenn Ihnen dieser Roman gefallen hat und Sie auf der Suche sind nach ähnlichen Büchern, schreiben Sie uns unter Angabe des Titels »Sommerwind« an: frauen@droemer-knaur.de

FSC
www.fsc.org
MIX
Papier aus verantwortungsvollen Quellen
FSC® C083411

Originalausgabe Mai 2014
Knaur Taschenbuch

Ein Unternehmen der Droemerschen Verlagsanstalt
Th. Knaur Nachf. GmbH & Co. KG, München

Redaktion: Friederike Arnold
Umschlaggestaltung: ZERO Werbeagentur, München
Umschlagabbildung: FinePic®, München
Satz: Adobe InDesign im Verlag
Druck und Bindung: CPI books GmbH, Leck
ISBN 978-3-426-51432-0

2 4 5 3 1

Dieses Buch ist für alle,
deren Herz für die Nordsee schlägt –
und die daran glauben,
dass wahre Liebe alle Hindernisse überwindet.

TEIL EINS

1. Kapitel

Samstag, 6. Juli

Butterfly, ich beneide dich«, seufzte Tim. »In einer Woche bist du auf Föhr und kannst Hamburg eine lange Nase zeigen, während ich hier dumm herumsitze und darauf warte, dass mir endlich mal wieder jemand einen Job gibt.«

Ich stellte den Küchenwecker auf acht Minuten, die perfekte Kochzeit für Pasta. Dann setzte ich mich zu Tim an den runden, wurmstichigen Holztisch, den ich auf dem Sperrmüll gefunden und ein bisschen aufgearbeitet hatte.

»Wenn ich könnte, würde ich dir helfen, das weißt du«, sagte ich, bekümmert darüber, dass mein bester Freund, ein begnadeter Kameramann, mit seinen fünfunddreißig Jahren mal wieder arbeitslos war. »Ich habe dich für unsere Produktion vorgeschlagen, aber Lucas Kaiser zieht es leider vor, mit seinem persönlichen Hofstaat zu arbeiten, statt einem Unbekannten eine Chance zu geben. Du weißt doch, wie schwierig das in unserer Branche ist.«

Anstelle einer Antwort tunkte Tim eine dicke Scheibe Ciabatta-Brot in ein Schälchen mit Olivenöl und streute grobes Meersalz darüber, indem er es zwischen den Fingern zerrieb.

»Wenn ich weiterhin aus Frust so viel in mich hineinstopfe, bin ich nicht nur ein arbeitsloser Kameramann, sondern bald so fett, dass mich kein Typ mehr anschaut«, sagte Tim und sah mit theatralischem Blick zur Decke unserer kleinen, aber gemütlichen Küche in der Altbauwohnung auf Sankt Pauli. Ich ver-

kniff mir ein Grinsen und dachte über eine passende Antwort nach, weil ich wusste, wie schnell Tim beleidigt war.
»Ach was, du bist nicht dick. Nur momentan ein klein wenig … moppelig. Was du aber ganz schnell ändern könntest, wenn du ein bisschen Sport machen und dich konsequent von Gummibärchen und dieser ekelhaft süßen Erdbeerschokolade fernhalten würdest. Allerdings mag ich dich genau so, wie du bist, mein Schatz, und finde dich irre attraktiv.«
Tim sah wirklich gut aus, nur vergaß er das zuweilen.
Er hatte rotblonde, wellige Haare, einen leichten Dreitagebart und wundervolle blaue Augen. Über seine eher breite Nase verlief eine kleine Narbe, die Folge eines Sturzes, als er noch klein gewesen war. Aber gerade dieser vermeintliche Makel verlieh seinem Gesicht etwas Markantes und ließ ihn männlich wirken.
Tim zog trotz meines Kompliments einen Flunsch und schob den Brotkorb demonstrativ von sich, während der Duft von würziger Tomatensoße die Küche erfüllte. Ich sprang auf, um die Soße umzurühren, die bereits gefährlich stark blubberte und über den Rand des Topfes spritzte.
Tim wischte den Herd ab und stellte die Flamme niedriger. »Du weißt, ich hasse Sport. Und gegen Gummiteddys bin ich machtlos. Sie gucken mich immer so traurig an und scheinen mich förmlich anzubetteln, sie zu essen. Das verstehst du doch, oder nicht?«, fragte er in flehentlichem Tonfall und schaute dabei so betreten drein, dass ich lachen musste.
»Wie wäre es, wenn du sie einfach nicht mehr kaufst«, schlug ich grinsend vor, probierte einen Löffel Soße und verfeinerte sie mit etwas frisch gemahlenem Pfeffer und einem Schuss Tabasco, meiner persönlichen Spezialmischung.
Bald würde ich mich vier Wochen lang vom Büfett des Film-Caterers ernähren, deshalb hatte ich die Gelegenheit genutzt und Tim und mir unser Lieblingsgericht gekocht.

Seit neun Jahren lebten wir nun schon als Zweier-WG zusammen, und es gab nichts Schöneres, als mit ihm am Tisch zu sitzen, lecker zu essen und über das zu plaudern, was uns beide bewegte. Seit einiger Zeit waren Tims Figurprobleme und seine unerfüllte Sehnsucht nach einem sicheren festen Job und einer dauerhaften Partnerschaft das zentrale Thema.

»Was bist du heute wieder ekelhaft streng«, meckerte Tim und stand wieder auf, um die Soße zu probieren. »Aber du kannst kochen, und allein schon dafür bete ich dich an«, sagte er und gab mir einen Kuss auf die Wange. »Und vergiss bitte die Kapern nicht, sonst fehlt das Wichtigste.«

Ich öffnete ein Glas mit dem säuerlich schmeckenden Gemüse und ließ den Inhalt vorsichtig in den Topf gleiten. Danach schnitt ich entsteinte Oliven in kleine Stücke und gab diese ebenfalls dazu.

»Und du könntest mir einen großen Gefallen tun und den Parmesan reiben, anstatt andauernd zu naschen«, entgegnete ich und schaute belustigt zu, wie Tim murrend die quietschende Tür unserer Vorratskammer öffnete und nach der Reibe suchte.

»Wusstest du eigentlich, dass Julian in Hamburg ist?«, murmelte Tim unvermittelt. Dann hörte ich es rascheln und poltern. Kurz darauf tauchte er wieder auf, allerdings ohne Reibe. Wie kam er nur auf Julian?

»Nein, das wusste ich nicht«, antwortete ich und versuchte mich gegen das Gefühl zu wehren, das allein der Klang dieses Namens in mir auslöste.

Julian, meine erste, große Liebe.

Wie lange war das jetzt her?

Beinahe zehn Jahre.

»Er spielt bei diesem Liederabend mit, der als Sommer-Gastspiel im Thalia-Theater läuft«, erklärte Tim und schnitt den Parmesan in klitzekleine Stücke.

»Aha«, erwiderte ich lediglich und überlegte, ob ich Karten besorgen sollte. »Würdest du denn mit mir hingehen, wenn ich dich dazu einlade?«

Tim unterbrach seine Arbeit kurz und hob den Deckel des Topfes mit den Nudeln, die überzukochen drohten. Dann kippte er das Küchenfenster, dessen Scheibe mittlerweile beschlagen war. »Hm, ich glaube nicht, dass das so eine gute Idee ist«, entgegnete er. »Schließlich hat es lange genug gedauert, bis du über ihn hinweggekommen bist. Ich habe keine Lust, diesen ganzen Zirkus noch einmal mit dir durchzumachen. Vergiss einfach, dass er hier ist. Blöd, dass ich dir überhaupt davon erzählt habe.«

»Ach, ich hätte es ja so oder so mitbekommen, ich habe ja den Newsletter vom Thalia abonniert«, widersprach ich und versuchte durch hektische Betriebsamkeit die Erinnerung an den Mann wegzuwischen, der mir einst das Herz gebrochen hatte. Mechanisch kippte ich die Nudeln ins Sieb, schreckte sie mit kaltem Wasser ab, zupfte Blätter vom Basilikumtopf auf der Fensterbank und wusch sie.

Tim füllte unsere Gläser: stilles Wasser für mich, Cranberryschorle für ihn, trotz des vielen Zuckers, der darin enthalten war …

Nachdem wir uns beide gesetzt und ich die Soße über der Pasta verteilt hatte, hing das Thema Julian immer noch im Raum und trübte die Atmosphäre.

Ich hatte den talentierten Schauspieler in einem Café am Hofgarten in München kennengelernt, kurz nachdem ich mit meinem Regiestudium an der Filmhochschule begonnen hatte. Julian war zu dieser Zeit Schauspielschüler an der renommierten Otto-Falckenberg-Schule gewesen und saß an jenem Nachmittag im Café, um ein Drehbuch zu studieren, genau wie ich. Neugierig hatten wir beide die Unterlagen des anderen beäugt und waren darüber schnell ins Gespräch gekommen.

Julian war kommunikativ, ich auch.
Kurz darauf hatten wir Telefonnummern ausgetauscht, und eine Woche später war ich so verliebt, dass ich glaubte, ohne Julian nicht mehr atmen zu können.
Keine Ahnung, ob ich so intensive Gefühle hatte, weil ich erst dreiundzwanzig war, oder ob es an Julian lag.
Doch trotz der großen Anziehung entpuppte sich unser Verhältnis als geradezu fatale Kombination. Beinahe sechs Jahre lebten wir eine ebenso anstrengende wie stürmische On-and-off-Beziehung. Wir liebten uns zwar heiß und innig, stritten aber die meiste Zeit, weil Julian ein äußerst dominanter Mann war, der sehr viel Aufmerksamkeit brauchte und wollte, dass die Dinge nach seinem Kopf liefen. Ich wiederum benötigte viel Konzentration und Hingabe für meinen Beruf, was Julian missfiel. Er wollte der Star auf jeder Bühne sein, auch auf meiner! Doch nach jedem heftigen Streit folgte eine leidenschaftliche Versöhnung, und jedes Mal gaben wir uns das Versprechen, es noch einmal miteinander zu versuchen. Letztendlich zerbrach unsere Beziehung daran, dass Julian sich am Filmset in seine Kollegin Viola verliebte, die rein zufällig meine beste Freundin war und offenbar bereit zu sein schien, Julian zum Zentrum ihres persönlichen Universums zu machen.
Nachdem ich die beiden miteinander erwischt hatte, gab es aus diesem Desaster keinen Ausweg mehr – und auch die Freundschaft mit Viola war unwiderruflich dahin.
Ich hatte zwei geliebte Menschen verloren und war am Boden zerstört. Wieder zurück in Hamburg, lernte ich Tim bei dem Dreh eines Bewerbungsvideos einer befreundeten Theaterschauspielerin kennen, bei dem ich Regie führte.
Wir waren uns auf Anhieb sympathisch, weil auch Tim zu diesem Zeitpunkt Liebeskummer hatte, was uns beide natürlich verband. Und ich war froh, nachdem Viola mich so schrecklich

hintergangen hatte, in ihm einen guten Freund gefunden zu haben, der mit mir fühlte und mich verstand.
Als in seiner Wohnung in Ottensen ein Zimmer frei wurde, bot er es mir an, und ich sagte mit Freude zu. Seit nunmehr zwei Jahren lebten wir jedoch auf St. Pauli, was uns beiden noch besser gefiel, weil Ottensen zunehmend schicker und teurer wurde. Seit dem Tag meines Einzugs konnte ich mir kaum mehr vorstellen, mit jemand anderem zusammenzuleben als mit Tim.
»Weißt du noch, wie viele Nächte lang wir blöde, kitschige Liebesschmonzetten auf DVD geschaut, tonnenweise Schokoküsse und Chips gegessen und uns dabei die Augen aus dem Kopf geheult haben?«, fragte Tim wie aufs Stichwort. »Damals gingen mir die Süßigkeiten allerdings noch nicht so sehr auf die Figur wie jetzt.« Wieder folgte ein selbstmitleidiges Seufzen. »Ich hab es damals schon gesagt, und ich sage es auch heute: Sei froh, dass du diesen narzisstischen, eingebildeten Typen los bist. Er sah zwar irre gut aus und war talentiert, aber total beziehungsunfähig. Ich könnte ihn heute noch dafür schlagen, wie viel Unheil er in deinem Leben angerichtet hat.«
Ja, Tim hatte recht, da gab es nichts dran zu rütteln!
Die Katastrophe mit Julian hatte erheblich dazu beigetragen, dass ich seit Jahren als Single durchs Leben ging. Natürlich kreuzte immer mal wieder ein Mann meinen Weg, aber ich vermied es stets, mich wieder mit Haut und Haaren zu verlieben. Bis auf die eine oder andere kleine Affäre hatte ich also in Liebesdingen nichts weiter vorzuweisen, sehr zum Kummer meiner Eltern, die keine Gelegenheit ausließen, mich daran zu erinnern, dass ich nächstes Jahr im Juni vierzig wurde.
Und dass sie sich Enkel wünschten …
»So, und jetzt lass uns bitte über etwas anderes reden als über die blöde Vergangenheit, ja? Freust du dich denn auf die Dreharbeiten?«, fragte Tim, und ich zögerte einen Moment, da ich

noch immer an Julian dachte. Dass mich das alles nach so vielen Jahren noch so aufwühlte …

Aber warum sollte ich mir weiter darüber das Hirn zermartern!? Es gab eindeutig Wichtigeres in meinem Leben als Julian, nämlich meinen nächsten Film!

Endlich hatte ich in den kommenden Wochen einen Job und verdiente mal wieder gutes Geld! Allerdings ahnte ich jetzt schon, dass die Filmproduktion, für die ich als Regie-Assistentin angeheuert worden war, ihre Tücken hatte. Denn der Regisseur war nicht ohne.

»Na klar freue ich mich auf Föhr und auf die Crew, aber ganz bestimmt nicht auf Lucas. Du weißt ja, was für ein eitler Pfau er ist, und wie unglaublich launisch. Das nervt auf Dauer.« *Und es macht mir Angst.*

Der erfolgreiche Regisseur Lucas Kaiser galt seit Jahren als absolute Koryphäe für romantisch verklärte Feelgood-Movies, die regelmäßig die Herzen der meist weiblichen Fernsehzuschauer höherschlagen ließen und für sensationelle Quoten sorgten. Entsprechend aufgeblasen war das Ego des Regisseurs. Und am Set gebärdete er sich dementsprechend: Entweder er war gut gelaunt, charmant und euphorisch oder ein Kotzbrocken. In der Branche waren seine cholerischen Wutausbrüche gefürchtet, und es kam nicht selten vor, dass er während der Dreharbeiten Mitarbeiter davonjagte und dafür sorgte, dass sie von einer Minute auf die andere entlassen wurden.

Außerdem munkelte man, dass er trank, seit seine Frau ihn verlassen und die beiden gemeinsamen Kinder mitgenommen hatte. Lucas Kaisers persönliches Leben war also ganz anders verlaufen als das seiner Filmfiguren.

Dieses Schicksal würde mir hoffentlich erspart bleiben.

2. Kapitel

Montag, 8. Juli

Während ich über meine bevorstehende Reise nach Föhr nachdachte, stieg ich Montagmittag an der U-Bahn-Station Christuskirche aus und bog in den Weidenstieg, wo meine Mutter Sonja seit fast dreißig Jahren einen Hutladen hatte.
Bevor ich *Hut ab!* betrat, betrachtete ich das Schaufenster, das wie immer äußerst fantasievoll und mit viel Feingefühl dekoriert war und eindeutig die Handschrift meiner Mutter trug. Sie war gelernte Hutmacherin und hatte sich mit ihrer besten Freundin Rosa zusammengetan, die mit großer Leidenschaft strickte.
Beide waren darauf spezialisiert, Unikate für Kunden anzufertigen, die etwas Exklusives tragen wollten.
Einmal hatte meine Mutter sogar zwei Hüte für einen deutschen Kostümfilm angefertigt, bei dem ich ein Regiepraktikum absolvierte. Darauf war ich ganz besonders stolz gewesen, denn es hatten sich sehr viele beworben.
»Da bist du ja, Felicitas, mein kleiner Schmetterling«, rief meine Mutter freudig, kaum dass ich durch die Ladentür war.
Butterfly, Schmetterling … ich hatte diese beiden Kosenamen bekommen, weil ich in den Augen von meinen Eltern und Tim wie ein Schmetterling von Blüte zu Blüte flatterte, anstatt mich irgendwo dauerhaft niederzulassen.
Meine bodenständigen Eltern – meinem Vater Jörg hatte bis zu seiner Pensionierung ein Handwerksbetrieb gehört – taten sich

schwer mit dem Gedanken, dass ich wegen meines Jobs kaum die Chance hatte, sesshaft zu werden.
Oder mich dauerhaft zu binden.
»Hey, Mama«, antwortete ich und gab ihr ein Küsschen auf die Wange. Mit knapp zweiundsechzig sah meine Mutter immer noch toll aus: Sie färbte ihr Haar regelmäßig rötlich, so dass es meinen kastanienroten Locken ähnelte. Erst neulich hatte sie sich für einen kürzeren Stufenschnitt entschieden, ich trug meine Haare hingegen halblang und steckte sie meist hoch, damit sie mir nicht ins Gesicht fielen.
Wie ich hatte sie dunkelblaue Augen.
Nur die leicht abstehenden Ohren hatte ich von meinem Vater geerbt.
»Hast du Appetit auf Nudeln, oder wollen wir lieber thailändisch essen?«, fragte meine Mutter, weil wir die Mittagspause zusammen verbringen wollten.
»Ich hätte mehr Lust auf Thai«, antwortete ich. Tim und ich hatten gestern noch die Reste von Samstag vertilgt.
»Rosa, wir sind in eineinhalb Stunden wieder zurück«, rief meine Mutter, worauf ihre Freundin auf dem Treppenabsatz auftauchte und mir fröhlich zuwinkte. Im ersten Stock des Ladens war die Werkstatt, in der all die wunderschönen Hüte und Mützen gefertigt wurden.
Ein kleines Paradies, in dem ich als Kind stundenlang Zeit verbringen konnte. Eine fantastische Welt, erschaffen aus Stoffen, Wolle, Farben, Formen – und geheimen Plänen. Denn jede Kundin hütete den Entwurf ihrer Kopfbedeckung wie ein kostbares Geheimnis, bis zu jenem großen Tag, an dem dieses Geheimnis gelüftet und voller Stolz präsentiert wurde. Ich fand es toll, dass meine Mutter eine solche Zauberin war und mit ihren Künsten Menschen glücklich machte.
Kurze Zeit später saßen wir beide in einem asiatischen Imbiss

in der Nähe des Ladens. Es war das letzte Treffen mit meiner Mutter, bevor ich Hamburg wieder für eine Weile den Rücken kehrte.

Wie immer überfiel mich ein Hauch von Wehmut, weil ich mich aus meiner vertrauten Umgebung lösen und die Menschen, die ich liebte, zurücklassen musste. Zum Glück ging es meinen Eltern gesundheitlich gut, aber das konnte sich jederzeit ändern …

Nachdem wir bestellt hatten, schaute meine Mutter mich fragend an, während sie in ihrem Ingwer-Honig-Tee rührte. »Du hast es mir zwar neulich gesagt, aber ich habe es zu meiner Schande wieder vergessen. Worum geht es noch mal in diesem Film? Wird das wieder so eine typische, vorhersehbare TV-Schmonzette, die sonntagabends im Zweiten läuft? Eine Art Rosamunde Pilcher auf Föhr?«

Ich grinste, weil meine Mutter gerade so tat, als würde sie ausschließlich Dokumentationen und anspruchsvolle Filme schauen. Dabei liebte sie es genauso wie ich, sich nach einem langen, anstrengenden Tag aufs Sofa zu kuscheln und sich von schönen Landschaftsaufnahmen, Traumhäusern und attraktiven Menschen ohne größere Probleme gefangen nehmen zu lassen.

Wie oft hatten wir beide schon zusammen sogenannte *Schweineabende* verbracht?! Zu einem solchen Abend gehörten Unmengen von kalorienhaltigem Essen und ein Glas Rotwein oder Rosé-Sekt.

Mein Vater verzog sich bei solchen Gelegenheiten augenrollend in sein Zimmer oder traf sich mit Freunden, um diesem *heillos romantischen Weiberkram* zu entfliehen.

»Die Handlung ist nicht gerade das, was die Welt noch nie gesehen hat, aber darum geht es ja auch nicht. Die Zuschauer sollen in tollen Bildern schwelgen, sie sollen sich wegträumen. Um es kurz zu machen: Die Heldin erbt von ihrer verstorbenen Großmutter ein Reetdachhaus auf Föhr, wo sie gelebt hat, bis sie zwanzig war. Sie fährt auf die Insel, um es zu verkaufen, weil sie sich in Berlin viel wohler fühlt und bald heiraten und eine Familie gründen will.«

»Lass mich raten: Auf der Insel trifft sie dann ihre Jugendliebe wieder, wegen der sie damals die Insel verlassen hat, und stellt fest, dass sie den Mann immer noch liebt«, ergänzte meine Mutter breit grinsend und würzte ihr ohnehin schon scharfes Curry mit einem Teelöffel Sambal Oelek. Allein der Anblick trieb mir den Schweiß auf die Stirn.

»Ja, so was in der Art«, antwortete ich amüsiert. »Aber ich verrate jetzt nichts weiter, lass dich einfach überraschen.«

Meine Mutter nickte und schaute gedankenverloren aus dem Fenster auf die belebte Kreuzung.

»Kannst du dich noch an den Urlaub auf Föhr erinnern?«, fragte sie. »Du warst fünf oder sechs, und wir haben in diesem entzückenden Dorf gewohnt, das wie eine Puppenstube aussah. Niebel oder so …«

»Du meinst Nieblum«, korrigierte ich sie. »Nein, ehrlich gesagt nicht. Aber lustig, dass du das erwähnst, denn ich bin mit einem Teil der Filmcrew in einer Pension in Nieblum untergebracht. Sie heißt Ogge und scheint wirklich schnuckelig zu sein, wenn man den Fotos im Internet glauben kann.«

»Hauptsache, du wohnst nicht auf einem Flur mit diesem arroganten Regisseur«, sagte meine Mutter und musterte mich eindringlich. Sie wusste, dass ich ein bisschen Angst vor Lucas Kaiser hatte. »Oder ist jemand wie er sich zu fein, seine Freizeit mit dem Rest des Filmteams unter einem Dach zu verbringen?«

Ich verschluckte mich beinahe an meinem Soi Sam. Allein die Vorstellung, schon morgens zusammen mit dem Regisseur frühstücken zu müssen, schnürte mir die Kehle zu.

»Nein, nein, er logiert zum Glück in der Villa Witt, zusammen mit den Hauptdarstellern.«
In diesem Fall traf *logieren* wirklich zu, denn das schöne Golfhotel in Nieblum mit seinen luxuriös ausgestatteten Suiten gehörte zu den Top-Adressen auf Föhr.
»Na, dann hast du ja Glück«, sagte meine Mutter und strich mir liebevoll übers Haar. »Und mach dir keine Sorgen, mein Liebling. Du bist mittlerweile schon so erfahren, dass dieser Herr Kaiser sich glücklich schätzen kann, eine so kluge und engagierte Assistentin wie dich an seiner Seite zu haben. Denk immer daran: Setz dem Mann rechtzeitig Grenzen und zeig ihm auf gar keinen Fall, dass er dich einschüchtert. So was nutzen solche Typen nämlich schnell aus.«
»Was habe ich nur für eine kluge Mutter«, antwortete ich schmunzelnd und freute mich mal wieder, dass wir uns so gut verstanden. Natürlich stritten wir uns ab und zu, aber im Großen und Ganzen verband uns eher eine Freundschaft als ein Mutter-Tochter-Verhältnis.
Allerdings nervte es mich manchmal, wenn sie mich drängte, mich aktiv auf die Suche nach einem Mann zu machen oder mich mit jedem Erstbesten zu verabreden, der irgendwie an mir interessiert zu sein schien.
Dass die meisten Männer in meiner Altersklasse entweder gebunden oder beziehungsgestört waren, wischte sie stets mit einem nonchalanten »Papperlapapp, der Richtige wartet auf dich« vom Tisch. Meist fügte sie noch hinzu: »Wenn du es dir nur lange genug einredest, wird es auch passieren.«
Im Gegensatz zu mir hatte meine Mutter einen gewissen Hang zur Spiritualität, glaubte an Zeichen, Schicksal, Zufall – und Bestimmung.
Ich hingegen glaubte eher an das, was ich sah: einen Haufen egomaner oder bindungsunfähiger Typen, Julian nicht unähn-

lich, die entweder auf der Suche nach der nächsten Jagdtrophäe oder nach einer Frau waren, die ihr angeknackstes Ego aufpolieren sollte. Dafür war ich mir zu schade, also konzentrierte ich mich lieber auf meinen Beruf, womit ich bislang eindeutig besser gefahren war.

3. Kapitel

Freitag, 12. Juli

Mist!

Wie sollte ich nur alles in einem Koffer unterbringen?! Unschlüssig schob ich die Stapel T-Shirts, Hosen, Kleider und Tops auf dem Bett hin und her.

Bestimmt gab es auf der Insel Waschsalons, aber ich hatte keine Lust, mich während der vierwöchigen Dreharbeiten auch noch um die Wäsche kümmern zu müssen.

Dummerweise war mein größter Koffer nach der letzten Reise kaputtgegangen, und ich hatte vergessen, mir einen neuen zu besorgen. Also musste ich mir wohl einen ausleihen.

»Darf ich reinkommen?«, schrie ich gegen den Lärm an, der aus Tims Zimmer dröhnte. Death Metal, ein Zeichen, dass mein lieber Freund gerade finsterer Stimmung war.

»Aber klar doch«!, brüllte er zurück und drehte die Musik leiser. Überrascht bemerkte ich, dass offenbar das Gegenteil der Fall war: Tim stand, eine Zeitschrift in der Hand, vor dem Garderobenspiegel und übte sich in irgendwelchen Posen. »Findest du nicht auch, dass ich eine gewisse Ähnlichkeit mit Henning Baum habe?«, fragte er und hielt den Atem an, so dass sein Bauch flach wie ein Bügelbrett war. Noch ein paar Sekunden, und Tim würde platzen! Neugierig schaute ich ihm über die Schulter und verglich die Fotos des beliebten deutschen Schauspielers auf der Doppelseite der neuen *Gala* mit Tim.

Tatsächlich. Bislang war mir die Ähnlichkeit zwar nicht aufgefallen, aber jetzt, wo er es sagte …

»Du siehst nicht nur so aus, du *bist* Henning Baum, Schätzchen«, antwortete ich grinsend und gab ihm einen spielerischen Klaps auf den Po. »Aber nur, wenn du ein bisschen trainierst, anstatt die Luft anzuhalten. Was ich aber eigentlich wissen wollte: Hast du zufällig einen Koffer, den du mir borgen könntest? Meiner ist nämlich blöderweise kaputt.«

Tim atmete aus und wirkte sofort um einiges molliger.

»Auf dem Dachboden müsste eigentlich einer sein. Allerdings bin ich schon so lange nicht mehr verreist, dass ich nicht ganz sicher bin. Brauchst du mich, oder kann ich weitermachen? Ich übe nämlich für mein Date morgen Abend.«

»Ein Date?«, fragte ich verwundert. »Wie kommt das denn so plötzlich?«

Tims Augen blitzten.

»Ich habe gestern Abend im Club einen echt heißen Typen kennengelernt und gehe morgen mit ihm essen. Jetzt bleibt nur noch zu hoffen, dass er nicht so 'ne Musical-Tucke ist, die den ganzen Abend lang nur von irgendwelchen sterbenslangweiligen Auditions erzählt und versucht, mir etwas vorzusingen.«

»Und wie alt ist er?«, wollte ich wissen, weil ich Tims Hang zu Männern unter zwanzig kannte.

»Hab ich nicht gefragt, war zu laut«, antwortete er, vertiefte sich wieder in das Magazin und verstrubbelte sich kunstvoll die Haare.

»Na, dann lasse ich dich jetzt wohl besser allein und gehe deinen Koffer suchen. Viel Spaß noch.« Mit diesen Worten schloss ich die Tür und nahm den Schlüssel zum Dachboden vom Brett im Flur.

Seit wir hier eingezogen waren, hatte ich hauptsächlich den

ebenfalls zur Wohnung gehörenden Keller benutzt, der Boden war Tims Bereich.
Da wir im zweiten Stock wohnten, ging ich die restlichen Stufen bis zur fünften Etage zu Fuß nach oben. Im Treppenhaus roch es wie so oft nach Erbseneintopf und Zwiebeln, hier musste dringend mal gelüftet werden.
Unter meinen Füßen knarzten die alten Holzstufen. Aus dem Plan der Hausverwaltung, den Altbau endlich zu sanieren, war bisher nichts geworden. Als ich die Tür zum Dachboden öffnete, hatte ich sofort das Gefühl, den Staub vergangener Jahrzehnte aufzuwirbeln, der, beschienen durch die schräg hereinfallende Abendsonne, durch die Luft tanzte und Pirouetten drehte.
Ich hielt einen Moment die Luft an, denn es roch modrig.
Erst nach und nach begann ich mich an den Geruch zu gewöhnen, der sicher schon in meinen Kleidern und den frisch gewaschenen Haaren hing.
Im diffusen Licht einer Glühbirne, die kaum mehr als vierzig Watt hatte und nackt von der Decke herabbaumelte, öffnete ich mit dem winzigen, silbernen Schlüssel das uralte Vorhängeschloss des Bretterverschlags. Jeder, der gewollt hätte, hätte hier problemlos einbrechen können. Nachdem ich die provisorische Holztür geöffnet hatte, steckte ich das Schloss in die Tasche meiner Jeans, denn ich bekam plötzlich Angst, jemand könne mich hier oben einsperren.
Als Kind befiel mich Beklemmung, wenn ich in den Keller im Haus meiner Eltern musste, und ich war jedes Mal froh, wenn ich wieder *heil* im Kinderzimmer ankam, wo meine Kuscheltiere und das heißgeliebte Puppentheater auf mich warteten.
Neugierig suchten meine Augen den Raum ab, und ich staunte über das Sammelsurium, das Tim seit unserem Einzug hier eingelagert hatte: ein Crosstrainer (warum benutzte er den eigent-

lich nicht mehr?), stapelweise unbeschriftete Kisten, ein verdreckter Holzkohlegrill, eine Gartenliege, deren Bezug zerschlissen war. Großformatige Bilder und alte Schwarzweißfotos mit schweren Goldrahmen. Ein eingestaubter Plattenspieler und ein blauer Tretroller.

Ich würde Tim zu überreden versuchen, beim nächsten Flohmarkt mindestens die Hälfte dieses Krempels zu verkaufen, anstatt immer mehr anzuhäufen, obwohl ich wusste, dass er sich nur schwer von Dingen trennen konnte.

Tief in seinem Herzen war er ein Sammler.

Mit Hilfe einer Taschenlampe, die ich vorsorglich mitgenommen hatte, suchte ich den alten, wurmstichigen Bretterboden und die windschiefen Regale mit Tims ausrangierten Büchern und Schallplatten nach dem Koffer ab.

Was für ein Chaos!

Plötzlich erregte das Cover einer LP der berühmten Jazzsängerin Billie Holiday meine Aufmerksamkeit, und ich zog die Platte vorsichtig heraus. Die auf Vinyl gepresste Aufnahme stammte aus dem Jahr 1938.

Also lange bevor Tim und ich geboren worden waren.

Ich überflog die Titel auf der Rückseite und stieß auf den Song *You Go To My Head.*

Sofort ertönte in meinem Kopf eine wunderbar sanfte, zärtliche Melodie, und ich begann, erst zu summen und dann leise zu singen, während ich am ganzen Körper Gänsehaut bekam. Als hätte ich dieses Lied gestern erst gehört, sang ich: *»You go to my head with a smile that makes my temperature rise, like a summer with a thousand julys«.*

Es erinnerte mich an meine Kindheit, als ich diese Platte häufig bei meinen Großeltern gehört hatte.

Mein Opa war ein großer Jazzfan gewesen und meine Oma eine glühende Verehrerin von Billie Holiday.

Zu diesem wunderschönen Liebeslied hatten die beiden immer getanzt, wenn es in unserer Familie etwas zu feiern gegeben hatte. Meine Großmutter in einem wippenden Cocktailkleid aus knisterndem schwarzem Taft, mein Großvater in einem gutgeschnittenen silbergrauen Anzug. Ein attraktives Paar, das sich gegenseitig respektierte und abgöttisch liebte.
Sie tanzten Wange an Wange und hatten nur Augen füreinander. Ihre Gefühle waren noch genauso stark wie am ersten Tag. Leider waren beide schon eine ganze Weile tot, aber durch diesen unerwarteten Fund hatte ich den Eindruck, direkt neben ihnen zu stehen und ihnen beim Tanzen zusehen zu können.
So hatte ich mir die Liebe vorgestellt, bis ich von Julian vom Turmzimmer meines Märchenschlosses in die Tiefe gestoßen worden war, hämisch verlacht von Viola, der bösen Hexe …
Ich vertrieb die Geister der Vergangenheit und beschloss, mir den Song für meine Reise nach Föhr auf meinen MP3-Player zu laden. Dann hatte ich wenigstens ein bisschen das Gefühl, mit meiner Heimat verbunden zu sein. Außerdem war es Mitte Juli.
Like a summer with a thousand julys …
Es dauerte eine Weile, bis ich mich durch Tims ausrangiertes Hab und Gut gewühlt und endlich gefunden hatte, wonach ich suchte.
Der Koffer stand in der hintersten Ecke des Dachbodens, kaum auszumachen zwischen zwei über und über mit Teeflecken übersäten Teppichen, die wie vieles andere hier eigentlich auf den Müll gehörten.
Als ich ihn herauszerrte, wirbelte ich mächtig Staub auf und musste niesen. Mit einem Mal gab der Boden etwas unter mir nach, und ein Dielenbrett knallte gegen mein rechtes Schienbein.

Aua!

Was hatte das zu bedeuten? Ich leuchtete mit der Taschenlampe auf den Boden. Offenbar war ich auf ein loses Brett getreten. Ich bückte mich, weil ich glaubte, darunter so etwas wie eine Schachtel gesehen zu haben.

Und tatsächlich!

Da lag ein wunderhübscher, mit bunten Vögeln verzierter Geschenkkarton versteckt.

Sollte ich ihn mir näher ansehen? Oder mich lieber ins Zeug legen, damit ich endlich mit dem Packen fertig wurde?

Natürlich gewann die Neugier Oberhand, und ich zog den Karton heraus, der wie alles mit einer feinen, gräulichen Staubschicht bedeckt war. Vorsichtig öffnete ich den Deckel und entdeckte handgeschriebene Briefe, eingewickelt in dunkelrotes und dunkelblaues Satinband.

Da ich nicht davon ausging, dass sie Tim gehörten, nahm ich den, der zuoberst lag, und begann im Schein der Taschenlampe zu lesen:

Geliebter Zugvogel,

wie immer schreibe ich dir, sobald du deine Koffer gepackt und die Insel verlassen hast.

Ich blicke aus dem Fenster, sehe die Sturmmöwen vorüberziehen, schaue ihnen hinterher und denke an dich.

Wie gern würde ich dir gegenübersitzen und dir erzählen, dass bei den Lorenzens gerade das Reetdach erneuert wird. Der Weg liegt voller Stroh.

Weißt du noch, wie du mich gefragt hast, wie einfache Dachbalken das schwere Reet tragen können, das die Häuser vor Wind, Sturm, Kälte und Hitze schützt?

Ein wahres Wunder, nicht wahr?

Nun, du wirst es ja sehen, wenn du wieder hier bist und ich dich endlich in meine Arme schließen kann.
Ich vermisse dich jetzt schon.
Ich vermisse dich unendlich …

Die Schrift war eher zierlich, gut lesbar und sehr feminin.
Ich setzte mich auf einen verloren herumstehenden Campingstuhl.
Erst im Licht der Taschenlampe entdeckte ich oben rechts die Worte, die mich schlagartig elektrisierten:

Nieblum, 25. Mai 2006

Sicherheitshalber las ich den Brief ein zweites Mal, doch es stand dort immer noch Nieblum, der Ort, an dem ich in den nächsten vier Wochen wohnen würde.
Verwirrt schnappte ich mir den Koffer und die Schachtel mit den Briefen, die ich natürlich sofort Tim zeigen wollte, und ging wie benebelt nach unten.
»Krass!«, bemerkte Tim, als ich ihm meine Entdeckung unter die Nase hielt. »Ich habe nicht die geringste Ahnung, wie die Briefe auf den Dachboden gekommen sind. Offensichtlich liegen die schon ein Weilchen dort herum. Wir könnten bei der Hausverwaltung Bescheid geben und nachfragen, wer hier vor uns gewohnt hat, und sie zurückgeben. Wir könnten uns aber auch einen netten Abend machen, bevor du fährst. Ich weiß gar nicht, wie ich ohne dich klarkommen soll, Butterfly.«
Ich dachte kurz über Tims Vorschlag nach.
»So wie ich die Verwaltung kenne, interessiert die das kein Stück. Außerdem habe ich dafür wirklich keinen Kopf, und du sicher auch nicht. Was hältst du davon, wenn wir uns eine Pizza

bestellen, wenn ich fertig mit Packen bin?«, schlug ich vor, die Schachtel immer noch in der Hand haltend.
»Das ist eine geniale Idee, vorausgesetzt, ich bekomme eine Pizza für mich allein«, erwiderte Tim grinsend.
»Aber nur, wenn du den Crosstrainer, den ich da oben gefunden habe, entmottest und regelmäßig trainierst. Oder endlich aufhörst, über deine Figur zu jammern«, antwortete ich ungerührt und ging in mein Zimmer.
Die Schachtel legte ich zu den anderen Dingen aufs Bett. Tim hatte recht: Ich sollte mich besser auf meine Reisevorbereitungen konzentrieren, statt mich mit den Briefen fremder Menschen zu beschäftigen. Also suchte ich die Bücher heraus, die ich mit nach Föhr nehmen wollte, und setzte mich dann an den Rechner, um den Song von Billie Holiday downzuloaden.
Währenddessen dachte ich mit einer Mischung aus Vorfreude und Angst an meine Reise. Eigentlich wäre ich lieber an die Nordsee gefahren, um endlich einmal Urlaub zu machen, denn das Thema *Freizeit* war in den vergangenen Jahren häufig zu kurz gekommen.
Ich dachte flüchtig an die Woche auf Sylt, meinen letzten gemeinsamen Urlaub mit Julian, bevor seine Affäre mit Viola aufgeflogen war. Der Gedanke an diese Tage auf der nordfriesischen Insel löste immer noch einen tiefen Schmerz in mir aus. Ich ignorierte das leise Ziehen in der Herzgegend und holte den Föhr-Reiseführer mit den schönen Fotos aus der Schublade meines Schreibtisches. Meer, Sand, Möwen … traumhafte Landschaften, schier ungebändigte Natur, Salzwiesen, Marsch, Priele und faszinierende Wolkenspiele am Horizont. Was konnte die Nordsee dafür, dass ich so schmerzvolle Erinnerungen mit ihr verband?
Es war an der Zeit, endlich im Hier und Jetzt zu leben und nicht voller Trauer auf eine längst vergangene Phase meines Lebens zurückzublicken.

Als der Pizzabote an der Tür klingelte und ich einen letzten Blick auf mein Reisegepäck warf, fielen mir die Briefe aus Föhr wieder ein, die ich mitnehmen wollte.
Hatte es etwas zu bedeuten, dass der Zufall sie mir in die Hände gespielt hatte?
Gab es doch so etwas wie Schicksal?
Und wenn ja: Was hatte es mit mir vor?

4. Kapitel

Samstag, 13. Juli

Das Wetter meinte es an diesem Samstag nicht gut mit uns Reisenden, obwohl es Mitte Juli war.
Während meiner Fahrt mit dem Zug nach Dagebüll hatte der Himmel sich verdunkelt, bis es zu guter Letzt zu regnen begann.
Um mich ein wenig zu unterhalten, nahm ich die Briefe an *Zugvogel* aus meiner Handtasche und betrachtete sie nachdenklich.
Die Korrespondenz begann Mai 2006 und endete am 20. Dezember 2012 mit einer Postkarte, abgestempelt in Wyk auf Föhr, mit folgendem Inhalt:

Geliebter Zugvogel,

diesmal schreibe ich dir, weil du kommst, und nicht, weil du gehst.
Ich muss dich etwas sehr Wichtiges fragen.
A.

Gespannt dachte ich darüber nach, wer wohl *A* war.
Schließlich gab es viele schöne Frauennamen mit diesem Buchstaben: Anna, Alexandra, Alma oder auch Annabelle.
Und im Friesischen verwendete man gern Vornamen wie Ava oder Anke.
Aber warum brach der Briefwechsel so abrupt ab?
Weshalb hatte *A* nicht mehr geschrieben, und was hatte sie *Zugvogel* so Wichtiges mitzuteilen?

War ihre große Liebe gescheitert, weil er sich von ihr getrennt hatte?
Oder war *A* womöglich einem anderen Mann begegnet?
Lebte sie am Ende gar nicht mehr?
Dummerweise waren die Briefe ohne Umschlag und damit ohne Absender in die Schachtel gelegt worden.
In Gedanken immer noch bei der Unbekannten aus Nieblum und dem merkwürdigen Zufall, durch den sich unsere beiden Wege gekreuzt hatten, checkte ich die Wettervorhersage auf meinem Smartphone. Mittlerweile goss es wie aus Kübeln, eine mittlere Katastrophe in Hinblick auf den Film. Denn wir wollten auf Föhr eine leichte Sommerkomödie drehen, und dazu brauchten wir nun mal Sonne und Licht. *Wetteronline* meldete bis Montagmorgen einen Temperaturanstieg auf zwanzig Grad, leichte Windböen, einen Mix aus Sonne und Wolken und für den Rest der Woche glücklicherweise eine stabilere Wetterlage.
Wie gut, dass wir erst Donnerstag mit dem Dreh beginnen würden. Im Gegensatz zu den anderen Mitgliedern des Filmteams reiste ich voraus, alle anderen würden Mittwochnachmittag auf Föhr eintreffen. Ich wollte zum einen die Insel allein erkunden und zum anderen alle Details vor Ort überprüfen, insbesondere die Suiten in der Villa Witt, wo der Regisseur und die Schauspieler untergebracht sein würden.
An sich gehörte dies gar nicht zu meinen Aufgaben, doch so war das mit Lucas: Er hatte eine gewisse Neigung, seine Mitarbeiter als persönliche Leibeigene zu betrachten.
Und ich wollte unsere erste, längere Zusammenarbeit keinesfalls mit einer Auseinandersetzung beginnen.
Für Montag stand ein aufwendiges Komparsen-Casting auf meinem Plan, die klassische Aufgabe einer Regie-Assistentin, die ich aus Kostengründen allein zu bewältigen hatte. Hoffentlich

klappte auch das so, wie ich es mir vorstellte. Es wäre nämlich sehr viel leichter gewesen, hätte man mir noch jemanden zur Seite gestellt.

An der Mole in Dagebüll wuchtete ich meine beiden schweren Koffer aus dem Zug und rollte sie über die Rampe zum Fähranleger.

Die Rungholt legte um 12.35 Uhr ab und würde um 13.25 Uhr in Wyk auf Föhr eintreffen. Nachdem ich meine Fahrkarte vorgezeigt und mein Gepäck in den Aufzug der Fähre verfrachtet hatte, setzte ich mich im Bordrestaurant ans Fenster. Entsprechend der Witterung gekleidet trotzten viele Passagiere auf dem Deck dem Wetter, doch ich verspürte nicht die geringste Lust, mich durchpusten und nass regnen zu lassen, das würde mir mit viel Pech sowieso noch am Set passieren. Stattdessen bestellte ich mir ein Kännchen Kaffee und beobachtete gedankenverloren, wie die Fähre ablegte und winkende Menschen in Regencapes am Hafen zurückließ.

Kleine, bunte Punkte am Horizont, die irgendwann mit dem Grau dieses trüben Tages verschmolzen …

Auf einmal fühlte ich mich einsam und wünschte mir, Tim hätte mich begleitet.

Sosehr ich meinen Beruf auch liebte, einen großen Nachteil hatte er: Ich musste mich bei jedem Film auf eine neue Umgebung und ein unbekanntes Team einstellen.

Ich konnte mir in der Regel nicht aussuchen, wo ich untergebracht war, und war gezwungen, mindestens vier Wochen lang nahezu alle meine sozialen Kontakte brachliegen zu lassen, um sie anschließend wieder mühevoll zu beleben.

Während mich Einsamkeitsgefühle plagten, tobten Kinder um mich herum und spielten zwischen den Bank- und Tischreihen Fangen, bis ein leicht genervter Kellner sie zurechtwies.

Eine halbe Stunde später kam Land in Sicht – Föhr.

Dörte Nielsen, die Inhaberin des Hauses Ogge, würde mich am Hafen abholen.
Zwanzig Minuten später ging ich von Bord, begleitet von heftigen Windböen, die meine Haare zerzausten, obwohl ich sie zu einem Zopf gebunden hatte. Ich suchte die wartende Menge nach Frau Nielsen ab, die ein Pappschild mit dem Namen der Pension in der Hand hielt, so wie wir es telefonisch vereinbart hatten.
»Moin, Frau Mahler, herzlich willkommen auf Föhr«, begrüßte mich eine Frau Anfang fünfzig mit kurzem, braunem Haar. In ihren graugrünen Augen lag ein schelmischer Ausdruck, und ich fand sie auf Anhieb sympathisch. Gemeinsam gingen wir zu ihrem Kombi. Ich verstaute mein Gepäck im Kofferraum, und wir fuhren los.
»Toll, dass Sie mich abholen«, bedankte ich mich für den zuvorkommenden Service und schaute erwartungsvoll aus dem Fenster. Leider regnete es immer noch, was die Sicht erheblich erschwerte.
Die Scheibenwischer liefen auf Hochtouren, als wir das Hafengelände verließen und auf die Straße bogen. Keine zehn Minuten später erreichten wir das hübsche Dörfchen Nieblum, das in vielen Reiseführern als das schönste der Insel angepriesen wurde.
»Hier rechts rein ist übrigens die Villa Witt, wo Herr Kaiser untergebracht ist«, erklärte Dörte Nielsen, und ich versuchte, mir die entsprechende Abzweigung zu merken.
Ich bestaunte Cafés und Restaurants, die Buchhandlung Leseinsel und die hübschen Friesenhäuser mit den bunt bepflanzten Friesenwällen und Bauerngärten, die den Straßenrand säumten. Alles sah so gepflegt aus und war ganz nach dem Geschmack der Touristen.
An einem weißgetünchten Haus mit dem Schild *Käpt'n Nolte,*

Fisch & Feinkost bog Frau Nielsen ab und parkte kurz darauf das Auto.
»So, da wären wir«, sagte sie und stieg aus.
An der Gartenpforte wurden wir bereits von einem Herrn erwartet, der sich als »Sören Nielsen« vorstellte, mir freundlich lächelnd die Hand gab und meine Koffer zum Pensionseingang trug.
Zum Glück legte der Regen in diesem Augenblick eine Pause ein, und ich hatte Gelegenheit, meine neue Umgebung in Augenschein zu nehmen, bevor ich mein Zimmer bezog: Die Fassade des Friesenhauses war zur Straße hin weiß gestrichen, ansonsten rot geklinkert. Das dunkle Reetdach verlieh der Pension besonderen Charme, genau wie das alte Wagenrad, das an der mit Rosen berankten Mauer lehnte, und der kleine Teich, an dem ein eleganter Strandkorb mit grau-weiß gestreiftem Innenfutter zum Sonnenbaden einlud.
Um den Teich herum blühten Blumen in den schönsten frühsommerlichen Farben.
Aus den weißen Sprossenfenstern des Hauses hatte man bestimmt einen fantastischen Blick auf die pinkfarbenen Hortensienbüsche und den schnuckligen Garten hinter der Pension.
»Das ist ja wunderschön hier«, seufzte ich, glücklich darüber, vier Wochen lang hier wohnen zu dürfen.
»Dann hoffe ich, dass Ihnen das Zimmer ebenso gefällt«, entgegnete die Pensionswirtin schmunzelnd und ging durch den Flur die Treppe in den ersten Stock hinauf. »Im Übrigen feiern wir in diesem Jahr unser einhundertvierzigstes Jubiläum. Wir haben viele Stammkunden, die jedes Jahr kommen. Sie haben wirklich Glück, dass Ihre Produktionsfirma so rechtzeitig reserviert hat!«
Das Zimmer hielt, was der erste Eindruck der Pension versprochen hatte: Es war hell und freundlich, mit geschmackvollen

dezenten Tapeten und weißen Holzmöbeln ausgestattet. Bunte Blumenbettwäsche machte sofort gute Laune, ebenso wie der frische Obstkorb und der Pfirsichsekt auf dem runden Holztisch, neben dem zwei gemütliche Korbsessel standen. Auf dem Kopfkissen lag eine kleine Tüte Gummibärchen, die mich sofort an Tim erinnerte.

»Und hier ist das Internet-Kabel«, sagte Dörte Nielsen. WLAN war hier offenbar ein Fremdwort. »Frühstück gibt es jeden Morgen ab sechs Uhr unten in der Stube. Sollten Sie einen besonders frühen Drehtermin haben, geben Sie einfach am Vorabend Bescheid, dann richte ich mich darauf ein. Schließlich sind Sie und der Rest des Teams in den nächsten Wochen meine einzigen Gäste. Im Eingangsbereich finden Sie übrigens auch eine kleine Teeküche und einen Kühlschrank, falls Sie zwischendurch mal etwas Warmes trinken oder sich eine Suppe machen wollen. Softdrinks stehen im kleinen Garten-Pavillon.«

»Sie haben ja an alles gedacht«, antwortete ich verzückt und nahm das Kabel. »Aber leider werde ich dafür keine Zeit haben. Außerdem haben wir am Set einen Caterer, der, egal wie früh es ist, alles zum Frühstück bereithält, was das Herz begehrt. Sie müssen sich also keine solche Mühe machen.«

»Na, wenn das so ist … Falls Sie nichts weiter brauchen, lasse ich Sie jetzt allein. Sollten Sie eine Frage haben, klopfen Sie einfach bei uns. Irgendeiner ist immer da.«

Nachdem Dörte Nielsen gegangen war, inspizierte ich das liebevoll gestaltete Badezimmer und öffnete den geräumigen Kleiderschrank im Zimmer.

Mit einem Mal überfiel mich bleierne Müdigkeit.

Kein Wunder, ich war ja auch sehr früh aufgestanden, hatte eine über fünfstündige Anreise hinter mir, und nun tat die gute, jodhaltige Nordseeluft ihr Übriges.

Das frisch bezogene Bett, das so herrlich nach Blüten und Meer

duftete, schien meinen Namen zu rufen und mich förmlich aufzufordern, in seine daunenweichen Arme zu sinken.
Ich war nur allzu gern bereit, dieser Verlockung nachzugeben und mich hinzulegen.
Auspacken konnte ich später immer noch.
Während der Regen mit beruhigender Gleichmäßigkeit gegen die Fensterscheibe prasselte, legte ich mich aufs Bett und genoss die friedliche Stille.
Hier wohnte also die geheimnisvolle *A*.
Oder hatte gewohnt …
Es war irgendwie merkwürdig, dass sie womöglich ganz in meiner Nähe lebte und ich im Besitz ihrer Briefe war.
Über der Überlegung, ob ich mehr über sie herausfinden sollte, schlief ich ein.
Im Traum sah ich eine Schar Zugvögel am Horizont und Papierbögen, die sich, vom Wind getragen, über die ganze Insel verteilten.
Ich versuchte sie einzufangen, doch es gelang mir nicht, sosehr ich mich auch bemühte.
Von irgendwoher flüsterte eine Stimme:

Kümmere dich nicht um die Briefe, Felicitas. Sie sind Zeugen der Vergangenheit. Lass sie ruhen …

5. *Kapitel*

Das Klingeln des Weckers riss mich eine Stunde später unsanft aus meinem spontanen Nachmittagsschlaf.
Ich stand auf und öffnete das Fenster. Mittlerweile hatte der Wind die Regenwolken vertrieben, und die Sonne spiegelte sich glitzernd in den Pfützen auf dem Weg vor der Pension.
Ich wollte die Gunst der Stunde nutzen und den Ort erkunden. Im Übrigen wollte ich noch im Supermarkt einkaufen, den ich auf dem Weg zum Haus Ogge gesehen hatte.
Erfrischt und gutgelaunt trat ich wenig später aus der Haustür und blinzelte ins Licht. Dann marschierte ich aufs Geratewohl los und ging zur nächsten Kreuzung.
Als Erstes erregte die Auslage eines Geschenkeladens meine Aufmerksamkeit: Vor dem Eingang standen Ständer mit den üblichen Postkarten, Sonnenhüten und bunten Halstüchern, auf einem Tisch stapelten sich Inselsouvenirs wie Becher, Ballspiele, Strandspielzeug für Kinder und Seehunde aus Plüsch und mit dunklen Knopfaugen. Ich dachte sofort, dass sie Tim gefallen könnten, und schickte ihm eine SMS:

Bin gut angekommen, ist super hier! Lass es heute Abend krachen, aber nicht zu doll. Freue mich auf deinen »Bericht«.
Butterfly

Obwohl mir Hamburg gerade sehr weit weg erschien, war ich in Gedanken bei Tim und seinem Date.
Würde es diesmal bei ihm funken?

Neugierig auf meine neue Heimat zog es mich zu der Straße mit den Cafés und der Buchhandlung. Vielleicht fand ich dort statt der üblichen Reiseführer noch andere Bücher über die Insel.

Staunend über das touristische, aber dennoch angenehm ruhige Flair, schlenderte ich den Weg entlang, bis ich auf die Alte Friesische Theestube stieß, vor dessen Eingang zahllose Tische, Stühle, Blumenkübel, mit Schmuck behängte Skulpturen und ähnlicher Schnickschnack standen.

Aus dem Innenhof zog der unwiderstehliche Duft von frisch gebrühtem Kaffee auf die Straße, dem ich folgte. Plötzlich stand ich mitten in einer Art Museum.

»Unfassbar, was die hier alles haben«, hörte ich eine Dame neben mir zu ihrer Freundin sagen. Beide betrachteten voller Begeisterung eine große Auswahl an friesischen dunkelblauen Fischerhemden mit hauchzarten, weißen Streifen, die auf Kleiderbügeln an einem Regal hingen. Davor standen Bastkörbe mit Muscheln, Seesternen und anderen maritimen Souvenirs.

»In Hamburg kosten die Dinger das Fünffache«, stimmte die andere Frau zu, und ich überlegte einen kurzen Moment, ob mir so etwas stehen würde.

»Dann probier eins an«, schlug Freundin Nummer eins grinsend vor. »Aber danach gehen wir nach nebenan in diesen Eso-Laden.«

Eso-Laden?, dachte ich. Das klang genau nach dem Geschäft, das ich suchte, da ich noch einen kleinen Botendienst für Lucas Kaiser zu erledigen hatte. Anstatt also in der zum Teeladen gehörenden *Stuv* einen Kaffee zu trinken, verließ ich den Innenhof wieder und ging ein Stückchen weiter nach links die Jens-Jacob-Eschels-Straße hinunter.

Mit einer Mischung aus Neugier und Belustigung betrat ich kurz darauf den Laden *Träum weiter!* Das Klingeln eines Glöckchens ertönte, als ich die Tür öffnete. Binnen Sekunden war ich eingehüllt vom betörenden Duft eines Räucherstäbchens, ganz so, als sei ich in einem Indien-Shop. Ich musste sofort niesen, was mit einem freundlichen »Na hoppla!« quittiert wurde.

Die Bemerkung kam aus dem Mund einer hübschen, elfenhaften Frau, die mich so begeistert anstrahlte, als sei ich der Mensch, auf den sie ihr Leben lang gewartet hatte.

»Sind Sie etwa allergisch gegen Patchouli?«, fragte sie besorgt und zog ihre mit Sommersprossen übersäte Nase kraus.

»Aber es duftet hier gar nicht nach Patchouli, sondern eher nach einer Mischung aus Kräutern und Holz«, widersprach ich und musste ein weiteres Mal niesen.

Hoffentlich hatte ich mich nicht erkältet! Das Reizklima auf den nordfriesischen Inseln hatte es bekanntermaßen in sich.

Auf einmal strich mir maunzend eine silbergraue Katze mit weißer Zeichnung auf dem Köpfchen um die Beine. Die dunkelblonde Elfe mit den hüftlangen Korkenzieherlocken und Augen wie Nougatschokolade grinste.

»Darf ich bekannt machen: Das ist meine Katze Patchouli. Und Sie sind …?«

»Ich heiße Felicitas Mahler und komme aus Hamburg«, antwortete ich und bückte mich, um Patchouli zu streicheln, die dies wohlig schnurrend genoss. Was für ein seidiges Fell!

»Na dann, Felicitas aus Hamburg, willkommen in meinem Laden. Was kann ich für dich … äh, Sie tun?«

Wie alt die Ladenbesitzerin wohl war? Mitte dreißig? Auf jeden Fall ein bisschen jünger als ich.

»Sie können mich gern duzen, dann fühle ich mich gleich jünger. Also: Ich bin eigentlich auf der Suche nach Informationen über die Lembecksburg … und wenn wir schon dabei sind: eine Art Schutzengel oder so wäre auch nicht schlecht.«

»Okay, dann duzen wir uns. Ich bin Leevke Hennings«, sagte

Leevke strahlend und führte mich zu einem Bücherregal. »Hier habe ich alles zum Thema magische Reisen, Kraftorte, Sagen und Mythen. Melde dich, wenn du eine Frage hast.«
Mit diesen Worten wandte sie sich zu einem Kunden um, der sie fasziniert anschaute und ins Stottern geriet, als er sie ansprach.
Während ich in dem reichhaltigen Buchangebot blätterte, ertappte ich mich dabei, wie ich Leevke beobachtete.
Im Grunde fühlte ich mich wie im falschen Film, weil ich bislang solche Läden so gut es ging gemieden hatte.
An die Magie der sagenumwobenen Lembecksburg glaubte ich im Grunde meines Herzens nicht. Lucas Kaiser bekämpfte seine Probleme offensichtlich gerade mit Hilfe von Esoterik und plante, einen kleinen Abstecher zu diesem Ringwall am Rande des Ortes Borgsum zu machen. Schlussendlich entschied ich mich für eine kleine Broschüre, in der die Lembecksburg zumindest auf einer Seite erwähnt wurde, und suchte dann nach dem gewünschten Engel, amüsiert darüber, dass ein Macho wie Lucas Kaiser mir diesen sehr persönlichen Auftrag anvertraut hatte.
Wie sich herausstellte, wimmelte es in Leevkes kleinem, aber sehr gemütlichen Laden geradezu von Talismanen aller Art: Steine, Amulette, Ketten, Engel, Krafttiere.
»Schwer, sich zu entscheiden, nicht wahr?«, fragte Leevke und stellte sich so dicht neben mich, dass ich ihr Parfüm riechen konnte. Es war etwas Schweres, Pudriges mit einem Hauch Karamell.
»Was würdest du mir denn empfehlen?«, fragte ich ein wenig verunsichert. »Es ist übrigens nicht für mich, sondern für meinen Chef.«
Leevke verzog den Mund. »Du sagst das so, als würdest du nicht an Magie glauben, kann das sein?«

»Im Grunde nicht, auch wenn mir gestern etwas Seltsames passiert ist, bei dem ich durchaus ins Grübeln gekommen bin«, hörte ich mich auf einmal wahrheitsgemäß antworten.
»Willst du drüber reden?«, fragte Leevke mit so unverhohlener Neugier im Blick, dass ich einen Augenblick versucht war, ihr vom Fund der Briefe auf Tims Dachboden zu berichten. Doch dann rief ich mich zur Ordnung: Ich kannte sie im Endeffekt erst seit ein paar Minuten.
Darum antwortete ich: »Nein, lieber nicht. Aber sag, was soll ich deiner Meinung nach für meinen Chef kaufen?«
Nachdem Leevke mir eine kleine, aber feine Auswahl an Talismanen zusammengestellt hatte, entschied ich mich zu guter Letzt für einen Malachit, laut Leevke auch der *grüne Drache* genannt, der Überzeugungskraft verlieh und Erfolg brachte. Nun blieb nur zu hoffen, dass dieser Edelstein auch Gnade vor Lucas Kaisers Augen fand.
Als ich zahlte, fiel mir ein, dass Leevke mir bestimmt einen Tipp für ein gutes Restaurant geben konnte.
»Der Italiener schräg gegenüber ist nicht schlecht. Ansonsten ist die Küche hier eher rustikal, viel Fisch, viel Fleisch. Ich selbst esse nur selten in Nieblum. Wenn, dann meist außerhalb, im Aquamarin in Wyk oder im Apfelgarten in Oldsum. Die Lohdeel am Ortsausgang ist auch nicht schlecht, aber eher etwas für besondere Anlässe, wenn du verstehst, was ich meine.«
»Wohnst du hier in Nieblum?«, fragte ich.
Leevke nickte. »Ja, direkt über dem Laden. Und du? In einer Ferienwohnung?«
»Meine Produktionsfirma hat mich und einen Teil des Filmteams im Haus Ogge gleich um die Ecke untergebracht. Kennst du die Pension?«
Leevke nickte und riss ihre ohnehin schon großen Augen weit

auf: »Sagtest du eben *Film?!* Wie cool! Was dreht ihr? Einen Spielfilm oder eine Doku über Föhr?«

Ich lachte, weil Leevke plötzlich so aufgeregt war.

Ich vergaß immer wieder, welchen Zauber das Wort *Film* bei den meisten Menschen hervorrief.

»Einen Spielfilm. Eine romantische Liebesgeschichte vor der malerischen Kulisse der Insel. Ein bisschen kitschig, aber wenn man so was mag, ganz nett!«

Leevke seufzte tief und griff sich mit dramatischer Geste an die Brust. »Ich LIEBE solche Filme. Was gibt es Schöneres, als sich sonntagabends auf dem kuscheligen Sofa eine Liebesschmonzette anzuschauen, während die anderen sich einen blutigen *Tatort* reinziehen. Ich würde ja so gern mal Mäuschen spielen, wenn ihr dreht … toller Job, echt! Seit wann machst du das denn? Und hast du noch ein bisschen Zeit oder musst du gleich los?«

Ich dachte einen Moment nach. Wieso sollte ich eigentlich meinen ersten Abend auf der Insel allein verbringen? Leevke schien sehr nett zu sein und wir hätten ein gemeinsames Gesprächsthema.

»Du hast nicht zufällig Appetit auf einen Teller Nudeln?«, fragte ich, überrascht von meiner eigenen Impulsivität.

Leevke pustete sich eine Locke aus der Stirn und nahm ihre Katze auf den Arm. »Na klar, Superidee, dann kann ich endlich mal jemand über das Film-Business und die Schauspieler ausquetschen. Ich muss nur noch schnell die Kasse machen und abschließen. Wir treffen uns dann beim Italiener, okay?«

Erfreut über diese unerwartet nette Begegnung kraulte ich Patchouli zum Abschied hinterm Ohr und zog die Tür hinter mir zu. Gutgelaunt ging ich an der Theestube vorbei und überquerte auf dem Weg zur Pizzeria La Gondola die Straßenseite. Ich hatte Glück und ergatterte den letzten freien Tisch.

»Die Gäste haben vor zwei Minuten abgesagt«, erklärte die Kellnerin, als ich mich setzte.
»Wir sind in der Saison nämlich immer komplett ausgebucht.«
»Hey, da hast du ja einen tollen Platz erwischt«, rief Leevke kurze Zeit später, als sie hereinkam, worauf sich alle Gäste nach ihr umdrehten.
»Du scheinst so etwas wie ein menschlicher Magnet zu sein, alle Augen kleben förmlich an dir«, entgegnete ich grinsend, als sie sich auf den Stuhl gegenüber plumpsen ließ und ihre monströse, gebatikte Tasche einfach neben sich auf den Boden warf.
Fragend zog Leevke ihre Augenbraue hoch, sagte jedoch nichts. Stattdessen schnappte sie sich die Speisekarte, überflog sie und wollte wissen, was ich mir bestellte.
»Ich nehme die Pasta mit Brokkoli und Shrimps«, antwortete ich. »Und vorweg einen *insalata mista*. Oder wollen wir uns einen teilen?«
»Salat ist gesund, deshalb nehme ich auch einen, aber einen für mich ganz allein«, entgegnete Leevke grinsend. »Und zum Ausgleich eine kleine Karaffe Chianti. Oder trinkst du auch Rotwein?«
Ich überlegte kurz, eigentlich musste ich fit bleiben. Andererseits hatte ich den morgigen Sonntag noch frei.
Deshalb nickte ich.
»Also, Felicitas, was genau machst du bei diesem Film?«, fragte Leevke, während ihre warmen, braunen Augen aufblitzten.
»Ich bin Regie-Assistentin und mache in den nächsten vier Wochen mit dem Filmteam die Insel unsicher. Kannst dich also schon auf einiges gefasst machen. Übrigens wollen wir auch hier in Nieblum bei der St.-Johannis-Kirche drehen, vorausgesetzt, wir bekommen die Genehmigung dafür.«
»Ah, jetzt verstehe ich auch den Aufruf für das Komparsen-Casting neulich im *Inselboten*«, sagte Leevke und schaute mich ge-

spannt an. »Ich hatte ehrlich gesagt schon überlegt, mich zu bewerben. Aber da wir gerade Saison haben, geht der Laden nun mal vor. Auf alle Fälle hast du einen wirklich interessanten Beruf!«

»Na ja, ganz so doll ist das auch wieder nicht«, winkte ich ab. »In meinem Alter sollte man es eigentlich längst von der Assistentin zur Regisseurin gebracht haben.«

»Und warum hat's bei dir bisher noch nicht geklappt?«

»Irgendwie habe ich mir nach dem Studium eine Weile eingebildet, dass ich am Theater besser aufgehoben wäre«, antwortete ich, was nicht ganz stimmte.

Ich wollte Leevke nicht den wahren Grund für die Änderung meiner beruflichen Pläne sagen.

Nach der Katastrophe mit Julian und Viola hatte ich das Gefühl gehabt, nie wieder einen Fuß auf einen Film-Set setzen zu können.

»Und wieso nun wieder Film beziehungsweise Fernsehen?«, fragte Leevke weiter.

»Die Theaterbranche ist ein krisengebeuteltes Haifischbecken, und bis auf wenige Ausnahmen haben es Frauen in der Regie immer noch schwerer. Irgendwann hatte ich es satt, andauernd nur Absagen zu kassieren oder für einen Hungerlohn durch die Lande zu tingeln. Außerdem werde ich nächstes Jahr vierzig, da muss es jetzt mal endlich vorwärtsgehen!«

»Verstehe«, murmelte Leevke. »Ist bei mir irgendwie ähnlich. Ich übe mich zwar auch in Geduld, aber es gibt Tage, an denen es mir zu langsam geht. Da kann ich so viel meditieren, wie ich will.«

Ich schmunzelte, denn Ungeduld war auch mein zweiter Vorname.

»Wie sieht's aus?«, fragte Leevke. »Hast du noch Lust auf einen kleinen Spaziergang durchs Dorf und einen Absacker? Du solltest das schöne Wetter ausnutzen, bevor du hinter den Kulissen des Film-Sets verschwindest, oder?«

»Gute Idee!«, antwortete ich und freute mich, dass der erste Tag auf Föhr einen so gelungenen Abschluss fand.

Leevke war zauberhaft.

6. Kapitel

Sonntag, 14. Juli

Erfrischt und ausgeschlafen erwachte ich Sonntagmorgen um neun Uhr. Bis zehn gab es Frühstück in der gemütlichen Stube, das ich auf keinen Fall versäumen wollte. Also musste ich mich ein wenig beeilen.

Während ich mich im Bad zurechtmachte, dachte ich an den gestrigen Abend mit Leevke. So gut hatte ich mich schon lange nicht mehr amüsiert. Nach dem Essen waren wir durch das wunderhübsche Dorf spaziert und hatten zu guter Letzt noch einen Drink im Bistro Klabautermann genommen.

Dieses Bistro unterschied sich deutlich von der ansonsten eher gutbürgerlichen Gastronomie Nieblums. Auf der Terrasse standen ausladende graue Holzmöbel unter beigefarbenen Sonnensegeln und luden zum Chillen ein. Doch leider war es noch zu kalt gewesen, um draußen zu sitzen. Beim Abschied hatten wir Handynummern ausgetauscht und abgemacht, uns so bald wie möglich wieder zu treffen.

»Moin, Frau Mahler, gut geschlafen?«, empfing Dörte Nielsen mich freundlich lächelnd im Frühstücksraum. Sie führte mich an meinen Tisch mit der weißen gestärkten Decke und dem friesisch-blauen Geschirr. »Möchten Sie Kaffee oder Tee?«

»Gern Kaffee«, antwortete ich und trank als Erstes einen Schluck Orangensaft. Außer mir waren keine anderen Gäste da, und ich konnte in Ruhe meine Umgebung in Augenschein nehmen.

Die hellgrünen Wände schmückte eine Blumenbordüre, die Decke war holzgetäfelt und weiß lasiert. Viele kleine und große Bilder verliehen dem Raum eine persönliche, charmante Note. Über einer bunt bemalten Bauernkommode hingen die Porträts eines Mannes und einer Frau. Es sah beinahe so aus, als hätten die beiden ein wachsames Auge auf die Pension und ihre Gäste. Auf dem Tisch standen ein Korb mit frischen Brötchen und ein Teller mit klein geschnittenem Obst, selbstgemachte Marmelade in rustikalen Einweckgläsern, Honig und Butter.

»Möchten Sie ein popofrisches Ei?«, fragte Dörte Nielsen, als sie die Kaffeekanne vom gläsernen Stövchen nahm und mir einschenkte.

Ich musste grinsen. Diese Frage passte zu der Pensionswirtin. Irgendwie saß Dörte Nielsen der Schalk im Nacken.

»Nein danke, alles wunderbar. Ich bräuchte aber einen Busfahrplan. Das Wetter scheint ja heute schön zu werden, und ich wollte die Insel ein wenig erkunden.«

Dörte Nielsen stutzte: »Aber wieso fahren Sie denn nicht mit dem Rad? Wir haben hier für jeden Gast ein Fahrrad.«

»Ich fürchte, ich bin nicht so der Typ dafür«, gab ich ein wenig verschämt zu. »In der Stadt ist mir der Verkehr zu gefährlich, und hier bläst mir der Wind zu stark.«

»Verstehe«, antwortete die Pensionswirtin mit einem vielsagenden Lächeln. »Dann gebe ich Ihnen einen Fahrplan. Kleiner Tipp: Entscheiden Sie sich vorher, ob Sie links- oder rechtsherum fahren wollen und wie viel Zeit Sie dafür aufbringen wollen. Die Busse fahren eine Art Ringtour, so dass Sie bequem alles auf einmal sehen können. Hier haben Sie übrigens noch Butterbrotpapier, falls Sie Ihr Frühstück nicht schaffen und sich ein Brötchen schmieren wollen.«

Ich bedankte mich und freute mich im Stillen über diese nette Geste.

Als ich wieder in meinem Zimmer war und überlegte, wie ich

die Wartezeit bis zur Abfahrt des Busses nach Wyk überbrücken sollte, klingelte mein Handy. Es war Tim.

»Na, schwebst du auf Wolke sieben?«, fragte ich neugierig.

»Sagen wir mal, ich habe heute Nacht kaum geschlafen«, antwortete Tim bedeutungsschwanger und gähnte. »Und du? Was hast du so getrieben?«

Ich erzählte ihm von meinem Abendessen mit Leevke, von der schönen Pension, meinen ersten Eindrücken von Föhr und Dörte Nielsen. Doch dann hielt ich es nicht länger aus und wollte unbedingt wissen, wieso Tim so wenig geschlafen hatte.

»Ist der Kerl noch da, oder hast du ihn heute Morgen nach Hause geschickt?«

Tim gähnte erneut und so herzhaft, dass ich sofort ebenfalls müde wurde. Diese Nordseeluft hatte es wirklich in sich.

»Jedenfalls liege ich hier allein in meinem kuschelweichen Bett, und das ist auch gut so.«

Es war also alles wie immer …

»Verstehe … tut mir leid. Beim nächsten Mal läuft es sicher besser. Dann genieß wenigstens den Sonntag, anstatt Trübsal zu blasen. Ich fahre gleich nach Wyk, um mich umzuschauen und am Meer spazieren zu gehen, bevor es morgen mit dem Casting losgeht. Schade, dass du nicht hier bist, ich glaube, es würde dir gefallen.«

»Vielleicht besuche ich dich ja mal, wenn du drehfrei hast«, antwortete Tim in einem Tonfall, als würde er auf der Stelle einschlafen. Also verabschiedete ich mich von ihm und wünschte ihm gute Nacht.

Wenig später machte ich mich auf den Weg zur Bushaltestelle, um zum Hauptort der Insel zu fahren.

In Wyk angekommen, zog es mich sofort an den Südstrand und ans Meer. Zunächst schlenderte ich eine Weile an der Strandpromenade Sandwall mit den zahllosen Geschäften entlang;

vorbei an der Buchhandlung Bubu, dem für seine Friesentorte berühmten Traditionscafé Steigleder und dem Kurzentrum, in dem neben dem Kurgartensaal auch ein Kino untergebracht war.

In den bunten Auslagen wurden wie in Nieblum Tücher, Schmuck, Badeutensilien, kitschige Souvenirs und Tee angeboten.

Belustigt betrachtete ich drei überdimensional große Schachbretter, die in den Asphalt zementiert worden waren und sich insbesondere bei älteren Herren großer Beliebtheit erfreuten.

Wie an der Promenade in Westerland stieß ich auch hier auf eine Kurmuschel, die allerdings wesentlich kleiner war.

Nachdem ich mich eine Weile umgeschaut hatte, kehrte ich den Häusern und dem touristischen Trubel den Rücken und genoss den Anblick des Meers. Links von mir legte eine Fähre ab, vor mir erstreckte sich eine Holzbrücke, auch Seglerbrücke genannt, wie ich später einem blau-weißen Emailleschild entnahm.

Ich überquerte den langen Steg, schaute immer wieder auf das Meer, das weiße Schaumkronen an Land spülte, und schmunzelte über eine Möwe, die auf einem Holzbalken thronte, als posiere sie für ein Foto. Echter Postkartenkitsch. Leider hatte ich meine Kamera in der Pension vergessen.

Der Wind strich leicht über mein Gesicht und meine Haare, und die Sonne schien kräftiger als am Tag zuvor. Was für eine Wohltat!

Versonnen ließ ich meinen Blick über den Horizont schweifen. Gegenüber reihten sich die Warften der zehn Kilometer langen Hallig Langeneß und Oland wie Insel-Perlen an einer Kette – ein traumhaft schöner Anblick.

Als ich mich wieder zur Promenade umdrehte, entdeckte ich neben beeindruckenden Bauten aus der Gründerzeit leider auch architektonische Bausünden aus den siebziger Jahren.

Aber bunte Strandkörbe, so weit das Auge reichte, versöhnten mich sofort wieder und ließen Urlaubsstimmung aufkommen. Sehr schade, dass ich keine Ferien machte, um mich zu bräunen, in Ruhe ein Buch zu lesen – oder einfach meinen Gedanken nachzuhängen.

Als ich mich sattgesehen hatte, zog es mich weiter zu einer Strandbar namens Pitschis Strandhütte. Vor der charmanten Bretterbude mit kleiner Terrasse und angeschlossener Surfschule stapelten sich Surfboards und Katamarane. Hier ging es eindeutig cooler zu als an der Promenade.

Braungebrannte, durchtrainierte Männer und Frauen saßen unter Strohschirmen, unterhielten sich lebhaft und nippten an bunten Drinks.

Kurz überlegte ich, einen Eiskaffee zu trinken, entschied mich jedoch, zurück zur Pension zu fahren, so schwer es mir auch fiel. Ich wollte noch die letzten Details für das Komparsen-Casting am Montag durchgehen, um sicher zu sein, dass ich an alles gedacht hatte und alles nach Plan lief. Wenn ich mit Lucas Kaiser auskommen wollte, durfte mir kein Fehler unterlaufen. Schließlich durfte ich meinen Job nicht aufs Spiel setzen.

7. Kapitel

Montag, 15. Juli

Erschöpft, aber zufrieden saß ich Montagabend nach getaner Arbeit an der Bar des Erdbeerparadies, der bekannten Musikkneipe in Boldixum nahe Wyk. Das Lokal, liebevoll EP genannt, existierte seit 1898 und war bei Touristen und Einheimischen gleichermaßen beliebt.
Das Casting hatte im großen Konzertsaal stattgefunden, den ich bereits Wochen vorher gebucht hatte. Amüsiert betrachtete ich die zahllosen Zeugen einer äußerst lebhaften musikalischen Geschichte: an der Wand befestigte Gitarren, Fotos und Autogramme von Künstlern, Poster und Konzertplakate. Ganz besonders hatte es mir das signierte Bild des bekannten Blues-Musikers Abi Wallenstein angetan, den ich häufig auf der Straße sah, wenn ich meine Mutter in ihrem Hutladen in Eimsbüttel besuchte. Vermutlich wohnte der Künstler in der Gegend.
»Lust auf einen EP-Cocktail?«, fragte Michael, der nette Besitzer des Lokals, und nach kurzem Zögern nickte ich.
Ich hatte mir definitiv eine kleine Belohnung verdient. Den ganzen Nachmittag über hatte ich mir unzählige Leute angesehen, die sich als Statisten für unseren Film *Sommerliebe* beworben hatten. Gesucht wurden Komparsen zwischen zwanzig und siebzig, manche sollten auch kleinere Sprechrollen bekommen. Nun schwirrte mir der Kopf, ich hatte Hunger und war trotz meiner Erschöpfung aufgedreht. Außerdem wollte ich mich mit jemandem unterhalten und musste sofort an die lebhafte Leevke denken.

»Wenn Sie bis zweiundzwanzig Uhr warten, können Sie noch eine tolle Band hören«, sagte Michael, während er mir mein Getränk über den Tresen schob. »Zu essen gibt's hier übrigens auch. Sie würden also nicht verhungern.«

Ich schaute auf die Uhr, es war kurz vor acht.

Sollte ich Leevke anrufen, auch wenn wir uns erst seit kurzem kannten? Wäre ein Anruf zu aufdringlich, oder würde sie sich darüber freuen? Ich beschloss, es auf einen Versuch ankommen zu lassen, mehr als nein sagen konnte sie letztendlich nicht.

Doch wie sich herausstellte, war Leevke auch diesmal sehr spontan und hatte Lust, mich zu treffen.

»Sehr schön«, sagte sie begeistert, als ich sie per Handy erreichte. »Dann habe ich eine Ausrede, um heute keinen Haushaltskram machen zu müssen. Bügeln wird sowieso überbewertet. Außerdem war ich schon seit Ewigkeiten nicht mehr im EP.«

Keine zwanzig Minuten später saßen wir zusammen unter ausladenden Buchen und Kastanien im lauschigen Biergarten vor dem Erdbeerparadies. Von weitem hörte man die Glocken der St.-Nicolai-Kirche, berühmt für ihren wunderschönen Friedhof mit den »sprechenden Grabsteinen«, die auf allen nordfriesischen Inseln zu finden waren. Wenn ich es einrichten konnte, würde ich mir ein Orgelkonzert anhören, das überall auf Plakaten angepriesen wurde.

»Genau das Richtige, um diesen blöden Tag abzuschließen. Wenn ich heute noch Wäsche waschen und mein Badezimmer hätte putzen müssen, wäre ich vermutlich Amok gelaufen. Du kannst dich also als meinen rettenden Engel betrachten«, sagte Leevke und machte auf einmal ein düsteres Gesicht.

»Das klingt aber sehr dramatisch«, sagte ich verwundert. »Ist was passiert?«

»Ach, an sich nichts Besonderes, außer dass ich mal wieder einen meiner legendären Anfälle von Inselkoller habe. Aber dagegen hilft ja Tanzen. Bin wirklich froh, dass du mich angerufen hast.«

»Inselkoller?«, fragte ich, immer noch erstaunt, dass Leevke so ernst dreinschaute.

»Ja, zumindest nenne ich das so. Es gibt einfach Tage, da empfinde ich Föhr als eine Art Käfig, aus dem es kein Entkommen gibt. Zum Glück kommt das nicht so häufig vor, aber wenn doch, hat mich diese Depression ganz schön am Wickel. Sie legt sich über meine Seele wie ein schwarzes Tuch, das ich liebend gern abstreifen würde.«

»Oje, das tut mir sehr leid. Auch wenn es mir bei dieser zauberhaften Insel schwerfällt, das zu glauben. Klingt ziemlich anstrengend.«

»Ich bin leider nicht die Einzige, die darunter leidet, vor allem in den Wintermonaten, wenn Kälte, Schnee und Wind die Insel fest im Griff haben. Im Gegensatz zu einigen anderen Insulanern halte ich allerdings nichts davon, meinen Frust in Alkohol zu ertränken. Aber ich schwöre dir, bis zum Frühling mutiert der eine oder andere von uns durchaus zum Bollemaan, und du erkennst ihn nicht wieder!«

»Was ist denn bitte ein Bollemaan?«, fragte ich belustigt, wenngleich Leevkes Worte mich natürlich nachdenklich stimmten. »Ich kenne nur Bollerwagen.«

Endlich ließ Leevke wieder ihr glockenhelles Elfenlachen erklingen. »Bollemaan beziehungsweise Bollermänner sind Teil der nordfriesischen Mythologie, genau wie Puke, Rogfladers, Oterbaankin und Hexen. Der Sage nach ist ein Bollemaan ganz in Schwarz gekleidet, an sich überhaupt nicht meine Farbe. Er trägt einen langen Mantel und eine Kapuze, die sein Gesicht verdeckt. Auf seinem Rücken hat er einen Sack, in den er die frechen und unartigen Inselkinder steckt. Um sie zu erschrecken und dafür zu sorgen, dass sie brav sind, benutzt er zusätz-

lich einen dicken Knüppel, mit dem er gegen die Türen der Häuser schlägt.«
Auch wenn ich nicht an Spukgeschichten glaubte, bekam ich ein bisschen Gänsehaut.
Leevke grinste. »Nun mach nicht so ein Gesicht, als würde man dich gleich in einen Sack stecken, das ist alles halb so wild. Momentan haben wir ja Sommer, und mir geht es auch schon wieder viel besser, auch wenn hier leider weit und breit keine hübschen Kerle zu sehen sind. Aber vielleicht nachher, wenn wir das Tanzbein schwingen.«
Beim Thema Männer hakte ich nur allzu gern nach:
»Apropos, hast du eigentlich einen Freund, oder bist du gar verheiratet und hast Kinder, von denen ich noch nichts weiß?«, fragte ich neugierig. Von Minute zu Minute schloss ich die junge Frau mehr in mein Herz.
»Leider weder noch, und das wird wohl erst mal so bleiben«, seufzte Leevke. »Die Karten sagen, dass ich mein Glück spät finden werde. Und nun bin ich in Wartestellung.«
Einen Moment glaubte ich, mich verhört zu haben. Wovon um Himmels willen sprach Leevke da?
»Ich nehme an, du hast noch nie mit Tarot zu tun gehabt«, mutmaßte sie, und ich schüttelte den Kopf.
»Nein. Und ich war auch noch nie bei einer Wahrsagerin, glaube nur an Horoskope, wenn sie gut sind, und betrachte Kaffeesatz als Kaffeebohnenrest. Jetzt sag bloß nicht, dass du deine Zukunft davon abhängig machst, was dir irgendwelche Karten prophezeien.«
Leevke machte ein Gesicht, als sei ich ein sehr naives, äußerst ahnungsloses Kind, das dringend an die Hand genommen werden musste. »Doch, genau das glaube ich. Bislang ist immer alles so gekommen, wie das Tarot es mir vorhergesagt hat.«
»Und mit *Glück* meinen die Karten auch wirklich einen Mann?

Könnte doch sein, dass es um deine allgemeine Situation geht. Obwohl ich den Eindruck habe, dass du bis auf den besagten Inselkoller ganz zufrieden mit deinem Leben bist. Du hast einen hübschen Laden, bist selbständig, Patchouli ist eine sehr süße Katze, du wohnst direkt über dem Laden auf einer traumhaft schönen Insel, wo du auch geboren bist … du bist doch hier geboren, nicht wahr?«

Leevke nickte. »Und ob du es glaubst oder nicht: Gelegentlich habe ich sogar Sex.« Nun wieder bester Stimmung, grinste sie mich an. »Nur weil ich bislang noch nicht dem Mann begegnet bin, den das Tarot mir vorhergesagt hat, bedeutet das ja nicht, dass ich enthaltsam leben muss. Aber was ist mit dir? Bislang weiß ich nur, was du für einen Job hast. Gibt es denn einen Mann in deinem Leben, der sehnsüchtig darauf wartet, dass du bald wieder zu ihm zurückkehrst?«

Der Gedanke an Julian streifte mich erneut wie ein kalter Windhauch.

»Außer meinem Mitbewohner Tim, der aber an Männern interessiert ist, nicht. Ich habe bei meinem Job auch gar keine Möglichkeit, mich fest zu binden. Die meiste Zeit bin ich unterwegs und ziemlich eingespannt. Aber ich vermisse auch nichts, wenn ich ehrlich bin. Wenn ich sehe, wie eingefahren manche um mich herum so leben und wie viel Verantwortung sie für ihre Familien zu tragen haben, bin ich froh, dass ich frei wie ein Schmetterling durchs Leben flattern kann.«

Leevke schaute mich mit einer Mischung aus Bewunderung und Erstaunen an.

»Aber war dir denn bislang niemand so wichtig, dass du alle Bedenken und Prinzipien über Bord geworfen hast? Einer, dem du dein Herz geschenkt hast und der dir so viel bedeutet hat, dass du dir ein Leben ohne ihn nicht vorstellen konntest?«

»Ja, so jemanden gab es mal …«, flüsterte ich und kämpfte zu meinem Ärger mit den Tränen. »Aber das ist schon eine Weile her. Wir haben sechs Jahre lang eine nervenaufreibende On-and-off-Beziehung geführt, bis er auf einmal beschloss, dass er meine beste Freundin Viola sexy findet.«

Der Gedanke an den Abend, als ich die beiden eng umschlungen und offensichtlich schwer verliebt in einem Münchner Nachtclub gesehen hatte, brannte immer noch wie Feuer.

»Ach du je, das ist ja furchtbar«, murmelte Leevke sichtlich betroffen und streichelte mir über den Handrücken. »Mir ist so etwas zum Glück noch nie passiert, aber ich stelle es mir ziemlich grausam vor, auf einen Schlag gleich zwei Menschen zu verlieren, die man liebt. Wie … wie bist du denn damit klargekommen? Ich meine, sie war deine beste Freundin. Wer macht denn so was?«

Ich dachte an jene Nacht Ende April, in der meine Welt zusammengebrochen war. Blind vor Tränen war ich aus dem Club gestürmt.

Dann hatte ich sowohl Julian als auch Viola eine Nachricht auf den Anrufbeantworter gesprochen, die mehr als eindeutig war: Ich wollte keinen von beiden jemals wiedersehen!

Obwohl Viola und Julian ein ums andere Mal versuchten, das Geschehene zu erklären und mich um Verzeihung zu bitten, war ich hart geblieben. Manche Dinge waren unverzeihlich.

So weh es auch tat – ich musste diese schmerzhafte Erfahrung hinter mir lassen und nach vorne blicken.

In eine Zukunft ohne meine beste Freundin und meinen Geliebten.

8. Kapitel

Mittwoch, 17. Juli

Als ich Mittwochmorgen aufwachte, drehten sich meine Gedanken sofort um die Arbeit.
Hoffentlich lief nachher bei der Anreise und mit dem Warm-up-Treffen von Lucas Kaiser und den beiden Hauptdarstellern alles glatt!
Ich hatte für zwanzig Uhr einen Tisch im Restaurant der Villa Witt reserviert, zuvor die Zimmer überprüft und mich vergewissert, dass sämtliche Extrawünsche berücksichtigt worden waren.
An sich gehörten derartige Aufgaben in den Bereich der Filmproduktion oder der Aufnahmeleitung. Da ich jedoch ganz bewusst früher angereist war, übernahm ich in diesem Fall ausnahmsweise den Job. Ich wollte schließlich so viel wie möglich unter Kontrolle haben.
Im Bett ging ich alles noch einmal durch, was für heute auf dem Plan stand: Der Regisseur, der Kameramann und die beiden Hauptdarsteller Tobias Krenz und Sophie Harding sollten zusammen mit ihren jeweiligen Fahrern mit der Nachmittagsfähre eintreffen.
Der Rest des Teams, mitsamt den Wohnwagen für die Darsteller, dem Catering, der Crew und dem kompletten technischen Equipment, nahm die darauffolgende Fähre, würde aber erst Donnerstagmorgen am Set sein. Als ich aufstand, spürte ich immer noch jeden einzelnen Muskel, ich hatte schon seit Ewigkei-

ten nicht mehr getanzt. Aber ich bereute nichts, denn Leevke und ich hatten uns am Montag köstlich amüsiert.
Während des Frühstücks checkte ich erneut die Dispo-Liste für die ersten drei Drehtage. Es standen Innenaufnahmen auf dem Programm und zwei Szenen am Strand von Utersum.
»Na? Schon aufgeregt?«, fragte Dörte Nielsen und schenkte mir Kaffee ein. Es war jedes Mal eine Wohltat, in das herzliche Gesicht dieser erfreulich bodenständigen Frau zu schauen.
»Ehrlich gesagt schon. Die ersten Tage sind immer ein kleines Abenteuer. Das Team muss sich zusammenraufen, die Abläufe müssen sich einspielen, alle müssen sich erst einmal einfinden. Aber ich bin optimistisch, dass das klappt. Wir haben eine tolle Crew und glücklicherweise keine besonders zickigen Hauptdarsteller.«
Dörte Nielsen grinste. »Also niemanden mit Starallüren, der lauter Extrawürstchen haben will.«
Ich dachte an die zauberhafte Sophie Harding, ein absoluter Profi, immer gut vorbereitet und zudem eine echte Team-Playerin, die meistens gute Laune versprühte.
Auch mit Tobias Krenz hatte ich bislang nur positive Erfahrungen gemacht. Er drehte pro Jahr ein bis zwei Filme und spielte ansonsten mit großer Leidenschaft Theater. Bisher hatten wir uns immer gut verstanden.
»Ich drücke Ihnen die Daumen für heute. Die Zimmer für die anderen Gäste sind jetzt übrigens bezugsfertig«, fuhr Dörte Nielsen fort und kippte das Fenster im Frühstücksraum. Fröhliches Vogelzwitschern erklang, und die Gardinen bauschten sich in der leichten Frühsommerbrise. »Dürfen Sie mir denn den Drehort verraten, und wie Sie das Haus gefunden haben, oder bin ich zu neugierig?«
Ich schmunzelte. »Nein, nein, keine Sorge. Solange Sie nicht unangemeldet am Set auftauchen, um zuzuschauen. Das Reet-

dachhaus, das die Hauptdarstellerin im Film erbt, ist eigentlich ein Ferienhaus und liegt relativ einsam am Strand in der Nähe von Utersum. Es wurde schon vor Monaten von einem Location-Scout ausgesucht und angemietet. In der letzten Woche waren unsere Set-Designer damit beschäftigt, es erst komplett leer zu räumen, dann teilweise zu streichen und neu auszustatten. Soweit ich es auf den Fotos sehen konnte, ist es wirklich entzückend geworden.«

Erstaunt riss Dörte Nielsen die Augen auf.

»Die haben das Haus neu gestrichen?«, fragte sie ungläubig. »Aber was passiert, wenn es den Besitzern nicht gefällt? Ich stelle mir gerade vor, das würde jemand mit unserer Pension machen. Nicht auszudenken. Nee, nee, für so was würde ich unser Haus nicht zur Verfügung stellen.«

»Keine Sorge. Die Produktionsfirma ist natürlich verpflichtet, am Ende dafür zu sorgen, dass alles wieder aussieht wie zuvor. Außerdem passt sie darauf auf, dass keinerlei Schaden entsteht. Meist werden alle Möbel, Bilder und sonstigen Gegenstände eingelagert.«

Dörte Nielsen machte ein skeptisches Gesicht. »Ich glaube, ich würde so etwas nicht wollen, für kein Geld der Welt. Aber gut, jeder ist eben anders. So, nun muss ich aber weitermachen. Und wie gesagt, viel Erfolg heute.«

Ich bedankte mich für ihre lieben Wünsche und blätterte im *Inselboten,* während ich ein zweites Brötchen aß.

Nach dem Frühstück ging ich in den Supermarkt, um eine bestimmte Sorte Whiskey für Lucas Kaiser zu besorgen und mehrere Tafeln Nussschokolade.

Gut, dass bald sein Fahrer hier eintreffen und ab dann diese Botengänge übernehmen würde!

Unschlüssig stand ich vor dem Spirituosenregal. Bedauerlicherweise war die Lieblingssorte meines Chefs nicht vorrätig, und

ich wollte ihn nicht sofort gegen mich aufbringen, indem ich das Falsche besorgte. Aber ein netter und kompetenter Verkäufer beriet mich, und ich hoffte, ich hatte nicht danebengegriffen.
Der Rest des Nachmittags verging wie im Flug mit letzten organisatorischen Vorbereitungen, und schließlich brachte der Fahrer mich nach Wyk zur Fähre. Zahllose Passagiere gingen von Bord, bevor die ersten Autos von Deck rollten.
Lucas Kaiser kam mit Sven Ohlsen, dem Aufnahmeleiter, und die beiden Hauptdarsteller mit einem zweiten Wagen.
Ich sollte die vier willkommen heißen und sie zum Hotel begleiten.
Kurz darauf tauchte der protzige Mercedes mit dem Regisseur und dem Aufnahmeleiter auf, dahinter der BMW mit den beiden Schauspielern.
Ich erkannte Tobias an seinen dunklen Haaren, doch neben ihm saß erstaunlicherweise ein Rotschopf.
Nanu?
Hatte sich Sophie Harding plötzlich die Haare gefärbt?
Ein bisschen nervös überlegte ich, ob ich so kurzfristig noch einen Termin beim Friseur bekam, da die Hairstylistin erst mit einer späteren Fähre eintraf.
Die Rolle sah eindeutig eine Blondine vor, und ich wusste, dass Lucas Kaiser keinerlei Spaß verstand!
»Hallo, Felicitas, nett, dass du uns abholst«, rief Tobias mir durch das heruntergekurbelte Fenster zu. Als ich sah, wer neben ihm saß, wäre ich beinahe in Ohnmacht gefallen: Es war Viola Walder, meine ehemals beste Freundin und die Frau, mit der mich damals Julian betrogen hatte!

Das schaffst du, das schaffst du! Du bist ein Profi, redete ich mir am Abend ein, während ich in der Pension am geöffneten Fenster stand, frische Luft einatmete und darauf wartete, dass sich das

Zittern in meinen Beinen und das heftige Trommeln in meiner Brust allmählich legten.

Wieso hatte Lucas Kaiser mir verschwiegen, dass Sophie Harding buchstäblich in allerletzter Sekunde gegen Viola ausgetauscht worden war?

»Sorry, dass ich vergessen habe, Ihnen zu sagen, dass Frau Harding zurzeit wegen einer Schwangerschaft ausfällt und Frau Walder bereit war, für sie einzuspringen«, hatte Lucas auf meine entsetzte Nachfrage hin lapidar geantwortet, nachdem er in der Villa Witt eingecheckt hatte. »Aber machen Sie doch nicht solch einen Wind um die Sache! Die eine ist fast wie die andere, wo also liegt das Problem?«

»Zum Beispiel in der Haarfarbe«, antwortete ich entrüstet. So gedemütigt hatte ich mich schon lange nicht mehr gefühlt. Dass Viola und ich uns kannten, konnte mein Boss natürlich nicht wissen. Aber mich als seine Assistentin ohne Vorwarnung mit der Umbesetzung einer Rolle zu konfrontieren, war mehr als unprofessionell. Und unkollegial!

Außerdem fragte ich mich, ob Viola gewusst hatte, dass ich bei dem Dreh dabei war, bevor sie den Vertrag unterschrieben hatte.

Nun, das würde sich spätestens in einer Viertelstunde herausstellen, wenn wir uns alle zum Aperitif trafen, um gleich darauf mit unserer Warm-up-Feier zu starten.

Wie viele Produktionsfirmen und Regisseure lud Lucas traditionell am Vorabend des ersten Drehtags die Schauspieler, den Kameramann und den Aufnahmeleiter zum Essen ein, damit alle Beteiligten sich in Ruhe kennenlernen konnten.

Bei anderen Filmen hatte ich es sogar erlebt, dass das gesamte Team eine kleine Party feierte. Doch Lucas Kaiser schien in bestimmten Kategorien und Hierarchien zu denken.

Bevor ich zur Villa Witt ging, überprüfte ich ein Dutzend Mal

mein Aussehen im Spiegel. Natürlich wusste ich, wie Viola jetzt aussah, weil die Yellow Press ständig über sie berichtete.
Die Beziehung mit Julian hatte damals offenbar genauso schnell und stürmisch geendet, wie sie begonnen hatte, und danach blieb es nicht aus, dass die Fotografen Viola auf Empfängen und Filmpremieren zusammen mit attraktiven Kollegen ablichteten.
Allerdings war sie meines Wissens nach Single, genau wie ich.
Noch immer erinnerte ich mich gut daran, dass Viola mich ungefähr ein Jahr nach der Trennung von Julian per E-Mail um ein Treffen gebeten hatte, damit wir uns endlich einmal in Ruhe *aussprechen* konnten. Ich hatte weder auf diese noch auf die anderen Mails geantwortet.
Irgendwann hatte Viola anscheinend verstanden, dass ich keinerlei Wert darauf legte, sie zu sehen oder zu sprechen.
Doch mit dem heutigen Abend wendete sich das Blatt …
Mit klopfendem Herzen ließ ich mich von einem herbeieilenden Kellner zu dem Tisch von Love Film führen.
Zum Glück noch keine Spur von Viola. Bislang waren lediglich Tobias Krenz, Aufnahmeleiter Sven Ohlsen und Kameramann Guido Ahrens eingetroffen.
Mir kam nicht zum ersten Mal in meinem Berufsleben der Song *This Is A Man's World* in den Sinn, denn beim Theater wie auch beim Film hatten, bis auf wenige Ausnahmen, nach wie vor die Männer das Sagen.
»Na, alles gut, Felicitas?«, fragte Sven Ohlsen und gab mir das branchenübliche Begrüßungsküsschen auf beide Wangen.
»Alles bestens«, log ich schamlos und begrüßte Tobias Krenz und den Kameramann. Mittlerweile hatte ich sogar ein wenig Atemnot. Die Angst vor der Begegnung mit Viola schnürte mir förmlich die Kehle zu.
»Felicitas. Wie schön, dich nach langer Zeit endlich einmal wie-

derzusehen«, flötete Viola schon von weitem und fiel mir so schnell um den Hals, dass ich mich nicht wehren konnte. Lucas Kaiser stand ein wenig abseits und beobachtete sichtlich amüsiert die Szenerie.

»Hallo«, murmelte ich, wand mich aus der Umarmung und vermied jeglichen Blickkontakt. Es genügte mir vollkommen, dass nun Violas schweres Parfüm in meinem Kleid hing, wie eine Klette, die man so schnell nicht wieder loswird.

»Dann würde ich vorschlagen, wir setzen uns alle«, tönte nun Lucas Kaisers sonore Stimme durch das Restaurant. »Wie wäre es mit einem Gläschen Champagner als Aperitif?«

Die Getränke wurden serviert, und schon kurze Zeit später unterhielten sich alle aufgeregt über den morgigen Drehbeginn, denn bei *Sommerliebe* stand einiges auf dem Spiel: Die Produktion *musste* ein Quotenrenner werden, ansonsten war Love Film gezwungen, Konkurs anzumelden.

Dummerweise saß ich schräg gegenüber von Viola. Obwohl ich spürte, wie ihre Blicke sich förmlich in meine Haut brannten, tat ich alles, um jeglichen Augenkontakt oder ein Gespräch zu vermeiden.

»Sie sind ja heute Abend so still, Felicitas«, bemerkte Lucas nach einer Weile und grinste süffisant. »Denken Sie immer noch darüber nach, wie Sie das Problem mit der Haarfarbe von Frau Walder lösen?«

Alle schauten mich interessiert an, und ich merkte, wie heiße Röte sich auf meinem Gesicht ausbreitete.

»Keine Sorge. Ich habe drei blonde Perücken im Gepäck. Die vom Hairstyling wissen Bescheid, es kann also nichts schiefgehen«, erklärte Viola und lächelte zuckersüß. Ich hatte nicht die leiseste Ahnung, was in ihrem Kopf vor sich ging. Wollte sie sich nach wie vor mit mir versöhnen und suchte deshalb meine Nähe, oder war dies ihr verspäteter persönlicher Rachefeldzug,

weil ich mich damals ihrem Wunsch nach einer Aussprache widersetzt hatte?
Ich dachte an die Viola von früher, meine beste Freundin aus Kindertagen. Sie war ein wildes, rothaariges Mädchen gewesen, das auf Bäume kletterte und Astrid Lindgrens Buch *Ronja Räubertochter* auswendig kannte. Wir hatten uns zusammen Geschichten ausgedacht, gemeinsam an der Theater-AG teilgenommen und im Schulchor gesungen. Seit unserem fünften Lebensjahr waren wir ein Herz und eine Seele gewesen.
Am Gymnasium hatte man uns *Die Unzertrennlichen* genannt.
Viola war bei mir und ich bei ihr ein und aus gegangen.
Wir teilten alles miteinander: Schulbrote, erste Schwärmereien, schlechte Zeugnisse, Musik, unseren Liebeskummer. Nur einen Menschen hatte ich nicht teilen wollen: Julian.
»Na sehen Sie, Felicitas, ist doch alles bestens!«, grinste Lucas, der offensichtlich schon ein bisschen zu viel Champagner intus hatte. Seine ohnehin blassblauen Augen wirkten wässrig, sein Blick leer.
Mit Mitte vierzig war der Regisseur ein attraktiver Mann gewesen: groß, schlank, welliges, blondes Haar. Lässig gekleidet, stets mit Cordjackett und einer Blume im Knopfloch, als Hommage an längst vergangene Kinozeiten.
Doch heute, mit achtundfünfzig, hatte sein Aussehen ziemlich gelitten. Die Krise in der Film- und TV-Branche machte ihm zu schaffen, ebenso wie sein überhöhter Alkohol- und Zigarettenkonsum, außerdem hatte er psychische Probleme.
Ich war entsetzt, wie viel er in sich hineinschaufelte, während der Rest des Teams sich eher an gesundes, weniger fettes Essen hielt.
Irrte ich mich, oder hob Viola gerade spöttisch die Augenbraue, als Lucas sich noch mehr Soße über seine Kartoffelbeilage goss?

Unsere Blicke trafen sich für den Bruchteil einer Sekunde, doch dies genügte, um alles ins Wanken zu bringen.
Einen Moment lang hatte ich die *alte* Viola aufblitzen sehen, mit der ich mich nach der Schule über die Lehrer lustig gemacht hatte.
Viola und Felicitas, die Unzertrennlichen.
Beste Freundinnen für immer!

9. Kapitel

Donnerstag, 18. Juli

Oh, mein Gott, du Ärmste«, stöhnte Tim, als ich ihn Donnerstagabend nach dem ersten Drehtag angerufen und von Viola erzählt hatte.
»Und wie hast du den Tag heute überstanden? Das muss ja ein Alptraum gewesen sein!«
Ich überlegte einen Moment, bevor ich antwortete. Seltsamerweise war der Dreh selbst nicht so schlimm gewesen, wie ich ihn mir in der Nacht zuvor ausgemalt hatte. Viola war durch und durch professionell und eine wirklich gute Schauspielerin! Obwohl sie bei der Leseprobe mit allen Darstellern in Hamburg nicht dabei gewesen war, hatte sie die Rolle der Hauserbin Sarah Wagner genauso gut beherrscht, als hätte sie diese Filmfigur seit Wochen studiert und das Textbuch auswendig gelernt.
Mit aller Kraft hatte ich versucht, meine persönlichen Gefühle und die alten Verletzungen zugunsten des Jobs zurückzustellen.
»Momentan bin ich ziemlich erledigt, aber ich habe letzte Nacht auch kaum ein Auge zugemacht. Zum Glück hat Viola weder den Versuch unternommen, mir ein privates Gespräch aufzudrängen, noch mich in meiner Arbeit behindert. Wenn wir uns beide in den nächsten vier Wochen halbwegs erwachsen verhalten, werden wir das Kind schon schaukeln.«
Tim machte ein undefinierbares Geräusch, als würde er nachdenken.
Dann sagte er: »Weißt du, dass du eine coole Socke bist, Butter-

fly? Diese Tussi hat dir das Herz aus der Brust gerissen. Und anstatt sie in der Nordsee zu ertränken, bist du ungemein tapfer und tust, als sei nie etwas zwischen euch vorgefallen. Ehrlich, ich bewundere dich. *Ich* könnte das nicht.«

In mir zog sich alles zusammen, weil ich wusste, dass ich mich auf dünnem Eis bewegte. Ich beging gerade Selbstbetrug, aber was blieb mir anderes übrig?

Ich musste irgendwie diesen Dreh hinter mich bringen und versuchen, so wenig emotional wie möglich an alles heranzugehen. Schreien und Toben konnte ich immer noch, wenn ich wieder zu Hause war.

»Aber lass uns jetzt über etwas anderes sprechen als diese dumme Kuh. Wie ist das Wetter auf Föhr? Und noch viel wichtiger: Gibt es heiße Typen am Set?«, fragte Tim, sichtlich darum bemüht, mich auf andere Gedanken zu bringen.

Ich musste lachen, weil ich mir gerade seinen Gesichtsausdruck ausmalte.

»Da laufen schon ein paar Schnuckels rum, aber ich weiß nicht, ob sie noch zu haben sind …«

»Wann kann ich dich besuchen?«, platzte Tim aufgeregt heraus. »Du hast doch ein Doppelbett, nicht wahr?«

Ich sah mich in meinem gemütlichen, aber kleinen Zimmer um.

Würde ich es hier ein paar Tage lang zusammen mit ihm aushalten? Und was würde Dörte Nielsen dazu sagen?

Dann checkte ich den Drehplan und den Kalender. Laut Arbeitsschutzbedingungen standen jedem Mitarbeiter spätestens nach sechs Tagen Drehzeit in Folge zwei freie Tage zu. Nach dem momentanen Stand der Dinge hätte ich also Mittwoch und Donnerstag der kommenden Woche Zeit.

»Das ist ja super!«, freute sich Tim. »Rein zufällig habe ich gerade nichts vor und könnte durchaus ein bisschen Tapetenwechsel brauchen. Dann würde ich Dienstagabend anreisen und bleibe bis Freitag oder so, wenn das für dich okay ist.«

»Vorausgesetzt, meiner Pensionswirtin ist das recht«, wandte ich ein. »Außerdem musst du auf alle Fälle dein Frühstück selbst bezahlen. Oder wir frühstücken an den beiden Tagen irgendwo anders.«

Tim stieß einen Jubelschrei aus, und auch ich freute mich. Was sollte Dörte Nielsen schon dagegen haben, dass er mich besuchte?! Im schlimmsten Fall würde sie eben einen Doppelzimmerzuschlag berechnen.

Nachdem ich aufgelegt hatte, starrte ich aus dem Fenster. Es war beinahe neun Uhr abends und immer noch hell. Ob ich noch spazieren gehen sollte?

Am Rand des Dorfteichs standen laut Leevke Strandkörbe. Momentan stellte ich es mir sehr schön vor, in einem von ihnen den Sonnenuntergang zu beobachten.

Keine fünf Minuten später ging ich los und war froh über meine Entscheidung. Die Stille, die gute Luft und das schöne Wetter waren Balsam für die Seele, außerdem war es angenehm warm. Ich hätte keine Lust gehabt, mich wie einige aus dem Team in eine Kneipe zu setzen.

Wie wohl Viola den Abend verbrachte?

Hoffentlich begegnete ich ihr nicht zufällig!

Nachdem ich durch Lindenalleen geschlendert war, kam ich am großen Dorfteich, auch *De Meere* genannt, an. Ich amüsierte mich über die vielen Enten und Möwen, die sich aufgeregt herumflatternd von den Feriengästen füttern ließen.

Das grünlich schimmernde Wasser war umsäumt von zarten Birken und stämmigen Nadelbäumen, und ein kleiner Holzpavillon wurde wie in Wyk in der Saison offenbar für Konzerte genutzt. Ein wirklich idyllisches Plätzchen, das mich sofort verzauberte.

Ich kuschelte mich in einen rot-blau-grün gestreiften Strandkorb am Rande des Spielplatzes, der um diese Uhrzeit leer war.
Wann hatte ich eigentlich zuletzt auf einer Schaukel gesessen? Abermals dachte ich an meine Kindheit zurück.
Viola und ich zusammen auf einer Wippe, vor Freude und Aufregung johlend. Bei manchen Kindern musste man auf der Hut sein, dass sie ohne Vorwarnung von der Wippe sprangen und man ziemlich brutal in die Höhe und auf den Boden geschleudert wurde. Bei Viola hatte ich so etwas nie befürchten müssen. Sie hätte niemals etwas getan, das mir geschadet hätte.
Bis zu dem verhängnisvollen Abend, der unsere Freundschaft auf immer zerstört hatte.
Warum hatte sie damals bloß ihre Gefühle für Julian über unsere langjährige, kostbare Freundschaft gestellt?
Wie von einem unsichtbaren Seil gezogen, fand ich mich zu meiner Verwunderung plötzlich auf der Schaukel wieder. Ich legte den Kopf in den Nacken und schaute in den Abendhimmel.
Die Welt stand auf einmal kopf, und ich genoss dieses Gefühl, über allem zu schweben, in vollen Zügen. Ich schaukelte und schaukelte und konnte nicht genug bekommen.
Hier oben in der Luft fühlte ich mich so frei wie ein Schmetterling.
Wer war schon Viola?
Und wer Lucas Kaiser?
Sie würden lediglich ein paar Wochen eine kleine Rolle in meinem Leben spielen.
Ich hatte mein Schicksal selbst in der Hand. Macht bekamen sie nur über mich, wenn ich es zuließ.
Keine Ahnung, wie lange ich schon auf der Schaukel saß, aber allmählich begann es zu dämmern.
Zeit, zurück in die Pension zu gehen, um dem darauffolgenden Tag gefasst und gestärkt ins Auge zu blicken.

10. Kapitel

Freitag, 19. Juli

Wer hat denn diesen Blindfisch engagiert? Haben Sie beim Casting vergessen, Ihr Gehirn einzuschalten, Frau Mahler?«, tobte Lucas Kaiser, und ich hatte das Gefühl, vor Scham im Erdboden zu versinken.

Im Gegensatz zu gestern stand dieser Drehtag unter keinem guten Stern. Der freundliche, ältere Herr der Laienspielgruppe Oldsum, der die Rolle eines Briefträgers spielen sollte, entpuppte sich leider als Totalausfall.

Er konnte sich seinen Text nicht merken, obwohl dieser nur aus einem simplen Zweizeiler bestand, und spielte schrecklich hölzern. Dass der Regisseur vor Wut schäumte und herumschrie, machte die Sache nicht eben besser.

Ständig musste Viola ihre Stichworte wiederholen, und mir stand bei jeder weiteren Klappe beinahe das Herz still.

Als Lucas wutentbrannt seinen halbvollen Kaffeebecher auf den Boden schleuderte, rannte der eingeschüchterte Komparse vom Set – und ich hinterher. Doch Lucas pfiff mich zurück, und so blieb mir keine andere Wahl, als seinen Ausbruch über mich ergehen zu lassen.

Nun war es also so weit: Mein Chef rastete aus!

Jeder Versuch zu erklären, dass der Komparse beim Casting einen guten Eindruck gemacht hatte und hier auf der Insel in einer Theatergruppe spielte, ging nach hinten los. Oh, mein Gott, wieso musste das nur passieren.

Je mehr ich erklärte und um Verständnis warb, desto mehr flippte Lucas aus.
»Eine halbe Stunde Drehpause für alle«, schrie er schließlich, stapfte, ohne mich eines weiteren Blickes zu würdigen, zu seinem Wohnwagen und knallte die Tür hinter sich zu.
Ich stand da wie ein begossener Pudel und suchte fieberhaft nach einer Lösung.
»Tut mir leid«, flüsterte Viola und reichte mir einen Becher Tee.
»Keine Sorge, der kriegt sich schon wieder ein. Aber wir müssen uns jetzt dringend überlegen, wo wir einen neuen Briefträger herbekommen.«
Obwohl es schon beinahe skurril war, dass ausgerechnet meine Erzfeindin Viola mich trösten wollte, taten ihre Worte – insbesondere das *Wir* – erstaunlich gut.
»Hat die Casting-Agentur nicht noch jemanden für uns?«, fragte sie, während mein Gehirn auf Hochtouren lief.
Der Drehplan durfte auf keinen Fall durcheinandergeraten, denn jede Stunde kostete die ohnehin schon angeschlagene Produktionsfirma einen Haufen Geld. Natürlich hätte ich die Casting-Agentur um Hilfe bitten können, doch dann hätten wir frühestens morgen einen Ersatz bekommen.
Auf der Suche nach einer schnellen Lösung dachte ich an Leevke. Vielleicht fiel ihr jemand Geeignetes für die kleine Rolle ein, sie kannte ja nahezu jeden auf der Insel. Ob ich sie anrufen sollte?
Mit pochendem Herzen wählte ich ihre Nummer.
Wenn sie keinen Rat wusste, sah es schlecht aus – und das konnte mich meinen Job kosten.
Zum Glück meldete sich Leevke sofort und hatte nach einigem Überlegen eine Idee: »Ich frag mal meinen guten Freund Niklas und melde mich wieder«, schlug sie vor.
Während ich telefonierte, beobachtete Viola mich aufmerksam.

»Und?«, wollte sie wissen, nachdem ich das Gespräch beendet hatte. Sie schaute auf ihre Armbanduhr.
Früher hatte sie nie eine getragen, weshalb sie häufiger zu spät zu unseren Verabredungen kam. Doch die Rolle schrieb neben der blonden Pferdeschwanzfrisur ein eher konservatives Outfit vor, und entsprechend auch eine Uhr.
»Mit viel Glück bekomme ich Ersatz, allerdings ist der dann wohl ungefähr fünfzehn Jahre jünger als geplant …«
Ich wagte es kaum, das Wort *Ersatz* laut auszusprechen, aus Angst, ich hätte das alles nur geträumt und würde in Wahrheit gleich von meinem Chef vom Set gejagt. Was allerdings immer noch passieren konnte, wenn Leevke niemanden fand.
»Hoffentlich sieht er wenigstens gut aus«, bemerkte Viola.
Ihre Worte durchfuhren mich wie ein Blitz. Auch Viola schien zu merken, wie unpassend ihre Bemerkung gewesen war, denn sie nestelte verlegen an ihrem Rocksaum.
Gott sei Dank klingelte in diesem Augenblick mein Handy und setzte unserer schrecklichen Verlegenheit ein Ende.
»Sobald Niklas weiß, wo er hinmuss, ist er auch schon da«, zwitscherte Leevke fröhlich, und mir fiel ein Stein vom Herzen.
»Er ist sehr wach im Kopf. Und er hat Lust mitzumachen und Erfahrung, weil er schon mal in einem Film mitgespielt hat.«
Leevkes Optimismus und Fröhlichkeit wirkten dermaßen ansteckend, dass ich trotz meiner Skepsis Hoffnung schöpfte.
Vielleicht gelang es mir ja, Lucas zu überzeugen, die nächste Szene vorzuziehen, so dass ich diesem Niklas eine kleine Einweisung geben konnte.
Ich nannte Leevke die Adresse des Drehorts, bedankte mich für ihre Hilfe und atmete tief durch. Dann ging ich mit weichen Knien zu Lucas' Wohnwagen und klopfte. Ich war auf alles gefasst. Notfalls war's das dann!
Als er zu meiner großen Überraschung halbwegs freundlich

»Herein!« rief, betrat ich das Reich, in dem sich der Regisseur am Set zurückzog.
Hier müsste dringend gelüftet werden, dachte ich, als mir ein unangenehmer Geruchscocktail aus Zigaretten, abgestandener Luft und Alkohol entgegenschlug.
Im Aschenbecher türmten sich die Kippen, und eine halbleere Flasche Whiskey zeugte davon, dass Lucas Kaiser augenscheinlich nicht nur nach Drehschluss trank. Vertrug sich der Alkohol überhaupt mit den Antidepressiva, die er angeblich nahm?
Auf dem Tisch stand ein Foto, das einen deutlich schlankeren, gesünder aussehenden Lucas zusammen mit einer hübschen, strahlenden Frau und zwei entzückenden Kindern zeigte.
»Ich wollte nur Bescheid geben, dass ich Ersatz für den Komparsen gefunden habe, allerdings ist der Briefträger ungefähr fünfzehn Jahre jünger, und wir müssten die nächste Szene im Drehplan vorziehen«, sagte ich unsicher, während ich mich innerlich schon für den nächsten Tobsuchtsanfall wappnete. Doch erstaunlicherweise lächelte Lucas nur und nickte. Dann war ich *entlassen*.
Seine Majestät, der Starregisseur, wollte offenbar noch einen Augenblick allein sein.
Oder noch einen Schluck trinken.
Zu meiner großen Erleichterung lief der darauffolgende Take wie am Schnürchen. Viola und Tobias waren Profis durch und durch und holten die Zeit auf, die ich durch meine Fehleinschätzung des Komparsen verursacht hatte.
Eine halbe Stunde später traf ein sichtlich gutgelaunter Niklas Sönksen am Set ein. Er war mir auf Anhieb sympathisch.
Zum Glück musste die Stylistin nur den Saum der Hose ein wenig verlängern, ansonsten passte dem Hünen mit den raspelkurzen, hellblonden Haaren und den durchtrainierten Oberarmen das Briefträger-Outfit wie angegossen.

»Das sollte zu schaffen sein«, bemerkte er, als ich ihm das Blatt mit seinen zwei Filmsätzen gab. »Wozu habe ich schließlich in dem letzten Film, der auf Föhr gedreht wurde, mitgespielt?«, sagte er und behielt zum Glück recht.
Der Ausfall des Komparsen erwies sich als Glücksfall: Niklas war anscheinend ein Naturtalent. Nach dem dritten Anlauf hatten wir die Szene mit Viola im Kasten, die viel überzeugender rüberkam, als wenn wir sie mit dem ursprünglichen Komparsen gedreht hätten.
Lucas Kaiser enthielt sich eines Kommentars, aber in seinem Gesicht spiegelte sich eine gewisse Zufriedenheit wider.
»Ruft mich an, wenn ihr wieder Hilfe braucht«, sagte Niklas zum Abschied, als ich mir seine Kontoverbindung für das Honorar notierte. »Und falls dich Drachensteigen interessiert, besuch mich mal in meinem Laden in Nieblum, ich würde mich freuen.«
Mit diesen Worten gab er mir seine Karte und winkte fröhlich zum Abschied.
»Na, das ist ja noch mal gutgegangen«, sagte Viola und lächelte mich an, als seien wir immer noch beste Freundinnen. Trotz meiner Erleichterung war der Umgang mit ihr alles andere als normal. Denn auch wenn die Dreharbeiten problemlos liefen, blieb die Viola mit dem unschuldigen Blick für mich eine rothaarige Natter, die vor zehn Jahren mein Leben in einen Trümmerhaufen verwandelt hatte.
Und *das* konnte ich ihr niemals verzeihen, ganz egal, wie sehr sie sich auch anstrengte, nett zu mir zu sein.

11. Kapitel

Dienstag, 23. Juli

Vollkommen erschöpft von einem anstrengenden Dreh im Morgengrauen, kehrte ich am frühen Dienstagnachmittag in die Pension zurück. Hinter mir lagen drei produktive, wenn auch nicht gerade stressfreie Tage.
Zum Glück war nach der Panne mit dem Komparsen alles glattgelaufen, und Lucas Kaiser war für seine Verhältnisse ziemlich gut drauf gewesen. Obwohl ich mit einem Nachspiel gerechnet hatte, hatte er kein Wort mehr über den leidigen Vorfall verloren.
Nun freute ich mich auf meine freien Tage, und vor allem auf den Besuch von Tim, der heute Abend eintraf, aufs Ausschlafen und auf ein ausgiebiges Sonnenbad am Meer. Als ich mich in den Strandkorb im Garten der Pension setzte, um ein wenig durchzuatmen, zeigte mein Handy den Eingang einer Nachricht auf der Mailbox an.
Sie war von Tim:

»Butterfly, ich muss leider absagen, weil ich spontan einen Auftrag für ein Hochzeitsvideo bekommen habe. Du weißt zwar, wie schwer mir das fällt, aber mir bleibt keine andere Wahl, wenn ich nächsten Monat die Miete bezahlen möchte. Ruf mich bitte an, damit ich weiß, dass du meine Nachricht abgehört hast. Tut mir leid, dass ich so kurzfristig absage, aber wir holen das nach. Küsschen.«

Enttäuscht ließ ich das Handy sinken.

Ich hatte mich so auf Tim gefreut!

Andererseits war ich natürlich froh, dass er einen Job hatte.

Da die Sonne schien, beschloss ich, ein Nickerchen im Strandkorb zu machen und Tim erst später zurückzurufen. Die Wärme auf der Haut tat unendlich gut, und der Blumenduft aus Dörte Nielsens Garten kitzelte wohlig meine Nase, während eine Biene um mich herumsummte.

Ich seufzte und streckte meine Beine aus. Wie schön, dass ich allein im Garten war. Diese kleine Auszeit hatte ich mir verdient, und auch die anderen am Set hatten wie ich hart gearbeitet und für einen reibungslosen Ablauf gesorgt. Lucas, Viola und die meisten Darsteller wollten die Fähre am späten Nachmittag nehmen, und ich würde allein zurückbleiben.

Der Gedanke, dass Tim doch nicht kommen würde, versetzte mir einen Stich, und plötzlich war ich mir unsicher, wie ich die kommenden beiden Tage verbringen sollte.

Vielleicht besser ebenfalls nach Hamburg fahren?

Wenn ich mich beeilte, konnte ich es noch zur Fähre schaffen.

»Tschüss, Felicitas!«, rief auch prompt Felix, der Kameraassistent. »Du bleibst hier, nicht wahr? Wir sehen uns dann am Freitag.«

Ich nickte und wünschte ihm schöne freie Tage. Immerhin kannte ich schon zwei Inselbewohner, Leevke und Niklas. Ganz allein war ich also nicht.

Und Niklas hatte mir sogar seine Visitenkarte gegeben. Ob ich mir diesen Drachenladen einmal anschauen sollte?

Entschlossen, keine Trübsal zu blasen, stand ich auf und marschierte los.

Ich würde eben das Beste aus der Situation machen!
Bald darauf erreichte ich die Adresse, die auf Niklas' Karte stand, und fand mich vor einem Café wieder, daneben war der Drachenladen und eine Kerzenwerkstatt.
Allem Anschein nach fand im Café eine Ausstellung statt, denn davor waren einige Tische aufgebaut, auf denen Schmuck, Geschirr und andere Besonderheiten präsentiert wurden. Es gab Getränke und Fingerfood.
Da ich Niklas in seinem Laden nicht entdecken konnte, schaute ich in das Schaufenster der Werkstatt nebenan.
Einen Moment lang hielt ich die Luft an. Hatte ich den üblichen Souvenir-Kitsch erwartet, wurde ich eines Besseren belehrt. Diese Skulpturen waren das Werk eines echten Künstlers! Fantasievoll und in traumhaft schönen Farben gehalten, standen die Tiere, Fabelwesen und menschlichen Figuren den Kunstwerken, die man sonst aus Materialien wie Gips, Ton oder Stein kannte, in nichts nach. Ganz im Gegenteil!
Ich dachte an einen Besuch bei Madame Tussaud in London, wo mich die Wachsfiguren befremdet hatten. Ich hatte mich sogar ein wenig vor ihnen gegruselt.
Sie wirkten so künstlich, so kalt, so … tot.
Doch diese Figuren waren eine Welt für sich.
Zaghaft betrat ich den Laden, in dem ich allerdings niemanden antraf. Ich rief »Hallo« und betrachtete die Utensilien und Anleitungen fürs Kerzenziehen. Offenbar kamen viele Eltern mit ihren Kindern hierher, denn einige Kerzen waren unfertig.
Ich las die Namen *Lisa, Tom* und *Merle* auf den Zetteln, staunte darüber, was man alles aus Wachs zaubern konnte, und überlegte, ob ich das nicht auch einmal ausprobieren sollte. Kerzen schafften schließlich eine wundervolle Atmosphäre.
»Wir haben heute Ruhetag!«, holte mich eine unfreundliche

Stimme unsanft aus meinen Träumereien. Erschrocken blickte ich auf, schaute erst in zimtbraune Augen und dann in ein attraktives, aber äußerst verschlossenes Gesicht, das zu einem Mann Mitte vierzig gehörte. Er war groß, schlank, hatte dunkelbraune, an den Schläfen leicht ergraute, wellige Haare und eine markante Nase.

»Und wieso steht die Tür dann offen?«

»Die Tür stand nicht offen, Sie haben sie geöffnet«, korrigierte der Dunkelhaarige mich, und ich spürte Ärger in mir aufsteigen. »Anscheinend wissen Sie nicht, was Privatsphäre heißt.«

»Dann schließen Sie doch ab, wenn Sie nicht belästigt werden wollen. Schließlich findet vor der Tür ein Fest statt, woher sollte ich also wissen, dass Sie nichts damit zu tun haben«, entgegnete ich wütend und wandte mich zum Gehen. »Eine Bitte hätte ich aber noch: Richten Sie dem Künstler oder der Künstlerin, der oder die die Skulpturen im Schaufenster gemacht hat, aus, dass sie sehr eindrucksvoll sind.«

Mit diesen Worten verließ ich den Laden. Ich blinzelte in die Sonne, während sich um mich herum die Leute amüsierten, Schmuck und anderen Krimskrams kauften und sich gegenseitig mit Saft und Sekt zuprosteten.

Leider war *meine* Laune total im Keller.

»Hatten Sie einen kleinen Zusammenstoß mit meinem Bruder?«, fragte Niklas, der auf einmal neben mir stand und mir verschwörerisch zuzwinkerte.

»Mit Ihrem … äh, Bruder?«, fragte ich verwirrt zurück.

»Ich weiß, wir gleichen einander in etwa wie Tag und Nacht. Aber Frederick und ich sind tatsächlich Geschwister. Ihrem Gesichtsausdruck nach zu urteilen, war er gerade nicht besonders nett zu Ihnen«, sagte er mit bedauerndem Tonfall. Als er kurz darauf wieder lächelte, zeigte sich am Kinn ein kleines Grübchen, und seine blauen Augen strahlten mit dem Sommerhim-

mel um die Wette. Diese zwei Männer sollten miteinander verwandt sein? Unfassbar!
»Aber wieso ist Ihr Bruder denn so …«, ich suchte nach den passenden Worten.
»Mies drauf?«, ergänzte Niklas lachend. »Machen Sie sich keine Gedanken. Er meint es gar nicht so. Sie wissen ja: Hunde, die bellen, beißen nicht.«
»Wenn Sie meinen«, gab ich zurück. »Ich muss jetzt leider los. Ihnen noch einen schönen Abend.«
»Ihnen auch. Und kommen Sie wieder vorbei, oder bleiben Sie doch einfach hier und schauen Sie sich die Ausstellung im Café an und trinken Sie ein Glas Sekt mit uns. Wie ich Ihnen neulich schon gesagt habe, biete ich auch Drachenlenkkurse an«, entgegnete Niklas, aber mir herrschte hier plötzlich zu viel Trubel.
»Vielen Dank für das nette Angebot, doch ich gehe lieber noch spazieren. Aber ich melde mich bestimmt, solange ich auf Föhr bin. Feiern Sie schön«, antwortete ich und ging zurück zur Pension.
Mit einer dampfenden Tasse Senchatee, die ich mir in der Gästeküche zubereitet hatte, setzte ich mich wenig später an den Rechner und googelte die Kerzenwerkstatt.
Aus irgendeinem Grund ließ mich die Begegnung mit Frederick nicht los, obwohl sie alles andere als erfreulich gewesen war.
Die Website des Ladens verriet jedoch nicht viel, außer den Öffnungszeiten. Ich würde Leevke bei nächster Gelegenheit fragen. Wenn sie mit Niklas befreundet war, kannte sie diesen mysteriösen Frederick sicher auch.

12. Kapitel

Mittwoch, 24. Juli

Mittwochmorgen ging ich nach dem Frühstück in den Supermarkt, um ein paar Zeitschriften, Süßigkeiten und andere Kleinigkeiten zu besorgen. Bis Freitag allein in der Pension, fühlte ich mich immer noch ein wenig verloren. Unentschlossen suchte ich die Regale nach etwas ab, das mich ein wenig über meine melancholische Stimmung hinwegtröstete.

»War ich gestern wirklich so unfreundlich zu Ihnen?«, hörte ich plötzlich eine männliche Stimme neben mir.

Überrascht drehte ich mich um.

Vor mir stand Frederick Sönksen und schaute mich neugierig und zugleich herausfordernd an. »Mein Bruder hat mir erzählt, dass ich Ihnen mit meiner angeblich schlechten Laune den Tag verdorben habe.«

Ich schnappte innerlich nach Luft: Augenscheinlich war Frederick Sönksen sich keiner Schuld bewusst.

»Ach was«, wiegelte ich so cool wie möglich ab. »Um mir die Laune zu verhageln, braucht es schon ein bisschen mehr als einen miesgelaunten Ladenbesitzer, die trifft man doch an jeder Ecke«, antwortete ich und legte eine Tüte Chips, zwei Tafeln Schokolade und würzige Nic Nacs in meinen Einkaufskorb. Frederick schien mein bissiger Kommentar nicht aus der Fassung zu bringen. Ganz im Gegenteil: Er betrachtete vollkommen ungeniert meine Einkäufe.

»Ist das nicht ungesund?«, fragte er, wie um noch eins draufzu-

setzen, und deutete auf meinen Einkauf. »Haufenweise Süßkram und Glutamat. Wollen Sie sich umbringen?«
»Schon mal das Wort *Privatsphäre* gehört?«, knurrte ich, während ich gleichzeitig versuchte, mich dagegen zu wehren, dass ich diesen Mann ungeheuer attraktiv fand, obwohl er mich nervte. Arroganter Sack!
»Okay, eins zu null für Sie«, grinste Frederick. »Vielleicht sollte ich das als Wink mit dem Zaunpfahl betrachten und unseren schlechten Start wiedergutmachen. Was kann ich tun, um Sie zu besänftigen? Wären Sie vielleicht an einer kleinen, exklusiven Präsentation meiner Skulpturen interessiert? Wenn ich mich recht erinnere, schienen Sie von den Wachsfiguren ganz angetan zu sein.«
»Aber ich habe keinerlei Absicht, sie zu kaufen«, hörte ich mich in einem zickigen Tonfall sagen. »Außerdem habe ich keine Zeit. Ich bin hier auf Föhr, um einen Film zu drehen und nicht zu meinem Privatvergnügen.«
»Tja, das ist schade«, entgegnete Frederick schulterzuckend. Dann ging er ohne ein weiteres Wort zur Kasse. Neugierig beäugte ich den Inhalt seines Einkaufskorbs: Gemüse, frische Kräuter, Obst, Milch, Käse und Wasabinüsse.
Ich *liebte* Wasabinüsse!
Immer noch verwirrt von dieser merkwürdigen Begegnung, zahlte ich ebenfalls und verließ den Supermarkt, während es in mir tobte.
Eine innere Stimme rief: *Der könnte vielleicht ganz nett sein, wenn er will!* – Die andere warnte: *Und warum hat er dich dann gestern behandelt wie den letzten Dreck?*
Wie durch Zauberhand geleitet fand ich mich wenige Minuten später vor Leevkes Laden wieder. Leevke hatte einen kleinen, runden Holztisch und zwei bunt bemalte Klappstühle in die Sonne gestellt und las ein Buch.

Patchouli saß zu ihren Füßen und putzte sich voller Hingabe die Katzenpfötchen. Idylle pur!

»Hey, was machst du denn hier?«, rief Leevke sichtlich erfreut. »Kann ich dir was anbieten? Kaffee, Tee, Wodka?«

Ich musste lachen und schüttelte den Kopf.

»Nein danke, ist noch ein bisschen früh für harte Sachen. Hast du zufällig einen Moment Zeit? Ich würde dir gern kurz etwas erzählen.«

»Du kannst dir Zeit lassen, ist sowieso nichts los. Die Touris liegen alle am Strand in der Sonne und arbeiten an ihrer Urlaubsbräune oder fahren wie die Bekloppten mit dem Rad über die Insel. Ich freue mich, dass du vorbeigekommen bist, setz dich. Also, was ist passiert?!«

Nachdem ich Leevke von meinen beiden denkwürdigen Begegnungen mit Frederick erzählt hatte, huschte ein amüsiertes Lächeln über ihr Gesicht.

»Das ist Frederick Sönksen, wie er leibt und lebt, ich könnte mich echt gerade wegschmeißen.«

Im Gegensatz zu Leevke fand ich die Geschichte nicht so spaßig.

»Irgendetwas an dir scheint ihm jedenfalls zu gefallen, denn es klingt ganz danach, als hätte Frederick mit dir geflirtet«, fuhr Leevke fort. »Ich würde sein Angebot an deiner Stelle annehmen. Vielleicht schenkt er dir ja sogar eine Skulptur.«

Geflirtet?

Irritiert bemerkte ich, wie mein Herz ein wenig schneller schlug. Doch dann ermahnte ich mich erneut. Dieser Mann schien, ähnlich wie Lucas Kaiser, zwei Gesichter zu haben, und so etwas konnte ich nicht gebrauchen. Es reichte, wenn mein Chef mich in den nächsten Wochen in Atem hielt.

Dennoch ließ mich die Sache nicht los.

»Kennst du diesen Frederick gut?«, fragte ich und ärgerte mich gleichzeitig über meine Frage, weil Leevke anzüglich grinste.

»Gut ist ein bisschen übertrieben. Während der Zeit meiner Affäre mit Niklas habe ich ihn häufiger mal getroffen, weiß aber nicht, wie er wirklich tickt. Wenn er keine Lust hat, zu reden, dann redet er nicht, so sind die Friesen nun mal. Mit Frauen hat er offenbar wenig am Hut, denn man sieht ihn so gut wie nie in weiblicher Begleitung. Er scheint mit seiner Kunst verheiratet zu sein, was ich persönlich allerdings ziemlich sexy finde.«
Ich ignorierte den letzten Teil des Satzes, weil es mir leider ähnlich ging. Frederick hatte unglaublich schöne Hände, und wenn er sich einmal zu einem Lächeln hinreißen ließ, bekam sein Gesicht etwas Verletzliches.
»Du hattest eine Affäre mit Niklas?«, fragte ich erstaunt. »Wann denn?«
»Ach, das ist sicher schon zwei, drei Jahre her. Hat nicht lange gehalten, denn ich bin kein besonders sportlicher Typ, und Niklas hat keinerlei Sinn für spirituelle Themen. Wir sind irgendwann beim Biikebrennen zusammengekommen, bei Lagerfeuer-Romantik und einigen Gläschen *Friesengeist*. Ein paar Monate hatten wir Spaß miteinander, doch im Herbst sind wir wieder getrennte Wege gegangen. Es war nett, sollte aber nicht sein.
Übrigens, hast du in den nächsten Tagen Zeit? Ich würde dir gern die Insel zeigen oder noch mal mit dir tanzen gehen. Das letzte Mal hat mir total Spaß gemacht. Es gibt auch noch das Olympic in Wyk, allerdings war ich noch nie dort.«
Ich freute mich über Leevkes Vorschlag.
»Wie es der Zufall so will, habe ich heute und morgen drehfrei. Eigentlich wollte mein Mitbewohner Tim mich besuchen, aber dem ist in letzter Minute ein Auftrag dazwischengekommen, von daher kann ich. Also, was schlägst du vor?«
»Hast du Badesachen dabei?«, fragte Leevke mit unternehmungslustig funkelnden Augen. »Wenn ja, sollten wir nachher

an den Südstrand gehen, ein paar Runden schwimmen und danach einen Sundowner mit Blick aufs Meer nehmen. Vielleicht spielt heute Abend auch eine Band bei Pitschis. Was hältst du davon?«

»Das klingt super!«, stimmte ich zu, bis mir einfiel, dass ich nichts zum Schwimmen dabeihatte. Aber hier gab es ja genug Geschäfte.

»Aber darf ich doch noch was fragen?«

Leevke nickte.

»Ist es normal, dass ich diesem Frederick sowohl gestern Abend als auch heute Vormittag über den Weg gelaufen bin?«

»Würdest du – wie ich – an Zeichen glauben, könnte man sagen, es war Schicksal. Da du damit aber nichts am Hut hast … Diese Insel ist ein Dorf, und man trifft sich hier andauernd, ob man es will oder nicht. Besser, man verscherzt es sich mit keinem, denn du hast keine Chance, demjenigen dauerhaft aus dem Weg zu gehen. Außer im Winter, wenn sich alle zu Hause einmummeln und nur noch selten vor die Tür gehen. So, jetzt muss ich aber was tun, ich habe heute Morgen neue Ware bekommen. Holst du mich um halb sieben ab? Dann fahren wir gemeinsam nach Wyk.«

Ich nickte und verabschiedete mich von Leevke.

Auf dem Rückweg kaufte ich in einem Lädchen einen Badeanzug, der zwar nicht ganz meinem Geschmack entsprach, aber seinen Zweck erfüllte.

Als ich die Süßigkeiten und Chips im Pensionszimmer auf den Tisch legte, musste ich wieder an Frederick und Leevkes flüchtige Affäre mit seinem Bruder Niklas denken. Die beiden waren sich beim Biikebrennen nähergekommen. Hatte in den Briefen von *A* nicht auch etwas über diesen typisch nordfriesischen Brauch gestanden?

Ich kramte im Schrank nach dem Bündel, das ich über der Auf-

regung mit Viola und den Dreharbeiten vollkommen vergessen hatte.
Es dauerte eine Weile, bis ich den richtigen Brief gefunden hatte.
Faszіniert las ich:

Nieblum, 20.2.2006

Geliebter Zugvogel,

morgen ist es wieder so weit: Die Föhrer vertreiben die Wintergeister mit dem Bükebrennen. Wie jedes Jahr findet ein Wettbewerb zwischen den Dörfern um das größte Feuer statt. Ich bin hin- und hergerissen. Einerseits freue ich mich darauf, das alte zu verabschieden und das neue willkommen zu heißen. Andererseits bin ich todtraurig, dass ich auch in diesem Jahr ohne dich feiern muss.
Wie kann ich mich auf das neue freuen, wenn ich nicht weiß, ob du ein Teil davon sein wirst? Du fehlst mir so …
Ich zähle die Tage, bis du wieder bei mir bist, geliebter Zugvogel.

A.

Besonders diesen Brief fand ich berührend und romantisch.
Es hatte einmal eine Zeit gegeben, in der ich ebenfalls viele Briefe geschrieben hatte – an Julian.
Aufgrund unserer Berufe waren wir in den sechs Jahren unserer Beziehung häufig getrennt gewesen, worunter ich sehr gelitten hatte. War Julian nicht an meiner Seite, hatte ich immer das Gefühl, nicht vollständig zu sein.
Erst nach der schmerzhaften Trennung hatte ich erkannt, dass ich lernen musste, allein zurechtzukommen.
Unabhängig von anderen herauszufinden, wer ich war.

»Hey, war das super«, sagte Leevke zum Abschied, als sie mich gegen zehn Uhr abends in ihrem klapprigen, mit Peace-Zeichen und Blumen bemalten VW-Bus zu meiner Pension brachte. Wir hatten wie geplant den Abend am Strand im Pitschis verbracht, wo Leevke viele Leute kannte. Wir hatten uns nett unterhalten, auch wenn die Segler-Typen, die dort herumhingen, nicht zu Leevkes näherem Freundeskreis gehörten.

»Das sollten wir unbedingt wiederholen, solange du noch hier bist und wir so tolles Wetter haben.«

»Ja, vielleicht schon morgen«, antwortete ich vergnügt und kramte meine Sachen zusammen, bevor ich ausstieg. »So ein Sommerabend am Meer ist einfach durch nichts zu überbieten. Danke noch mal.«

»Immer wieder gern«, antwortete Leevke, auf deren Nase und Dekolleté sich die Sommersprossen plötzlich verdoppelt zu haben schienen. Zum Abschied winkte sie aus dem geöffneten Autofenster.

»Schlaf schön, Felicitas, bis bald!«

Ich stand noch eine Weile vor der Pension, konnte mich aber nicht entschließen, hineinzugehen, obwohl ich hundemüde war. Etwas, oder besser gesagt jemand, geisterte mir unaufhörlich im Kopf herum …

Einem Impuls folgend, deponierte ich die Tasche mit meinen Badesachen in Dörte Nielsens Gartenhäuschen und ging in Richtung Kerzenwerkstatt.

Da ich davon ausging, dass um diese Uhrzeit keiner mehr im Laden war, stellte ich mich vor das Schaufenster und spähte neugierig hinein.

Obwohl es nur schwach beleuchtet war, konnte ich erkennen, dass dort andere Skulpturen standen als beim letzten Mal.

Eine besonders schöne, die auf einem Sockel thronte, hatte es mir vor allem angetan: Sie war das Abbild eines Engels, der

aufgestützt auf seinem Bauch lag. In der rechten Hand hielt er ein aufgeschlagenes Buch, in der Linken einen Federkiel.
Die Figur hatte ein hübsches, leicht pausbäckiges Gesicht, gelocktes Haar und kleine, federartige Flügel.
Normalerweise hätte ich dergleichen als Eso-Tand abgetan, doch aus irgendeinem Grund war diese Skulptur alles andere als kitschig. Ob Leevke sie schon gesehen hatte? Die würde sich in ihrem Laden bestimmt wie verrückt verkaufen!
Ich war so versunken in den Anblick der Putte, dass ich nicht bemerkte, wie auf einmal Frederick Sönksen aus dem Laden kam.
»Mögen Sie meinen Buchengel?«, fragte er, diesmal ohne eine Spur von Ironie in der Stimme. Ich dachte an Leevkes Bemerkung, Frederick sei mit seiner Kunst verheiratet. Vielleicht war er ja zugänglicher, wenn es um seine Passion ging.
»Er ist wirklich zauberhaft«, antwortete ich ein wenig verlegen.
»Wenn das so ist, würde ich Ihnen die Figur gern schenken«, sagte Frederick zu meiner Überraschung, und mir wurde abwechselnd heiß und kalt.
Wieso verunsicherte mich dieser Mann nur so?
»Danke, aber das kann ich nicht annehmen«, protestierte ich. »Doch ich würde den Engel gern kaufen. Was soll er denn kosten?«
Frederick machte zunächst ein Gesicht, als wolle er sagen: Diese Skulptur ist unbezahlbar.
»Diese Figur ist unverkäuflich. Ich habe sie nur ins Schaufenster gestellt, um mehr Kunden in die Werkstatt zu locken«, sagte er. »Deshalb kann ich sie nur verschenken. Ich würde dieses Angebot an Ihrer Stelle sofort annehmen, bevor ich es mir womöglich anders überlege.«
»Aber nur, wenn ich Sie als Dankeschön zum Abendessen einladen darf!«
Ups, hatte ich das wirklich gesagt!?

»Sind Sie immer so stürmisch?«, fragte Frederick, sichtlich amüsiert. Mist, wo hatte ich mich denn da hineinmanövriert?!
»Ich meinte auch gar nicht, dass wir *zusammen* essen gehen sollten, sondern eher so etwas wie, dass ich Ihnen eine Kleinigkeit in die Werkstatt bringe, wenn Sie nachts lange arbeiten und zufällig Hunger bekommen …«
Du meine Güte, das wurde ja immer schlimmer!
Ich machte mich gerade komplett zum Affen.
Fredericks Miene war jedoch nicht zu entnehmen, ob er mich für total lächerlich oder vollkommen übergeschnappt hielt.
Viel wahrscheinlicher war jedoch, dass es ihn gar nicht interessierte und er nur seine Ruhe haben wollte.
Doch zu meinem Erstaunen wendete sich das Blatt, und es breitete sich plötzlich wieder dieses faszinierende Lächeln auf seinem Gesicht aus.
»Ich finde die Idee mit dem gemeinsamen Essen gar nicht so übel, könnte durchaus unterhaltsam werden. Wo würden Sie denn gern hingehen?«
Oh, mein Gott, wir würden tatsächlich zusammen ausgehen!
Aber was sollte ich vorschlagen?
Ich kannte ja nur das La Gondola.
»Entscheiden Sie, es soll Ihnen schließlich gefallen«, antwortete ich, immer noch peinlich berührt von meiner Übersprungshandlung. Machte Frederick sich über mich lustig, oder hatte er tatsächlich Lust, sich mit mir zu verabreden?
»Dann würde ich gern mit Ihnen in das Café im Apfelgarten in Oldsum gehen. Da kann man wunderbar draußen sitzen, und das Essen ist köstlich.«
Ich dachte: *Mit dir würde ich mir auch eine Brezel und eine Cola teilen* und nickte.
»Wie wäre es mit morgen Abend um acht? Ich hole Sie ab und bringe Ihnen gleich den bruchsicher verpackten Engel mit.«

Erneut nickte ich und murmelte: »Einverstanden.«
»Gut, dann bis morgen, einen schönen Abend noch, Felicitas.«
Wie in Trance trat ich den Heimweg an.
Erst kurz vor der Pension fiel mir ein, dass Frederick gar nicht wusste, wo ich wohnte.
Sollte ich zurückgehen? Aber nein, das würde aussehen, als liefe ich ihm hinterher.
Später lag ich noch lange wach.
Wie würde es sein, einen ganzen Abend mit Frederick Sönksen zu verbringen?
Hatten wir uns überhaupt etwas zu sagen?
Was, wenn er wirklich ein Misanthrop war?
Oder er mich nur treffen wollte, weil er dann endlich mal wieder etwas zu lachen hatte?
Hör auf, dir den Kopf zu zerbrechen, ermahnte ich mich.
Lass es einfach auf dich zukommen. Dein Leben war in der letzten Zeit langweilig genug!
Über diesem tröstlichen Gedanken schlief ich endlich ein.

13. Kapitel

Donnerstag, 25. Juli

Wie gut, dass der liebe Gott Skype erfunden hat.«
Vor mir saß Tim, fröhlich grinsend, und ließ eine bunte Kaugummiblase platzen.
»Bei deinem Anblick bin ich mir da gar nicht mehr so sicher«, antwortete ich gespielt streng und trank einen Schluck von dem Kaffee, den ich mir nach dem Frühstück mit aufs Zimmer genommen hatte.
»Wie lief es denn mit deinem Hochzeitsvideo? Hat's Spaß gemacht?«
»Spaß ist eher übertrieben, aber es war ganz okay. Immerhin konnte ich einige Visitenkarten loswerden. Vielleicht springen durch diese Aktion ja ein paar neue Jobs für mich raus. Und du? Was machst du so ohne mich? Und ohne Arbeit?«
Mein Herzschlag beschleunigte sich bei dem Gedanken an mein bevorstehendes Rendezvous heute Abend. Ich war froh, endlich mit jemandem über Frederick reden zu können. Leevke wollte ich erst danach davon erzählen, wenn ich sicher war, dass das Treffen wirklich stattgefunden hatte.
Frederick hatte ja keine Ahnung, wo ich wohnte.
»Mann, das klingt ja aufregend!«, freute sich Tim. »Wie sieht der Typ denn aus? Würde ich ihn mögen?«
»Ob du ihn magst, kann ich dir nicht sagen, weil ich das momentan selbst noch gar nicht weiß. Einerseits ist er sehr charmant, andererseits auch super arrogant.«

Dann erzählte ich Tim von unserem ersten Zusammentreffen in Fredericks Kerzenwerkstatt.

»Rrrrrrrr, klingt so ein bisschen nach einem *sexy bad boy*. Ganz, ganz großes Gefühlskino. Also, Schätzchen: Was ziehst du an?«

Ich musste lachen, weil das wieder so typisch Tim war.

»Keine Ahnung. Darüber mache ich mir später Gedanken. Vorher will ich noch was von der Insel sehen und den freien Tag nutzen, bevor wir morgen wieder drehen.«

»Aber du musst doch wissen, was du anziehst!«

Tim wirkte ehrlich entsetzt. »Hast du denn überhaupt etwas für so einen Anlass dabei?«

Nun war ich verunsichert.

Sollte ich lieber einkaufen gehen, anstatt dem vielgerühmten Museum *Kunst der Westküste* in Alkersum einen Besuch abzustatten?

»Ehrlich gesagt habe ich nicht vor, mich aufzubrezeln. Ich ziehe ein Sommerkleid an und meine Jeansjacke drüber und damit basta.«

Frederick sollte bloß nicht denken, dass ich seinetwegen den halben Tag vor dem Spiegel verbrachte.

»Aber tu mir bitte einen Gefallen und lass die Finger von diesem blassrosa Teil mit den weißen Tupfen. Darin siehst du wie eine niedliche Zwölfjährige aus. So einem *bad boy* musst du von Anfang an zeigen, dass man nicht mit dir spielen kann.«

Tim sprach aus eigener, leidvoller Erfahrung. Schon oft hatte er vergeblich versucht, interessant wirkende Männer Typ *einsamer Wolf* zu bekehren, was immer in schrecklichem Liebeskummer geendet hatte.

Nachdem das Thema Kleidung beendet war, plauderten wir noch eine Weile.

Als ich den PC ausschaltete, spürte ich, wie sich leise die Einsamkeit heranpirschte, und rief meine Mutter an. Doch die hatte keine Zeit. Daher telefonierten wir nur kurz, was ich sehr bedauerte. Nachdem ich Grüße an meinen Vater bestellt hatte, ging ich gedankenverloren zum Kleiderschrank. Es war lange her, dass ich wegen einer Verabredung derart aus dem Häuschen war.

Frederick war zwar interessant und konnte – wenn er wollte – auch durchaus charmant sein, aber im Grunde wusste ich nichts über ihn. Deshalb sollte ich lieber locker bleiben und kein großes Tamtam um mein Äußeres machen.

Trotz dieses festen Vorsatzes fand ich mich eine Minute später vor dem Badezimmerspiegel wieder, wo ich kritisch mein Aussehen überprüfte. Die Sonne hatte meinem eher blassen Teint einen leichten Hauch von Bronze verliehen, was gut zu meinen rötlichen Haaren passte.

Ein wenig Lippenstift, die Haare hochgesteckt, ein Hauch Parfüm.

Ein kurzer Jeansrock mit einem schwarzen Shirt und hohen Schuhen. Das sollte eigentlich genügen, um mir ein gutes, sicheres Gefühl zu geben.

Nachdem ich mich umgezogen hatte, überprüfte ich den Ausschnitt des Shirts. Es konnte ruhig ein bisschen sexy, jedoch nicht zu offenherzig sein. Aber der Träger des BHs durfte nicht herausschauen. Ich lehnte mich probehalber nach vorne und war zufrieden mit dem Ergebnis.

Wie oft hatte ich bei Dreharbeiten gesehen, dass Oberteile oder Kleider plötzlich nicht mehr saßen, wenn man sich hinsetzte und nach vorne beugte.

Bis zum Abend waren es allerdings noch beinahe acht Stunden. Sollte ich tatsächlich bei diesem schönen Wetter ins Museum gehen? Würde ich mich überhaupt auf die Ausstellung konzentrieren können?

Oder sollte ich nicht lieber mit dem Bus über die Insel fahren und irgendwo aussteigen?

Vielleicht in Oldsum, wo das Restaurant war?!

Ich nahm den Föhr-Reiseführer vom Nachttisch und blätterte darin. *Wer sich nach Oldsum zurückzieht,* stand da, *der sucht die Stille.* Dieses Dorf schien, den Fotos nach zu urteilen, ebenso hübsch zu sein wie Nieblum. Viele Kreative hatten sich dort niedergelassen, unter anderem ein Klangkünstler, ein Fotograf und einige Malerinnen, die eigene Läden oder Galerien betrieben, was mich besonders interessierte.

Kurze Zeit später saß ich im Bus und war auf dem Weg in das idyllische, langgezogene Dorf im Nordwesten der Insel, in dem es keine Straßennamen gab, nur Hausnummern.

Nachdem ich ausgestiegen war, schaute ich mich um. Tatsächlich lag, vielleicht wegen der Mittagszeit, absolute Ruhe über dem Ort, lediglich unterbrochen durch das Knattern eines Traktors oder die Rufe der Vögel, die über die Reetdächer der rosenberankten Kapitänshäuser aus der Walfängerzeit flogen.

Ich ging munter drauflos, gespannt, wohin mein Weg mich führte. Staunend betrachtete ich die puppenstubenartigen Häuschen mit den dunklen Reetdächern, die üppig mit Bellis und Kornblumen bepflanzten Friesenwälle und in leuchtenden Farben blühenden Vorgärten. Akelei, Lupinen, duftender Jasmin und Hortensien bildeten einen wahren Blütenteppich, nur dazu gedacht, das Herz der Besucher von Oldsum zu erfreuen.

Vor einigen Häuschen standen weißlackierte Bänke, bedeckt mit buntgemusterten Kissen. Offenbar hatte hier keiner Angst vor Diebstahl.

Ich amüsierte mich über eine Schar Zwerghühner, die unbeirrt über die Straße tippelten, und über zahllose, mit schwerem Gepäck beladene Fahrradfahrer.

Ich persönlich bevorzugte eine gemächlichere Gangart und genoss die friedvolle Atmosphäre.
Auf einmal erblickte ich in der Ferne Mühlenflügel, die mich sofort magisch anzogen. Vorbei ging es an Feldern, einem Spielplatz und Bauernhöfen, bis ich vor der Mühle stand.
Hier müsste man leben, dachte ich schwärmerisch und holte meine Kamera aus der Tasche. Da der Bau offensichtlich bewohnt war, knipste ich hastig und mit dem Gefühl, etwas Verbotenes zu tun, fünf Bilder aus allen erdenklichen Perspektiven.
Ein dunkelbrauner Holzzaun mit dem deutlich lesbaren Schild *Privat* trennte den Garten vom Weg. Eine dichte Hecke aus Heckenrosen schirmte das Grundstück von den Nachbarn auf der rechten Seite ab.
Im Reiseführer stand, dass dieser sogenannte Galerieholländer seit den 1970er Jahren in Privatbesitz und bis 1954 noch in Betrieb gewesen sei. Verzückt bestaunte ich die vier weißgetünchten Mühlenflügel und das tiefgezogene Reetdach, das aussah wie eine Mütze. Die Galerie zog sich um den gesamten Bau.
Wie es wohl drin aussah?
Allem Anschein nach war ich nicht die Einzige, die sich für diese Sehenswürdigkeit interessierte, denn neben mir stoppte eine Gruppe von Radfahrern, die staunend von ihren Fahrrädern stieg, sich angeregt miteinander unterhielt und meine Ruhe empfindlich störte. Deshalb wollte ich ein anderes Mal wiederkommen und machte mich, verzaubert von dieser Entdeckung, auf den Rückweg ins Dorf.
Als Kind hatte ich zusammen mit meinem Vater das Buch *Krabat* von Otfried Preußler gelesen und es trotz seines eher düsteren Charakters geliebt, weil es in einer Mühle spielte.
Und nun stand ich zum ersten Mal in meinem Erwachsenenleben vor einer echten Mühle. Ich musste unbedingt Leevke fra-

gen, ob sie wusste, wer darin wohnte. Womöglich erlaubte man mir sogar, einen kurzen Blick in das Innere zu werfen.
Irgendwann kam ich zu der sogenannten *Chaussee,* die den Ortskern mit den Dörfern Klintum und Toftum verband. Auf mit Kies bedecktem Boden räkelte sich eine kleine, getigerte Katze und schubberte ihr Köpfchen an den Steinen. Vorsichtig beugte ich mich herab, um sie zu streicheln. Maunzend und wohlig schnurrend genoss sie meine Liebkosung. Als ich mich umblickte, entdeckte ich ein weißes Schild, das an der rotgeklinkerten Hausfassade hing. *Art & Weise* stand darauf.
Neugierig betrat ich den Laden und wurde von sphärisch anmutender Flötenmusik begrüßt, die mich sofort wie eine schützende Decke umhüllte. Der Raum war lichtdurchflutet und eher schlicht möbliert.
In den hellen Holzregalen, die auf Terrakotta-Kacheln standen, präsentierte sich ein breitgefächertes Sortiment an Büchern, ayurvedischen Produkten, Duftölen, Postkarten und Kerzen. Ein Ständer mit CDs mit stimmungsvollen Covern, an dem ein Kopfhörer zum Zuhören einlud, erregte meine Aufmerksamkeit.
»Kann ich Ihnen behilflich sein?«, hörte ich eine sanfte Männerstimme fragen. Ich erblickte einen Mann mit längeren, blonden Haaren, der mich freundlich anlächelte.
»Die Musik gefällt mir«, antwortete ich. »Sie passt so gut zu der friedlichen Stimmung in Oldsum. Stammt sie von Ihnen?«
Er nickte und stellte sich als Hauke Nissen, Klangkünstler und Besitzer des Lädchens, vor.
»Ich nehme die Stimmen und Töne der Insel in meinem Studio im Garten auf und spiele sie gelegentlich auch live. In meine Musik mischt sich alles, was diese Insel für mich ausmacht. Freut mich, wenn sie Ihnen gefällt.«
Beeindruckt betrachtete ich das Repertoire, insgesamt dreizehn

CDs, die sehnsuchtsvolle Titel wie *Inselsommer, Spaziergang am Strand* oder *Sommerwolke* trugen.

Ich hörte in einige hinein und entschied mich, drei zu kaufen. Und eine Kerze sowie ein zartes, traumhaftes Aquarell von seiner Frau, der Malerin Annette Nissen. Während ich an der Kasse stand, dachte ich wieder an mein bevorstehendes Abendessen mit Frederick, und mein Herz schlug augenblicklich schneller.

Plötzlich hatte ich es trotz der Ruhe, die ich soeben noch verspürt hatte, eilig.

Ich verabschiedete mich und stürmte in die Sonne. Noch fünf Stunden bis zu meiner Verabredung. Ob Frederick mich überhaupt abholte?

Bis der Bus zurück nach Nieblum fuhr, vertrieb ich mir die Zeit mit einem kleinen Rundgang durchs Dorf, der mich auch zur Töpferei Stellys Hüüs führte. Vor dem Café stand ein Turm aus getöpferten Kannen und Schalen, den ich insgeheim *Der schiefe Turm von Oldsum* taufte.

Ich musste unbedingt während meiner Drehpausen noch einmal herkommen, denn irgendwie fühlte ich mich hier zu Hause. So gern ich auch in Hamburg lebte, es wurde mir dort zuweilen zu hektisch. Gerade als Bewohner von Sankt Pauli musste man Spaß am quirligen Trubel und den Touristenmassen haben, die sich täglich über die Reeperbahn schoben.

Vermutlich würde ich mich dafür bald schon zu alt fühlen. Die Kriminalität in diesem Viertel hatte in den vergangenen Jahren zugenommen, während man – laut Leevke – auf Föhr sogar sein Auto unabgeschlossen stehen lassen konnte. Verwundert über mich und meine plötzlichen Gedankengänge, kehrte ich in die Pension zurück.

»Sie haben ja so rote Wangen«, begrüßte Dörte Nielsen mich freundlich lächelnd. »Der freie Tag scheint Ihnen gutzutun.«

Ich nickte und erzählte begeistert von meinem schönen Ausflug nach Oldsum und der Mühle.
Als ich wieder in meinem Zimmer war, dachte ich ein wenig verlegen, dass das hübsche Friesendorf natürlich nicht der einzige Grund für meine geröteten Wangen war …

14. Kapitel

Der Zeiger der Uhr rückte quälend langsam vor.
Es war zehn vor acht, und ich war aufgeregt wie eine Vierzehnjährige vor ihrem ersten Date.
Was soll schon groß passieren?, sprach ich mir Mut zu. Sollte Frederick nicht kommen, wusste ich, woran ich war. Dann würde ich eben allein essen gehen oder Leevke fragen.
Doch leider war ich nicht so cool, wie ich mir einzureden versuchte, und versteckte mich hinter der Gardine des Sprossenfensters, wo ich nervös die Straße beobachtete. Ich wusste zwar nicht, welches Auto Frederick fuhr, aber mein Herz tat jedes Mal einen Sprung, wenn ein Wagen vor dem Haus Ogge langsamer fuhr oder hielt.
Doch aus keinem stieg der Mann, mit dem ich heute Abend verabredet war.
Um fünf nach acht fehlte immer noch jegliche Spur von ihm, und ich beschloss, noch fünf Minuten zu warten, bis ich Leevke anrief. Oder Tim, um mich bei ihm auszuheulen, dass ich versetzt worden war.
Gerade als ich das Handy in die Hand nahm, parkte ein grauer Pick-up vor der Pension. Frederick stieg aus und warf einen Blick nach oben, woraufhin ich sofort in Deckung ging.
Das fehlte gerade noch, dass er mich dabei erwischte, wie ich am Fenster schmachtend nach ihm Ausschau hielt.
Kurz darauf hörte ich ihn mit Dörte Nielsen sprechen und ging betont langsam die Treppe hinunter.
Unten angekommen, begrüßte ich ihn so beiläufig wie möglich und ignorierte geflissentlich den amüsierten Gesichtsausdruck

der Pensionswirtin, die Frederick offenbar kannte und verwundert zu sein schien, dass er meinetwegen hier war.
Er lächelte entschuldigend:
»Tut mir leid, dass ich mich verspätet habe, aber ich musste zuerst herausfinden, wo Sie überhaupt wohnen. Danke, dass Sie so geduldig gewartet haben.«
Dörte Nielsen blickte schmunzelnd von einem zum anderen und sagte:
»Nun denn, ich wünsche Ihnen einen schönen Abend.« Mit diesen Worten drehte sie sich um und verschwand in der Küche.
»Und wie haben Sie mich gefunden?«, fragte ich.
Frederick öffnete die Eingangstür, und wir gingen zum Pick-up.
»Ganz einfach: Ich habe Ihre Freundin Leevke angerufen. Allerdings hat sie mir erst Ihre Adresse verraten, nachdem ich ihr glaubhaft versichert habe, dass Sie mich wirklich erwarten und ich nicht vorhabe, Sie zu stalken oder so …«
Soso, Leevke wusste also Bescheid.
Erstaunlich, dass sie mich noch gar nicht angerufen hatte.
»Also, was ist: Kommen Sie nun mit?«
Unerwartet galant öffnete Frederick die Beifahrertür, und ich stieg mit gemischten Gefühlen ein. Obwohl ich mich auf das gemeinsame Abendessen freute, ärgerte ich mich darüber, dass Frederick anscheinend sehr von sich überzeugt war.
»Ich bin da, worauf warten Sie also noch?«, gab ich deshalb betont provokativ zurück, weil wir zwar im Pick-up saßen, er aber keinerlei Anstalten machte, loszufahren. »Wir bekommen unseren Tisch im Apfelgarten bestimmt nicht mehr, weil wir so spät dran sind.«
»Ich habe schon Bescheid gesagt, keine Sorge«, antwortete Frederick.
»Und wieso stehen wir dann noch hier?«

»Weil Sie sich ganz kurz diesen unglaublich schönen Himmel anschauen sollten.«
Meine Augen folgten Fredericks Handbewegung, und ich war tatsächlich überwältigt von den Farben, die die Natur über Föhr gemalt hatte. Violett, Rosa, Orange, Hellrot – eine Komposition, wie sie kein noch so begabter Künstler hätte auf die Leinwand bannen können, ohne dass es kitschig gewirkt hätte. Am Horizont kreisten Tausende von kleinen schwarzen Punkten, ein gigantischer Schwarm Vögel.
»Haben Sie zufällig eine Kamera im Auto?«, fragte ich leise, um diesen besonderen Moment nicht zu zerstören.
Frederick schüttelte den Kopf und schaute unverwandt zum Himmel.
»Prägen Sie sich das Bild in Ihrem Herzen ein. Sie werden sehen, wie nützlich das ist. Man muss nicht immer alles fotografieren oder filmen.«
Eine Sekunde lang fühlte ich mich gemaßregelt, doch dann musste ich ihm recht geben. Wir waren mittlerweile alle viel zu sehr darauf gepolt, unsere Umwelt nur noch durch die Linse einer Kamera oder eines Smartphones wahrzunehmen.
Nach ungefähr zehn Minuten war das Naturspektakel vorbei, die Rottöne wichen allmählich einem satten Dunkelblau, und ich fühlte mich wie nach einem wunderbaren Kinoabend.
Der Abspann lief bereits, doch es fiel mir schwer, mich aus meiner verträumten Stimmung und der gut erzählten Geschichte zu lösen.
Frederick ging es wohl ähnlich, denn er stellte scheinbar widerwillig den Motor an und fuhr die ersten Meter sehr langsam. Versonnen schaute ich aus dem Fenster, während wir an Borgsum und Süderende vorbeikamen und schließlich Oldsum erreichten.
Dort parkten wir in der Nähe des Restaurantcafés. Bevor wir

hineingingen, warf ich einen neugierigen Blick in das Schaufenster der Boutique Inge Haferkorn, die neben dem Café lag und deren Logo ein Apfel zierte.
Frederick beobachtete mich mit einem belustigten Lächeln. »Ich finde, dass das, was Sie tragen, besser zu Ihnen passt als die Kleider im Schaufenster«, sagte er und öffnete die Eingangstür des Cafés, eine dunkelgrüne Stalltür mit weißen Intarsien aus Holz, die wunderbar mit dem rotgeklinkerten, reetgedeckten Haus harmonierte.
Davor standen zwei mit Buchsbäumchen bepflanzte Terrakotta-Töpfe, in denen kleine Windräder in Pastelltönen steckten. Der ganz in Blautönen gehaltene Innenraum war ebenso liebevoll gestaltet.
Zum Glück war es aber noch so warm, dass wir draußen im lauschigen Garten sitzen konnten. Auf den Stühlen lagen Kissen und Decken, falls es im Laufe des Abends zu kühl wurde. Auf den Tischen standen Windlichter.
Nachdem die Kellnerin uns an den Tisch gebracht und unsere Bestellung notiert hatte, überreichte mir Frederick den hübsch verpackten Engel.
»Danke schön, ich freue mich sehr darüber«, sagte ich und hielt das Geschenk noch einen Augenblick unsicher in der Hand, bevor ich es in meine Handtasche steckte. Mit einem Mal wusste ich nicht, was ich sagen sollte.
Wie ich überhaupt hierhergekommen war.
»Na, was denken Sie gerade?«, fragte Frederick amüsiert.
»Ich … es ist doch ziemlich komisch, dass wir beide hier sitzen, wo wir uns praktisch kaum kennen. Und unsere vorherigen Zusammentreffen ließen nicht unbedingt darauf schließen, dass wir einmal zusammen essen gehen würden«, entgegnete ich unsicher.
»Dann lernen wir uns doch einfach kennen«, antwortete Fre-

derick ruhig, als sei überhaupt nichts Außergewöhnliches an dieser Situation. »Wie gefällt Ihnen denn Föhr bislang?«

»Ich finde diese Insel einzigartig«, antwortete ich, froh über das unverfängliche Gesprächsthema. »Und ich freue mich schon auf meine nächsten drehfreien Tage, um Föhr noch ausgiebiger zu erkunden. Ich schätze, es gibt noch unendlich viel zu entdecken.«

»Das stimmt allerdings.« Frederick nickte zustimmend. »Ich bin auf Föhr geboren, lebe seit nunmehr fünfundvierzig Jahren hier und habe bislang kaum den Wunsch verspürt, von hier wegzugehen. Viele verstehen das nicht, weil sie das Leben auf einer Insel als einengend und langweilig betrachten. Doch ich kann mir wiederum überhaupt nicht mehr vorstellen, in einer Großstadt zu wohnen. Sie kommen aus Hamburg, nicht wahr?«

»Wissen Sie das auch von Leevke?«

»Nein, von meinem Bruder Niklas. Er hat mir erzählt, dass er beim Dreh neulich für einen Ihrer Komparsen eingesprungen ist und dass fast das gesamte Filmteam aus Hamburg stammt. Und so habe ich eben eins und eins zusammengezählt.«

»Das stimmt, ich komme aus Hamburg und lebe ausgesprochen gern da. Allerdings fehlt mir die Natur immer mehr, wie ich in letzter Zeit feststelle. Natürlich haben wir schöne Spazierwege an der Alster, den Stadtpark und den Elbstrand, aber manchmal vermisse ich das Landleben, das ich noch aus meiner Kindheit kenne.«

Fragend zog Frederick seine rechte Augenbraue hoch.

»Dann sind Sie also nicht in Hamburg aufgewachsen?«

»Doch, doch. Aber wir hatten eine Ferienwohnung in der Nähe von Sankt Peter-Ording, bis ich ungefähr zehn Jahre alt war. Ich habe Kühe gemolken, frisch gelegte Eier eingesammelt, Hühner gefüttert und bin in den Maisfeldern herumgestromert. Ich habe sogar mal eine kleine Ente gerettet und sie großgezogen.

Als Dank dafür hielt sie mich für ihre Mama und ist mir überallhin gefolgt, quer durch das ganze Dorf.«

Frederick schmunzelte.

»Haben Sie denn Kinder?«

Diese Frage traf mich völlig unvorbereitet. »Nein … auch wenn meine Mutter findet, dass es allmählich an der Zeit ist. Sie wünscht sich Enkel, am besten gleich mehrere.«

Oh Gott! Meine Zunge schien sich zu verselbständigen.

»Und was hindert Sie daran?«

Ich senkte verlegen meinen Blick und wusste nicht, ob ich Fredericks unverblümte Art nervtötend oder erfrischend ehrlich fand. Sollte ich ihm die Wahrheit sagen?

»Der passende Partner«, antwortete ich ebenso direkt. »Und mein Beruf ist auch nicht besonders familientauglich. Ich bin fast pausenlos unterwegs und kann kaum langfristig planen. Was ist denn mit Ihnen? Leben Sie allein?«

Was Frederick konnte, konnte ich schon lange!

»Ja, ich lebe allein«, antwortete er, und für eine Sekunde kreuzten sich unsere Blicke. Wie gut, dass die Kellnerin in diesem Moment unser Essen servierte.

»Puh, hab ich einen Hunger«, probierte ich die Spannung zu lösen, die sich zwischen uns aufgebaut hatte.

»Ja dann, guten Appetit«, antwortete Frederick und schenkte mir Wasser ein.

»Hm, einfach köstlich«, lobte er den überbackenen Schafskäse auf geröstetem Baguette, zu dem ein knackfrischer, gemischter Blattsalat serviert wurde.

Unfassbar, wie cool er war!

Während mir das Herz bis zum Hals schlug, tat er so, als sei nichts geschehen. Und eigentlich war ja auch nichts weiter passiert, außer dass wir nun voneinander wussten, dass wir Singles waren.

Nur weil er allein lebt, bedeutet das noch lange nicht, dass er keine Freundin hat!, flüsterte eine warnende Stimme. *Dieser Mann ist wahnsinnig attraktiv, seine Hände formen unglaubliche Skulpturen, er hat einen ausgeprägten Sinn für Schönes, er liebt die Insel, auf der er lebt.*
Es gab sicher haufenweise Frauen, die ihm zu Füßen lagen! Und *ich* sollte besser nicht dazugehören.
»Wie sind Sie eigentlich auf die Idee gekommen, Wachsfiguren zu modellieren?«, fragte ich, um das sinnlose Gedankenkarussell in meinem Kopf zum Stillstand zu bringen.
Frederick trank einen Schluck Apfelschorle, bevor er antwortete.
»Meine Eltern wollten, dass Niklas und ich den Hof übernehmen. Aber ich hatte schon als Kind ein Faible für Malerei und Bildhauerei, mir machte es Spaß, Dinge zu formen. Zunächst auf dem Spielplatz aus Sand, später auch Plastilin, Fimo oder Ton – und irgendwann eben aus Wachs. Nach einem Besuch bei Madame Tussaud in London habe ich mich dann gefragt, ob man diesen Figuren nicht etwas mehr Leben einhauchen könnte …«
Genau das war mir durch den Kopf gegangen, als ich zum ersten Mal vor dem Schaufenster der Kerzenwerkstatt gestanden hatte.
»Und wie finden Ihre Eltern es, dass Sie und Ihr Bruder einen anderen Weg eingeschlagen haben? Ich stelle mir das ziemlich schwierig vor.«
Frederick nickte.
»Das war es zu Anfang auch. Doch zum Glück hat unsere Schwester Anne das Interesse für die Landwirtschaft geerbt und führt den Hof seit ungefähr sechs Jahren zusammen mit ihrem Mann. Allerdings helfen Niklas und ich auch, und die Kinder, obwohl sie noch klein sind. In der Erntezeit müssen eben alle mit anpacken, dass man sich innerhalb der Familie hilft, ist für uns selbstverständlich. So ist das eben auf dem Land.«

»Nicht nur auf dem Land«, widersprach ich. »Auch Großstädter haben zuweilen Anwandlungen von Zugehörigkeitsgefühl und sozialem Miteinander, trotz aller Unkenrufe.«
Wieso hatte ich plötzlich das Gefühl, mich und meine Lebenssituation verteidigen zu müssen?
Natürlich würde ich weder den Hutladen meiner Mutter noch den Betrieb meines Vaters übernehmen. Doch das stellte zum Glück kein Problem dar.
»Haben Sie denn auch Geschwister?«, wollte Frederick wissen.
»Leider nein«, antwortete ich. »Obwohl meine Mutter sich eine ganze Schar Kinder gewünscht hat. Ich beneide Sie um Ihren Bruder und Ihre Schwester.«
Nachdem wir über das Leben auf Föhr, Fredericks Arbeit in der Kerzenwerkstatt und mein eher unstetes Dasein im Filmgeschäft geplaudert hatten, bat die Kellnerin um die letzte Bestellung.
Der Apfelgarten würde bald schließen.
»Ist es wirklich schon so spät?«, fragte ich verwirrt und schaute auf mein Handy.
»Die Föhringer klappen die Bürgersteige ein wenig früher hoch als die Großstädter. Offenbar hatten wir uns viel zu erzählen.«
Ja, das hatten wir in der Tat.
Und wenn es nach mir gegangen wäre, hätte ich hier noch stundenlang sitzen können, so sehr genoss ich unsere unerwartet entspannte Unterhaltung. Allerdings musste ich am nächsten Tag früh aufstehen, der Drehbeginn war auf sieben Uhr festgesetzt.
Als die Kellnerin die Rechnung brachte, zahlte Frederick, bevor ich protestieren und darauf hinweisen konnte, dass ich ihn als Dankeschön für den Engel hatte einladen wollen.

»Wenn es Ihnen so wichtig ist, können Sie mir bei Gelegenheit eine Kugel Eis spendieren«, winkte Frederick ab und half mir in die Jacke. »Nur zu Ihrer Information: Ich liebe Zitroneneis. Und im Cappuccino in Nieblum gibt es das beste.«
»Ich werd's mir merken«, antwortete ich schmunzelnd.
Würde er mich nach Hause fahren, oder sollte ich mir ein Taxi bestellen?
»Allerdings kann ich leider nicht versprechen, dass wir uns wiedersehen, weil wir beim Film mit allem rechnen und oft umdisponieren müssen.«
Frederick blieb abrupt stehen.
»Ach nein?«, fragte er. Seine Miene verriet nichts darüber, ob er enttäuscht war.
Umso überraschender war seine Antwort:
»Dann müssen Sie mir aber wenigstens Ihre Handynummer geben. Und ich hoffe, dass ich Sie zurück zur Pension fahren darf.«
Mein Herz machte einen kleinen Satz. Und ich legte meine Visitenkarte auf die Konsole.
Als wir vor dem Haus Ogge ankamen, bedankte ich mich für das Geschenk, das Essen und den Fahrservice.
»Wo müssen Sie denn jetzt noch hin?«, fragte ich, um den Abschied ein bisschen herauszuzögern.
»Wieder zurück nach Oldsum«, antwortete Frederick trocken und räusperte sich. »Also, Felicitas, es war ein sehr angenehmer Abend. Ich wünsche Ihnen noch eine schöne Zeit auf Föhr.«
Dann stieg er ins Auto und fuhr davon.
Ich stand verloren vor dem Gartentor herum, bis mich die Stimme des Kameraassistenten in die Wirklichkeit zurückholte.
»Na, startklar für morgen?«, rief er mir vom geöffneten Fenster aus zu.
Ich antwortete: »Alles bestens.« Wünschte ihm eine gute Nacht

und ging in Gedanken versunken die Treppe zu meinem Zimmer hinauf.
Was konnte ich nur tun, um diesen interessanten Mann so schnell wie möglich wiederzusehen?
Und wieso war er zum Schluss auf einmal so neutral, ja beinahe abweisend gewesen?

15. Kapitel

Freitag, 26. Juli

Benommen traf ich Freitagmorgen am Set ein.

Ich hatte sogar auf das Frühstück in der Pension verzichtet, weil ich mich alle paar Minuten in meinen Mailaccount einloggte, um nachzuschauen, ob Frederick mir vielleicht geschrieben hatte. Doch keine Nachricht.

»Warum sollte er dir auch jetzt schon mailen?«, hatte Tim gefragt, der heute ebenfalls früh aufgestanden war, weil er einen Termin bei der Agentur für Arbeit hatte und wissen wollte, wie mein Date gelaufen war. Zuvor war er doch tatsächlich joggen gewesen. »Er hat dir gesagt, dass ihm der Abend mit dir gefallen hat und dass er dich wiedersehen möchte. Und das ist gerade mal knapp sieben Stunden her.«

»Du hast ja recht«, antwortete ich seufzend, während ich mich an meinem Kaffee festhielt. »Ich habe keine Ahnung, was mit mir los ist. So hab ich mich schon lange nicht mehr gefühlt.«

Tim lachte. »Wurde auch allerhöchste Zeit, sonst mutierst du noch zur Eisprinzessin, die nur ihre Arbeit im Kopf hat. So, Süße, ich muss jetzt leider los. Ruf mich an, wenn es etwas Neues gibt, okay?«

»Mach ich«, murmelte ich. Dann war ich nach unten gegangen, um mich vom Fahrservice zum Set bringen zu lassen.

Heute drehten wir im Café Aquamarin am Strand von Wyk. Ich stand mit dem Rücken zu dem wunderhübschen Bistro am Schwimmbad und schaute gedankenverloren aufs Wasser.

Ich wollte mich unbedingt noch einen Augenblick sammeln, bevor Lucas und der Rest der Crew eintrafen.
»Ein wunderbarer Ausblick, nicht wahr?«, sagte plötzlich jemand. Viola stand dicht neben mir und schirmte ihre Augen mit der Hand ab. »Hattest du schöne freie Tage?«
Einen Augenblick war ich versucht, ihr zu berichten, was gerade Seltsames mit mir passierte, denn ich floss geradezu über vor Emotionen. Früher hatten wir uns immer alles erzählt. Doch Viola hatte dieses Privileg ein für alle Mal verspielt.
»Du, ich will nicht rumstressen. Aber können wir uns darauf einigen, dass wir hier einfach nur unseren Job machen?!«
Viola ließ ihre Hand sinken, riss die großen Kulleraugen auf und schaute mich ungläubig an.
»Die Sache mit Julian ist doch schon so lange her. Können wir sie nicht endlich vergessen?«, bat sie mit beinahe flehentlicher Stimme. »Ich würde das Ganze so gern ungeschehen machen. Kannst du mir noch immer nicht verzeihen?«
»Nein, das kann ich nicht«, antwortete ich so kühl wie möglich. »Und jetzt zurück zur Arbeit, dahinten kommt Lucas.«
Dieses Stichwort wirkte, und ich registrierte, wie Viola sich merklich anspannte. Auch sie schien unser jähzorniger Chef einzuschüchtern.
»Und? Alles klar? Haben die Damen sich erholt?«, wollte Lucas Kaiser wissen und lächelte breit. Seine gebleachten Zähne schimmerten schneeweiß im Sonnenlicht. Irrte ich mich, oder roch er nach Alkohol? Stammte die Fahne vom vergangenen Abend, oder hatte er sich schon etwas in den Morgenkaffee gemixt?
Doch mir blieb keine Zeit, weiter darüber nachzudenken, da der erste Take vorbereitet werden musste – ein Treffen zwischen Viola und ihrer ehemaligen Liebe, gespielt von Tobias. Hoffentlich ging heute alles glatt.

Nachdem die Maskenbildnerin beide Darsteller noch einmal gepudert hatte, fiel auch schon die Klappe.
Zum Glück lief alles wie am Schnürchen, so dass ich die Gelegenheit hatte, immer mal wieder einen Blick auf mein Smartphone zu werfen. Doch anstatt der heißersehnten Nachricht von Frederick fand ich etwas anderes vor:

> Sehr geehrte Frau Mahler,
> wir bedauern sehr, Ihnen mitteilen zu müssen, dass unser gemeinsames Filmprojekt wegen mangelnder Finanzierung gescheitert ist …

Zunächst glaubte ich, mich verlesen zu haben.
Doch dort stand schwarz auf weiß, dass mein Folgeauftrag gestorben war.
Verdammt! Was sollte ich jetzt tun? Ich hatte sowohl finanziell als auch terminlich fest mit diesem Job gerechnet. Ich überlegte fieberhaft und entschied, so bald wie möglich meine Finanzen durchzurechnen. Mechanisch überwachte ich die Filmarbeiten. Viola und Tobias waren ein eingespieltes Team und beide hoch professionell.
Nachmittags drehten wir noch auf dem Friedhof der St.-Johannis-Kirche, genannt Inseldom. Gegen neunzehn Uhr brachte der Fahrer mich mit den anderen Teammitgliedern zurück in die Pension.
Es war ein herrlicher Sommerabend, die Vögel zwitscherten fröhlich. Während die anderen essen gingen und sich bei einem Glas Wein entspannten, setzte ich mich bei geöffnetem Fenster an meinen Laptop und rief die Datei mit dem Jahresfinanzplan auf. Mir trat ein leichter Schweißfilm auf die Stirn, als ich sah, dass das nächste Projekt, für das ich allerdings noch keinen Vertrag hatte, frühestens im Februar nächsten Jahres anstand.

Nun erging es mir ähnlich wie Tim: Mir fehlten die Einkünfte. Meine Ersparnisse reichten höchstens bis Ende des Jahres, danach war ich gezwungen, auf mein Finanzpolster, das Erbe meiner Großeltern, zurückzugreifen.
Während Zukunftsängste drohten, mir den Boden unter den Füßen wegzureißen, klingelte mit einem Mal mein Handy.
Es war Lucas Kaiser.
»Ist eigentlich alles startklar für den Dreh auf Amrum?«, wollte er wissen, und ich zuckte zusammen.
An sich war das die Aufgabe der Produktionsfirma, doch das konnte ich ihm schlecht sagen, ohne ihn unnötig zu provozieren.
»Ich denke schon«, gab ich zögerlich zur Antwort.
»Sie sollen nicht denken, sondern sich vergewissern. Wofür werden Sie denn bezahlt?«, knurrte er am anderen Ende der Leitung. »Also fahren Sie hin und checken Sie alles noch mal. Es muss alles perfekt sein, hören Sie?! Perfekt! Schlimm genug, dass die hier auf Föhr keinen vernünftigen Strand haben und wir den ganzen Kram nach Amrum rüberschleppen müssen.«
Hektisch suchte ich im Kalender nach einer terminlichen Lücke. Natürlich fuhr in der Sommersaison beinahe stündlich eine Fähre auf die Nachbarinsel. Aber ich wurde auch am Set gebraucht. Doch halt, am Sonntag stand nur eine einfache Szene auf dem Programm.
»Wie wäre es, wenn ich Sonntagmittag fahre?«, fragte ich und überspielte so gut wie möglich meine Unsicherheit. »Dann bin ich zwar die letzten zwei Stunden nicht am Set, aber …«
»Ja, dann machen Sie das«, blökte Lucas Kaiser und legte grußlos auf. Kurz darauf klingelte das Handy erneut.
Doch diesmal war es – mein Herz geriet abermals aus dem Takt – Frederick Sönksen.

»Na, wie war Ihr Tag?«, fragte er unerwartet gutgelaunt. »Ich habe viel an Sie gedacht. Und ich finde, Sie schulden mir ein Eis!«
»Ich fürchte, das Eis wird erst mal warten müssen«, antwortete ich leise. »Momentan habe ich nämlich überhaupt keine Zeit. Am Sonntag muss ich nach Amrum, und dann …«
»Wieso denn nach Amrum?«, fragte Frederick verwundert. »Legen Sie einen Kurzurlaub ein?«
Ich spürte, wie meine Angst mit jedem seiner Worte abnahm. Fredericks tiefe, gelassen klingende Stimme hatte etwas sehr Beruhigendes. Also erzählte ich ihm, dass das Team übernächste Woche in der Nähe von Norddorf auf Amrum drehen würde, weil es auf Föhr keinen so traumhaften breiten Sandstrand gab – für die Zuschauer ein unbedingtes Muss.
»Na, da wird ja ganz schön getrickst«, lachte Frederick. »Hätten Sie denn etwas dagegen, wenn ich Sie begleite? Ich habe zufällig Sonntag nichts vor, das Wetter soll traumhaft werden, und Eis gibt es da bestimmt auch.«
Ich glaubte, mich verhört zu haben.
Obwohl er gestern beim Abschied ziemlich reserviert gewesen war, hatte Frederick sich schon so kurz nach unserer ersten Verabredung gemeldet und schlug nun sogar vor, mit mir nach Amrum zu fahren? Soeben noch hatte mich die Existenzangst niedergedrückt, und nun katapultierte mich dieser Mann auf Wolke sieben, und alles andere rückte in den Hintergrund.
»Felicitas, sind Sie noch dran?«, fragte Frederick wieder mit diesem leicht amüsierten Tonfall, den ich zunächst für arrogant und selbstverliebt gehalten hatte.
»Doch, bin ich …«, stammelte ich verwirrt und ärgerte mich über mich selbst. Gerade ihm gegenüber wollte ich doch souverän sein! »Das ist eine gute Idee. Kennen Sie sich denn auf der Insel aus?«

»Ja, sicher. Wussten Sie eigentlich, dass früher die Männer von Föhr aus übers Watt nach Amrum marschiert sind, um dort mit den Frauen tanzen zu gehen? Heute macht das zwar kaum mehr jemand, aber mir gefällt diese Anekdote.«
Mir gefiel sie auch. Sie war so romantisch.
»Nein, das wusste ich nicht, aber ich brenne darauf, mehr zu erfahren. Ich schaue nach, welche Fähre wir am Sonntag am besten nehmen, und simse Ihnen die Uhrzeit«, antwortete ich, sehr darum bemüht, mir meine Vorfreude nicht anmerken zu lassen. Lucas Kaiser hatte ab und zu doch ganz gute Ideen!
»Rufen Sie lieber an, denn ich mag dieses Gesimse nicht. Bis dann also«, antwortete Frederick trocken.
Nachdem ich aufgelegt hatte, starrte ich eine Weile aus dem Fenster. Und ertappte mich bei dem Gedanken, einige Tage Urlaub an meinen Job-Aufenthalt zu hängen. Schließlich hatte ich nach dem Dreh nichts weiter vor, und es war Sommer. Warum sollte ich mir nicht ein paar Urlaubstage auf Föhr gönnen?
Beseelt von dieser Idee klopfte ich unten bei den Nielsens, und die Pensionswirtin checkte sofort ihre Reservierungen.
Bedauerlicherweise waren aber alle Zimmer im Anschluss an den Filmdreh belegt.
»Ich könnte meine Eltern fragen, ob sie noch was frei haben«, bot Frau Nielsen an, die mir meine Enttäuschung an der Nasenspitze ansah. »Sie vermieten einige Ferienwohnungen. Aber ich kann Ihnen leider keine allzu großen Hoffnungen machen. Wir haben Hochsaison, und erfahrungsgemäß ist alles ausgebucht, erst recht bei so schönem Wetter.«
Ich bedankte mich für ihre Unterstützung und setzte mich zum Frische-Luft-Schnappen noch eine Weile in den Garten, bevor ich ins Badezimmer ging, um mich abzuschminken.
Dieser Tag war ein einziges Wechselbad der Gefühle gewesen. Ich hatte eine kleine Job-Krise, und gleichzeitig war ich völlig

durcheinander und dachte ständig an mein Rendezvous mit Frederick. Wie so häufig im Leben lagen Pech und Glück dicht beieinander.
Mit einem seligen Lächeln auf den Lippen cremte ich mich ein und betrachtete erstaunt mein Spiegelbild. Meine Augen schimmerten, obwohl ich weder Lidschatten noch Mascara trug.
Ich sah aus wie eine Frau, die sich gerade verliebt hatte.

16. Kapitel

Sonntag, 28. Juli

Am Sonntag musste ich nicht warten, bis Frederick mich abholte. Er stand bereits zehn Minuten vor der verabredeten Zeit vor der Pension und unterhielt sich angeregt mit Dörte Nielsens Mann Sören, der gerade dabei war, eines der Gästefahrräder zu reparieren.

»So, da bin ich«, rief ich fröhlich und setzte mich wie selbstverständlich auf den Beifahrersitz des Pick-ups.

»Das ist auch gut so, denn wir sollten uns lieber beeilen, sonst verpassen wir noch die Fähre«, gab Frederick lächelnd zurück.

»Was müssen wir denn eigentlich genau auf Amrum machen?«

»*Wir* müssen schon mal gar nichts«, antwortete ich schmunzelnd und genoss den Ausblick. »Sie können sich entspannt in ein Café oder an den Strand setzen, während ich mit dem Fremdenverkehrsamt kläre, ob der Strandabschnitt zum Drehtermin auch wirklich ordnungsgemäß gesperrt und gesäubert ist. Sobald ich fertig bin, hole ich Sie ab, und wir können danach tun und lassen, was wir wollen.«

»Vor allem Letzteres klingt vielversprechend«, entgegnete Frederick und parkte den Wagen am Hafengelände.

Keine zehn Minuten später standen wir an Deck der Fähre Richtung Amrum und ließen uns vom Wind durchpusten, über uns eine kreischende Schar Möwen. Es war ein strahlend blauer Sommertag und der Himmel übersät mit watteweichen Schäfchenwolken.

»Wann waren Sie zuletzt drüben?«, wollte ich wissen und band meine Haare zum Zopf, damit ich nicht aussah, als sei ich in einen Wirbelsturm geraten.
»Ist schon eine ganze Weile her«, antwortete Frederick und wirkte mit einem Mal, als sei er woanders. »Vielleicht vor drei, vier Jahren … so genau weiß ich das nicht mehr.«
Erstaunt sah ich, dass sein Gesicht plötzlich einen verschlossenen Ausdruck annahm, genau wie an dem Abend bei unserer ersten Begegnung in seinem Laden.
Ja, dieser Mann hat zwei Gesichter.
Nachdem die Fähre in Wittdün, dem Hauptort Amrums, angelegt hatte, nahmen Frederick und ich den Bus nach Norddorf. Während der Fahrt wechselten wir kaum ein Wort.
Ich bestaunte die Insel, die auf den ersten Blick wenig mit Föhr gemeinsam hatte, und auch Frederick schien in seiner eigenen Welt versunken zu sein.
Als wir an der Bushaltestelle im Ortszentrum ausstiegen, wurde mir mit einem Blick auf die Karte klar, dass der besagte Strandabschnitt weiter entfernt war, als ich geglaubt hatte.
Sollte ich ein Taxi rufen?
Frederick schaute mir über die Schulter, während ich mit dem Zeigefinger die Entfernung zwischen der Haltestelle und dem Treffpunkt mit Herrn Jürgensen vom Fremdenverkehrsamt abmaß.
»Ich finde, das schreit geradezu nach Fahrrädern. Zu Fuß würden wir eine halbe Ewigkeit brauchen«, sagte er. »Da vorne gibt es einen Verleih. Wollen wir?«
Bevor ich protestieren und gestehen konnte, dass ich alles andere als eine begeisterte Radfahrerin war, eilte Frederick schon davon.
»Sie vermieten doch auch Tandems?«, hörte ich ihn den Verleiher fragen und musste schmunzeln. Zu zweit auf einem Fahrrad – der Inbegriff der Romantik!

Nachdem Frederick den Vertrag unterschrieben und eine Kaution hinterlegt hatte, fuhren wir los.
Da ich es gewohnt war, die Dinge selbst in die Hand zu nehmen, fiel es mir anfangs schwer, mich auf den Rhythmus einzulassen.
Es war genau wie beim Rudern oder Tanzen.
Doch je weiter wir über die Holzwege der mit Strandhafer bewachsenen Dünen fuhren, desto mehr ließ ich los. Frederick kannte den Weg, und ich hatte nichts weiter zu tun, als mit ihm in die Pedale zu treten. Während der Fahrt streckte ich das Gesicht in die Sonne, bestaunte die herrliche Natur und amüsierte mich über einen Marienkäfer, der sich auf meinen Arm gesetzt hatte – ich war rundum glücklich.
Leider stellten wir wenige Minuten später das Tandem ab, und ich verabschiedete mich von Frederick, der während meiner Besprechung am Meer spazieren gehen wollte. Versonnen schaute ich ihm nach, als er den Weg zum Strand hinunterging und hinter den Dünen verschwand.
»Ist das Ihr Mann?«, fragte Herr Jürgensen lächelnd und überreichte mir seine Visitenkarte.
Beinahe hätte ich »Leider nein« geantwortet, riss mich aber in letzter Sekunde zusammen. Ich ging gar nicht erst auf diese persönliche Frage ein, sondern kam gleich auf das Geschäftliche zu sprechen: die Vorbereitungen für den Dreh auf Amrum.
Eine Stunde später konnte ich Lucas Kaiser telefonisch informieren, dass alles startklar war für die übernächst Woche. Jetzt musste nur noch das Wetter mitspielen.
Dann rief ich Frederick an. Wie sich herausstellte, war er bereits auf dem Rückweg und erwartete mich unten am Wasser.
Mit klopfendem Herzen ging ich die Dünen hinunter und wäre vor Aufregung beinahe ein paar Mal gestolpert.

Was um Himmels willen war nur los mit mir?
Ich kannte Frederick kaum und war dermaßen aus dem Häuschen. Hoffentlich gab es kein böses Erwachen!
»Und, wie ist es gelaufen?«, fragte Frederick und empfing mich mit einem warmen Lächeln. Er stand mit hochgekrempelter Jeans im Wasser. Der leichte Sommerwind hatte sein welliges, dunkles Haar ein wenig zerzaust, was seinem Äußeren etwas Wildes verlieh.
»Alles bestens, was bedeutet, dass ich ab sofort freihabe. Zumindest bis morgen früh«, antwortete ich, zog meine Schuhe aus und stellte mich neben Frederick.
Der Wind bauschte mein Sommerkleid, so dass ich es festhalten musste.
»Das erinnert mich an Marilyn Monroe«, bemerkte Frederick grinsend und warf einen flachen Stein ins Wasser, der über die Wellen hüpfte. »Allerdings finde ich Sie viel hübscher.«
Ein leichter Schauer überlief mich, weil ich schon die ganze Zeit darüber nachgedacht hatte, ob Frederick mich überhaupt als Frau wahrnahm.
Ich ging über das charmante Kompliment hinweg und schwieg. Über diesem Spätnachmittag lag ein besonderer Zauber, den ich nicht durch Worte zerstören wollte: Die Sonne spiegelte sich im Wasser und setzte den sanften Wellen goldene Krönchen auf. Das Geschrei der Möwen über unseren Köpfen klang in meinen Ohren wie der Soundtrack zu einem Film.
Es war sonnenklar, dass ich diesen Film mochte.
Doch wie würde er enden?
»Was halten Sie davon, wenn wir uns duzen, jetzt, wo uns beiden das Wasser fast bis zum Hals steht?«, schlug Frederick vor, und ich musste lachen.
Ich mochte seinen trockenen Humor.
»Gute Idee«, antwortete ich. »Ich bin Felicitas. Und dummer-

weise meldet sich gerade mein Magen. Ich fürchte, ich habe Hunger.«

»Ich auch! Komm, da vorne am Strand ist ein Restaurant.«

Wir holten uns etwas zum Mitnehmen und fanden einen frei gewordenen Strandkorb. Mittlerweile war es früher Abend, und die meisten Urlauber waren bereits zurück in ihre Pensionen oder Ferienwohnungen gegangen. Der Himmel färbte sich rötlich, während wir schweigend zusahen, wie die Sonne allmählich im Meer versank.

Frederick schien sich an der friedlichen Stimmung und der nahezu unberührten Natur Amrums ebenso zu erfreuen wie ich. Mit ihm konnte ich sogar schweigen. Doch alles wäre noch ein wenig perfekter gewesen, wenn er zumindest den Arm um mich gelegt hätte.

»Na, was geht dir gerade durch den Kopf?«, fragte Frederick, und ich fühlte mich sofort ertappt. Weil ich nicht wusste, was ich antworten sollte, schaute ich auf die Uhr.

Mist, die letzte Fähre fuhr bald.

»Ich fürchte, wir müssen uns wieder aufs Tandem schwingen, wenn wir nicht auf Amrum übernachten wollen«, sagte ich so cool wie möglich. Frederick sollte nicht wissen, welche haarsträubenden Fantasien sich in meinem Kopf abspielten. In der Art Film, den ich gerade drehte, würden die Hauptdarsteller die letzte Fähre verpassen. Natürlich gab es nur noch ein einziges freies Zimmer, das die beiden sich teilen mussten, was in ein Gerangel um einen Platz auf dem Sofa oder in der Badewanne ausartete.

Ich musste grinsen, weil ich solche Szenen in Filmen bislang immer albern und überzogen gefunden hatte. Diesmal hätte ich allerdings nichts gegen die Hauptrolle in einer *Romantic Comedy* gehabt.

Doch die Realität war – wie so oft – viel profaner. In letzter

Minute erreichten wir die Fähre und gingen nach oben, um von dort den Ausblick zu genießen. Wir blickten über das Wasser, in dem sich das rotgoldene Abendlicht spiegelte. Frederick stand dicht neben mir und erzählte von dem eigentümlichen Verhältnis der Bewohner auf Amrum und Föhr. Ich lauschte gebannt seinen Worten und wünschte, diese Fahrt würde nie enden.
Als Frederick sich später vor der Pension von mir verabschiedete, sagte er:
»Das war ein wirklich schöner Tag, danke.« Ich konnte ihm nur zustimmen und schloss seufzend die Eingangstür auf. Morgen musste ich mich wieder dem realen Leben stellen. Und meine Zukunftsaussichten waren leider alles andere als rosig.

17. Kapitel

Donnerstag, 1. August

Wie siehst du denn aus?«, fragte Leevke besorgt, als ich am frühen Donnerstagabend ihren Laden betrat. Ich gähnte und war kurz davor, ihr vor lauter Müdigkeit direkt vor die Füße zu fallen. Unter meinen Augen lagen tiefe Schatten, wie ich bei einem Blick in den Spiegel festgestellt hatte, mein Gesicht war aschfahl. Kein Wunder, bei den anstrengenden Dreharbeiten, der Aufregung wegen Frederick und meinen Zukunftssorgen! Dass mein Nachfolgeprojekt gescheitert war, machte mir ziemlich zu schaffen. Und auch Frederick nahm einen weitaus größeren Platz in meinem Herzen ein, als mir lieb war.

»Wie jemand, der in den letzten Nächten kaum mehr als drei oder vier Stunden geschlafen hat«, antwortete ich und ließ mich erschöpft in einen Korbsessel plumpsen. »Keine Ahnung, wie ich das Essen bei dir überleben soll, aber echt nett, dass du kochst.«

»Dann mache ich dir erst mal einen doppelten Espresso, denn ich will alles von dir wissen: Wie es mit dem Film läuft und was mit dir und Frederick ist. Und dafür musst du wach sein.«

Mit diesen Worten verschwand Leevke in ihrer winzigen Ladenküche. Kurz darauf hörte ich sie mit Geschirr klappern. Patchouli strich mir schnurrend um die Beine und sprang auf meinen Schoß.

Gestern hatte ein Nachtdreh auf dem Programm gestanden, den das Team nur mit viel Kaffee, Energy-Drinks und wärmenden Thermopads in den Schuhen überstanden hatte. Obwohl es Hochsommer war, sanken die Temperaturen nachts deutlich, was insbesondere Lucas Kaiser zu schaffen machte. Er hatte sich fast die ganze Zeit in seinem Wohnwagen verschanzt und mir die Verantwortung überlassen. Gut, dass die Mitarbeiter der Produktionsfirma das nicht mitbekamen.

»So, der dürfte selbst Tote zum Leben erwecken«, sagte Leevke einige Minuten später und stellte einen dampfenden Espresso auf das Glastischchen neben mir. »Und wenn nicht, habe ich notfalls Bachblüten oder energetische Aromaessenzen. Meinst du, du hältst eine halbe Stunde durch, bis ich den Laden schließe?«

Ich nickte, während ich mit halb geschlossenen Augenlidern in den Kaffee pustete.

Leevke beobachtete mich mit einem zufriedenen Blick.

»Ich hab gerade eine neue Lieferung Heilsteine bekommen. Wie hat deinem Boss eigentlich der Malachit gefallen? Und war er auf der Lembecksburg?«

Ich war trotz des doppelten Espressos immer noch so müde, dass ich erst nicht verstand, wovon Leevke sprach. Doch dann fiel es mir wieder ein.

»Ja, danke für den Tipp. Den Malachit trägt er tatsächlich in seiner Manteltasche, aber ob er zu dieser Lembecksburg gegangen ist, weiß ich nicht. Gesagt hat er auf alle Fälle nichts. Er und ich – wir reden immer nur das Nötigste …«

Während Leevke Kunden bediente, die kurz vor Ladenschluss noch hereinkamen, um sich in aller Seelenruhe umzuschauen, blätterte ich in der aktuellen Ausgabe der Zeitschrift *Happinez*. Obwohl ich Esoterik und Spiritualität mit einer gewissen Skepsis gegenüberstand, konnte ich nicht leugnen, dass mich die Qualität der Fotografien beeindruckte und manche Themen interessant klangen.

Schlagworte wie *Loslassen, Urvertrauen* oder *Seine Mitte finden* rührten etwas in mir an. Als ich mich gerade so richtig schön eingelesen hatte, schloss Leevke mit einem Stoßseufzer die Ladentür und drehte demonstrativ den Schlüssel um.

»Mann, Mann, Mann. Da ist den ganzen Tag über so gut wie nichts los. Aber sobald ich mal eine Verabredung habe und pünktlich schließen will, kommen sie alle aus ihren Löchern gekrochen und meinen, sie könnten hier in aller Ruhe ihre Zelte aufschlagen. Also: auf, auf, du müde Kriegerin, wir gehen nach oben.«

Ich folgte Leevke in den Personalraum, von dem aus eine Wendeltreppe in die Wohnung führte. Patchouli tappte hinter uns her, und Leevke nahm sie auf den Arm.

»Wow! Das ist ja Wahnsinn«, rief ich aus, als wir eintraten. Leevke hatte ein echtes Gespür für Farben und Einrichtung, das sah man auch an ihrem Laden. Allerdings war hier oben alles sehr viel großzügiger und heller – und einfach riesig!

»Bist du sicher, dass du hier allein lebst?«, fragte ich erstaunt und dachte an Tims und meine beengte Wohnung auf Sankt Pauli. Wir hätten gut und gern noch ein paar Quadratmeter gebrauchen können.

»Im Großen und Ganzen ja«, antwortete Leevke und setzte Patchouli auf den Boden, worauf die Katze sofort Kurs auf die Küche nahm. Wir folgten ihr. »Aber bevor ich dir alles zeige, muss ich erst mal dieses hungrige Raubtier füttern, sonst kann ich für nichts garantieren«, lachte sie und öffnete eine Dose mit Katzenfutter. Patchouli sprang zu ihr auf die Edelstahlspüle und drückte ihr Köpfchen so nah an die Dose, dass Leevke Mühe hatte, den Futterbehälter zu öffnen.

»Was heißt denn im Großen und Ganzen?«, fragte ich neugierig. »Bekommst du häufig Besuch?«

In diesem Moment tat es einen Schlag, der offenbar aus dem Wohnzimmer kam.

Weder Leevke noch die Katze schien das weiter zu stören. Ich erschrak jedoch und bekam Herzklopfen. Der Schlafmangel hatte mein Nervenkostüm mächtig angegriffen.
»Keine Angst, das ist nur Kup Sin, mein kleiner Hausgeist«, lachte Leevke. »Der hat leider die dumme Angewohnheit, sich wichtig zu machen, wenn ich Besuch bekomme. Und wie jeder ordentliche Nis Puk steht er besonders auf schöne Frauen.«
»Hausgeist? Puk?«, fragte ich verwirrt. Meinte Leevke das ernst? »Wovon sprichst du?«
»Ich hab dir doch von den Bollermännern und Oterbaankin erzählt«, antwortete Leevke, nahm eine Kasserolle aus dem Kühlschrank, stellte sie auf die Ablage und heizte den Backofen vor. »Hier in Nordfriesland haben wir ganze Heerscharen von Naturgeistern und Elementarwesen. Und einer, ein sogenannter Puk, hat sich hier breitgemacht. Deshalb will hier auf Dauer auch keiner wohnen, für den Laden wie auch für die Wohnung zahle ich nur einen Spottpreis.«
Mir fiel die Kinnlade herunter.
So etwas hatte ich noch nie gehört, abgesehen von Spukgeschichten wie *Das Gespenst von Canterville*. Doch halt! Das stimmte nicht ganz: Weil angeblich in einer seiner Villen ein Gespenst herumspukte, war der Designer Karl Lagerfeld irgendwann entnervt ausgezogen.
»Und wieso wohnst du dann hier?«, fragte ich, immer noch verblüfft. »Das mit der günstigen Miete ist natürlich super. Aber hast du denn gar keine Angst?«
Leevke grinste breit und wusch in aller Seelenruhe Kirschtomaten und Babyspinat. Dann röstete sie Pinienkerne in einer kleinen Pfanne, in die sie zuvor einen Spritzer Olivenöl getan hatte. »Nö, hab ich nicht. Wenn man diese Wesen respektiert und weiß, wie man mit ihnen umzugehen hat, kann eigentlich nichts passieren. Die meisten Menschen nehmen sich nicht die Zeit,

sich mit den Geistern der Anderswelten zu beschäftigen und sie zu verstehen. Ab und zu braucht Kup Sin allerdings einen kleinen Dämpfer, wenn er mal wieder zu übermütig wird, doch in der Regel kommen wir gut miteinander klar. Wichtig ist nur, dass er unten im Laden keinen Schabernack treibt und meine Kunden verschreckt.«

Ich nahm Leevke die gewaschenen Tomaten ab und zerteilte sie in zwei Hälften.

»Was heißt eigentlich Kup Sin, und wie hält man ihn bei Laune?«, fragte ich, nachdem es nun auch lautstark im Flur gepoltert hatte.

Ich wäre vor Angst gestorben, hätte ich mit einem solchen Wesen zusammenwohnen müssen.

Gut, dass Leevke da war!

»Kup Sin heißt Nis Puk, nur rückwärts gesprochen«, antwortete Leevke, stellte die Kasserolle in den vorgewärmten Ofen und bereitete ein Dressing aus Olivenöl, Zitrone, Salz und frisch gemahlenem Pfeffer zu. »Im Englischen heißen diese Wesen Puck. Du erinnerst dich vielleicht noch an Shakespeares *Sommernachtstraum?*«

»Nur noch vage«, murmelte ich, weil ich sofort daran denken musste, dass Viola und Julian einmal zusammen in München in diesem Stück gespielt hatten.

»Wenn man einen Kobold wie Kup Sin besänftigen möchte, muss man ihm nur ein weiches Bettchen bereiten und abends regelmäßig Grießbrei hinstellen, am besten mit viel Butter obendrauf. Puke lieben Butter über alles. Genau wie Feen Milch, Honig und Dinge, die glitzern.«

Einen Moment kam es mir so vor, als wäre Leevke mit ihrer elfenhaften Gestalt nicht von dieser Welt. Als sie mich jedoch anstrahlte und fragte: »Hast du jetzt Panik, dass ich nicht mehr ganz richtig ticke?«, fiel jeglicher Zweifel sofort von mir ab. An-

scheinend besaß Leevke, im Gegensatz zu mir, einen Zugang zu spirituellen Ebenen.
»Jetzt aber genug von diesen Spukgeschichten. Erzähl mir lieber, wie es mit Frederick gelaufen ist. Werdet ihr euch wiedersehen?«
Allein bei der Erwähnung dieses Namens zitterten meine Hände, und ich hatte Mühe, die Reibe gerade zu halten, mit der ich Pecorino-Käse für den Salat raspeln wollte.
Immer wieder ertappte ich mich dabei, wie ich den wunderschönen Tag mit Frederick Revue passieren ließ.
Ein wenig verlegen, aber auch froh, endlich mit jemandem sprechen zu können, der Frederick kannte, erzählte ich Leevke vom Abendessen im Apfelgarten und unserem Ausflug auf die Nachbarinsel.
»Mensch, ihr wart sogar schon zusammen auf Amrum?«, fragte Leevke verblüfft. »Na, das ist ja ein Ding! Das hat noch keine Frau vor dir geschafft.«
»Www… wie, was meinst du damit?«
Oh, mein Gott, was sollte das nun wieder heißen? War ich einem Womanizer auf den Leim gegangen, der in schönster Regelmäßigkeit mit Touristinnen anbandelte und sie danach fallen ließ wie eine heiße Kartoffel?
Doch halt! Frederick hatte – sehr zu meinem Bedauern – keinerlei Anstalten gemacht, mich zu küssen.
Sein Vorschlag, uns zu duzen, war der einzige kleine Schritt zu einer persönlichen Annäherung gewesen.
»Ich glaube, dass er ein *lonesome cowboy* ist und auch kein Interesse hat, dieses Image zu ändern. Eine Freundin von mir hat sich mal ziemlich in ihn verguckt, ist aber total aufgelaufen. Er war zwar höflich, hat ihr aber schnell klargemacht, dass er keine Lust hat, sie zu treffen. Man munkelt, dass es mal eine gab, die ihm das Herz gebrochen hat, aber keiner weiß was Genaues. Und niemand hat die beiden je zusammen gesehen. Aber

komm, lass uns rübergehen und beim Essen weiterreden, bevor ich vor Hunger tot umfalle.«
Geistesabwesend trug ich die Schüssel mit dem Salat und einen Korb mit aufgeschnittenem Baguette zu dem runden, hellgebeizten Holztisch, auf dem blaue, grüne und rosa Bast-Sets lagen. Man hätte hier gut und gern mit sechs Personen essen können.
»Vielleicht steht er ja gar nicht auf Frauen«, murmelte ich mehr zu mir selbst.
»Ach Quatsch, das glaube ich nicht! Wenn er etwas mit Männern hätte, wüsste das die ganze Insel, da kannst du Gift drauf nehmen. Vielleicht geht es ihm so ähnlich wie dir. Du bist doch nach dieser üblen Geschichte mit Julian und Viola auch nicht gerade besonders offen, nicht wahr?«, schlussfolgerte Leevke und verteilte den Spinatsalat auf zwei hübsche, bunte Tonschüsseln. »Aber bislang habe ich bei euch beiden ein gutes Gefühl. Genieß es doch einfach. Das Leben ist zu kurz, um sich unnötige Gedanken über die Zukunft zu machen.«
Ich nickte und verspürte mit einem Mal den Drang, das Thema zu wechseln. Hätte ich nämlich genauer darüber nachgedacht, was diese *Zukunft* beinhaltete, hätte ich vor allem eins gesehen: Probleme. Hamburg und Föhr waren schließlich relativ weit voneinander entfernt.
»Schmeißt du denn öfter große Partys?«, fragte ich, weil Leevke noch nie von einer Freundin erzählt hatte.
»Nur wenn ich Séancen durchführe«, antwortete sie bedeutungsvoll grinsend. »Als ich hier einzog, hatte ich viel Besuch und hab es krachen lassen. Aber irgendwie hat sich in den letzten Jahren viel verändert. Meine Freunde und Bekannte sind älter und gesetzter geworden. Viele sind vollauf mit ihrer Familie oder ihrem Job beschäftigt. Das Inselleben ist auch nicht immer ganz einfach – manche Leute werden im Laufe der Zeit ein wenig wunderlich. Deshalb ist meine beste Freundin Alva auch

nach Frankfurt gezogen. Sie ist Unternehmensberaterin und hatte auf Föhr beruflich keinerlei Chance.«

Sofort dachte ich an Viola. Trotz des tiefen Schmerzes, den sie mir zugefügt hatte, fehlte sie mir mitunter, so ungern ich mir dies auch eingestand.

Tim war natürlich mein bester Freund, und man konnte mit ihm über alles reden, aber er war eben ein Mann. Manchmal jedoch half nur ein Gespräch von Frau zu Frau.

Und auch Leevke brauchte bestimmt ab und an eine Freundin zum Reden.

»Das klingt, als seist du ein bisschen einsam«, stellte ich betroffen fest. Schade, dass ich die Insel bald wieder verlassen musste, denn Leevke würde mir garantiert fehlen. Und nicht nur sie …

»Ach was, halb so wild«, wiegelte sie ab, doch ich sah plötzlich Tränen in ihren Augen glitzern. »Ich habe meinen Laden, meine süße Katze, kann ans Meer gehen, wann immer ich will, und lebe, wenn du Kup Sin dazuzählst, sogar mit einem Mann zusammen.«

Leevke setzte ein schiefes Lächeln auf, das ihre Worte Lügen strafte. Nun verstand ich auch, was sie mit *Inselkoller* meinte. Mir würde es in ihrer Situation ebenso gehen.

»Aber lassen wir das, und sprechen wir lieber von dir. Eins interessiert mich nämlich brennend: Hast du dich in Frederick verliebt?«

Ich brauchte gar nicht auf ihre Frage zu antworten, weil mir binnen Sekunden heiße Röte ins Gesicht schoss.

»Verstehe«, murmelte sie. »Dann ist es ja wirklich blöd, dass du nicht mehr so lange hier bist.«

»Das stimmt allerdings«, antwortete ich beinahe tonlos.

Wie sollte ich dieses Gefühl, das mittlerweile mein Leben bestimmte und alles andere in den Hintergrund drängte, bloß abstellen, wenn ich wieder in Hamburg war?

Wie konnte ich überhaupt zurückkehren?

Spät am Abend in der Pension holte ich den wächsernen Buchengel, den Frederick mir geschenkt hatte, aus dem Regal und stellte ihn auf den Nachttisch.

Er erinnerte mich an den Abend mit Frederick im Café im Apfelgarten, daran, wie alles begonnen hatte.

Bevor ich das Licht ausschaltete, warf ich einen letzten Blick auf die hübsche Figur und dachte, dass es tatsächlich keinen Sinn hatte, sich in jemanden zu verlieben, der auf einer Insel wie Föhr verwurzelt war. Und erst recht nicht in Anbetracht meiner ungewissen beruflichen Lage. Unsere zarte Beziehung hatte nicht den Hauch einer Chance! Also würde ich lernen müssen, meine Gefühle im Zaum zu halten.

18. Kapitel

Freitag, 2. August

Am nächsten Tag riss mich das Klingeln des Handys aus meinen Träumen. Müde rieb ich mir die Augen und schaute auf den Wecker. Es war halb elf.

Mist, ich hatte verschlafen!

Hektisch schlug ich die Bettdecke zurück und sprintete zum Regal, wo mein Telefon lag. Das war sicher Lucas Kaiser, der mich gleich rundmachen würde. Doch stattdessen erschien der Name Frederick im Display.

Während ich mit mir haderte, ob ich rangehen sollte, weil ich mich beeilen musste, fiel mir ein, dass ich überhaupt keinen Grund zur Panik hatte. Heute und morgen war nämlich drehfrei, und kein Mensch hatte etwas dagegen, dass ich endlich den fehlenden Schlaf nachholte.

Ich räusperte mich und nahm das Gespräch entgegen.

»Frederick hier. Schön, dass ich dich erreiche. Ich hatte eigentlich eher mit der Mailbox gerechnet.« Und wieder beschleunigte sich mein Puls, und mein Herz schlug Purzelbäume!

»Zufälligerweise habe ich heute und morgen frei«, antwortete ich, immer noch ein wenig verschlafen. »Was gibt es denn?«

»Frei? Oh, was für ein Zufall. Ich wollte dich nämlich fragen, ob du Lust hast, mit mir ins Museum Kunst der Westküste zu gehen, du hast doch neulich davon erzählt. Heute ist das Wetter wirklich mies, und ich könnte am Nachmittag eine Vertretung für die Werkstatt bekommen.«

Die berühmten zwei Herzen schlugen wie wild in meiner Brust und lieferten sich ein erbittertes Duell.
Hatte ich mir nicht gestern vor dem Einschlafen vorgenommen, den Kontakt zu Frederick zu meiden? Doch ich erinnerte mich auch an Leevkes Worte, die mich ermutigt hatte, abzuwarten, wie sich die Dinge entwickelten. Vielleicht war es ja tatsächlich Schicksal, dass mich mein Job hierhergeführt hatte.
»Heute Nachmittag würde passen«, hörte ich mich sagen. Es war genau, wie meine Mutter immer behauptete: Ich redete oft schneller, als ich dachte – und das nicht immer zu meinem Vorteil.
»Wunderbar. Dann hole ich dich um drei ab, okay?«, antwortete Frederick und brachte durch die bloße Wärme seiner Stimme die Schmetterlinge in meinem Bauch zum Tanzen. Nach dem Telefonat setzte ich mich einen Moment aufs Bett.
Dann nahm ich wieder mein Handy und rief Tim an.
»Hey, das ist ein klassischer Fall für *yolo*«, versuchte er gutgelaunt, meine Bedenken zu zerstreuen.
»*Yolo?* Was ist denn das?«, gab ich verdutzt zurück.
»Oh Mann, Felicitas. Lebst du hinterm Mond? Du bist doch noch keine sechzig. *Yolo* bedeutet *you only live once,* comprende?«
Tja, das hatte im Grunde auch Leevke gesagt.
»Zu meiner Zeit hieß das noch *carpe diem,* aber danke für deine aufklärenden Worte. Fühle mich gerade so was von hip.« Tim gluckste vergnügt. »Und was ist mit dir? Du klingst so fröhlich.«
»Ich bin auch fröhlich«, erwiderte Tim. »Denn ob du es glaubst oder nicht, eine Produktionsfirma, die auf Musikvideos spezialisiert ist, hat vorhin angefragt, ob ich bereit wäre, einen Clip zu filmen. Ist für irgendeine Newcomer-Band, die die Plattenfirma demnächst groß rausbringen will. Gedreht wird an der Elbe, auf dem Kiez und in Wilhelmsburg. Cool, oder?«
»Wow, das ist ja wirklich toll. Aber was bedeutet angefragt? Hast du den Job, oder gibt es noch andere Bewerber?«

Nun klang Tim etwas gedämpfter. »Vermutlich schon. Ich soll nämlich eine Art Probe-Take abliefern. Aber ich werde sie alle vom Hocker hauen, das schwör ich dir! Ich habe noch bis nächsten Dienstag Zeit, mich vorzubereiten und mir auf You Tube sämtliche prämierten Videos der letzten Jahre anzuschauen, um dann genau das Gegenteil zu machen.«

Ich schmunzelte. Manchmal kam Tim ein wenig schwer in die Gänge. Wenn er aber einmal für etwas – oder jemanden – Feuer gefangen hatte, brannte er lichterloh und setzte alles daran, sein Ziel zu erreichen.

»Dann drücke ich dir die Daumen. Und denk dran: Auch wenn ich bis eben nicht wusste, was *yolo* bedeutet, hab ich manchmal gute Ideen. Kannst mich also jederzeit anrufen, wenn du Inspiration brauchst.«

»Danke, meine Süße, du bist die Beste. Jetzt aber husch, husch! Du hast nachher ein Date und möchtest doch gut aussehen, nicht wahr? Ich wünsch dir einen zauberhaften Tag, bis bald.«

Lachend verabschiedete ich mich von Tim und merkte, wie sehr er mir fehlte.

Ein Leben ohne ihn? Kaum vorstellbar!

Draußen auf dem Flur hörte ich es poltern, einige Kollegen des Filmteams waren offensichtlich hiergeblieben, obwohl wir alle freihatten. Kurz darauf klopfte es an meiner Tür.

Als ich öffnete, bereute ich es sofort.

Vor mir stand – das Augen-Make-up verschmiert und vollkommen aufgelöst – Viola.

»Darf ich dich mal eben stören und einen Augenblick reinkommen?«, fragte sie mit zitternder Stimme und flehentlichem Gesichtsausdruck. »Es … es geht um etwas Berufliches. Ich brauche dringend deine Hilfe.«

»Komm rein«, antwortete ich genervt. »Und setz dich schon mal an den Tisch. Ich geh nach unten und koche uns eine große

Kanne Kaffee, denn ich bin gerade erst aufgewacht und brauche dringend einen Morning-Booster.«
Viola schien erst jetzt zu bemerken, dass ich noch im Schlafanzug war, und schlug erschrocken die Hand vor den Mund.
»Oh nein, das kommt überhaupt nicht in Frage. Sag mir, wo ich den Kaffee herbekomme und was du essen möchtest. Ich kümmere mich um alles.«
Guter Plan! Je länger ich sie mir vom Hals halten konnte, desto besser.
»Dann geh am besten gleich zum Bäcker schräg gegenüber«, schlug ich vor. »Ich hätte gern ein Croissant und ein belegtes Käsebrötchen. Und einen großen Kaffee …«
»Ohne Zucker, aber dafür mit viel Milch, nicht wahr?«, sagte Viola lächelnd und wandte sich zum Gehen. Ich schloss die Tür und ging ins Badezimmer. Für mehr als eine Katzenwäsche blieb leider keine Zeit.
Zu dumm, denn ich hätte mich gern in aller Ruhe auf meine Verabredung mit Frederick eingestimmt und ausgiebige Schönheitspflege betrieben, die in den vergangenen Tagen zu kurz gekommen war. Wieso schaffte Viola es nur immer wieder, meine Pläne zu durchkreuzen?
Eine Viertelstunde später war sie zurück.
»Also, was ist los?«, fragte ich, während ich genervt den heißen Kaffee schlürfte und zwischendrin von meinem Croissant abbiss.
Nervös rollte Viola ihren Pappbecher zwischen den Händen hin und her.
»Lucas mobbt mich«, stieß sie schließlich hervor. »Zu Anfang war er ja noch ganz nett zu mir, aber seit letztem Sonntag ist er plötzlich wie ausgewechselt.«
Ich überlegte, ob das stimmte oder ob Viola sich das nur einbildete. Natürlich war Lucas schon freundlicher zu ihr gewesen,

das war auch mir aufgefallen, aber ich hatte das eher auf seine Launenhaftigkeit und die ewige Trinkerei zurückgeführt. Mit einem Kater ließ es sich nun mal nicht so gut arbeiten.
»Wie äußert sich das denn deiner Meinung nach?«, pirschte ich mich vorsichtig heran.
Wenn Viola recht hatte, war die Produktionsfirma dafür zuständig.
»Er lässt mich Szenen unnötig lange wiederholen und behauptet, ich hätte Hänger. Er ändert jeden Morgen kurz vor Drehbeginn meinen Text und beschwert sich dann, dass ich seiner Meinung nach nicht vorbereitet bin, was aber nicht stimmt. Außerdem werden meine Kostüme von Tag zu Tag schlimmer und spießiger, und er lässt keine Gelegenheit aus, gegenüber anderen blöde Bemerkungen über mich zu machen.«
Mein Kopf begann zu schmerzen.
Das alles klang, als hätte ich in den letzten Tagen am Set gefehlt. War ich so blind gewesen, oder übertrieb Viola gnadenlos? Sie hatte schon immer einen Hang zur Dramatik gehabt.
»Ich … ich dachte, Lucas hätte die Änderungen vorher mit dir abgesprochen«, entgegnete ich nervös.
Eigentlich war es meine Aufgabe als Regie-Assistentin, genau auf so etwas zu achten. Doch anscheinend hatte ich mich gedanklich so sehr mit Frederick und meinen beruflichen Sorgen beschäftigt, dass ich nichts mitbekommen hatte.
»Hast du eine Ahnung, weshalb Lucas dich auf dem Kieker hat?«, bohrte ich nach. »Hat ihn denn am Sonntag, während ich auf Amrum war, irgendetwas verärgert?«
Violas Augen schimmerten verdächtig, ihre Mundwinkel zitterten.
»Er hat mich nach Drehschluss zusammen mit Tobias gesehen …«, murmelte sie, und sofort zog sich alles in mir zusammen. »Wir … wir haben uns geküsst …«

Unfassbar! Viola war in ihr altes Muster zurückgefallen und turtelte mit dem Hauptdarsteller herum. Hatte sie denn gar nichts aus der Sache mit Julian und mir gelernt?
Und wieso musste *ich* jetzt ausbaden, dass mit Viola mal wieder die Pferde durchgegangen waren?
Ein Teil von mir hätte sie durchschütteln können, und ich hatte große Mühe, meine Aggressionen zu unterdrücken. Doch ich musste jetzt ruhig bleiben und die Situation so nüchtern betrachten, wie es mein Job verlangte.
Natürlich verliebten sich die Schauspieler andauernd am Set. Bevor ich begonnen hatte, in dem Metier zu arbeiten, hatte ich immer geglaubt, es sei nur ein Klischee oder eine Möglichkeit, um sich bei der Presse interessant zu machen. Aber in Wirklichkeit hatten vier bis sechs Wochen Ausnahmezustand auf ein Filmteam eine ähnliche Wirkung wie ein Feriencamp oder eine Klassenfahrt.
Man verliebte sich – und trennte sich häufig wieder, nachdem am Set die letzte Klappe gefallen war.
»Hast du schon mit Lucas geredet?«, fragte ich hilflos. Natürlich hatte Lucas Kaiser kein Recht, Viola abzustrafen, weil sie sich mit Tobias amüsierte.
Die Frage war nur, was genau ihn daran so störte.
Plötzlich fiel es mir wie Schuppen von den Augen: Er hatte sich vermutlich selbst Hoffnungen gemacht. Viola hatte durchaus Ähnlichkeit mit seiner Ex-Frau. Ich hatte Fotos von ihr in seinem Wohnwagen gesehen.
Und nun rächte er sich, da er keine Chance bei seiner Hauptdarstellerin hatte, auf seine eigene, gemeine Weise.
Hatte Hitchcock das nicht auch so gemacht?!
»Das traue ich mich ehrlich gesagt nicht«, flüsterte Viola, die mittlerweile in sich zusammengesunken war. »Ich wage gar nicht, daran zu denken, wie er ausflippen würde, wenn ich ver-

suche, mich zu wehren. Also ertrage ich seine Sticheleien und diese grauenvollen Kostüme, in denen ich aussehe wie eine Trutsche, und hoffe, dass der Film eine so miese Quote hat, dass mich eh niemand sieht.«

»Hast du schon Polaroids für die nächste Woche?«, fragte ich, um ein bisschen Zeit zu gewinnen.

Viola kramte in ihrem überdimensional großen grellpinken Lederbeutel und reichte mir einen Packen Fotos.

Üblicherweise hielt man beim Film nach der Kostümprobe das gesamte Styling inklusive Schuhe, Schmuck und anderen Accessoires wie Handtaschen oder Hüte mit Polaroids fest, die vor Drehbeginn vom Regisseur abgesegnet wurden.

Und tatsächlich: Spießiger und unvorteilhafter ging es kaum. Ein unzumutbarer Zustand für Viola und dem Film alles andere als zuträglich.

Letztendlich sollten die Zuschauerinnen sich für ihr Aussehen und Styling begeistern, es sogar nachahmen. In der Branche und den Medien hatte Viola den Ruf eines Fashion-Victims und saß nicht selten bei Modenschauen von bekannten Designern in der ersten Reihe.

»Sorry, aber das geht gar nicht«, sagte ich wütend und legte die Polaroids auf den Tisch. »Ich spreche so bald wie möglich mit Lucas, mit diesem Tantchen-Look machen wir uns komplett lächerlich. Natürlich ist Föhr nicht New York, aber das hier ist eine Katastrophe!«

Violas Gesichtszüge entspannten sich merklich.

»Würdest du das wirklich tun?«, fragte sie und schaute mich so dankbar an, als hätte ich ihr gerade das Leben gerettet.

»Aber natürlich, das ist mein Job, genau wie die spontanen Textänderungen kurz vor Drehbeginn, sofern sie nicht notwendig sind. Was allerdings die Geschichte mit Tobias betrifft, kann ich dich nicht vor Lucas' Eifersucht schützen – denn darum geht es

doch, wenn ich dich richtig verstanden habe. Und ich kann auch nichts dagegen machen, wenn er bei anderen über dich lästert, das musst du schon selbst mit ihm klären.«
Viola nickte wie ein kleines Schulmädchen, das dem Lehrer versprach, in Zukunft nicht mehr im Unterricht heimlich Briefchen zu schreiben.
»So, jetzt muss ich dich leider bitten, zu gehen, denn ich will gleich los.«
»Ja, klar, ich bin schon weg«, antwortete Viola und sprang wie von der Tarantel gestochen vom Sessel auf.
»Vielen Dank, dass du mir zugehört hast … und sowieso für alles. Ich weiß, dass dieser Dreh schwierig für dich ist, und wünschte, das wäre nicht so. Deshalb rechne ich es dir hoch an, dass du dich für mich einsetzen willst. Du hättest allen Grund, mich in die Pfanne zu hauen und dich an mir zu rächen.«
Das tue ich auch nicht für dich, meine Liebe, sondern für den Film und für mich, dachte ich zähneknirschend, nachdem sich endlich die Tür hinter Viola geschlossen hatte. Ich bemühte mich, meinen Ärger hinunterzuschlucken.
Nein, ich würde es nicht zulassen, dass diese Frau mein Leben nochmals beeinflusste oder gar ruinierte!
Nachher würde ich versuchen, mit Lucas Kaiser zu sprechen, damit es keine Probleme beim Drehstart am Sonntag gab.
Dann konnte ich mich endlich ungestört auf die Verabredung mit Frederick freuen.
Und Viola Walder war für immer Geschichte.

19. Kapitel

Willkommen im idyllischen Alkersum, wo seit 2009 das Kunst-Fieber ausgebrochen ist«, sagte Frederick, als er am Nachmittag seinen Wagen auf dem Parkplatz des Museums Kunst der Westküste parkte.

Kurz darauf betrachtete ich staunend das helle, moderne Gebäude, das nach Entwürfen des renommierten Architekten Gregor Sunder-Plassmann gebaut worden war und sich erstaunlich gut in die Umgebung einfügte.

Neben der Dauerausstellung, die Werke bedeutender Künstler wie Liebermann, Munch, Nolde und Beckmann umfasste, fanden hier jährlich drei bis vier Sonderausstellungen statt.

Für ein so kleines Friesendorf war dieses Museum schon sehr ungewöhnlich. Wie hatte neulich das Magazin *kunst:art* das hufeisenförmige Gebäude genannt? *Das Anti-Bilbao.*

Frederick und ich entschieden uns, mit dem linken Ausstellungsraum zu beginnen, wo uns die beeindruckende Stoffskulptur *Tornado* empfing. Diese Installation aus bunten Stoffresten und Kleidungsstücken leitete elegant über zu teils beeindruckenden Seestücken von Künstlern wie dem Föhrer Maler Otto Heinrich Engel oder Fritz Overbeck. Mich zog besonders das Gemälde *Blühende Hallig* von Jacob Alberts in seinen Bann, Frederick betrachtete fasziniert die Darstellung einer Mühle, gemalt von Piet Mondrian in seiner frühen Phase.

»Wie geschickt und effektiv das Museum das Tageslicht nutzt!«, sagte er begeistert. »Dank der langgezogenen Oberfenster und großen Wandfenster sind sie kaum auf künstliche Lichtquellen

angewiesen. Ich finde ja auch, man sollte sich Natürlichkeit bewahren.«
Ich schaute nun ebenfalls hinauf zu den kleinen Giebelfenstern, die den Blick auf den Himmel freigaben. Außerdem hatte man beinahe von überall einen traumhaften Blick auf den Museumsgarten, der nach einem Besuch zum Verweilen einlud. Schade, dass es gerade begonnen hatte zu regnen.
Am Ende des Rundgangs kamen wir in einen kleinen Raum, in dem die Video-Installation *Vexation Island* des kanadischen Konzeptkünstlers Rodney Graham gezeigt wurde.
In dem Video ging es um einen gestrandeten Piraten, Johnny Depp in *Fluch der Karibik* nicht unähnlich, der auf einer Tropeninsel von einer Kokosnuss ausgeknockt wird und in einen tiefen Schlaf fällt. Als er erwacht, schüttelt er wieder die Kokospalme, und das Spiel beginnt von vorn.
Von der Insel des Verdrusses – so der Text in der Museumsbroschüre – gab es eben kein Entkommen …
»Na, fühlst du dich auch manchmal so?«, neckte ich Frederick, als wir nach dem Ende der Vorführung hinausgingen. Frederick schaute mich zunächst irritiert an, musste dann aber lachen.
»Ja, das ist der ultimative Film zum Thema Inselkoller«, antwortete er, und ich musste sofort an Leevke denken.
Bevor wir wieder ins Auto stiegen, schöpften wir einen Augenblick lang frische Luft im Museumsgarten. Feiner Nieselregen perlte an unseren Regenschirmen ab.
»Ein großartiges Museum, nicht wahr?«, bemerkte Frederick und sprach damit aus, was ich dachte.
Als Großstädterin hatte ich überhaupt keine Vorstellung gehabt, wie karg und schwer das Leben auf einer kleinen Insel wie Föhr zuweilen war und wie die Menschen seit eh und je gegen den Wind und das Meer kämpfen und sich gegen Sturmfluten schützen mussten. In früheren Zeiten musste ein Fischer sich den

Gefahren auf hoher See aussetzen, um seine Familie ernähren zu können.

»Hast du nach all den Meerbildern zufällig Appetit auf Fisch?«, fragte Frederick grinsend, als wir zum Parkplatz gingen. »Ich falle nämlich gleich um vor Hunger.«

Mir knurrte auch der Magen, und ich antwortete freudig: »Ja, hab ich. Wo möchtest du denn hin?«

»Lass dich überraschen«, antwortete Frederick geheimnisvoll und fuhr dann in Richtung Wyk. Dort angekommen, dauerte es eine Weile, bis wir einen Parkplatz gefunden hatten. Zu guter Letzt hielten wir in der Nähe des Sandwalls und gingen die Gasse zur Post hinauf, vorbei am malerischen Mühlenpark mit seinem wunderschönen Garten und alten, beinahe viktorianisch anmutenden Villen. Dann kamen wir zu einem Haus, an dessen Balkon sich eine Piratenfigur in Lebensgröße an einem Seemannstau entlanghangelte.

»Brrrrr, schon wieder ein Pirat. Aber *der* sieht wirklich gefährlich aus«, sagte ich und betrachtete die frappierend echt aussehende Puppe, die, zum Entern bereit, ein Messer zwischen den Zähnen hielt.

»Das ist eben ein waschechter Pirat und nicht so eine Karikatur wie im Film vorhin«, antwortete Frederick amüsiert. »Dieses Kneipenrestaurant heißt übrigens *Zum Glücklichen Matthias* und wurde nach dem bekanntesten Walfänger Föhrs benannt, der der Sage nach in seinem Leben dreihundertdreiundsiebzig Wale harpunierte. Mats Petersen stammte aus Oldsum, genau wie ich.«

»Dann muss ich mich also vor dir in Acht nehmen, weil du auch gefährlich bist?«, fragte ich schmunzelnd und folgte Frederick. Innen wirkte das Restaurant wie ein Museum. Die Räumlichkeiten waren mit maritimem Zubehör wie Galionsfiguren, Schiffsmodellen und Fischernetzen dekoriert. Hinten am einladenden Tresen wurde Bier gezapft, während der Fernseher lief.

Als Kontrastprogramm hing an der Wand ein großes Display, auf dem abwechselnd Föhr-Fotos zu sehen waren oder Bestellungen elektronisch eingegeben wurden.
»Habt ihr noch einen Tisch für zwei Personen?«, fragte Frederick den Tresenwirt, ohne auf meine Bemerkung einzugehen. Dieser warf einen kurzen Blick in sein Reservierungsbuch und schüttelte bedauernd den Kopf.
»Tut mir leid, wir erwarten gleich noch eine Gruppe aus Freiburg. Aber ihr könnt euch hierhersetzen, wenn ihr wollt.«
»Das machen wir«, entschied ich und setzte mich auf einen Barhocker in einer dunklen Ecke, die aussah wie der Fan-Shop des HSV. Frederick setzte sich neben mich, und sofort lagen zwei Speisekarten vor uns.
Das Angebot war, wie erwartet, eher rustikal und reichte von Auflauf über Spareribs bis zu fangfrischem Fisch.
Wir entschieden uns für den *Fischgrillteller Matthias* und die *Föhrer Fischpfanne*. Als unsere Getränke kamen, klingelte mein Handy.
»Tut mir leid, ich muss rangehen, es ist mein Chef«, erklärte ich Frederick und ging hinaus. Ich hatte Lucas Kaiser vor meinem Museumsbesuch nicht erreicht, ihn aber um Rückruf gebeten. Nun musste ich ihm irgendwie klarmachen, dass die Geschichte mit Viola aus dem Ruder lief.
Ich meldete mich, während mir mein Herz vor Angst hart gegen die Brust hämmerte.
»Was gibt's?«, blaffte er ohne jegliche Begrüßung. Ich bekam Panik. Doch ich musste da jetzt durch und beschrieb deshalb so sachlich wie möglich Violas Probleme.
Dabei probierte ich es so zu formulieren, dass es nicht so wirkte, als trage Lucas Kaiser die Schuld, sondern dass ich lediglich Verbesserungsvorschläge machen wollte, die letztlich dem Film zugutekamen.

Während ich mich am Telefon wand wie ein Aal, spürte ich, dass meine Strategie fehlschlug.
Nachdem ich geendet hatte, herrschte einen Augenblick Stille in der Leitung. Ich hielt den Atem an, gleich würde ein Sturm über mir hereinbrechen.
»Zweifeln Sie etwa an meiner Kompetenz, liebe Frau Mahler?«, fragte Lucas Kaiser in einem derart süßlichen Tonfall, dass mir die Nackenhaare zu Berge standen.
»Nein, nein, keineswegs«, antwortete ich so souverän wie möglich. »Es ist nur …«
Oje, in was war ich da nur hineingeraten?
Und das alles wegen Viola.
»Darf ich Sie daran erinnern, dass Sie *meine* Assistentin sind und deshalb tun müssen, was *ich* möchte?!«
Die Stimme meines Chefs bekam nun einen schrillen Beiklang. »Wenn ich also will, dass die Hauptdarstellerin diese Kostüme trägt, gibt es nicht den geringsten Grund, meine Entscheidung zu hinterfragen. Dasselbe gilt im Übrigen auch für die Textänderungen. Sollte Frau Walder damit ein Problem haben, muss sie sich entweder selbst bei mir melden oder einfach die Klappe halten und den Job machen, für den sie bezahlt wird. Und Sie, Frau Mahler, täten besser daran, sich da rauszuhalten. Wieso überhaupt auf einmal diese Einigkeit zwischen Ihnen beiden? Ich dachte, Sie seien Todfeindinnen.«
Todfeindinnen?!
Woher wußte er das?
Ich schluckte schwer und hatte große Mühe, an mich zu halten. Am liebsten hätte ich Lucas Kaiser gesagt, was für ein mieser Regisseur er war, in den letzten Drehtagen war das immer deutlicher geworden. Zudem hinkten wir dem üblichen Tagespensum von viereinhalb Minuten Film deutlich hinterher, eine absolute Katastrophe für die Produktionsfirma!

»Frau Walder kam damit zu mir, weil … weil …« Mist, was sollte ich denn jetzt sagen? »Weil sie sich eine zweite Meinung einholen wollte. Und ich muss ihr recht geben: Diese spießigen Kostüme zerstören den Look des Films. Natürlich ist Sarah kein avantgardistischer Modejunkie und passt sich im Laufe der Geschichte ein bisschen dem ländlichen Style der Insel an. Aber das, was Sie aus ihr machen wollen, grenzt an das Frauenbild der 1950er Jahre. Und das ist doch sicher auch nicht in Ihrem Interesse, nicht wahr? Der Film braucht eine starke Heldin, kein biederes Heimchen am Herd.«

»Und ich brauche keine Assistentin, die mir in den Rücken fällt, anstatt am selben Strang zu ziehen«, zischte Lucas Kaiser wie eine giftige Schlange. »Herzlichen Glückwunsch, meine Liebe. Sie haben ab sofort frei. Und das für lange Zeit. Packen Sie Ihre Sachen, fahren Sie nach Hause und lassen Sie sich nie wieder in meiner Nähe blicken. Haben wir uns verstanden?«

Danach war Stille in der Leitung.

Lucas Kaiser hatte aufgelegt.

Ich stand wie ein begossener Pudel auf dem Gehsteig und hatte auf einmal das Gefühl, dass die Welt um mich herum stehengeblieben war.

»Alles in Ordnung?«, fragte Frederick, der plötzlich vor mir stand und mich besorgt musterte. »Ich dachte, ich schaue mal nach dir, weil du so lange weg warst. Ach du je, du weinst ja. Was ist denn passiert?«

Mit diesen Worten kramte er in der Tasche seines Leinenjacketts und reichte mir eine Packung Taschentücher. Wie in Trance nahm ich sie. Dann formten meine Lippen die Worte, von denen ich geglaubt hatte, sie nie in meinem Leben aussprechen zu müssen: »Ich bin soeben gefeuert worden.«

»Wie bitte?«, fragte Frederick und schaute mich fassungslos an. »Das kann doch nicht sein.«

»Doch«, murmelte ich beinahe tonlos, während ich mir die Nase putzte. »Mein Chef ist bekannt für solche Kamikaze-Aktionen. Und diesmal hat es eben mich erwischt.«
»Oh, mein Gott«, antwortete Frederick und legte mir den Arm um die Schulter. »Komm, lass uns wieder reingehen, dann können wir uns in Ruhe unterhalten.«
Wie unter einer Glasglocke gefangen folgte ich ihm zurück ins Restaurant. Drin angekommen, hatte ich große Mühe, mich auf das Gespräch mit Frederick zu konzentrieren, denn die nackte Existenzangst saß mir im Nacken und überschattete die Freude darüber, dass ich hier mit dem Mann saß, der mir von Tag zu Tag mehr ans Herz wuchs.
Dieser widerliche Lucas! Warum machte er mir nur diesen Abend kaputt?!
Nachdem wir gegessen hatten, bat ich um die Rechnung.
Obwohl Frederick protestierte, winkte ich ab.
Ich wollte nur noch eins: mich ins Bett legen und die Decke über den Kopf ziehen.
»Ruf mich morgen an, sobald du Näheres weißt. Vielleicht ist doch noch etwas zu retten«, sagte Frederick zum Abschied. »Choleriker neigen dazu, über die Stränge zu schlagen. Ich drücke dir die Daumen, dass der Mann erwachsen ist und wieder zur Vernunft kommt.«
»Ja, das hoffe ich auch«, antwortete ich, mit den Tränen kämpfend. »Tut mir leid, dass der Abend so ein unschönes Ende genommen hat.«
Frederick zuckte mit den Schultern.
»Manchmal läuft eben nicht alles nach Plan, also, schlaf gut und melde dich morgen.«
Traurig und verwirrt öffnete ich die Tür zur Pension und ging auf mein Zimmer.
Dann ließ ich meinen Tränen freien Lauf.

20. Kapitel

Samstag, 3. August

Es hätte so ein schöner Tag werden können …
Doch anstatt die Sommersonne zu genießen, die der Insel an diesem Samstagmorgen ihr strahlendstes Lächeln schenkte, lag ich wie in Schockstarre im Bett und starrte an die Zimmerdecke.
Ich war nur kurz aufgestanden, um die Vorhänge zu öffnen, das Fenster zu kippen und ein Glas Wasser zu trinken. Danach war ich ermattet wieder ins Bett gesunken.
Keine Ahnung, wie lange ich noch in dieser Position verharrt wäre, hätte das Telefon nicht geklingelt.
Wer mochte das sein?.
»Geht es dir nicht gut?«, fragte meine Mutter, und sofort begann meine Anspannung ein bisschen nachzulassen. »Ich habe heute Nacht so merkwürdige Dinge von dir geträumt.«
»Da hast du leider recht«, antwortete ich mit belegter Stimme und bemühte mich, einen weiteren Weinkrampf zu unterdrücken. »Lucas Kaiser hat mich gestern Abend gefeuert. Ich werde nachher meine Sachen packen und mit der nächsten Fähre nach Dagebüll fahren. Vielleicht kann ich ja heute Abend zu euch zum Essen kommen?«
»Oh nein, sag, dass das nicht wahr ist«, antwortete meine Mutter entsetzt. »Wieso das denn?«
Unter Schluchzern erzählte ich ihr, was passiert war.
»Diese Viola bringt dir aber auch nur Unglück«, zischte meine Mutter wütend. »Die würde ich mir am liebsten mal persönlich

vorknöpfen. Was ist eigentlich los mit ihr? Sie war doch früher so ein nettes Mädchen.«

»Ach was, das liegt in diesem Fall ausnahmsweise wirklich nicht an ihr«, widersprach ich. »Sie hat ja recht mit ihrer Kritik. Und wenn ich ehrlich sein soll, gibt es noch eine ganze Menge mehr, das ich Lucas schon längst hätte stecken sollen. Durch seine Trinkerei hat er nämlich ziemlich viel am Set schleifenlassen, was ich dann alles allein ausbaden musste. Der Typ hat keine Ahnung, wie viele Kastanien ich für ihn aus dem Feuer geholt habe, damit er den Film nicht komplett in den Sand setzt.«

Traurig dachte ich an die unzähligen Gespräche mit der Stylistin, dem Tontechniker, den Kameraleuten oder mit Nebendarstellern.

Allen war im Laufe des Drehs klargeworden, dass der einst so talentierte Lucas Kaiser nur noch ein Schatten seiner selbst war und in erster Linie von seinem früheren Ruf zehrte. Und dass es eine geduldige, engagierte und gute Assistentin wie mich brauchte, um das alles zu verschleiern und heimlich wieder glattzubügeln.

»Aber das kann er doch nicht so einfach machen, du hast schließlich einen Vertrag. Und du hast dir im Grunde nichts vorzuwerfen, außer, dass du ihm einmal widersprochen und dich dafür eingesetzt hast, dass der Film etwas wird. Dafür wird man nicht entlassen, sondern befördert!«

»Wer wurde entlassen? Doch nicht etwa unsere Felicitas?«, hörte ich meinen Vater im Hintergrund besorgt fragen. Meine Mutter erzählte ihm kurz, was vorgefallen war, und schon hatte ich ihn am Telefon.

»So geht das nicht, mein Liebling. Du hast Rechte. Was glaubt dieser Mann eigentlich, wer er ist? Gott persönlich?«

Trotz meiner Tränen musste ich lachen.

Ja, Lucas Kaiser Allmächtig – das charakterisierte ihn schon ganz gut.
»Hast du denn endlich eine Rechtsschutzversicherung abgeschlossen, wie ich dir geraten habe?«, fuhr er fort, wie immer der liebevolle Vater.
Was hatte ich für ein Glück, solche Eltern zu haben, auch wenn ich mit beinahe vierzig eigentlich zu alt war, um sie noch um Rat zu fragen.
»Nein, habe ich nicht«, murmelte ich beschämt. Die Kosten hatte ich stets gescheut und darauf vertraut, dergleichen nie zu benötigen.
»Das höre ich zwar nicht gern, aber es lässt sich nun nicht mehr ändern. Ich kann dir nur raten, sofort bei der Produktionsfirma anzurufen und denen deine Sicht der Dinge zu schildern. Du kannst diesem inkompetenten Choleriker doch nicht einfach kampflos das Feld überlassen. Wozu bist du meine Tochter?«
Nun kam meine Mutter wieder an den Apparat.
»Komm so schnell wie möglich nach Hause. Alles Weitere kannst du von Hamburg aus regeln. Was möchtest du denn zum Abendessen? Ich kauf gleich alles ein.«
Ich konnte jetzt nicht ans Essen denken, sondern mich beschäftigte der Vorschlag meines Vaters, bei Lovefilm anzurufen. Auf diese Idee war ich bislang noch gar nicht gekommen.
Innerlich gelähmt, hatte mich nur ein Gedanke beherrscht: dass ich für immer ruiniert war. Und noch schlimmer: dass ich Frederick nie wiedersehen würde! Ich musste ihn nachher unbedingt anrufen und mich von ihm verabschieden. Und Leevke natürlich auch. Erneut schossen mir Tränen in die Augen. Warum lief bei mir gerade beruflich so viel schief?
Erst die Absage des nächsten Projekts und nun der Rauswurf.
»Bevor ich endgültig entscheide, ob ich nach Hause fahre, rufe ich bei Lovefilm an«, sagte ich, entschlossen zu kämpfen.

Meine Eltern wünschten mir starke Nerven für das Telefonat, und ich versprach, mich so bald wie möglich wieder zu melden. Dann putzte ich mir die Nase, wusch mein von Weinen geschwollenes Gesicht mit kaltem Wasser und wählte die Nummer der Produktionsfirma.

Zum Glück erwischte ich sofort die Leiterin, Carola Kremp.

»Ich wollte Sie auch gerade anrufen«, sagte sie mit bedrückter Stimme. »Es tut mir so leid, was passiert ist. Sie trifft aber doch keine Schuld an der Sache, nicht wahr?«

Zum zweiten Mal an diesem Morgen erklärte ich, was zwischen Lucas Kaiser und mir vorgefallen war und dass ich seine Entscheidung nicht einfach so hinnehmen würde.

»Natürlich haben Sie einen Vertrag mit uns«, stimmte Carola Kremp mir zu. »Und den werden wir unsererseits auch einhalten. Sie bekommen selbstverständlich das Honorar, das Ihnen zusteht. Allerdings müssen wir auch respektieren, dass Herr Kaiser sich Ersatz für Sie gewünscht hat. Sie ist bereits auf dem Weg nach Föhr.«

Ich schluckte. Bedeutete das etwa, dass sie gleich an meine Tür klopfen und mich hinauswerfen würde?

So schnell konnte ich nicht packen.

»Sie wissen selbst am besten, wie … nun ja … launisch er manchmal sein kann. Deshalb müssen wir jetzt alles dafür tun, damit die restlichen acht Drehtage noch halbwegs problemlos über die Bühne gehen.«

Und mich lassen Sie dabei ungerührt über die Klinge springen, dachte ich wütend. Was nützte mir das Geld, wenn mein Name nicht im Abspann genannt wurde?

Wenn ich diese Produktion aus meinem Lebenslauf streichen und künftig erklären musste, weshalb ich den Film nicht zu Ende gemacht hatte.

Vielleicht sollte ich einen Anwalt engagieren, um diese unschö-

ne Kündigung juristisch zu klären. Ich verabschiedete mich von Carola Kremp und sagte, dass ich in ungefähr zwei Stunden aus der Pension auschecken würde.
Danach rief ich Leevke an, um zu fragen, ob ich sie nachher kurz im Laden besuchen konnte, um mich zu verabschieden.
Leevke fiel aus allen Wolken, als sie hörte, was geschehen war.
»Willst du denn wirklich heute schon los?«, fragte sie traurig.
»Das Wetter ist so schön, morgen ist Sonntag, und ich muss nicht arbeiten. Bleib doch noch hier, dann kann ich dich wieder ein bisschen aufbauen. Kannst auch bei mir schlafen, Platz hab ich schließlich genug.«
Ich dachte über ihren Vorschlag nach.
Die Vorstellung, noch bis Montag bei Leevke zu wohnen und mich vielleicht in Ruhe von Frederick verabschieden zu können, tröstete mich ein wenig.
Von meiner Mutter konnte ich mich auch später noch verwöhnen lassen. Also sagte ich zu, später mit Sack und Pack bei ihr vorbeizukommen. Zuvor musste ich jedoch mit Dörte Nielsen sprechen.
Auch sie war schockiert über diese schlechte Neuigkeit, obwohl die Produktionsfirma ihr vor einer Stunde mitgeteilt hatte, dass ab heute Nachmittag eine gewisse Mia Meyer in meinem Zimmer wohnen würde.
»Ich dachte, Sie seien vielleicht aus privaten Gründen gezwungen, wieder nach Hamburg zu fahren«, murmelte meine Vermieterin betrübt. »Aber dass so etwas passiert ist … nein, das ist weder gerecht noch fair. Ich weiß doch, mit wie viel Liebe und Hingabe Sie an diesem Film gearbeitet haben. Werden Sie uns denn mal wieder besuchen, oder ist es jetzt noch zu früh, Sie so etwas zu fragen?«
»Das weiß ich leider noch nicht«, antwortete ich und versuchte den dicken Kloß in meinem Hals hinunterzuschlucken. »Ich fin-

de Föhr wundervoll und kann mir gut vorstellen, hier Urlaub zu machen. Die Insel soll ja auch im Herbst sehr schön sein …«

»Ebenso wie im Winter und Frühling«, entgegnete Dörte Nielsen lächelnd. »Ich habe Sie im Laufe der Zeit wirklich liebgewonnen, falls Sie das noch nicht bemerkt haben. Wir haben hier immer ein Plätzchen für Sie frei, wenn Sie sich rechtzeitig anmelden.«

Ich widerstand dem Impuls, die Pensionswirtin in den Arm zu nehmen. Sie war so ein liebenswerter und offener Mensch. Wie gern hätte ich sie noch näher kennengelernt!

Eine Stunde später schloss ich die Tür meines Zimmers und wuchtete mit Hilfe von Dörte Nielsens Mann mein Gepäck zum Ausgang. Sören Nielsen war netterweise bereit, mich mit den schweren Koffern zu Leevke zu fahren.

Dörte winkte mir zum Abschied nach, und ich begann wieder zu weinen. Mit tränenverschleiertem Blick beobachtete ich durch die Heckscheibe, wie die Pension immer kleiner wurde.

Würde ich die Erinnerungen an meine Zeit auf Föhr ebenso aus dem Blick verlieren?

Würde ich all die Menschen, die ich so liebgewonnen hatte, vergessen?

Ich dachte an die Briefe aus Nieblum, die mir beim Kofferpacken wieder in die Hände gefallen waren.

Und an den Abschiedsschmerz, den die Schreiberin jedes Mal verspürt hatte, wenn ihr Geliebter die Insel für längere Zeit verlassen hatte.

Genauso fühlte ich mich jetzt.

21. Kapitel

Fürsorglich breitete Leevke eine leichte Wolldecke über mir aus, schenkte eine weitere Tasse Friesentee nach und fügte braunen Kandis und frische Sahne hinzu.
Obwohl es draußen so schön war, verspürte ich den Wunsch, mich einzuigeln.
»Ich gehe wieder runter in den Laden, und du schläfst am besten. Sollte was sein, weißt du ja, wo du mich findest. Kup Sin hat Order, sich zurückzuhalten und dich in Ruhe zu lassen. Es wird also nichts deinen Nachmittagsschlaf stören.«
Ich zog mir die Decke bis zur Nasenspitze und streckte mich wohlig auf Leevkes breitem Sofa aus, das mehr einer Sofalandschaft glich. Nach diesem nervenaufreibenden Tag fielen mir die Augen immer wieder zu, ohne dass ich etwas dagegen tun konnte.
»Wenn ich Schluss habe, koche ich uns übrigens einen riesigen Topf Nudeln mit Tomatensoße, einen besseren Seelentröster gibt es nicht. Also, entspann dich. Bis später.«
»Bis später«, murmelte ich und drehte mich auf die Seite. Ich wollte nur noch schlafen und meine Situation vergessen …
Gefühlte zehn Stunden später erwachte ich davon, dass eine rauhe Zunge meine Nase leckte, sanftes Schnurren drang an mein Ohr. Patchouli wollte mich offenbar zum Essen wecken. Ich hörte Leevke in der Küche hantieren, während mir der verführerische Duft von Knoblauch und Kräutern in die Nase stieg. Wäre ich nicht so unglücklich gewesen, hätte ich mir nichts Gemütlicheres vorstellen können.
»Hat deine Katze vielleicht Hunger?«, rief ich, belustigt, weil

Patchouli geradezu besessen von meiner Nasenspitze zu sein schien.

»Katze, lass Felicitas in Ruhe«, befahl Leevke, die sofort herbeieilte und Patchouli hochnahm. Diese rollte sich zufrieden auf ihrem Arm zusammen. Leevke setzte sich zu mir auf die Couch. »Wie sieht's denn mit deinem Appetit aus? Kann ich schon die Nudeln kochen, oder brauchst du noch einen Moment, um wach zu werden?«

Wie auf Kommando begann mein Magen zu knurren, was Leevke als Antwort genügte. Ich stand auf und ging ins Bad, um mich ein wenig zu erfrischen. Als ich zurück ins Wohnzimmer kam und mein Handy einschaltete, zeigte das Display vier neue Nachrichten auf meiner Mailbox an: Zwei von Viola, eine von meiner Mutter und die letzte von Frederick.

Alle hatten denselben Inhalt – jeder wollte wissen, wie es mir ging. Insbesondere Viola klang sehr zerknirscht und entschuldigte sich tausendmal, dass sie mich in diese schreckliche Lage gebracht hatte.

Ich rief sofort meine Mutter an, der ich dummerweise noch nicht Bescheid gesagt hatte, dass ich heute Nacht auf Föhr bleiben würde. Auch wenn es mir schwerfiel, beschloss ich, mich bei Frederick erst nach dem Abendessen zu melden.

Leevke hatte sich solche Mühe mit dem Essen gemacht, den Tisch hübsch gedeckt, Kerzen angezündet und klassische Musik aufgelegt, die mit ihren sanften Klängen das Zimmer erfüllte.

»Du bist ein echtes Goldstück, weißt du das?«, sagte ich, nachdem ich von den auf den Punkt gekochten Linguine gekostet hatte. »So lieb und fürsorglich, du wärst bestimmt eine tolle Mutter.«

Leevke schmunzelte. »Das könnte aber etwas schwierig werden, weil ich den Mann meiner Träume nach den Tarotkarten ja erst so spät in meinem Leben treffe. Aber apropos Männer, wie bist du denn eigentlich mit Frederick verblieben? Der Anruf deines Chefs hat euch doch garantiert den gestrigen Abend verdorben.«

Oh ja, allerdings!

»Frederick hat ziemlich cool reagiert. Er hat sich alles in Ruhe angehört und mich zwischendurch daran erinnert, dass ich einen Happen essen sollte. Er hat mir Mut gemacht und gesagt, ich soll mir die nächsten Schritte genau überlegen, bevor ich eine Entscheidung treffe.«

Leevke schenkte Wasser nach und fixierte mich mit zusammengekniffenen Augen.

»Alles schön und gut«, sagte sie. »Aber habt ihr denn gar nicht über euch gesprochen, ob ihr euch irgendwann wiedersehen werdet? Ihr wart jetzt mehrmals zusammen aus, das hat doch was zu bedeuten.«

Genau darüber hatte ich auch die halbe Nacht gegrübelt. Frederick hatte nicht mit einer Silbe erwähnt, was er für mich empfand oder ob er nach meiner Abreise noch Kontakt mit mir haben wollte. Und ich war viel zu aufgewühlt gewesen, um selbst davon anzufangen.

»Gestern war alles viel zu chaotisch, um über so etwas wie eine Zukunft zu sprechen«, erklärte ich. »Nachdem er mich zurück zur Pension gebracht hatte, haben wir nur vereinbart, dass wir heute noch telefonieren. Während ich vorhin geschlafen habe, hat er auf meine Mailbox gesprochen und um Rückruf gebeten. Ich melde mich nachher bei ihm, und dann sehen wir weiter.«

Leevke machte ein ernstes Gesicht.

»Aber er musste doch gestern Abend davon ausgegangen sein, dass ihr euch das letzte Mal seht, bevor du abreist, oder irre ich mich?«

Ihre – durchaus berechtigte – Frage traf mich mitten ins Herz. Leevke hatte recht.

Anstelle einer Antwort stieß ich einen tiefen Seufzer aus. Die Sache mit Frederick stand unter keinem günstigen Stern.
Und je eher ich dies akzeptierte, desto besser.
Nach dem überaus köstlichen Abendessen zeigte Leevke mir das Zimmer, in dem ich heute Nacht schlafen würde. Es war in den Farben des Meeres und des Himmels gestaltet. Noch nie hatte ich so viele Blautöne auf einmal gesehen.
»Ein traumhaft schönes Zimmer«, bemerkte ich, worauf Leevke stolz lächelte. »Und wofür nutzt du es sonst?«
»Als eine Art Hobbyraum, aber manchmal auch als Gästezimmer. Hier nähe und bastle ich oder kreiere neuen Schmuck, kommt drauf an, wonach mir der Sinn steht. Die Winter auf Föhr sind lang und dunkel, da hat man viel Zeit. Die Tagesdecke habe ich übrigens auch selbst gemacht.«
Erst jetzt entdeckte ich die alte schwarze Nähmaschine, die aus der Zeit meiner Großmutter zu stammen schien, und die vielen Schnittmuster und bunten Garnrollen daneben auf dem Tisch.
»Du bist wirklich eine Zauberin«, sagte ich ehrfürchtig und bestaunte die Decke, die aus Tausenden von Stoffresten zusammengenäht war. Die Farbskala reichte von tiefem Dunkelblau über Petrol, Türkis und Royalbleu.
Durch das Zusammenwirken der Farben glich der Stoff dem Meer, das – je nach Lichteinfall – in den unterschiedlichsten Tönen leuchtete.
»Wenn es dir hier so gut gefällt, kannst du auch gern länger bleiben«, schlug Leevke vor. »Bald bekommst du dein Geld, und im Anschluss hast du ja kein Projekt. Warum machst du dir hier auf Föhr nicht ein paar schöne Tage?«
Mein Herz begann zu klopfen.
Das war tatsächlich ein äußerst großzügiger Vorschlag. Und genau das, was ich momentan brauchte.

Warum sollte ich die Insel Knall auf Fall verlassen?
»Meinst du wirklich?«, fragte ich mit belegter Stimme.
Leevke legte den Arm um mich, während wir durch das Fenster einen Schwarm Zugvögel davonfliegen sahen.
»Ja, das ist mein voller Ernst. Ich freue mich, wenn du noch länger bleibst, schließlich bist du in den letzten Wochen so etwas wie eine Freundin für mich geworden. Da wir Saison haben, wirst du wohl kaum eine andere Unterkunft finden. Und das möchtest du doch schon allein wegen Frederick, nicht wahr?«
Ich nickte stumm und kam mir plötzlich lächerlich vor.
Lange her, seit ein Mann derart meine Gedanken und Gefühle beherrscht hatte. Doch sollte ich seinetwegen meinen Aufenthalt verlängern?
Beim Anblick der Zugvögel fielen mir wieder die Briefe ein. Also zeigte ich sie Leevke und erzählte ihr, wie ich sie gefunden hatte.
Bei einem gemütlichen Glas Rotwein las sie einen nach dem anderen, während Patchouli friedlich auf meinem Schoß schlief und ich an die Zimmerdecke starrte.
»Sind die romantisch«, schwärmte Leevke seufzend. »Da kann man ja richtig melancholisch werden. Allein diese Zeilen: *Wenn du nicht an meiner Seite bist, fühle ich mich unvollständig und verloren. Komm zu mir, lass uns gemeinsam davonfliegen und die Welt von oben betrachten, Hand in Hand, Seite an Seite. Flügel an Flügel.* Hach, da geht einem ja das Herz auf!«
»Hast du eine Ahnung, wer diese Frau mit dem Initial A sein könnte?«, fragte ich, nachdem Leevke die Briefe wieder mit der Satinschleife zusammengebunden und beiseitegelegt hatte.
Leevke schüttelte den Kopf.
»Ich habe nicht den leisesten Schimmer. Aber ich finde es äu-

ßerst merkwürdig, dass sie auf eurem Dachboden lagen. Das muss doch etwas zu bedeuten haben.«

Ja, mittlerweile glaubte ich das auch …

»Nur was?«

Leevkes Augen blitzten.

»Hast du Lust auf eine Runde Tarot?«, fragte sie. »Vielleicht können dir die Karten sagen, was diese Briefe mit dir zu tun haben und in welche Richtung du jetzt gehen sollst.«

Bevor ich antworten konnte, klingelte mein Handy.

Es war Frederick, und diesmal nahm ich das Gespräch entgegen, er sollte nicht wieder auf der Mailbox landen.

Ich erzählte ihm kurz, was in der Zwischenzeit passiert war und dass ich aller Voraussicht nach noch einige Tage bleiben würde.

»Ich finde es richtig, dass du nicht kampflos aufgegeben hast, denn genau für solche Fälle gibt es Verträge«, sagte Frederick. »Trotzdem schade, dass du den Job verloren hast, du engagierst dich doch mit so viel Enthusiasmus. Die Filmbranche scheint leider genauso hart und verlogen zu sein, wie ich es immer befürchtet habe.«

Mein Herz schlug höher, weil Frederick so viel Mitgefühl zeigte, und ich wartete nur darauf, dass er sich, als Ersatz für den verpatzten Abend, wieder mit mir verabredete.

Doch nichts dergleichen geschah.

Frederick ermunterte mich lediglich, auf Föhr mal richtig abzuschalten. Dann sagte er übergangslos: »So, ich muss jetzt leider Schluss machen, weil gleich eine Gruppe von zehn Kindern zum Kerzenziehen kommt. Also, Felicitas, lass dich nicht unterkriegen und mach's gut, ja?«

Vollkommen vor den Kopf gestoßen, legte ich auf.

Ich verstand die Welt nicht mehr. Frederick hatte so neutral mit mir gesprochen, als wären wir uns nie nähergekommen. Als

hätten wir niemals nebeneinander im Strandkorb gesessen und gemeinsam den Sonnenuntergang beobachtet.
Unser Stern – so schien es – war schon wieder am Verglühen, bevor er überhaupt gefunkelt hatte.
Und dieser Umstand schmerzte mich mehr, als mir lieb war.
Nein, ich wollte kein Tarot legen.
Meine Zukunft würde genauso aussehen, wie sie für mich geplant war. Und daran konnten auch die Karten nichts ändern.

22. *Kapitel*

Dienstag, 6. August

Dienstagmorgen erwachte ich in meinem kuscheligen Bett im Gästezimmer, von wo aus ich direkt in den Himmel schauen konnte.
Auch nach drei Tagen hatte ich noch immer an dem Telefonat mit Frederick zu knapsen. Sollte ich ihn einfach anrufen und selbst eine Verabredung vorschlagen?
Wo stand denn geschrieben, dass ich darauf zu warten hatte, dass er sich meldete?
Vermutlich war es eh das Beste, die Idee noch eine Weile sacken zu lassen, oder vielleicht fragte ich auch Leevke um Rat, die Fredericks plötzliche Reserviertheit genauso wenig verstand wie ich.
Außerdem musste ich dringend mit ihr über Kup Sin sprechen. Anfangs hatte er mich in Ruhe gelassen, doch heute Nacht hatte ich das Gefühl gehabt, dass er an meiner Bettdecke zog, während er mich mit seinen großen, glühenden Augen anstarrte. Laut Leevke beschrieben die Friesen dieses Phänomen mit den Worten *He glüret as en Pük*. Und anscheinend hatte es ihm meine neue, türkisfarbene Tasche angetan, die ich mir gestern bei einem Bummel an der Wyker Strandpromenade gekauft hatte.
Sie lag aufgeklappt auf dem Boden, und dort hatte ich sie ganz sicher nicht hingestellt.
Sollte ich noch ein paar Tage länger hierbleiben, musste ich mir

entweder ein dickeres Fell zulegen oder mit Leevke ein Besänftigungsritual durchführen, das ihn milde stimmte. Zum Beispiel durch eine Extraportion Butter auf seinem Abendbrei, an die ich am besten einen Zettel mit dem Hinweis klebte, dass sie von mir stammte.

Ein wenig verschlafen stand ich auf, nahm die Tasche und schaute nach, ob etwas fehlte.

Und siehe da: Das Handy war weg!

Kopfschüttelnd suchte ich das Zimmer nach meinem Telefon ab, doch ohne Erfolg.

Ich musste nach unten zu Leevke in den Laden gehen und sie nach dem Versteck des umtriebigen Hauskobolds fragen.

Mittlerweile wusste ich von ihr, dass schlechtgelaunte Puke dazu neigten, zu klauen, unerlaubt zu naschen – oder Unordnung zu schaffen. Neu war mir jedoch, dass sie scharf auf Mobiltelefone waren. Bevor ich mich entscheiden konnte, ob ich mich über diesen Streich ärgern oder ihn lustig finden sollte, klopfte es an der Tür.

»Bist du schon wach?«, hörte ich Leevke rufen. Als ich ihr öffnete, stand sie mit schuldbewusster Miene und meinem Smartphone in der Hand vor mir.

»Ich fürchte, es hat heute Nacht eine Entführung stattgefunden«, erklärte sie zerknirscht und gab mir das Telefon. »Keine Ahnung, was Kup Sin geritten hat, aber ich habe das hier gerade im Müll gefunden. Zum Glück, *bevor* ich ihn rausgebracht habe.«

»Solange es noch funktioniert, ist das halb so wild«, winkte ich ab und gab meine PIN ein. Fünf Nachrichten auf meiner Mailbox, allesamt von gestern Abend.

»Sorry, aber ich muss mal meine Mailbox abhören, scheint wichtig zu sein«, sagte ich und drückte den Wiedergabe-Knopf. Leevke beobachtete mich, während ich fassungslos die Nachricht der Produktionsleiterin, Carola Kremp, abhörte, die mich dringend um Rückruf bat.

»Was ist denn passiert, du bist ja ganz blass?«, fragte Leevke besorgt.

»Lucas Kaiser hatte gestern Abend nach dem Dreh auf Amrum einen Herzinfarkt und wurde sofort mit dem Rettungshubschrauber nach Sylt geflogen. Die Produktionsfirma fragt an, ob ich die letzten fünf Drehtage zusammen mit Mia Meyer übernehmen kann. Sie finden wohl auf die Schnelle keinen Ersatz für Lucas und brauchen mich jetzt unbedingt. Und sie erinnert mich daran, dass sie ja einen Vertrag mit mir haben.«

»Das ist ja krass«, murmelte Leevke und setzte sich auf den Stuhl am Nähtisch. »Und was wirst du jetzt tun?«

»Zurückrufen und sagen, dass ich so schnell wie möglich am Set sein werde. Die wissen ja gar nicht, dass ich immer noch auf Föhr bin«, antwortete ich, während ein Gefühlssturm in mir tobte. Erst wurde ich Knall auf Fall entlassen, und nun sollte ich Gewehr bei Fuß stehen. Und das alles wegen dieses cholerischen Trinkers Lucas Kaiser, der durch seinen Lebensstil nicht nur seine Gesundheit, sondern auch das Filmprojekt gefährdete.

»Vielleicht wollte Kup Sin verhindern, dass du diese Nachricht bekommst, und hat deshalb dein Handy versteckt«, murmelte Leevke nachdenklich. »Es wäre nicht das erste Mal, dass er sich in Dinge einmischt, die ihn nichts angehen. Aber du hast recht. Die pochen auf deinen Vertrag, also musst du wohl oder übel in den sauren Apfel beißen und heute arbeiten, statt schwimmen zu gehen. Zum Glück hast du jetzt wenigstens Ruhe vor diesem Idioten. Kennst du denn diese neue Regie-Assistentin?«

»Nein, bislang nicht«, antwortete ich. »Ich muss da jetzt dringend zurückrufen, so gern ich auch mit dir plaudern und gemütlich Kaffee trinken würde. Ich komm nachher runter in den Laden, bevor ich losfahre, okay?«

Nachdem Leevke gegangen war, verständigte ich Carola Kremp, der ein Stein vom Herzen fiel, als sie hörte, dass ich noch auf Föhr war und innerhalb der nächsten Stunde zur Stelle sein konnte, wenn der Fahrer mich abholte. Lucas Kaiser hatten sie notoperiert, und er würde so lange in der Klinik auf Sylt bleiben, bis er transportfähig war und in ein Krankenhaus in Hamburg verlegt werden konnte. Anschließend ging es in die Reha. Carola war gerade auf dem Weg nach Föhr, um die Dreharbeiten höchstpersönlich zu überwachen. Denn für Love Film stand viel auf dem Spiel.

Von den Ereignissen überrumpelt, zog ich mich an, während ich mich innerlich darauf einzustimmen versuchte, Viola, Tobias und dem Rest des Teams wieder gegenüberzutreten.

Eine halbe Stunde später – kurz vor der Mittagspause – traf ich am Set ein, wo sofort eine junge, sympathisch aussehende Frau mit hochroten Wangen auf mich zustürzte.

»Hallo, ich bin Mia, wie schön, dass Sie so schnell kommen konnten!«

Ich gab ihr die Hand und nickte der Film-Crew zu, die mich allesamt lächelnd begrüßten. Natürlich wusste jeder von meinem mehr als ungerechten Rauswurf. Viola ließ sich nichts anmerken und spielte ihre Szene professionell wie immer. Sie kam erst zu mir, nachdem die Klappe gefallen war.

»Es tut mir so leid, was passiert ist«, sagte sie mit bedrückter Stimme. »Schade, dass du mich trotz meiner beiden Nachrichten nicht zurückgerufen hast, ich hätte dir sonst …«

»Entschuldige mich, Viola, aber ich muss mich dringend mit Mia zusammensetzen, um die Dispo-Liste für die kommenden Tage durchzugehen«, unterbrach ich sie abrupt. »Wir reden später weiter, ja?«

Viola nickte, und ich folgte Mia in ihren Wohnwagen, während die anderen zum Catering-Büfett gingen.

Wie so oft gegen Ende der Filmarbeiten beschwerten sich alle, dass sie endlich nach Hause wollten.
»Na, wie ist die Stimmung?«, fragte ich Mia, die uns beiden Kaffee einschenkte und einen Teller Kekse hinstellte.
»Ziemlich mies«, antwortete Mia trocken. »Das Team war supersauer über deinen Rauswurf und dass du so kurzfristig gegen mich ausgetauscht wurdest. Kein leichter Start für mich, wie du dir sicher vorstellen kannst.«
Ich nickte.
Ja, so etwas konnte tödlich für eine Produktion sein.
»Außerdem macht sich hier allmählich der übliche Lagerkoller breit. Der Zusammenbruch von Lucas Kaiser hat der Sache den endgültigen Todesstoß versetzt. Nach und nach rücken sie alle damit raus, was sie an dem Film blöd finden. Also müssen wir beide zusammen mit Carola Kremp alles wieder geradebiegen und dafür sorgen, dass wir die restlichen Dreharbeiten so gut wie möglich über die Bühne bringen.«
Bei der Erwähnung von *Lagerkoller* musste ich an Leevkes Inselkoller denken und wie schwer es war, aus einem solchen Tief wieder herauszukommen. Doch nun galt es ein Team von vierzig Leuten zu motivieren – keine leichte Sache.
»Was hältst du davon, wenn wir nachher hier am Strand eine Party schmeißen?«, schlug ich vor. »Heute ist es wieder schön warm, und wir sind direkt am Meer. Wir besorgen was zum Grillen, ein paar Fackeln und Getränke. Vielleicht hat ja jemand eine Gitarre dabei, oder wir lassen den MP3-Player laufen. Und morgen beginnen wir einfach mal zwei Stunden später, damit alle ein bisschen länger schlafen können. Das müsste helfen, um die Stimmung wieder aufzupeppen.«
»Und du meinst, das geht?«, fragte Mia ungläubig.
Ich schätzte die zierliche Schwarzhaarige mit dem dunklen Pagenkopf auf Mitte bis Ende zwanzig. Allzu lange war sie garan-

tiert noch nicht in diesem Geschäft, aber vermutlich genau aus jenem formbaren Material, das Lucas sich wünschte.
»Aber klar«, sagte ich im Brustton der Überzeugung. »Natürlich müssen wir meinen Vorschlag mit Carola absprechen, aber sie wird bestimmt ja sagen. Es kostet nicht viel und bringt sicher eine Menge. Wir haben alle Spaß, und jeder kann sich ein wenig bei uns ausweinen.«
Natürlich hatte die Leiterin der Produktionsabteilung keine Einwände, im Gegenteil!
Und so beauftragte ich das Catering, sich um das leibliche Wohl für eine gelungene Grillparty am Strand zu kümmern.
Um achtzehn Uhr sollte es losgehen.
Als ich nach meiner Rückkehr am späten Abend Leevke von unserem spontanen Fest erzählte, bekam sie große Augen.
»Oh, eine fabelhafte Idee. Da wäre ich auch gern gekommen. Ich hab schon so lange nicht mehr gefeiert«, jammerte sie. »Das Leben rauscht an mir vorbei, und ehe ich mich umsehe, bin ich hundert und zu alt zum Feiern.«
»Dann müssen wir das eben schleunigst ändern und ebenfalls eine Party schmeißen.«
»Aber aus welchem Anlass?«
»Wie wäre es mit einer Party für mich?«, schlug ich vor, nicht ganz ohne Hintergedanken. »Samstag ist der letzte Drehtag. Du lädst alle deine Freunde ein, und für mich wäre es zumindest ein kleines Trostpflaster gegen den Abschiedsschmerz.«
Und ich bitte Frederick zu kommen, war mein letzter Gedanke, als ich später todmüde ins Bett sank. Ich hatte ja eh vorgehabt, ihn anzurufen, solange ich noch hier war. Das mit uns war zwar alles andere als einfach, aber ich spürte tief in mir, dass ich noch nicht bereit war, aufzugeben.
Das Schicksal hatte mich nach Föhr zu Frederick geführt. Wenn dieser letzte Versuch, ihm näherzukommen, fehlschlug, blieb

mir wirklich nichts anderes übrig, als zu akzeptieren, dass unsere Liebe keine Chance hatte.
Wie hieß es doch so schön?
Die Hoffnung stirbt zuletzt.
Und ich hatte keineswegs vor, sie sterben zu lassen.
Ich würde kämpfen!

23. Kapitel

Samstag, 10. August

Wir haben es geschafft!«, rief Carola Kremp, nachdem am frühen Samstagnachmittag die letzte Klappe am Set von *Sommerliebe* gefallen war, und erhob ihr Glas. »Ich möchte mich bei Ihnen allen bedanken, Sie haben einen ausgezeichneten Job gemacht. Mein Dank gilt besonders Mia Meyer, die so spät zu dieser Produktion gestoßen ist, und Felicitas Mahler. Es ist ihrem Engagement zu verdanken, dass dieser Film noch etwas geworden ist.«

Trotz einer gewissen Verlegenheit war ich stolz auf mich.

Ja, ich hatte zusammen mit den anderen seit Dienstag wie eine Verrückte gearbeitet und teilweise sogar das Drehbuch umgeworfen. Unter großem Kraftaufwand der Schauspieler hatte ich einige Szenen nachdrehen lassen. Nach einem wahren Drehmarathon hatte ich zusammen mit Carola Kremp, dem Cutter und Mia das gesamte Material gesichtet und den Grobschnitt durchgesprochen. Der Rest wurde in Hamburg bearbeitet, wo auch die Musik unterlegt werden würde.

Die Ausstrahlung war für Anfang Februar nächsten Jahres geplant. Von der Quote hing nicht nur die Existenz von Love Film ab, sondern auch mein Ruf als Regie-Assistentin.

»Natürlich lässt auch Lucas Kaiser Sie alle grüßen, er ist froh, dass alles auch ohne ihn so reibungslos funktioniert hat. Er wird übermorgen in eine Reha-Klinik nach Kiel verlegt und befindet sich auf dem Weg zur Besserung.«

Abfälliges Gemurmel war zu hören, und Viola, die neben mir stand, stieß mich sanft in die Rippen. Natürlich war allen Beteiligten klar, dass die Dreharbeiten mit einem anderen Regisseur nie so stressig geworden wären. Dennoch hatte jeder seine letzten Reserven mobilisiert, und gerade Tobias und Viola waren mir eine enorme Stütze gewesen.

Selbstverständlich durfte Viola, ihrer Rolle gemäß, die passende Kleidung tragen und war von Minute zu Minute aufgeblüht.

Es war deutlich zu merken, dass Tobias und sie etwas füreinander empfanden und sich auch nach Drehschluss wohl nicht aus den Augen verlieren würden.

Nun konnte ich tatsächlich neben Viola stehen, ohne sie zum Teufel zu wünschen.

Wer hätte das gedacht? Zu Anfang hatte ich geglaubt, dass ich ihre Gegenwart keine einzige Sekunde ertragen könnte!

Nachdem sich einer nach dem anderen verabschiedet hatte, zog Viola mich beiseite.

»Ich habe noch etwas für dich«, flüsterte sie geheimnisvoll und setzte dieses freche Grinsen auf, das so typisch für sie war, wenn sie etwas ausheckte.

»Was denn?«, fragte ich verwundert, als sie mir einen dicken, braunen Umschlag in die Hand drückte.

»Dein nächster Film«, lächelte sie vielsagend. »Die Dreharbeiten beginnen Ende Oktober, und ich habe dich als Regie-Assistentin vorgeschlagen. Regie führt übrigens Tanja Gerhardt.«

Als ich den Namen hörte, blieb mir beinahe das Herz stehen. Diese Frau gehörte zu den absoluten Lieblingen der TV-Branche, weil sie es schaffte, Geschichten für Frauen so zu erzählen, dass sie nicht kitschig, sondern lebendig wirkten und Mut machten. Die toughe Mittfünfzigerin kam vom Theater und hatte schon mehrere erfolgreiche Stücke mit Tobias in der Hauptrolle inszeniert.

Ich bewunderte sie, seit ich denken konnte.

»Wie … wie …«, stammelte ich verwirrt.

Viola grinste.

»Es wird allmählich Zeit, dass du mich mit etwas anderem in Verbindung bringst als mit Kummer und Stress. Tobias hat dich auf meine Bitte hin bei Tanja Gerhardt ins Spiel gebracht und ihr erzählt, wie du *Sommerliebe* in buchstäblich letzter Sekunde vor dem Untergang gerettet hast. Sie hat sich daraufhin über dich erkundigt – und voilà: Nun will sie, dass du das Drehbuch liest, und fragt an, ob du dir eine Zusammenarbeit mit ihr vorstellen könntest. Ihre Handynummer steht auf dem Skript.«

Ich war immer noch sprachlos.

Ausgerechnet Viola half mir aus meiner Job-Misere?

»Ich weiß nicht, was ich sagen soll. Danke dir«, flüsterte ich und widerstand dem Impuls, ihr um den Hals zu fallen und Tobias und sie zur Party bei Leevke heute Abend einzuladen. Denn wie hatte Leevke es neulich so schön formuliert, als ich ihr erzählt hatte, dass meine Gefühle Viola gegenüber sich im Laufe der letzten Tage verändert hatten?

»Du musst ja nicht gleich wieder zusammen mit ihr Himbeertorte backen. Ist doch gut, wenn ihr euch begegnen könnt, ohne euch an die Gurgel zu springen. Der Rest wird sich finden.«

Viola schaute mich unverwandt an.

»Das ist ja wohl das mindeste, was ich tun konnte, auch wenn ich mir ehrlich gesagt wünschte, ich könnte die Sache mit Julian ungeschehen machen«, sagte sie. Ihre Augen schimmerten feucht.

Ich hielt den Umschlag mit dem Drehbuch an meine Brust gepresst und dachte an Julian, Viola und mich.

Natürlich waren wir jung gewesen, und da blieb es auch nicht aus, dass man Fehler machte, die man später bitter bereute.

»Sag mir nur eins«, bat ich mit belegter Stimme. »Hast du Julian damals geliebt, oder war er nur ein Flirt für dich?«
Viola zögerte einen Moment, bevor sie antwortete.
»Ich habe damals geglaubt, nicht ohne ihn leben zu können, eigentlich vom ersten Augenblick an, als ich ihn sah. Aber ich habe weder den ersten Schritt gemacht noch ihn ermutigt. Als du uns in dieser Bar gesehen hast, hatte ich ein bisschen zu viel getrunken. Und Julian hatte mir zuvor glaubhaft versichert, dass es zwischen euch beiden längst aus sei und dass du ihn nicht mehr lieben würdest.«
Ich schluckte schwer. In der Tat hatte ich genau das mehrfach zu Viola gesagt, die natürlich meine Anlaufstation gewesen war, wenn ich mich mal wieder über Julian ausweinen wollte.
»Heute weiß ich, dass Liebe einem manchmal die Sinne vernebelt, erst recht, wenn man noch so jung ist. Ich hätte dir sagen sollen, wie ich empfinde.
Doch damals wollte ich nur, dass Julian mich endlich küsst. Das war es, was ich dir in all den Jahren versucht habe zu erklären, doch du hast ja – verständlicherweise – auf keine meiner Mails reagiert.«
Ich dachte an Frederick. Ich wusste genau, was Viola meinte.
Auch ich wollte endlich wissen, wie es war, seine Lippen auf meinen zu spüren, in seinen Armen zu liegen …
»Und falls es dich interessiert«, fuhr Viola mit zitternder Stimme fort, »ich habe den Job bei *Sommerliebe* nur angenommen, weil ich gehofft habe, dir das alles endlich erklären und dich persönlich um Verzeihung bitten zu können. Als ich hörte, dass Sophie Harding ausfiel, habe ich einen anderen Film, der auf Mauritius gedreht werden sollte, sausenlassen und mich bei Lucas für die Rolle beworben.«
Ich konnte kaum glauben, was Viola sagte.
Mauritius war immer schon ihr absolutes Traumziel gewesen.

Dass sie sich meinetwegen diese einmalige Gelegenheit hatte entgehen lassen, war ein echter Freundschaftsbeweis. Und ein Zeichen, dass sie wirklich bereute, was damals vorgefallen war.
»Danke, dass du so ehrlich warst«, erwiderte ich, mit den Tränen kämpfend. »Und dass du mich an Tanja vermittelt hast, das könnte nämlich meine Rettung sein.«
Viola lächelte und umarmte mich kurz – und ich ließ es zu. Aber nicht, weil sie mir einen neuen Job verschafft hatte, sondern weil wir endlich die Vergangenheit begraben hatten.

Punkt zwanzig Uhr begann mein Abschiedsabend, den Leevke liebevoll organisiert hatte. Zu einer richtigen Party hatte es nicht gereicht, jedoch zu einem netten Essen in kleiner Runde: Leevke, ich, zwei Freundinnen, Gesche und Cäthe, Niklas, sein Freund Lasse – und Frederick.
Es gab Fisch-Fondue, dazu gebackene Kartoffeln und verschiedene Sommersalate. Frederick und Niklas brachten den Aperitif und Wein mit, Gesche steuerte eine Rohmilchkäseplatte bei und Cäthe Himbeerquark.
Ich selbst hatte nichts weiter zu tun, als *mich zu freuen und entspannt den Abend zu genießen,* wie Leevke mir quasi befohlen hatte.
Doch wegen Frederick war ich natürlich nervös und legte jedes seiner Worte, jede Geste auf die Goldwaage. Er hatte zwar spontan zugesagt, als ich ihn eingeladen hatte, wirkte aber ziemlich distanziert. Wie so häufig schien seine Stimmung ohne ersichtlichen Grund von einer Minute auf die andere zu kippen.
Deshalb war ich froh, dass beim Essen schon bald ein lebhaftes Gespräch entstand und die üblichen Streitereien um die Fondue-Gabeln die Gäste einander auf spielerische Weise näherbrachten.
Leevkes Freundinnen gefielen mir auf Anhieb. Gesche half im

Hofladen in Alkersum aus und hatte zwei Kinder: Max Nelus, vier Jahre, und Emi Lotta, gerade zwei geworden. Die Vierunddreißigjährige war lange Jahre als Chefstewardess auf Kreuzfahrtschiffen unterwegs gewesen, bis sie ihren Mann Jonas kennengelernt hatte, der hier auf Föhr bei dem Garten- und Landschaftsbauunternehmen Rasenfriseur arbeitete. Mit ihren kurzen, dunkelblonden Haaren und der Hornbrille war sie eine aparte Erscheinung. Die Jeans und die kurzärmelige, karierte Hemdbluse ließen sie ein wenig unnahbar wirken, doch wenn man in ihre klugen braunen Augen schaute, ahnte man, dass sie ein großes Herz hatte, egal wie tough sie nach außen hin tat.
Ihr Ausspruch »Man steht nie im Weg, höchstens 'n büschen ungünstig« brachte mich sofort zum Lachen – selbst Frederick konnte sich ein Schmunzeln nicht verkneifen.
Leevkes andere Freundin, Cäthe, arbeitete in einem Teeladen in Oevenum. Wie Gesche war sie eine bodenständige, lebenslustige Frau Ende dreißig, froh, mal einen Abend ohne Kinder und Ehemann verbringen zu können, der anscheinend zu viel Fußball schaute und sich mehr für seinen Computer als für seine attraktive Frau mit den halblangen, rotblonden Locken interessierte.
Niklas' Freund Lasse war Mitbesitzer des Drachenladens und ein ebenso sympathischer, sportlicher Typ wie Niklas.
Schon bald drehte sich das Gespräch um die alljährlichen Festivitäten auf Föhr, und es wurden Anekdoten von kleinen Entgleisungen zum Besten gegeben, denen ich gespannt lauschte. Offenbar existierte auf der Insel ein reges Dorfleben abseits des Tourismus, was mir sehr gefiel.
Wie gern hätte ich so etwas wie den Föhr-Lauf, das Ringreiten oder den Wyker Jahrmarkt im Oktober miterlebt!
Frederick, der neben mir saß, hielt sich mit Kommentaren zu-

rück, folgte unserer Unterhaltung aber mit einem stillen Lächeln.

»Welches Fest gefällt dir denn am besten?«, fragte ich, um ihn mehr mit einzubeziehen. »Oder ist das nicht so dein Ding?«

»Ich fürchte, genauso ist es«, antwortete er. »Aber um keinen falschen Eindruck bei dir zu erwecken: Ich habe nicht grundsätzlich etwas gegen Festivitäten, ich bin nur ungern mittendrin im Geschehen.«

Niklas zog die Augenbraue hoch und warf seinem Bruder einen bedeutsamen Blick zu. Dann erzählte er vom Surf-Cup in Westerland, an dem er im September teilnehmen würde.

Um ein Uhr morgens begannen die ersten Gäste zu gähnen, auch ich spürte deutlich die Anspannung der vergangenen Tage. Doch am meisten machte mir zu schaffen, dass ich wohl keine Chance mehr hatte, mit Frederick allein zu sein.

Als sich die Runde nach einem Digestiv auflöste und ich ihn zur Tür begleitete, fragte er zu meinem großen Erstaunen:

»Soll ich dich morgen zur Fähre bringen?«

In mir begann alles zu jubeln, so sehr freute ich mich über sein Angebot, und ich nannte ihm die Abfahrtzeit. Ich war ihm also doch nicht egal!

»Dann sehen wir uns morgen früh um zehn«, sagte Frederick und lächelte. »Schlaf gut in deiner letzten Nacht auf Föhr, Felicitas.«

Anschließend drehte er sich um und ging.

Mit einer bittersüßen Mischung aus Freude und Traurigkeit schloss ich die Tür und lehnte mich gegen sie.

»Na, das klang ja ganz verheißungsvoll«, sagte Leevke, die im Flur gestanden und uns zugehört hatte. »Immerhin seht ihr euch morgen noch mal, dann habt ihr vielleicht Gelegenheit, über euch zu reden. So, und was machen wir beiden Hübschen jetzt? Ich kann mir momentan gar nicht vorstellen, dass du wie-

der aus meinem Leben verschwindest. Lass uns noch einen Moment zusammensitzen, ja?!«, bettelte sie wie ein kleines Kind.
»Aber ich verschwinde doch gar nicht«, widersprach ich und folgte ihr ins Wohnzimmer. »Besuch mich einfach in Hamburg. Im Winter kannst du sicher ein paar Tage freimachen – bei uns wird schon etwas mehr geboten als hier auf der Insel. Ich würde dir sehr gern zeigen, wie ich lebe.«
»Oh ja, das ist eine Superidee«, freute Leevke sich. »Und du bist ebenfalls jederzeit hier willkommen. Genau! Das hier ist kein Abschied, sondern erst der Anfang!«

Als Frederick mich am nächsten Morgen abholte, stieg ich mit gemischten Gefühlen in das Auto des Mannes, der mir das Herz gestohlen hatte und heute nicht viel gesprächiger war als gestern.
»Die Visitenkarte mit meiner Adresse hast du ja«, sagte ich, nachdem wir am Hafen angekommen waren und er mein Gepäck aus dem Kofferraum genommen hatte.
Fredericks Blick verdunkelte sich.
»Tut mir leid, Felicitas, aber daraus wird nichts. Ich bin kein Typ, der Briefe oder E-Mails schreibt. Es fällt mir schwer, Kontakt zu Menschen zu halten, die ich nicht um mich habe. Klingt seltsam, ich weiß, und ist nicht leicht nachzuvollziehen, aber so ist es nun mal. Wir hatten viel Spaß zusammen, auf Amrum und im Apfelgarten. Und von unserem Besuch im Alkersumer Kunstmuseum war ich auch sehr angetan. Aber jetzt fährst du zurück in dein altes Leben, und wir sollten uns einfach freuen, dass wir uns über den Weg gelaufen sind. Ich jedenfalls bin froh darüber. Also mach's gut und pass auf dich auf, ja?«
Mit diesen Worten gab er mir einen Kuss auf die Stirn, der brannte wie Feuer.
Genau wie seine Worte.

Dann drehte Frederick sich um und ging zum Pick-up zurück, ohne sich noch einmal nach mir umzuschauen.
Unfähig, mich zu bewegen, betrachtete ich das Schild am Fähranleger mit der Aufschrift *Auf Wiedersehen auf Föhr* und spürte, wie mein Herz in tausend Stücke zersprang.

TEIL ZWEI

24. Kapitel

Freitag, 14. Februar

Alles Liebe zum Valentinstag, Butterfly«, begrüßte Tim mich, als ich von meinem Drehbuchseminar zurückkam.
Er gab mir einen Kuss auf die Wange und dirigierte mich in die Küche.
»Ich denke, du bist bei Nic?«, fragte ich verwundert. Ein würziger Duft stieg mir in die Nase.
War das etwa Tims berühmte indische Linsensuppe?
Und für wen waren die wunderschönen, dunkelroten Rosen, die in meiner antiken Vase auf dem Tisch standen?
Mein Herz klopfte ein paar Takte schneller. Waren sie vielleicht von …
»Nic hat heute leider Bandprobe«, seufzte Tim und rührte in dem großen Topf auf dem Herd. »Erst war ich zwar ein bisschen enttäuscht, aber dann dachte ich mir, hey, warum nicht den Valentinstag mit dem Menschen feiern, der einen großen Platz in meinem Herzen einnimmt, nämlich mit dir. Was sagst du zu den Blumen? Duften sie nicht fantastisch? Hab ich vorhin extra für dich geholt – und, na ja, irgendwie auch für mich.«
Ich beugte mich über die Rosen und schnupperte an den samtigen Blüten. Doch das war nicht ganz einfach, weil es in der Küche intensiv nach Knoblauch, Curry und Ingwer roch.
Ich bemühte mich, mir meine Enttäuschung nicht anmerken zu lassen, dass die Rosen nicht von Frederick waren, und streichelte Tim über den Rücken.

»Vielen Dank, mein Lieber. Das ist sehr aufmerksam von dir. Ich hatte mich nämlich seelisch schon darauf eingestellt, mich mit irgendeinem Fertiggericht vor den Fernseher zu setzen und den Abend allein zu verbringen. Keine besonders schöne Vorstellung.«

Aber leider mein momentaner Alltag …

Seit meiner Rückkehr von Föhr vor ein paar Monaten plagte mich großer Liebeskummer, den ich mit Arbeit zu betäuben versuchte. Erst hatte ich bei dem Film mitgearbeitet, den Viola mir netterweise vermittelt hatte, dann kamen ein paar kleine Aufträge – und nun beschäftigte ich mich mit meinem neuen Projekt: einem Drehbuchseminar, bei dem ich alles über Plot-Entwicklung, Filmfiguren und Dialoge lernte.

Viel Neues, viel Arbeit, trotzdem konnte ich Föhr und Frederick nicht vergessen. Wenn ich an ihn dachte, spürte ich immer noch ein schmerzhaftes Ziehen in der Brust – und ich träumte häufig von ihm.

»Und, wie war dein Tag, Schätzchen? Hast du in der Schule brav aufgepasst und dein Pausenbrot aufgegessen, das ich dir heute Morgen geschmiert habe?«, fragte Tim grinsend und schob mir ein Schneidebrett, ein Wiegemesser und ein Bund frischen Koriander hin.

Ich wusch die frischen Kräuter, tupfte sie vorsichtig mit einem Haushaltstuch ab und schnitt sie dann klein.

»Ganz okay bisher, ist halt 'ne Menge Stoff«, antwortete ich und musste gähnen. »Dieses Seminar kostet viel Kraft und Konzentration. Doch schließlich will ich mir ja ein zweites berufliches Standbein aufbauen.« Und mir war jede Ablenkung willkommen, damit ich nicht ständig an Frederick dachte. »Heute werde ich garantiert nicht alt, auch wenn es uncool ist, an einem Freitagabend früh ins Bett zu gehen. Hoffe, es stört dich nicht?!«

Anstelle einer Antwort grinste Tim bedeutungsvoll, während er das Fladenbrot aus dem Backofen holte.
Kurz darauf setzten wir uns an den Tisch und genossen Tims köstliches indisches Essen. Bislang war das Kochen eher meine Sache gewesen, doch seit Tim mit Nic, dem Sänger der Band *Gorgeous,* zusammen war, hatte er nach und nach seine Kochkünste entdeckt und beeindruckte damit seinen neuen Freund.
Nic und er hatten sich beim Dreh des Musikvideos im August kennengelernt und waren seitdem schwer verliebt und unzertrennlich. Ich freute mich sehr für Tim, der seit ewigen Zeiten keine glückliche Beziehung mehr geführt hatte.
Durch diese plötzliche Wendung bekam nicht nur sein Liebesleben neuen Schwung, sondern auch beruflich ging es aufwärts: Er erhielt den Auftrag, die Tour der erfolgreichen Newcomer-Band *Gorgeous* zu dokumentieren.
Tim schwebte auf Wolke sieben, wohingegen ich seit Föhr brutal auf den Boden der Tatsachen zurückgeworfen worden war und mich immer noch schwer damit tat, das zu akzeptieren.
»Wer ruft denn ausgerechnet jetzt an?«, fragte Tim mit leicht theatralischem Tonfall, als mitten in unser schönes Essen hinein das Telefon auf der Kommode im Flur klingelte. Wir aßen ungerührt weiter, während der Anrufbeantworter ansprang. Es war Leevke, die so klang, als hätte sie gerade geweint. Anscheinend wollte sie mich dringend sprechen.
Tim nickte mir zu, ich schnappte mir das Telefon und setzte mich wieder an den Küchentisch.
»Hallo, Leevke«, sagte ich besorgt. »Du klingst so bedrückt, was ist denn seit letzter Woche passiert?« Seit ich wieder in Hamburg war, telefonierten Leevke und ich ein bis zwei Mal pro Woche oder schickten uns Nachrichten über WhatsApp.
»Das bin ich auch«, kam es vom anderen Ende der Leitung.

Föhr schien unglaublich weit entfernt, doch durch Leevkes Stimme gleichzeitig sehr nah zu sein.

»Dieser lange Winter macht mich fertig, ich fühle mich gerade ziemlich einsam. Alle haben sich in ihren Häusern verkrochen, im Laden ist so gut wie nichts los, und … dann ist heute auch noch Valentinstag …«

Sie begann, hemmungslos zu schluchzen, was mir in der Seele weh tat.

»Was hältst du davon, deine Sachen zu packen und gleich morgen hierherzukommen? Ich habe zwar gerade keinen Plan, wo du schlafen kannst, aber mir fällt bestimmt was ein. Und nach ein paar Tagen im quirligen Hamburg sieht die Welt ganz sicher wieder anders aus. Donnerstagnachmittag fahren wir dann zusammen zurück nach Föhr, denn wir wollen doch gemeinsam zum Biikebrennen. Na, was meinst du?«

»Sie kann mein Zimmer haben«, flüsterte Tim, der mein Telefonat aufmerksam verfolgte. »Ich schlaf solange bei Nic.« Ich lächelte ihm dankbar zu.

»Tim sagt gerade, dass du sein Zimmer haben kannst«, fuhr ich fort und registrierte zufrieden, wie Leevkes stoßweiser Atem sich allmählich zu beruhigen begann.

»Echt? Oh, das wäre großartig«, murmelte sie. »Dann … dann könnte ich ja schon am frühen Nachmittag in Hamburg sein, wenn euch das passt. Ich bin echt froh, dass ihr beide so spontan seid.«

»Aber klar, soooo alt sind wir nun auch wieder nicht«, antwortete ich. »Gib mir nachher deine Ankunftszeit durch, und ich hole dich am Altonaer Bahnhof ab. Von da ist es nur noch ein Katzensprung zu uns auf den Kiez. Ich kann die Tage bis zu unserer Abreise nach Föhr freinehmen und dir die Stadt zeigen. Na, wie findest du das?«

»Wunderbar!« Doch trotz ihrer Freude klang Leevkes Stimme

gedämpft. Kaum vorstellbar, sonst war sie doch das sprühende Leben! »Ich danke euch beiden von Herzen, ihr seid meine Rettung. Noch einen schönen Abend, und sag Tim bitte, dass das wirklich unheimlich großzügig von ihm ist. Und ich hoffe, ich sehe ihn trotzdem.«

»Bestimmt«, antwortete ich. »Er ist mindestens genauso gespannt auf dich wie du auf ihn. Also mach dir keine Sorgen mehr, pack deine Sachen und schlaf schön. Wir sehen uns morgen.«

Nachdem wir zu Ende gegessen und darüber geplaudert hatten, was ich Leevke alles in Hamburg zeigen könnte, räumten Tim und ich die Küche auf.

Wir überlegten, welchen Film wir uns ansehen wollten.

Tim war für *Casablanca,* den ich überhaupt nicht mochte – ich war für *Midnight in Paris* von Woody Allen. Bedauerlicherweise gewann Tim unser Losspiel, und ich musste mich damit abfinden, mir ein frustrierendes Liebesdrama anzuschauen, dessen Hauptdarstellerin nicht gerade zu meinen Lieblingsschauspielerinnen zählte.

»Was sagt Nic eigentlich dazu, dass du in Sachen Film so schrecklich *old school* bist?«, versuchte ich, Tim zu provozieren. Nic war mit seinen zweiundzwanzig immerhin um einiges jünger als Tim.

»Dem ist das total egal, weil er mich liebt«, antwortete Tim und streckte mir die Zunge raus. »Und hack nicht immer auf unserem Altersunterschied herum. Freu dich lieber für mich.«

Ich bekam sofort ein schlechtes Gewissen.

Hinter der vermeintlichen Kabbelei und meinen dummen Sprüchen steckte natürlich Trauer und Frustration, weil ich immer noch an Frederick dachte, obwohl er mir vor über fünf Monaten unmissverständlich klargemacht hatte, dass aus uns niemals ein Paar werden würde.

Dass ich mit Leevke schon vor Wochen vereinbart hatte, am einundzwanzigsten Februar zum traditionellen Biikebrennen nach Föhr zu kommen, hatte natürlich nur einen Grund: Ich wollte unbedingt Frederick wiedersehen. Ich dumme Kuh war nämlich nach wie vor nicht bereit, endlich die Tatsachen zu akzeptieren.

»Tut mir leid, Tim, du hast ja recht«, gab ich zerknirscht zu. »Als Wiedergutmachung öffne ich heute meine große Schachtel Trüffelpralinen, die meine Mutter mir neulich weiterverschenkt hat, weil sie gerade auf Diät ist. Akzeptierst du das als Entschuldigung?«

»Sagtest du eben Trüffelpralinen?« Tims Augen weiteten sich. »Okay, gegen so etwas bin ich machtlos und sogar bereit, deine blöde Bemerkung von wegen *old school* zu vergessen. Also los, her mit den mistigen kleinen Kalorienbomben und ab aufs Sofa!«

Gute zwei Stunden später schluchzten Tim und ich völlig überzuckert in unsere Taschentücher.

Als Ingrid Bergman Humphrey Bogart am Ende in die Augen blickte, zerriss es mir zum ersten Mal in meinem Leben beinahe das Herz.

Bislang hatte ich mich immer geweigert, bei Filmen an den Stellen zu weinen, die das Drehbuch dafür vorgesehen hatte.

Doch diesmal liefen mir die Tränen über die Wangen, und ich konnte gar nicht mehr aufhören.

Tröstend nahm Tim mich in den Arm, woraufhin ich mich eng an ihn kuschelte.

»Meinst du, es ist eine gute Idee, wenn du wieder nach Föhr fährst?«, fragte er nachdenklich und strich mir eine Haarsträhne hinters Ohr. »Frederick hat dir doch sehr deutlich zu verstehen gegeben, dass er sich keine Fernbeziehung vorstellen kann. Selbst wenn er etwas für dich empfindet, was ich glaube … wo soll das bitte hinführen? Willst du seinetwegen alle Brücken abbrechen und auf ein kleines Eiland in der Nordsee ziehen, wo den größten Teil des Jahres der Hund begraben ist?«

Abrupt löste ich mich aus Tims Umarmung und richtete mich auf. Seit ich zurück von Föhr war, führten wir dieses Gespräch ungefähr einmal die Woche, in unterschiedlichen Varianten.

Doch heute hatte Tim zum ersten Mal gesagt, dass er ebenfalls glaubte, dass ich Frederick nicht gleichgültig war. Hoffnung glomm in mir auf.

»Wieso denkst du, dass er etwas für mich empfindet?«, fragte ich und spürte, wie mir ein Schauer über den Rücken jagte. »Er hat doch alles getan, um mich wegzustoßen, sobald wir uns nur ein kleines bisschen nähergekommen waren.«

Tim zog die Decke hoch, die auf den Dielenboden gefallen war, und breitete sie wieder fürsorglich über uns beide aus.

»Du Dummi! Meinst du, er hätte sich so oft mit dir getroffen und wäre mit dir nach Amrum gefahren, wenn er dich nicht anziehend gefunden hätte? Schau dich mal an: In den letzten Wochen gleichst du zwar eher einem langweiligen Mehlkloß, aber du bist ein echt heißer Feger, wenn du dich ins Zeug legst und gut drauf bist. Außerdem bist du ein kluger, warmherziger Mensch, der gut zuhören und mit dem man auch mal schweigen kann, ohne dass es unangenehm wird.

Keine Ahnung, was genau in diesem Typen vor sich geht und wo sein Problem liegt, aber er findet dich mit Sicherheit toll!«

Ich dachte an den Abend, an dem Frederick und ich im Strandkorb gesessen und stumm den Amrumer Abendhimmel betrachtet hatten.

Das hatte so gutgetan. Julian hatte fast immer von morgens bis abends geredet und unglaublich viel Bestätigung gebraucht. Frederick hingegen schien in sich zu ruhen und genau zu wissen, wohin er gehörte und was er wollte.

»Und wieso höre ich das heute zum ersten Mal?«, fragte ich verwundert.

»Weil ich dich eigentlich davon überzeugen wollte, dass es besser ist, wenn ihr keinen Kontakt mehr habt. Wenn ich daran denke, in welchem Zustand du hier in Hamburg angekommen bist. Wie ein Zombie auf Autopilot. Immer mit einem Blick aufs Handy, immer in Aufruhr, wenn die Post kam – und ständig am Computer. Das hat mir ziemlich Angst gemacht. Wir hatten diesen ganzen Mist doch schon mal.«

Tim lag völlig richtig. Bis zum Beginn der Dreharbeiten im Oktober war ich ausschließlich damit beschäftigt gewesen, meine Wunden zu lecken und Briefe an Frederick zu schreiben.

Briefe, die ich nie abgeschickt hatte, aber immer noch aufbewahrte.

Sorgsam gebündelt lagen sie neben den Briefen an *Zugvogel*. Irgendwie gehörten sie zusammen.

»Und wieso sagst du mir das ausgerechnet jetzt, bevor ich nach Föhr fahre?«

Ich war verwirrt. Tim schaute betreten drein, als hätte ich ihn auf frischer Tat ertappt.

»Ich weiß, dass das ziemlich unlogisch klingt und es vermutlich auch ist«, gab er zerknirscht zu. »Seit Nic glaube ich wieder an die Liebe und daran, dass es sich lohnt, um sie zu kämpfen. Vielleicht hatte es ja einen tieferen Sinn, dass du Frederick getroffen hast. Zu Anfang sah es bei Nic und mir auch nicht danach aus, als kämen wir zusammen, und du weißt am besten, wie lange ich mich um ihn bemüht habe. Aber es hat sich gelohnt, und ich würde es immer wieder tun.«

Das stimmte, mittlerweile waren die beiden ein Herz und eine Seele!

Als ich kurze Zeit später ins Bett ging, während Tim noch mit Nic telefonierte, betrachtete ich wie jeden Abend den Engel, den

Frederick mir geschenkt hatte. Ich fragte ihn, ob er auch der Meinung war, dass ich es ein zweites Mal wagen sollte, Fredericks Herz zu erobern.

Im Schein der flackernden Kerze, während ich meinen Tee trank, glaubte ich ein zustimmendes Nicken zu erkennen.

25. Kapitel

Mittwoch, 19. Februar

Glücklicherweise blühte Leevke nach ihrer Ankunft am Samstag auf, und ihr Gesicht bekam wieder Farbe.
In den vergangenen vier Tagen hatten wir gemeinsam die Stadt erkundet, waren am Hafen gewesen, an der Alster, an der Elbe und in der Kunsthalle.
Heute stand die *spirituelle* Seite Hamburgs auf dem Programm, die sich mittlerweile in der kaufmännisch geprägten Hansestadt immer größerer Beliebtheit erfreute. Nachdem wir am Vormittag in einem Hexenladen und bei Wrage im Uni-Viertel gewesen waren, betrachteten wir nun das liebevoll zusammengestellte Sortiment der Buchhandlung Sommernachtstraum im Szene-Stadtteil St. Georg.
Leevke war vollkommen aus dem Häuschen angesichts der kompetenten Fachberatung und der vielen Bücher, die sie noch nicht kannte. Staunend lauschte ich dem Gespräch zwischen ihr und der Buchhändlerin und dachte nicht zum ersten Mal, dass Leevke irgendwie nicht von dieser Welt war.
Es fielen Begriffe wie Kraftorte, Magisch Reisen, Druiden und Elfenhausarchitekten – und ich verstand mal wieder nur Bahnhof.
Schwer bepackt verließen wir den Laden. Leevke hatte an die zehn Bücher und anderen Schnickschnack gekauft und eine Menge Geld ausgegeben.
»Irre, was diese Frau alles weiß«, stieß sie ehrfurchtsvoll hervor.
Auf dem Gehsteig vor dem Sommernachtstraum thronte eine

große Buddha-Statue aus Stein mit einem geringelten Strickschal um den Hals, die ich sofort fotografieren musste, Leevke stellte sich daneben.

»Darf ich dich als Dankeschön, dass du den ganzen Tag so geduldig gewartet hast, auf ein Stück Kuchen einladen? Dieses Café hier sieht nett aus«, schlug sie vor, nachdem ich ungefähr zehn Bilder aus allen erdenklichen Perspektiven geschossen hatte. Ich schmunzelte, denn wir standen vor dem Gnosa, einem beliebten Treffpunkt der Hamburger Gay-Szene.

Eine Zeitlang war ich hier häufig mit Tim frühstücken gewesen, denn ich liebte das gemütliche, ein wenig plüschige Interieur mit den goldpatinierten Wänden und einladenden Samtsesseln.

»Gute Idee«, freute ich mich und öffnete die Tür. »Ich brauche dringend eine Stärkung, außerdem ist mir kalt!«

In den letzten Tagen lagen die Temperaturen deutlich unter null, nichts für verfrorene Menschen wie mich.

Zum Glück ergatterten wir einen Platz im hinteren Teil des Raumes, der auch als Ausstellungsort für Hamburger Künstler diente.

Leevke schaute sich mit großen Augen um, ein seliges Lächeln auf den Lippen.

»Mann, ist ja umwerfend hier! Warum haben wir so was nicht auf Föhr!?«, sagte sie und verstaute ihre Tüten hinter dem Sessel, dessen Füße beinahe vollständig in dem hochflorigen Teppichboden versanken. Ich setzte mich an den runden Marmortisch.

»Dafür habt ihr andere schöne Cafés, zum Beispiel das Aquamarin.«

Sehnsuchtsvoll dachte ich an das traumhaft gelegene Bistro am Strand von Wyk mit den großen Panoramafenstern und dem hellen, freundlichen Interieur. Auch dort hingen ausgefallene und teils sehr lustige Bilder, wie zum Beispiel drei rundliche

Strandschönheiten mit bunter Kleidung und riesigen Sonnenbrillen oder zwei rothaarige Meerjungfrauen, die sich lässig auf Barhockern an einem Bistrotisch räkelten.

»Weißt du, ob es geöffnet hat, wenn ich auf Föhr bin?«

Leevke wirkte einen Moment lang so, als wüsste sie nicht, wovon ich sprach, so sehr war sie in die Speisekarte vertieft. Doch dann hob sie den Kopf, schaute mich kurz an und schien wieder in die Realität zurückzufinden.

»Äh … soweit ich weiß, machen die in der Woche vor dem Biike wieder auf. Also haben sie eigentlich seit vorgestern wieder offen.«

»Oh, da hab ich ja Glück«, antwortete ich und spürte, wie ein freudiges Prickeln sich in meinem Körper ausbreitete. Nur noch ein Tag, dann war ich endlich wieder auf Föhr und würde Frederick wiedersehen!

»Um wie viel Uhr geht es heute Abend eigentlich los?«, fragte Leevke. »Mir ist gerade eingefallen, dass ich mir den Kuchen besser verkneifen sollte, wenn wir früh mit dem Essen beginnen. Wann kommen denn deine Eltern?«

»Um halb sieben. Ich besorge kurz vorher noch das Sushi. Aber du darfst dir auf gar keinen Fall die leckere Philadelphia-Torte entgehen lassen, für die das Gnosa berühmt ist. Wir können uns auch gern ein Stück teilen, wenn dir das lieber ist.«

»Das klingt gut«, entgegnete Leevke grinsend und klappte die Karte zu. »Ich bin übrigens schon total gespannt auf den Föhr-Film, gut, dass du ihn auf DVD hast. Deine Eltern kennen ihn ja auch noch nicht, oder?«

»Nein«, antwortete ich. »Die waren zum Zeitpunkt der Ausstrahlung Ski laufen und wollten ihn sowieso viel lieber mit mir sehen. Ich find's super, dass wir ihn nachher gemeinsam schauen, denn ich kann's kaum erwarten, was ihr alle dazu sagt. Ihr wisst ja am besten, wie viel Stress und Ärger es mit dieser Produktion gegeben hat.«

Mit *alle* meinte ich neben Leevke und meinen Eltern auch Tim und Nic, wenngleich Tim *Sommerliebe* schon kannte. Am Abend der Ausstrahlung hatte er mit mir mitgefiebert.
»Wie geht es denn diesem Regisseur?«, wollte Leevke wissen. »Und was ist aus der Produktionsfirma geworden? Waren die Quoten einigermaßen gut?«
»Lucas Kaiser nimmt sich erst mal eine Auszeit, und zwar in Indien. Er ist der Meinung, dass es noch mehr geben muss als das Filmgeschäft, und will nun bei irgendeinem neuen Guru seine Mitte wiederfinden. Der alte hat ja scheinbar versagt.«
Leevke lächelte verständnisvoll.
»Der Film hatte zumindest so gute Quoten, dass Love Film noch mal mit dem berühmten blauen Auge davongekommen ist, was mich natürlich freut. Ob die allerdings weitermachen werden, steht noch in den Sternen.«
So wie auch meine berufliche Zukunft.
»Darf ich dich noch was fragen?« Leevke richtete ihre braunen Augen aufmerksam auf mich. »Willst du wirklich nur wegen des Biikebrennens nach Föhr, oder hoffst du, Frederick dort zu treffen? Ich weiß, dass wir vereinbart haben, nicht mehr über ihn zu sprechen, weil du Abstand brauchst. Aber ich wüsste schon gern, was in deinem Kopf vor sich geht.«
»Du darfst mich grundsätzlich alles fragen, das weißt du doch«, antwortete ich und rührte nachdenklich in meinem Tee.
»Und die Antwort auf deine Frage lautet ganz klar: Erwischt!«
Leevke lächelte bedeutungsvoll und aß genüsslich von ihrem Kuchen. Wir beide verstanden uns mittlerweile auch ohne große Worte.

Gemeinsam mit unseren Gästen sahen Tim und ich uns abends *Sommerliebe* an. Als im Abspann mein Name erschien, nahm meine Mutter meine Hand, und ich sah ihr an, wie stolz sie auf mich war.

Auch ich war sehr zufrieden mit dem Film.
»Na, das war doch ganz ordentlich«, lautete der eher nüchterne Kommentar meines Vaters, der tapfer durchgehalten und sich die Schmonzette von Anfang bis Ende angeschaut hatte. Dann stand er auf, um den Fernseher und den DVD-Player auszuschalten.
Leevke und Tim grinsten um die Wette. Nic erhob sich stöhnend und reckte sich. Er hatte neunzig Minuten auf einem Kissen auf dem Boden ausgeharrt und seine langen Beine verknotet.
»Ganz ehrlich: Wenn du nicht Tims beste Freundin wärst, hätte ich mir diesen Quark niemals im Leben angetan«, sagte er. »Und jetzt entschuldigt mich bitte, ich muss dringend eine rauchen.«
Tim folgte Nic auf unseren Minibalkon, wo die beiden sich bei dieser Kälte garantiert die Finger abfroren. Ich hatte wirklich Sorge, dass womöglich die Fähren nicht mehr von Dagebüll nach Föhr fahren würden, was Leevke vorhin mit einem amüsierten »Du spinnst!« abgetan hatte. »Da muss schon einiges zusammenkommen.«
Nun meldete sich auch meine Mutter zu Wort:
»Mein Liebling, das war ein wunderschöner Film, und ich bewundere dich, dass du das alles so tapfer durchgehalten hast.« Sie sammelte die Reste unseres Sushi-Essens zusammen und trug sie in die Küche.
Leevke und ich nahmen die leeren Gläser und Flaschen und folgten ihr. Währenddessen schaute mein Vater sich ausgiebig in der Wohnung um, das tat er jedes Mal, wenn er mich besuchte, was allerdings selten der Fall war.
Hoffentlich entging die Tapete, die wegen einer feuchten Stelle im Flur schon auf halb acht hing, seinem Adlerblick.
Pech gehabt!

»Felicitas?«, hörte ich ihn prompt fragen. »Kannst du mal eben kommen?«
Ich ließ meine Mutter und Leevke allein in der Küche und ging zu meinem Vater. Er stand im Flur und schaute anklagend die hohe Decke an, die unbedingt gestrichen und deren Stuck dringend aufgearbeitet werden musste.
»Soll ich euch jemanden vorbeischicken?«, bot er an. »Ich weiß ja, dass du viel zu viel zu tun hast, um dich um so etwas zu kümmern. Und Tim scheint mir auch nicht der Richtige zu sein.«
»Da könntest du recht haben«, antwortete ich grinsend. »Danke für dein Angebot, aber das ist nicht nötig. Das werde ich alles höchstpersönlich erledigen, wenn ich zum Abschluss des Seminars das Drehbuch schreibe. Ich kann sowieso nicht nonstop am Schreibtisch sitzen, da tut ein bisschen Bewegung und etwas Bodenständiges ganz gut.«
Mein Vater wirkte nicht überzeugt.
»Aber solltest du dich nicht lieber auf das Schreiben konzentrieren, schließlich hängt davon deine Zukunft ab«, bemerkte er mit gerunzelter Stirn und klopfte mit dem Zeigefinger gegen eine Blase in der Tapete. Schon entstand ein Riss, und ein Stück Putz fiel direkt vor seine blankpolierten Schuhe.
Ich holte aus der Küche Handfeger und Schaufel und kehrte den Putz auf.
»Das geht auch so, Papa, mach dir mal keine Gedanken«, winkte ich ab. »Die Hauptsache ist, dass die Akademie meine Idee für das Drehbuch mochte und ich den heißbegehrten Studienplatz ergattern konnte. Der Rest findet sich schon irgendwie.«
»Und wovon willst du in der Zeit leben? Und wie lange willst du überhaupt noch hier auf diesem Rummelplatz wohnen?«
Ich war mir nicht ganz sicher, ob mein Vater unsere Wohnung meinte – oder die Reeperbahn.

»Felicitas, Felicitas, du wirst im Juni vierzig, das weißt du doch hoffentlich noch, oder?«
Mein Magen zog sich zusammen.
Ja, es gab sicher Frauen in meinem Alter, die ihr Leben weitaus besser geregelt hatten als ich.
Aber waren sie zwangsläufig glücklicher?
Und hatten sie mehr Sicherheit, nur weil sie verheiratet waren und/oder einen festen Job hatten?
Dinge veränderten sich, und wenn ich eines im Laufe der vergangenen Jahre gelernt hatte, dann, dass jederzeit etwas Unvorhergesehenes passieren konnte. Wir lebten nun mal in unsicheren Zeiten, und jeder tat gut daran, sich nicht krampfhaft an irgendwelche Lebensmodelle zu klammern und sein Glück von ihrem Gelingen abhängig zu machen.
»Ja, Papa, wie könnte ich dieses Datum nur vergessen«, sagte ich seufzend. »Ich werde auf Föhr darüber nachdenken, wie ich das mit dem Drehbuchschreiben mache. Macht euch bitte keine Sorgen um mich. Ich bin erwachsen und weiß, was ich tue.«
Zumindest meistens, dachte ich, und meine Gedanken wanderten mal wieder zu Frederick.
Ich konnte es kaum erwarten, ihn zu sehen, und hätte am liebsten die Zeiger der Uhr vorgedreht.

26. Kapitel

Freitag, 21. Februar

Guten Morgen«, sagte jemand dicht neben meinem Ohr, und etwas kitzelte meine Nase. Es duftete nach … Obst und Blumen. Mühsam öffnete ich die Augen und blinzelte verwirrt ins Halbdunkel.

»Wach auf, sonst verschläfst du noch den ganzen Tag«, lachte Leevke und öffnete die Vorhänge. »Das da neben deinem Bett ist übrigens Tee. Trink ihn, und schwing deinen Hintern endlich aus den Federn. Heute ist doch Biike!«

»Oh, mein Gott, wieso bist du denn schon so ekelhaft fit?«, stöhnte ich verschlafen. Ich hatte die halbe Nacht damit zugebracht, mich mit Kup Sin zu kabbeln, der diesmal weitaus kecker, um nicht zu sagen, anhänglicher war als bei meinem letzten Besuch.

Er war mit seinen rotglühenden Äuglein um mein Bett getanzt und hatte nach und nach Sachen auf den Boden befördert. Ein Hausgeist mit Aufmerksamkeitsdefizit-Syndrom! Ich musste mir dringend Ohrstöpsel besorgen.

Und am besten auch eine Schlafmaske!

»Musst du denn heute nicht in den Laden?«, fragte ich, verwirrt über Leevkes Anwesenheit, ich war immer noch nicht ganz bei mir.

»Ich hab noch eine Viertelstunde Mittagspause, meine Liebe«, erwiderte Leevke und lachte. »Und die gedenke ich zusammen mit dir zu verbringen.«

Mit diesen Worten setzte sie sich zu mir auf die Bettkante, woraufhin die Matratze ein kleines Stück einsank.
Patchouli sprang aufs Bett und rollte sich schnurrend am Fußende zusammen.
»Na, wie war deine erste Nacht auf Föhr? Hast du was Besonderes geträumt? Du weißt doch: Träume an einem fremden Ort haben immer eine tiefergehende Bedeutung«, sagte Leevke. Ich richtete mich auf und nahm den Becher, der auf der kleinen Truhe neben dem Bett stand.
Die Truhe hatte Leevke liebevoll abgebeizt, bemalt und mit Tausenden von Spiegelscherben, Keramikfliesensplittern und Stoffblumen beklebt. Eine wilde Mischung, aber äußerst dekorativ. Langsam schlürfte ich den heißen Tee, der meinen Magen angenehm wärmte.
Er schmeckte köstlich, fruchtig und ein wenig herb.
»Ehrlich gesagt habe ich schon mal besser geschlafen«, krächzte ich. Auch meine Stimme musste sich mit dem neuen Tag vertraut machen. »Kup Sin war eine echte Nervensäge, du solltest ihn mal zum Psychologen schicken! Was ist das übrigens für eine Teesorte? Die schmeckt ja himmlisch.«
Leevke streichelte Patchouli und grinste.
»Ich traue mich kaum, es zu sagen, aber das ist eine Grünteemischung aus Oevenum namens Nis Puk. Chinesischer Sencha mit Erdbeeren, Ananas, Äpfeln, Birnen, Korinthen, Pfirsich und Sonnenblumenblüten.«
Oh nein! Musste denn bei Leevke alles einen mystischen Touch haben, sogar der Tee?
»Ich weiß genau, was du jetzt denkst«, sagte sie schmunzelnd und trank ebenfalls einen Schluck. »Glaub mir, das ist reiner Zufall. Ich liebe diese Mischung, völlig unabhängig davon, wie sie heißt. Aber ich verspreche dir, ich rede nachher ein ernstes Wort mit Kup Sin, damit er dich in den nächsten Nächten in

Ruhe lässt. Schließlich sollst du dich hier wohl fühlen. So, jetzt muss ich wieder nach unten, denn wegen des Biikebrennens sind einige Touristen auf die Insel gekommen – und das muss ich natürlich nutzen. Ich hab dir in der Küche alles hingestellt. Frühstücke erst mal, und komm in Ruhe an. Heute Abend wird es sicher spät, also ist es besser, wenn du fit bist.«

Mit diesen Worten verließ sie das Gästezimmer, gefolgt von Patchouli.

Ich genoss es, noch einen Moment ungestört im Bett zu sitzen und zu wissen, dass ich endlich wieder am Ort meiner Sehnsucht war. Oldsum und Nieblum trennten nur wenige Kilometer.

Und ich war Frederick noch näher, falls er heute in der Kerzenwerkstatt arbeitete …

Gedankenverloren schaute ich aus dem Fenster und traute meinen Augen kaum: Draußen fielen mit einem Mal dicke weiße Schneeflocken. Erst jetzt fiel mir auf, dass es im Zimmer relativ kühl war. Ich musste unbedingt heiß duschen.

An diesem Abend nahm ich das erste Mal in meinem Leben an einem Biikebrennen teil. Schon seit Wochen sammelten die Inselkinder alles, damit das Feuer *ihres* Dorfs das größte und schönste auf Föhr wurde. Wie Leevke mir erzählt hatte, steuerten Gärtner ihre Abfälle bei, jeder, der Bäume oder Hecken besaß, beschnitt sie am Vorabend des großen Ereignisses. Seit Jahrhunderten herrschte eine Art Wettstreit zwischen den Dörfern, und man musste seinen Biike-Haufen gut bewachen, wenn man verhindern wollte, dass er geplündert oder zu früh in Brand gesteckt wurde. Uralte Traditionen, die auf den nordfriesischen Inseln immer noch hochgehalten wurden.

Bei diesem Fest zur Vertreibung der Wintergeister und Verabschiedung der Seefahrer war es in der Vergangenheit nach den langen, bitterkalten Wintern nicht selten zu handgreiflichen Auseinandersetzungen zwischen den Bewohnern gekommen, die gelegentlich sogar tödlich endeten. Der Sage nach trugen die Frauen damals vorsorglich Leichensäcke bei sich, um die Verstorbenen später darin zu ihrer letzten Ruhestätte bringen zu können – eine gruselige Vorstellung! »Aber keine Sorge, mehr als ein blaues Auge fängt sich jetzt keiner mehr ein«, sagte Leevke lachend, als ich Zweifel daran bekundete, ob wir wirklich zu diesem Fest gehen sollten. »Heutzutage trifft man sich mit Leuten, die man den langen Winter über kaum zu Gesicht bekommen hat, und feiert mit ihnen, dass bald der Frühling kommt.« Bevor wir losfuhren, überlegte ich lange, was ich anziehen sollte. Auch wenn es am Feuer warm werden würde, war es wohl besser, sich mit Stiefeln, Mütze und Handschuhen auszurüsten. Zum Glück herrschte trockenes Wetter, eine wunderbare Voraussetzung für eine gelungene Biike. Wer hatte schon Lust, sich den ganzen Abend in einer Schlammkuhle die Beine in den Bauch zu stehen?

»Na? Startklar?«, fragte Leevke, als ich die Treppe hinunter in den Laden kam. Ich hatte so viel übereinandergezogen, dass ich mich wie eine bewegungsunfähige Mumie fühlte.

»Ich denke schon«, antwortete ich und schlüpfte kurz darauf ein wenig ungelenk auf den Beifahrersitz ihres VW-Bullis. »Willst du ein bestimmtes Feuer sehen?«, fragte Leevke. Auf der Insel hatte nämlich jedes Feuer seinen eigenen Charakter. »Solltest du keinen besonderen Wert auf die Biike-Ansprache unseres Landrates legen«, fuhr sie fort, »würde ich vorschlagen, dass wir einfach über die Insel fahren und da anhalten, wo es uns am besten gefällt. Einige Feuer sind sehr touristisch, mit Würstchenbuden, Glühweinständen und allem Drum und Dran. Lass uns lieber dorthin gehen, wo es familiärer und ursprünglicher zugeht. Allerdings kann ich dir jetzt schon sagen, dass ich keine Ahnung habe, ob wir Frederick über den Weg laufen werden.« Sie startete den Motor. Im Auto war es eiskalt.

»Alles klar, wie du willst. Ich nehme die Dinge, wie sie kommen«, antwortete ich, obwohl ich nichts gegen einen wärmenden Glühwein einzuwenden gehabt hätte und liebend gern dem Mann in die Arme gelaufen wäre, nach dem ich mich so sehr sehnte. Doch ich wollte ein solches Zusammentreffen dem Schicksal überlassen. Ein kleiner Test, von dem ich gespannt war, ob er funktionieren würde.

Während wir schweigend über die Landstraße fuhren, betrachtete ich die vielen Feuer, die bereits lichterloh brannten. Ihr warmer Schein verbreitete eine festliche Stimmung. Offizieller Start des Spektakels war um neunzehn Uhr gewesen, als die Feuerwehr, statt den üblichen Befehl »Wasser marsch!« auszuführen, die Biike-Feuer in Brand setzte. Mittlerweile war es kurz nach acht, wir hatten den Startschuss also verpasst. Nachdem wir Nieblum hinter uns gelassen hatten, näherten wir uns dem Dörfchen Borgsum. »Dahinten könnte es ganz schön sein«, erklärte Leevke und hielt spontan am dunklen Straßenrand. Hier waren Straßenlaternen eine Seltenheit, im Gegensatz zu einer Großstadt wie Hamburg.

Leevke ließ wie immer den Schlüssel im Wagen stecken, ich beneidete sie um ihr Gottvertrauen. In Hamburg wäre das eine Einladung zum Diebstahl gewesen! Neugierig folgte ich ihr auf das abgeerntete Maisfeld und hatte Mühe, in der Dunkelheit nicht über die zugefrorenen Ackerfurchen zu stolpern. Je näher wir dem Feuer kamen, desto heller wurde es. Erfreut bestaunte ich die vielen Strohballen, die ringsherum plaziert worden waren. Dicht dahinter parkten einige Traktoren und zwei Pick-ups (mir blieb kurz das Herz stehen, weil ich an Fredericks Wagen dachte), mit denen das Stroh hierhergebracht worden war. Hunde rannten aufgeregt schwanzwedelnd und fröhlich bellend herum, überall war Gelächter und gutgelauntes Stimmengewirr zu hören.

»Sind die nicht goldig?«, fragte Leevke und deutete auf drei kleine Mädchen, die dick eingemummelt und mit buntgestreiften Bommelmützen auf dem Kopf neben dem großen Feuer ihr eigenes Biike-Feuerchen machten. Mit geschnitzten Holzstöckchen stocherten sie in der Glut und versuchten es anzuheizen.

»Ja, wirklich zauberhaft«, stimmte ich ihr zu und sah erst jetzt, dass sie nicht die einzigen waren. Rundherum standen Kinder um zahllose kleine Feuer. Allmählich erhitzte sich mein Gesicht, weil ich so nah an den lodernden Flammen war.

»Wo feiern denn Cäthe und Gesche normalerweise?«, fragte ich Leevke, die hier keinen zu kennen schien.

»Du meinst, wo feiern Frederick und Niklas?«, entgegnete Leevke grinsend. »Soweit ich weiß, kommen Niklas und sein Freund Lasse später. Die machen meist so eine Art Biike-Hopping und schauen überall mal vorbei, wo sie Leute kennen – und das sind hier nicht gerade wenige, wie du dir vorstellen kannst. Ob Frederick dabei sein wird … Du weißt ja, was er von Festivitäten dieser Art hält.«

Ja, das wusste ich – leider!

Allerdings kam ich nicht dazu, weiter über Frederick nachzudenken, weil plötzlich ein älteres, sympathisches Paar auf uns zukam und Leevke in einer unverständlichen Sprache anredete. Zunächst wirkte sie etwas überrascht, gab aber dann beiden einen Begrüßungskuss.

Dann wandte sie sich zu mir um und sagte:

»Felicitas, das sind meine Eltern. Und falls du uns gerade nicht verstanden hast, wir haben Fering miteinander gesprochen, das Föhrer Friesisch.«

Als ich Leevkes Eltern die Hand gab, entdeckte ich mit einem Mal – im Schein des lodernden Feuers – das Gesicht, das ich mir so oft in meinen Träumen herbeigesehnt hatte.

Dicht gefolgt von Niklas und Lasse, steuerte Frederick genau auf mich zu.
Meine Knie wurden augenblicklich weich, mein Mund trocken.
»Felicitas, was machst du denn hier?«, fragte er verblüfft und starrte mich an.
»Hey, freut mich, dass du uns wieder besuchst«, sagte Niklas, strahlend wie eh und je, und umarmte mich herzlich.
»Warum hat Leevke denn keinen Ton darüber gesagt, dass du hier bist? Geht's dir gut? Und wie lange bleibst du?«
»Genau dasselbe wollte ich dich auch gerade fragen«, meldete sich Frederick zu Wort. Er verriet mit keiner Miene, ob er sich freute, mich zu sehen. Also antwortete ich ebenfalls so neutral wie möglich: »Mir geht's ganz gut, danke. Ich wollte mir dieses Spektakel unbedingt mal live und in Farbe anschauen. Wie lange ich auf Föhr bleibe, hängt allerdings davon ab, wie lange Leevke mich erträgt. Eine Woche aber bestimmt …«
Ich meinte, ein kurzes Aufflackern in Fredericks Augen zu bemerken, doch das konnte natürlich auch an dem Widerschein der Flammen liegen. Das Feuer spuckte kleine Flämmchen in die sternklare Winternacht, so dass es aussah, als würden Millionen kleiner Glühwürmchen in den Himmel fliegen.
»Ach was, Leevke freut sich doch über deine Gesellschaft«, sagte Niklas, und Lasse nickte zustimmend. »Für so einen lebhaften Menschen wie sie sind diese langen, dunklen Winter eine Qual. Sie kann froh sein, dass sie in dir eine so gute Freundin gefunden hat.«
Tief in mir regte sich plötzlich das Gefühl, dass der sympathische Niklas vermutlich doch besser zu Leevke passte, als sie – oder beide – es sich eingestehen wollten.
»Was ist mit mir?«, wollte Leevke wissen und winkte ihren Eltern hinterher, die offensichtlich genug vom Biike-Feuer hatten und zur Straße gingen.

»Nichts, nichts«, wiegelte Lasse ab. »Eigentlich wollten wir nur wissen, ob ihr Glühwein dabeihabt oder zumindest einen heißen Tee.«

»Und was bekomme ich dafür?«, fragte Leevke grinsend und zog eine riesige Thermoskanne und quietschbunte Plastikbecher aus ihrem Leinenbeutel.

Frederick stand ein wenig abseits und tat so, als hätte er mit alledem gar nichts zu tun und sei nicht ganz freiwillig hier. Sollte ich darauf warten, bis er mich direkt ansprach, oder lieber selbst die Initiative ergreifen? Ich entschied mich zu handeln, auf solch eine Chance hatte ich ja schließlich gewartet.

Also ließ ich Leevke, Niklas und Lasse stehen und ging zu Frederick. Ich hatte das Gefühl, mich an ein scheues Tier heranzupirschen, und musste so sensibel wie möglich vorgehen.

»Na, wie läuft's bei dir?«, fragte ich und trat von einem Fuß auf den anderen. Es war so verdammt kalt, und ich würde mich vermutlich bald in einen Eiszapfen verwandeln.

»So weit alles okay«, antwortete Frederick und lächelte zu meinem Erstaunen, was mich ermutigte, mich weiter vorzuwagen.

»Oh Mann, ich friere hier gleich fest. Möchtest du eigentlich noch hierbleiben? Ich würde mir nämlich gern auch die Feuer von Amrum anschauen.«

Einen Augenblick schaute Frederick mich schweigend an. Wie immer war es schwer zu erahnen, was gerade in ihm vorging. Mir wurde von Sekunde zu Sekunde kälter, und mich überfiel plötzlich eine unbestimmte Angst, dass ich mich zu weit aus dem Fenster gelehnt hatte, dass es ein Fehler gewesen war, überhaupt hierherzukommen.

Gerade als ich so etwas sagen wollte wie: »Ach was, vergiss es schnell wieder«, entgegnete Frederick:

»An sich hätte ich nichts dagegen. Aber ich habe eine noch viel bessere Idee: Was hältst du davon, wenn wir zur Lembecksburg gehen, von dort hat man einen sensationellen Ausblick, und es ist nicht so trubelig wie hier. Du weißt ja, ich hab es nicht so mit Menschenmassen.«

Mir wurde schlagartig wärmer.

Ob das am wärmenden Feuer oder an Fredericks Vorschlag lag, ich wusste es nicht.

Und natürlich wollte ich nichts lieber, als mit Frederick allein zu sein. Doch was würde Leevke dazu sagen? Eigentlich wollten wir gemeinsam feiern.

Doch sie reagierte so lässig wie immer, wie eine echte Freundin: »Na geh schon und amüsier dich. Du hast ja einen eigenen Schlüssel, für den Fall, dass es spät wird.«

Keine fünf Minuten später saß ich neben Frederick im Auto und konnte mein Glück kaum fassen.

27. *Kapitel*

Der zehn Meter hohe, mit Gras bewachsene Ringwall am Rand von Borgsum war in helles Mondlicht getaucht.

»Nicht so hoch wie die Alpen, aber für Föhringer Verhältnisse schon ganz beachtlich«, sagte Frederick schmunzelnd, während ich staunend vor der Burgruine stand. »Und? Willst du den Aufstieg wagen? Gut, dass du einigermaßen vernünftige Schuhe anhast.«

»Na, das sollte zu schaffen sein«, entgegnete ich, setzte aber dennoch vorsichtig einen Fuß vor den anderen. Der Boden war streckenweise vereist, und es war trotz des Mondscheins ziemlich dunkel. Frederick ging dicht neben mir und versprach, mich notfalls aufzufangen, sollte ich ins Taumeln geraten.

Oben angekommen, hielt ich einen Moment lang die Luft an. Uns bot sich ein atemberaubender Anblick. So weit das Auge reichte, loderten ringsherum die Feuer von Sylt und Amrum! Sofort kam mir der Song *Ring Of Fire* in den Sinn.

Obwohl es an ein Wunder grenzte, waren wir tatsächlich die Einzigen, die sich auf die Lembecksburg verirrt hatten. Vermutlich war es den anderen zu kalt und einsam, so ganz ohne Feuer und Budenzauber.

»Das ist ja traumhaft schön hier. Scheint, als würden die nordfriesischen Inseln einander warme Grüße schicken«, sagte ich, als ich meine Sprache wiedergefunden hatte. »Ein eindrucksvoller Brauch, der deutlich macht, wie wertvoll es ist, Traditionen zu bewahren und an die nachfolgenden Generationen weiterzugeben.«

Frederick lachte kurz auf.

»Tut mir leid, aber das stellst du dir alles ein bisschen zu romantisch vor. Ich bringe dein Weltbild äußerst ungern ins Wanken, aber in Wahrheit besuchen fast nur noch die Touristen oder Familien mit kleinen Kindern das Biikebrennen. Der Jugend ist das zu uncool, und die Alten bleiben meist zu Hause, weil es ihnen zu kalt ist oder sie ein Problem damit haben, dass ein alter Brauch allmählich zur Urlaubsattraktion verkommt und kommerziell ausgeschlachtet wird.«

»Ach so, deshalb hältst du dich wahrscheinlich normalerweise von solchen Festen fern, hab ich recht?«, fragte ich. »Aber wieso hast du diesmal eine Ausnahme gemacht? Hat Niklas dich mit vorgehaltener Pistole dazu gezwungen?«

Frederick lachte.

»Nicht direkt gezwungen, aber so ähnlich. Doch genießen wir lieber dieses Schauspiel. Schau mal, der Funkenregen sieht von hier aus wie ein Meer Sternschnuppen. Du könntest dir also etwas wünschen …«

Verzückt schloss ich die Augen und schickte den Wunsch zum Himmel, dass Frederick sich auf der Stelle in mich verlieben möge. Mein Traum sollte endlich in Erfüllung gehen!

Keine Ahnung, wie lange wir wortlos nebeneinandergestanden hatten, doch mir wurde plötzlich furchtbar kalt.

Meine Füße waren trotz dicker Thermosocken zu Eisklumpen geworden. Meine Lippen platzten bereits auf, und meine Nase lief. Frederick schien es ähnlich zu gehen.

»Wollen wir los?«, fragte er und schlug ein paar Mal die Arme um den Oberkörper. »Mir wird allmählich kalt, und ich habe Hunger. Bist du denn schon zum Grünkohlessen verabredet, oder kann ich dich überreden, mich zu begleiten?«

Oh, kaum zu glauben! Dieser Abend entwickelte sich tausendmal besser, als ich es mir in meinen kühnsten Träumen hätte ausmalen können.

»Nein, ich habe nichts weiter vor. Und ich könnte jetzt auch etwas zum Essen und Aufwärmen gebrauchen. Wie war das noch mal? Trinkt ihr Friesen nicht Unmengen an Schnaps zum Grünkohl?«
Frederick lächelte erfreut.
»*Friesengeist* ist ein *Kann,* aber kein *Muss*. Ich persönlich bin allerdings schon nach einem einzigen Glas total hinüber, außerdem muss ich noch fahren. Aber du kannst trinken bis zum Umfallen. Wir könnten in die Deel in Nieblum gehen. Dann wären wir auch gleich in der Nähe von Leevkes Wohnung, falls du nachher zu viel Schnaps intus hast.«
»Ich kenne das Restaurant nicht, lasse mich jedoch gern überraschen. Vielleicht haben die dort ja auch eine Badewanne, in die ich mich zum Auftauen legen kann«, antwortete ich voller Vorfreude, auch den Rest des Abends mit Frederick zusammen zu verbringen, und beobachtete vergnügt, wie mein Atem kleine Wölkchen bildete.
Keine Viertelstunde später parkten wir vor dem reetgedeckten Haus mit dem für Friesland untypischen, terrakottafarbenen Anstrich am Ortsausgang von Nieblum.
An der Wand hing ein hell erleuchteter Stern, und vor dem Eingang stand ein runder Holztisch mit einer Laterne und mit Heidekraut bepflanzten Tontöpfen. Wie in der Pension Ogge lehnte an der Wand ein Wagenrad.
Bestens gelaunt trat ich mit Frederick ein, der sofort namentlich begrüßt wurde.
Das Restaurant war mehr als gut besucht, doch wir fanden einen letzten freien Tisch für zwei Personen in der Nähe der Bar. Fasziniert bestaunte ich die schweren Dachbalken und die hübsche Galerie mit ihrem aufwendig gearbeiteten Holzgeländer.
»Die meisten Holzarbeiten hier habe ich übrigens gemacht«, sagte Frederick und öffnete die Speisekarte.

»Wie, hast du gemacht?«, fragte ich verwirrt und schaute mich erneut um.

»Ich bin eigentlich gelernter Tischler und habe auf der Insel recht viel um- oder ausgebaut. So wie die Mühle, in der ich wohne. Die hättest du mal in ihrem ursprünglichen Zustand sehen sollen …«

Mir fiel vor Überraschung die Kinnlade herunter.

»Mühle? Jetzt sag bitte nicht, dass du von der in Oldsum sprichst?!«

»Doch, genau die meine ich. Wusstest du das nicht?«

Ich schüttelte den Kopf, während Gänsehaut zuerst meine Arme und dann meine Schultern überzog. Frederick meinte doch tatsächlich die wunderschöne Mühle am Rande von Oldsum, vor der ich im Sommer gestanden und mir vorgestellt hatte, dort zu leben.

»Nein, woher hätte ich das wissen sollen? Du hast nur gesagt, dass du in Oldsum wohnst. Du bist ja nicht unbedingt der gesprächigste Mensch.«

Frederick nickte grinsend.

»Eins zu null für dich, Felicitas. Also: Was würdest du noch gern von mir wissen, von meinem Wohnort einmal abgesehen? Du hast jetzt die einmalige Chance, mich auszuquetschen.«

»Wenn das so ist, bestelle ich erst einmal einen *Friesengeist* für uns beide«, sagte ich zur Kellnerin, die zu uns an den Tisch gekommen war. Und zu Frederick gewandt: »Ich werde die Gunst der Stunde nutzen und dich betrunken machen. Dann musst du dir eben nachher ein Taxi nach Hause nehmen, und ich gehe zu Fuß. Eine Frage beschäftigt mich nämlich seit meiner Abreise von Föhr.«

Mein Herz pochte vor Aufregung.

Doch nun gab es kein Zurück mehr! Ich hatte nur diese eine Chance, um ein für alle Mal alle Missverständnisse zwischen uns auszuräumen.

»Du hast es so gewollt«, begann ich zögerlich. »Wieso hast du dich überhaupt mit mir verabredet? Du hast doch von Anfang an gewusst, dass du den Kontakt zu mir nicht aufrechterhalten würdest, wenn ich zurück in Hamburg bin.«

So – nun war es raus!

Einen Moment kam es mir so vor, als säßen wir beide auf einer Drehscheibe mitten im Restaurant, die plötzlich stillstand – und mit ihr die ganze Welt um uns herum.

Erst als Frederick sich verlegen räusperte und antwortete, begann die Scheibe, sich wieder zu drehen.

»Oha, du gehst ja gleich in die Vollen! Aber ich habe es ja selbst provoziert, also muss ich da wohl durch und zu meinem Wort stehen.«

Ich nickte und war heilfroh, dass die Kellnerin gerade die Getränke servierte.

Frederick schien sich ebenfalls nicht wohl in seiner Haut zu fühlen und lächelte unsicher.

»Also, ich versuche mich so verständlich wie möglich auszudrücken. Als wir uns das erste Mal in meiner Werkstatt begegnet sind, war ich einfach sauer, weil ich meine Ruhe haben wollte. Doch zugleich habe ich mich geschmeichelt gefühlt, weil du meine Wachsskulpturen mochtest, das gebe ich ehrlich zu.

Die meisten Leute kommen nämlich nur in den Laden, um mit ihren Kindern Kerzen zu ziehen, und interessieren sich nicht für meine Kunst. Das war bei dir anders, du bist sehr feinsinnig, hast dich für den Engel begeistert. Ich war echt froh, dass endlich mal jemand Interesse an meiner Arbeit hat. Nicht viele Föhringer teilen meine Leidenschaft, auch wenn in Oldsum natürlich einige begabte Künstler leben. Aber du weißt ja, wie es ist: Man kennt sich lange – und irgendwann wird alles selbstverständlich. Ich habe mich sehr wohl in deiner Gegenwart ge-

fühlt und irgendwie … so gesehen … wenn du verstehst, was ich meine.«
Ich nickte nachdenklich. Doch, ich verstand.
Ich verstand sogar sehr gut!
»Irgendwann wurde mir allerdings klar, dass ich aufpassen muss, mich nicht zu sehr an das Zusammensein mit dir zu gewöhnen, weil du ja nur wegen des Jobs auf Föhr warst. Und da hab ich innerlich die Notbremse gezogen. Erst recht, als diese Sache mit Lucas passierte und du im Begriff warst, von heute auf morgen aus meinem Leben zu verschwinden.«
Ich hatte einen dicken Kloß im Hals, so sehr berührten mich Fredericks Worte. Und ich hatte große Mühe, an mich zu halten, am liebsten wäre ich noch ein Stückchen näher gerückt und hätte mich an ihn geschmiegt.
»Aber du bist so liebenswert, so zauberhaft und hübsch, dass es mir nicht gerade leichtfiel, nicht mehr an dich zu denken, als du weg warst.«
Frederick trank noch einen Schluck *Friesengeist,* ich tat es ihm nach.
»Und ehrlich gesagt, fällt es mir jetzt alles andere als leicht, die Finger von dir zu lassen. Als du vorhin so unerwartet vor mir standst, dein Gesicht so strahlend, dachte ich zunächst, ich hätte eine Erscheinung. Doch nun bist du wirklich hier. Hier neben mir …«
Mir wurde schwindelig, als ich begriff, was Frederick mir damit sagen wollte. Das Nächste, was ich hörte, war:
»Ach, was soll's!«
Dann spürte ich plötzlich seine Lippen auf meinen und glaubte, im Himmel zu sein …

28. Kapitel

Samstag, 22. Februar

Als ich Samstagvormittag aufstand, um ins Badezimmer zu gehen, war es still in Leevkes Wohnung.

Kup Sin hatte entweder Mitleid mit mir gehabt oder war anderweitig beschäftigt gewesen, so dass die Nacht – zumindest in dieser Hinsicht – ruhig verlaufen war.

Die Tür zu Leevkes Schlafzimmer war nur angelehnt, und ich öffnete sie leise und spähte hinein. Im Halbdunkel erkannte ich ein Meer blonder Locken. Leevke schlief tief und fest und hatte wohl beschlossen, heute den Laden Laden sein zu lassen. *Sehr gut!*

Behutsam tappte ich auf meinen Wollsocken in die Küche und fütterte Patchouli, die sich freudig maunzend auf mich stürzte. Ich gab ihr Trockenfutter und eine Schale frisches Wasser.

Gestern Nacht war es spät geworden, und ich hatte eindeutig zu viel getrunken, genau wie Frederick, der tatsächlich mit dem Taxi zurück zur Mühle gefahren war.

»Oh, mein Gott, du bist schon aktiv«, hörte ich eine krächzende Stimme. Erschrocken fuhr ich zusammen. Ich war so sehr in Gedanken versunken gewesen, dass ich Leevke nicht bemerkt hatte, die nun neben mir stand und herzhaft gähnte. »Wie spät ist es denn eigentlich?«

»Zwanzig nach elf«, antwortete ich und amüsierte mich, dass Leevke sich weder abgeschminkt noch richtig ausgezogen hatte. Im Grunde sah sie so aus wie gestern Abend, als wir losgefah-

ren waren, nur ohne Daunenjacke und Pudelmütze und mit verschmiertem Make-up. Ihre bunten, selbstgestrickten Handschuhe trug sie allerdings noch.
»Ach, du Schreck«, stieß Leevke aus und begann hektisch, die Kaffeemaschine in Gang zu setzen. »Ich hab verschlafen, so ein Mist!« Vor lauter Aufregung verschüttete sie einen Teil des Kaffeepulvers, das ich sofort wegwischte.
»Ach was, mach dir mal keinen Kopf! Die Leute liegen doch alle noch verkatert in den Federn und erholen sich«, versuchte ich sie zu beruhigen. »Wenn du willst, hänge ich gleich einen Zettel mit der Öffnungszeit an die Tür. Wie wäre es mit dreizehn Uhr? Dann hätten wir Zeit für ein gemütliches Frühstück und könnten in Ruhe quatschen.«
»Gute Idee«, murmelte Leevke und begann, den Tisch zu decken. »Oder schreib besser gleich vierzehn Uhr. Ich will nämlich jedes Detail über deinen Abend mit Frederick wissen.«
»Ja, ich ahnte so was«, antwortete ich grinsend und nahm mir einen Zettel von Leevkes Notizblock. Erst dann fiel mir auf, dass ich noch meinen Bademantel anhatte.
Egal! Mich würde schon keiner sehen.
In der Tat befestigte ich unbemerkt den Zettel an der Eingangstür der Buchhandlung. Nun konnte der entspannte Teil des Vormittags beginnen. Je länger ich Leevke kannte, desto wohler fühlte ich mich in ihrer Gegenwart.
Ihre Wohnung war innerhalb kürzester Zeit zu meinem zweiten Zuhause geworden.
»Also, schieß los«, forderte Leevke mich auf und schenkte uns beiden einen großen Becher Kaffee ein. »Wie war's?«
»Dummerweise kann ich dir das leider gar nicht so genau sagen«, probierte ich, meine wirren Gefühle in Worte zu fassen. »Es war natürlich unheimlich aufregend, Frederick nach der langen Zeit wiederzusehen, und ihm ging es anscheinend ge-

nauso. Aber er beharrt auf seinem Standpunkt. Also ist im Grunde alles beim Alten, außer …«

Leevkes Augen leuchteten auf. »Ja, ich höre …«

Ich fuhr mit der Zunge sanft über meine Lippen, in Erinnerung an Fredericks Kuss.

An den einzigen, den ich vermutlich je von ihm bekommen würde.

»Nun spann mich nicht so auf die Folter, Felicitas«, schimpfte Leevke und umklammerte ihren Becher.

Die Handschuhe lagen mittlerweile auf dem Boden.

»Wir haben uns geküsst«, stieß ich hervor, wobei sich bei mir das Gefühl einstellte, mit dieser banalen Aussage den Zauber der vergangenen Nacht zu zerstören. Die Lembecksburg, der Funkenregen, der Vollmond …

»Aber wir haben nur diesen einen Kuss ausgetauscht, weiter nichts. Wie gesagt, Frederick hält an seinem Standpunkt fest und will keine Fernbeziehung. Und soll ich etwa alles aufgeben und hierherziehen? Wie soll das denn funktionieren? Wovon soll ich leben, wo soll ich wohnen? Und außerdem hab ich gar keine Möglichkeit, ihn näher kennenzulernen, um überhaupt in der Lage zu sein, eine solch schwerwiegende Entscheidung zu treffen.«

Kaum hatte ich diese Worte ausgesprochen, wurde mir klar, dass ich natürlich bereit war, alles hinter mir zu lassen, um mit dem Mann zusammen zu sein, der seit einem halben Jahr meine Gedanken, Gefühle und mein Handeln bestimmte. Hätte mir zuvor jemand gesagt, dass mir so etwas passieren würde, hätte ich ihn für verrückt erklärt.

Mich nach dem Drama mit Julian und Viola abermals jemandem so auszuliefern entsprach wahrlich nicht meiner Vorstellung von Glück. Und gelernt hatte ich offenbar auch nicht viel! Doch Leevke sah die Dinge anders.

»Ich habe eine Idee: Komm auf die Insel, und lebe einfach eine Weile hier. Du weißt, ich habe Platz genug. Und musst du nicht sowieso dein Drehbuch schreiben? Das kannst du doch genauso gut auf Föhr tun«, sagte sie, als sei es das Normalste auf der Welt, sein bisheriges Leben von heute auf morgen einfach umzukrempeln. »Wie wäre es denn vielleicht sogar mit einem Wohnungstausch? Ich würde liebend gern ein paar Monate in Hamburg leben. Ich fühle mich wohl dort und könnte wirklich einen längeren Tapetenwechsel brauchen.«

Ich verschluckte mich an meinem Kaffee und musste husten.

»Ist das dein Ernst?«, fragte ich, als ich meine Stimme wiedergefunden hatte.

Die Idee hatte durchaus ihren Reiz.

»Na klar ist das mein Ernst«, antwortete Leevke, ihre Augen blitzten. Doch im nächsten Augenblick zog sie einen Flunsch. »Allerdings habe ich in meinem Überschwang eine winzige Kleinigkeit vergessen: den Laden. Der muss auf alle Fälle weiterlaufen, denn ich bin ja auf die Einnahmen angewiesen.«

Betreten schwiegen wir eine Weile.

Auch Patchouli gab keinen Mucks von sich und saß so reglos wie eine Statue auf dem Fensterbrett. Es wäre einfach zu schön gewesen, um wahr zu sein.

»Ist es denn sehr schwer, den Laden zu führen?«, hörte ich mich zu meiner Überraschung fragen.

Leevkes Gesicht erhellte sich.

»Nein. Im Grunde musst du nur präsent sein, wissen, wie die die Kasse und das EC-Gerät funktionieren, und ab und zu ein Geschenk einpacken. Alles andere würde ich organisieren. Außerdem wäre ich ja nicht aus der Welt. Wozu gibt es schließlich Telefone?!«

Wild wirbelten die Gedanken durch meinen Kopf.

Vielleicht ließ sich das ja machen.

Ich hatte augenblicklich keinen neuen Filmvertrag und musste in Ruhe schreiben, was ich bestimmt mit der Arbeit im Laden vereinbaren konnte. Währenddessen machte Leevke Hamburg auf den Kopf unsicher, und Frederick und ich bekamen die Chance, uns näherzukommen und unsere Gefühle auszuloten. Tim hatte Leevke auf Anhieb sympathisch gefunden und war eh die meiste Zeit bei Nic. Ich glaubte nicht, dass es ihm etwas ausmachen würde, für eine Weile mit ihr zusammenzuwohnen. Außerdem konnte er mich dann auf Föhr besuchen, wenn er mal freihatte.

»Du weißt aber schon, dass ich nicht den blassesten Schimmer von deinem Esoterikkram habe«, wandte ich ein, während mir das Herz vor lauter Aufregung bis zum Hals schlug. »Sobald mir jemand eine komplizierte Frage stellt, werde ich dich anrufen. Und Kup Sin musst du auch dazu bringen, dass er mich in Ruhe lässt. Am besten nimmst du ihn gleich mit nach Hamburg, dann kann er es sich bei uns auf dem Dachboden gemütlich machen. Puke lieben doch Dachböden.«

Leevke grinste. »Das würde ihm sicher gefallen. Im Gegensatz zu mir war er ja noch nie in Hamburg.«

Ich versuchte mir ein Leben auf Föhr ohne Leevke auszumalen. Dann hatte ich die Verantwortung für ihren Laden und den Umsatz – keine ganz leichte Aufgabe!

Aber wie war sie eigentlich dazu gekommen, *Träum weiter!* zu eröffnen? Auch über ihre Eltern, die ich beim Biikebrennen kurz gesehen hatte, wusste ich überhaupt nichts!

»Wie kommt es eigentlich, dass du dich mit Esoterik beschäftigst? Und wie lange machst du das schon?«, fragte ich neugierig. Leevke runzelte nachdenklich die Stirn.

»Wann das genau angefangen hat, kann ich dir nicht sagen, ich bin nicht so gut in diesen Dingen. Aber irgendwann nach meiner Ausbildung zur Hotelkauffrau in Hamburg hab ich gemerkt, dass dieser Beruf nicht mein Weg war, auch wenn meine Eltern sich sehnlich gewünscht haben, dass ich ihre Frühstückspension in Utersum übernehme.«

Verblüfft registrierte ich, dass ich im Grunde nicht besonders viel über Leevke wusste.

Ich hörte zum ersten Mal von ihrer Ausbildung, und die Pension ihrer Eltern hatte sie auch nie erwähnt.

»Du hast in Hamburg gelernt?«, fragte ich. »Wieso hast du denn noch nie was davon gesagt? In welchem Hotel denn?«

Leevke machte eine abwehrende Handbewegung.

»Für mich ist das alles so unwichtig, als wäre gar nicht *ich* diejenige gewesen, die Karriere in der Hotellerie machen wollte. Mittlerweile fühlt es sich wie ein anderes Leben an. Ich habe ganz klassisch im Vier Jahreszeiten gelernt und einen guten Abschluss gemacht.«

Ich schnappte nach Luft.

Einen Ausbildungsplatz in diesem Luxushotel an der Alster zu ergattern war in etwa so schwer, wie den Lotto-Jackpot zu knacken.

»Und wieso hast du nicht dort weitergearbeitet? Wolltest du lieber zurück nach Föhr?«

Leevke lachte. »Nein, nein. Damals kam ich mir hier so eingesperrt vor und konnte es kaum erwarten, endlich wegzukommen. Als Jugendliche ist das Leben auf einer Insel nicht einfach, zumindest wenn man – wie ich – anders ist und nicht unbedingt Lust auf Dorffeste oder Disco hat. Ich wollte so weit wie möglich weg. Deshalb auch das Hotelfach, weil es mir die Chance bot, die ganze Welt zu bereisen. Doch dann stellte ich fest, dass ich weder mit dem Druck noch mit den unregelmäßigen Arbeitszeiten zurechtkam, und habe mich nach etwas Neuem umgesehen.«

»Und das war dann die Esoterik«, mutmaßte ich.

»So ähnlich«, antwortete sie und lächelte vielsagend. »Zuerst las ich, wie viele in diesem Alter, Hesses *Siddharta* und bildete mir ein, ich müsse nach Indien, um mich dort erleuchten zu lassen und meine wahre Bestimmung zu finden. Doch dann erfuhr ich bei meinen Recherchen, dass Frauen in diesem Land nicht viel wert sind, was mich total abschreckte. Also suchte ich weiter und kam irgendwann über Umwege zum Thema Engel. Und von da zu Feen, Elfen und anderen magischen Wesen, die mich daran erinnerten, dass es in Nordfriesland nur so von diesen Naturgeistern wimmelt, was mich meiner Heimat ein gutes Stück näherbrachte. Meine Großmutter Beeke hatte mir als Kind viel von Kobolden und Klabautermännchen erzählt, von Naturgeistern, die sich auf Föhr herumtreiben, und ich konnte davon nie genug kriegen. Irgendwann haben meine Eltern ihr verboten, mich mit diesen Geschichten zu füttern, weil ich angeblich eine zu blühende Fantasie hatte, die es einzudämmen galt. In einer Frühstückspension sind eben keine spirituellen Fähigkeiten gefragt …«

Allmählich dämmerte mir, weshalb Leevke ihre Eltern bislang nicht erwähnt hatte. Anscheinend war es zwischen ihnen zu Differenzen gekommen.

»Nun mach nicht so ein Gesicht«, sagte Leevke und grinste. »Jetzt lebe ich ja wieder gern hier. Meine Eltern haben sich allmählich damit abgefunden, dass ich einen anderen Weg eingeschlagen habe als von ihnen vorgesehen. Und daran stirbt bekanntlich keiner!«

Ich dachte an Frederick, der als Ältester den elterlichen Bauernhof hätte übernehmen sollen.

In seinem Fall war jedoch seine Schwester Anne eingesprungen, wohingegen Leevke keine Geschwister hatte.

»Und was machen deine Eltern? Arbeiten sie immer noch?«

»Sie haben Angestellte und werden wohl über kurz oder lang

verkaufen. Die meisten Vermieter investieren seit einiger Zeit lieber in Ferienwohnungen, als Pensionen oder Hotels zu betreiben. Das ist weniger anstrengend und unterm Strich lukrativer. Wenn meine Eltern das Haus verkaufen, sind sie Millionäre, weil die Pension im Ortskern von Utersum steht. Man kann sie gut umbauen und für Touristen attraktiv machen. Du siehst also, alles halb so schlimm. So, jetzt muss ich aber den Laden öffnen, nicht dass die Leute umsonst draußen in der Kälte stehen und auf mich warten. Ich hoffe, du bist pünktlich, wenn du meinen Job übernimmst.«

Selbstverständlich konnte sich Leevke auf mich verlassen, ich war mir meiner Verantwortung bewusst.

Ein warmes Gefühl der Vorfreude durchströmte mich, und ich konnte es kaum erwarten, Frederick von meinen Plänen zu erzählen.

29. Kapitel

Sonntag, 23. Februar

Schneit es etwa?«, fragte ich, verwundert über die feine weiße Schicht, die sich wie ein flockiger Saum über die Wellen aus Sand gelegt hatte. Allerdings war nirgendwo sonst Schnee zu sehen.

Letzte Nacht hatte ich mich, aufgewühlt durch das Gespräch mit Leevke, schlaflos im Bett herumgewälzt. Doch nun, in der klaren Luft, ließ ich mich vom Wind durchpusten und bekam wieder einen freien Kopf.

Frederick und ich hatten uns an diesem klirrend kalten Sonntagnachmittag zu einem Spaziergang am Strand von Nieblum getroffen. Vom Ortskern zum Strand dauerte es zu Fuß knapp zwanzig Minuten.

»Das ist kein Schnee, sondern gefrorener Meerschaum«, erklärte Frederick. »Erinnert ein bisschen an Sorbet. Wunderhübsch, nicht wahr?«

Ich nickte. »Wie schön es hier ist. Bislang war ich nur am Südstrand in Wyk und wusste gar nicht, dass man auch hier baden kann.«

»Baden würde ich das nicht unbedingt nennen, eher plantschen«, antwortete Frederick schmunzelnd. »Obwohl Nieblum seit 1976 ein anerkanntes Seebad ist, finde ich die Bezeichnung ein bisschen hochgegriffen. Gerade hier fallen häufig weite Teile des Watts trocken, und du musst recht lange gehen, bis du Wasser findest. Für Kinder ein kleines Paradies, und für die Eltern

auch, weil das Baden natürlich ungefährlich ist. Aber echte Schwimmer sind in Wyk oder Utersum besser aufgehoben. In Utersum kann man zudem gemütlich zusehen, wie die Sonne hinter Sylt ins Wasser fällt. Das sollten wir auch mal machen.«
Begleitet von einem Schwarm Möwen und Seeschwalben, die über unseren Köpfen kreisten, gingen wir am Strand entlang. Ich war froh, dass Frederick dieses Mal den ersten Schritt gemacht und einen Spaziergang vorgeschlagen hatte.
Nach anfänglichem Small Talk trat eine verlegene Stille ein, die ich beinahe körperlich spürte. Einerseits waren wir uns bereits auf eine gewisse Weise vertraut, andererseits gab es da diese unsichtbare Barriere, die wir überwinden mussten, um herauszufinden, ob unsere zarte Freundschaft überhaupt eine Chance hatte.
Würde Frederick mich auf den Kuss ansprechen? Und wann war der beste Zeitpunkt, um ihm von meinem geplanten Wohnungstausch zu erzählen? Vielleicht lieber später, wenn er mir die Mühle zeigte.
»Hast du wirklich immer auf Föhr gelebt, oder bist du wie Leevke auch mal länger weg gewesen?«, wollte ich wissen, weil mir nichts Unverfänglicheres einfiel.
»Ich habe in Berlin Innenarchitektur studiert und danach eine ganze Weile in New York gelebt«, antwortete Frederick zu meiner großen Überraschung. »Dort habe ich mich als Gelegenheitsdekorateur, Tischler, Hausmeister und Mädchen für alles durchgeschlagen. Doch sosehr mir die Stadt auch gefiel, irgendwann wurde es mir dort zu hektisch, zu laut und zu unsicher. Ich vermisste die Stille, die Weite und heimatliche Geborgenheit. New York ist trotz aller Faszination ein Moloch, der dich verschlingt, wenn du nicht aufpasst. Das dort herrschende Tempo ist überhaupt nichts für mich.«
Diese Information musste ich erst einmal verdauen.

Ausgerechnet der Mann, der auf Föhr so verwurzelt zu sein schien, hatte in den USA gelebt?!
Wieso hatte er bislang kein Wort darüber verloren?
»Wie kommt man denn bitte von Föhr nach New York?«, fragte ich und spürte sogleich, wie überheblich meine Frage klang.
»Die Friesen haben von jeher eine enge Verbindung nach Amerika«, erwiderte Frederick ungerührt. »Bis 1864 gehörten wir zum Königreich Dänemark. Nach dem deutsch-dänischen Krieg fiel die Zuständigkeit Nordfrieslands und der Föhringer in die Hände Preußens, womit die freiheitsliebenden Insulaner überhaupt nicht einverstanden waren, auch nicht mit dem gesetzlich verordneten Militärdienst. Dazu kamen große wirtschaftliche Schwierigkeiten. Deshalb wanderten viele nach Amerika aus. Mein Onkel lebt in New York und hat mich in meiner Anfangszeit im Big Apple bei sich wohnen lassen. In den USA gibt es auch heute noch kleine friesische Gemeinden, kaum vorstellbar, nicht wahr?«
Erstaunt schüttelte ich den Kopf.
»Anscheinend zieht es die Menschen, die hier einmal gelebt haben, immer wieder zurück auf die Insel«, murmelte ich, mehr zu mir selbst. »Aber ich kann das gut verstehen, auch mir ist sie bereits sehr ans Herz gewachsen.«
»Nur die Insel?«, neckte Frederick mich und nahm auf einmal meine Hand. Ich spürte die Wärme, die seine Nähe erzeugte, sogar durch meinen dicken Handschuh.
»Nicht nur«, antwortete ich leise. »Übrigens, falls es dich interessiert: ich hätte die Möglichkeit, für längere Zeit hierzubleiben.«
Frederick blieb abrupt stehen.
»Wie das?«, fragte er ungläubig. »Hast du geerbt und kaufst dir hier ein Haus?«
»So ähnlich«, lachte ich, beglückt, dass ich die sensationelle Neuigkeit endlich losgeworden war. »Ich habe tatsächlich ge-

erbt, aber das Geld werde ich vermutlich für die Finanzierung meines zweiten beruflichen Standbeines brauchen. Nein, Leevke und ich wollen unsere Wohnungen tauschen. Sie zieht in mein WG-Zimmer in Hamburg und genießt für eine Weile das Stadtleben. Und ich vertrete sie im Laden und schreibe derweil an meinem Drehbuch. Wir haben zwar noch nicht genau festgelegt, wann, aber ich schätze, spätestens im Frühjahr.«

»Na, das ist ja vielleicht eine Überraschung«, antwortete Frederick und drückte meine Hand. »Aber hast du denn genug Muße, dich auf deine Arbeit zu konzentrieren, wenn du gleichzeitig den Laden schmeißen musst? Kreativität und künstlerische Arbeit brauchen doch Zeit, um sich in Ruhe entfalten zu können.«

Enttäuscht, dass Frederick sich mehr Gedanken über meinen Job zu machen schien, als sich zu freuen, dass wir bald mehr Zeit miteinander verbringen konnten, erwiderte ich:

»Leevke und ich haben bewusst den Zeitraum ins Auge gefasst, in dem auf Föhr nicht so viel los ist. Es wird eingeschränkte Öffnungszeiten geben, damit ich in Ruhe schreiben kann. Keine Sorge, ich bin schon erwachsen und weiß, was ich tue.«

»Daran habe ich auch keine Sekunde gezweifelt«, sagte Frederick lachend, hob mich auf einmal vom Boden hoch und wirbelte mich ein paar Mal im Kreis herum, bis wir beide prustend im kalten Sand landeten.

Doch das störte uns nicht.

Denn wir waren viel zu sehr damit beschäftigt, uns leidenschaftlich zu küssen.

»Du ahnst gar nicht, wie sehr ich mir gewünscht habe, dass du hierbleibst. Jeden Tag, jede Stunde, jede Minute«, flüsterte Frederick mir ins Ohr. »Aber komm, lass uns weitergehen, du erkältest dich sonst auf dem kühlen Boden. Außerdem würde ich dir gern endlich zeigen, wie ich lebe.«

Berauscht von Fredericks unerwartet zärtlichem Gefühlsausbruch, stand ich eine halbe Stunde später vor der Mühle. Endlich würde ich sie von innen sehen. Und zwar nicht als Tourist, sondern als persönlicher Gast des Besitzers!

»Hartelk welkimen in meinem Reich«, sagte Frederick lächelnd und schob mich durch die geöffnete Tür.

Staunend betrachtete ich die achteckige Konstruktion, von der aus man über eine Treppe in einen weiteren Raum gelangte. Ein Fenster zeigte nach Osten, das andere nach Westen.

»Von hier aus kannst du übrigens bis ganz nach oben schauen«, erklärte Frederick, nahm mich bei der Hand und positionierte mich so, dass ich einen unverstellten Blick bis an die Spitze der Mühle hatte. »Vom ersten Stock kommt man auch auf die Galerie, von der man eine gigantische Aussicht über die gesamte Insel hat, ähnlich wie von der Lembecksburg. Bevor ich dich aber hinaufführe, koche ich uns erst mal einen heißen Tee. Was möchtest du? Schwarz-, Früchte- oder grünen Tee? Oder hättest du lieber Kaffee? Heiße Schokolade?«

Ich entschied mich für grünen Tee, und während ich mich umsah, hantierte Frederick nebenan in der Küche.

Alles war geschmackvoll, klar und hell möbliert. Man sah an jedem Detail, dass Frederick ein Händchen für Inneneinrichtung hatte.

Alles wirkte gemütlich, ohne überladen zu sein. Auf dem weißlasierten Dielenboden lagen handgeknüpfte Teppiche in verschiedenen Erdtönen.

In einer Ecke stand ein dänischer Kaminofen, davor ein flacher Tisch mit zwei Lehnsesseln aus dunklem Leder, dekoriert mit beige-weiß gestreiften Kissen.

Gegenüber war eine Essecke, wo man im Schein einer antiken Hängelampe und eines wunderschönen, silbernen Kandelabers gemütlich essen konnte.

Ob Frederick kochte?
Als Frederick aus der Küche kam, deutete ich auf die Schrägen, die die bauliche Struktur der Mühle vorgaben.
»Hier gibt es ja keine echten Wände, kaum Platz, um etwas hinstellen zu können. Ist das Absicht?«
Frederick nickte.
»Ich habe ganz bewusst keine Wände eingezogen, um die Puke und Oterbaankin nicht zu verscheuchen, die seit über dreihundert Jahren hier leben. Als die ursprüngliche Bockwindmühle um 1900 wegen eines Blitzschlags abgebrannt ist, sind die Kobolde und Hausgeister einfach in diesen reetgedeckten Galerieholländer umgezogen. Hältst du mich jetzt für einen durchgeknallten Spinner?«
Ich dachte an Leevkes Kup Sin und schmunzelte.
Die beiden hatten großen Respekt vor den nordfriesischen Naturgeistern!
»Nein, wieso? Ganz im Gegenteil. Du scheinst ein Herz für Puke zu haben – und offenbar auch für Vögel.«
Ich deutete auf die einzige eingezogene, cremefarbene Wand hinter dem Kamin, an der unzählige kleinformatige Bilder hingen. Aquarelle, Ölbilder, Fotografien.
Sie hatten alle dasselbe Motiv, Vogelschwärme, und waren so gehängt, dass sie einen Schwarm in der typischen V-Formation bildeten. Sofort kamen mir die Briefe an *Zugvogel* in den Sinn.
»Warum hast du so viele Vogelbilder?«, fragte ich Frederick und nahm ihm das Tablett aus der Hand, auf dem zwei Tassen, Teller, Löffel, ein Kännchen frischer Sahne und eine Schale Kekse standen. »Sind es deine Lieblingstiere?«
Fredericks Gesicht verdunkelte sich eine Sekunde.
Dann goss er Wasser in eine dünnwandige Porzellankanne und stellte die Teeuhr.

»Ja und nein«, antwortete er in kryptischem Tonfall. »Natürlich mag ich Vögel, aber diese Bilder haben eine besondere Bedeutung für mich. Da du sie nun gesehen hast, ist es vielleicht besser, ich erzähle dir von Sophie.«

Mein Herz begann zu klopfen.

Sophie?! Wer war Sophie?

Nachdem der Tee fertig gezogen und Frederick den Ofen angezündet hatte, setzten wir uns in die beiden Sessel, mit Blick auf die Bilder. Ich wagte kaum zu atmen, aus Angst, was jetzt kommen würde.

Mit einem Mal hatte ich das ungute Gefühl, dass ich die Briefe auf dem Dachboden nicht ohne Grund gefunden hatte.

Doch konnte es wirklich eine Verbindung zwischen ihnen und Frederick geben?

Und wenn ja, welche?

»Sophie ist eine Frau, die ich sehr geliebt habe und, so schwer es mir auch fällt, es dir zu sagen, auf eine bestimmte Weise immer noch liebe. Aber ich möchte natürlich ehrlich zu dir sein, weil wir gerade am Anfang stehen und du wissen solltest, was ich fühle«, erklärte Frederick mit rauher Stimme. »Sophie kam 2006 nach Föhr, um Fotos für einen Bildband zu machen, und wir verliebten uns ineinander. Doch obwohl sie sehr viel für mich empfand, konnte sie sich nicht entscheiden, für immer hierzubleiben. Sie war rastlos, immer auf der Suche nach Abenteuern – ein echter Zugvogel eben.«

Einen Augenblick lang kam es mir so vor, als würde mir jemand den Boden unter den Füßen wegziehen, das Blut pochte in meinen Ohren.

Also war Sophie der *Zugvogel* in den Briefen, die ich gefunden hatte. *A* war demnach gar keine Frau, sondern ein Mann.

Genau genommen der Mann, in den ich mich Hals über Kopf verliebt hatte!

Doch wofür stand der Buchstabe *A*, und wieso stammten die Briefe aus Nieblum? Frederick lebte doch in Oldsum?!
Nein, dies musste ein Irrtum sein!
»Und wie … wie ging es dann mit euch weiter?«, brachte ich stotternd hervor.
Obwohl ich Frederick ansah, wie viel Mühe es ihm bereitete, darüber zu sprechen, antwortete er:
»Ich habe zuletzt alles auf eine Karte gesetzt und Sophie gebeten, meine Frau zu werden. In der Hoffnung, dass eine Ehe eine grundlegende Veränderung bei Sophie herbeiführen würde, dass sich ihre Rastlosigkeit verlieren würde. Doch sie wollte ihre Freiheit, also zog ich einen Schlussstrich. Ich hatte so lange alles nach ihren Bedürfnissen und Wünschen ausgerichtet und mein Leben hintangestellt, dass ich die Reißleine ziehen musste. Dass sie nicht bereit war, mich zu heiraten, war ein mehr als deutliches Signal, das ich nicht länger ignorieren konnte. Auch wenn unsere Beziehung schon zwei Jahre zurückliegt, tut es immer noch manchmal weh.«
So lange hatte ich Frederick noch nie am Stück reden hören. Aus jeder Silbe, jedem Wort sprach ein tiefer Schmerz, der mir das Herz zuschnürte.
Als Frederick mich fragend anschaute, senkte ich den Blick, weil ich die Vorstellung kaum ertrug, dass diese Frau nach wie vor eine so wichtige Rolle in seinem Leben spielte.
Wie kam ich gegen jemanden an, der so präsent war?
Meine Beziehung mit Julian lag immerhin deutlich länger zurück, und wir hatten nie vorgehabt zu heiraten.
Frederick hatte Sophie so sehr geliebt, dass er sich für den Rest seines Lebens an sie hatte binden wollen, und auch jetzt hingen die Vogelbilder an der Wand, als hegte er die stille Hoffnung, sie möge jeden Augenblick durch die Tür kommen und sagen, sie hätte es sich anders überlegt.

Wenn ich meine Haut retten wollte, musste ich auf der Stelle einen Rückzieher machen und Frederick aus meinem Leben streichen.
Ich durfte nicht zulassen, dass mir jemand ein zweites Mal das Herz aus dem Leib riss!

30. Kapitel

In der Nacht erwachte ich von einem Poltern. In meinen wirren Alpträumen hatten mich Vogelschwärme umkreist, und mich überkam eine Heidenangst, dass sie mir die Augen aushacken würden.
Auf das Poltern folgte ein Rascheln. Schweißgebadet richtete ich mich auf und versuchte, wieder zur Besinnung zu kommen. Verwirrt bemerkte ich kleine tanzende rötliche Punkte. Mal waren sie oben an der Decke, mal verschwanden sie unter meinem Bett. Dann schwebten sie wieder durch das Zimmer.
Mein Herzschlag beruhigte sich allmählich ein wenig. Keine aggressiven Vögel wollten mich in Hitchcock-Manier angreifen, sondern Leevkes nachtaktiver Hausgeist trieb mal wieder sein Unwesen.
»Kup Sin, leg dich schlafen. Ich hab jetzt keinen Nerv für deine Scherze, mir geht es nämlich ziemlich mies«, flüsterte ich ins Halbdunkel. Mondlicht fiel durch den Spalt der Vorhänge und warf einen goldgelben Strahl ins Zimmer.
Die Punkte blieben plötzlich, wo sie waren – direkt am Fußende meines Bettes. Oh nein, saß der Hausgeist etwa auf meiner Bettdecke?! So nah hatte er sich bislang nie an mich herangetraut. Oder ich hatte es nicht mitbekommen, weil ich fest geschlafen hatte.
Zum Glück hatte ich schon längst keine Angst mehr vor Leevkes Kup Sin.
Wieder dachte ich an Frederick und seine verhängnisvolle Liebe zu Sophie. Eifersucht plagte mich. Wieso hing er so an ihr!? Zudem hatte er die wunderschönen Briefe an *Zugvogel* verfasst, die keinen Zweifel an seiner Leidenschaft zuließen.

Warum musste das ausgerechnet mir passieren?
Bei unserem Abschied im Sommer hatte Frederick behauptet, dass er nie E-Mails, geschweige denn Briefe schreibe, bei Sophie jedoch hatte er offensichtlich eine große Ausnahme gemacht.
Ich bekam einen dicken Kloß im Hals, als ich an die große Sehnsucht und Liebe dachte, die aus jeder Zeile sprachen, und wünschte, ich hätte die Briefe nie gefunden.
Weil ich so geschockt war, hatte ich Frederick gegenüber nicht erwähnt, dass ich seine Briefe besaß.
Er, der sonst so gelassen wirkte, hatte sich mindestens genauso tief in eine ungesunde Beziehung verstrickt wie ich damals bei Julian.
Doch im Gegensatz zu mir gingen seine Wunden wohl sehr tief und waren immer noch nicht verheilt.
Ich hatte große Angst davor, als emotionales Pflaster herhalten zu müssen.
Am meisten schmerzte mich, dass die Vogelbilder zu einem Sinnbild, zu einem Reliquienschrein seiner Liebe zu Sophie wurden und jegliche Chance vereitelten, die Vergangenheit ein für alle Mal ruhen zu lassen.
Nachdem Frederick mir gestern alles erzählt hatte, bat ich ihn, mir ein Taxi zu bestellen. Er probierte gar nicht erst, mich zum Bleiben zu überreden, und akzeptierte meinen Wunsch widerspruchslos.
»Ich melde mich, wenn ich mich ein wenig sortiert habe«, sagte ich, als wir uns verabschiedeten. Ohne mich noch einmal umzublicken, war ich ins Taxi gestiegen. Ich wollte auf gar keinen Fall in seiner Gegenwart in Tränen ausbrechen.
Zurück in Leevkes Wohnung, hatte ich eine Weile im Esszimmer gesessen, in der Hoffnung, Leevke würde gleich nach Hause kommen. Doch seltsamerweise war sie heute länger unterwegs als sonst.

Ob ich jetzt mehr Glück hatte?
Leise öffnete ich die Tür und sah aus den Augenwinkeln, wie sich die beiden roten Punkte vom Bett entfernten und blitzschnell durch den Türspalt witschten. Leevkes Zimmertür stand weit offen, die Vorhänge waren noch geöffnet. Patchouli lag zusammengerollt auf ihrem Kissen und blinzelte mich verschlafen an. Ich schaute auf den Wecker, es war fünf Uhr morgens. Musste ich mir Sorgen machen?
Dann schaltete ich mein Handy an. Und siehe da: Ich hatte eine Nachricht von Leevke.
Ihre Stimme klang atemlos und wurde immer wieder unterbrochen von Schluchzern.
Nachdem ich die Nachricht abgehört hatte, ließ ich das Telefon sinken. Ihre Mutter war am Abend überraschend gestorben. Nun war Leevke bei ihrem Vater und wusste noch nicht, wann sie wieder zurückkam. Mit tränenerstickter Stimme bat sie mich, mich zum Patchouli zu kümmern. Im Hintergrund war Stimmengewirr zu hören.
Benommen legte ich mich aufs Bett.
Was für ein Schicksalsschlag!
Soweit ich wusste, war Leevkes Mutter nicht alt gewesen, maximal Ende fünfzig. Was war nur passiert?
Wäre sie länger krank gewesen, hätte Leevke doch sicher etwas erzählt.
Nicht auszudenken, wenn ich selbst so eine Nachricht bekommen hätte!
Ich würde gleich nachher meine Eltern anrufen, um mich zu vergewissern, dass sie wohlauf waren.
Danach würde ich mich bei Tim melden.
Seit er mit Nic zusammen war, vermisste ich unsere täglichen Telefongespräche, sosehr ich ihm auch sein Glück gönnte.
Gerade als ich mich wieder hinlegen und versuchen wollte, zu

schlafen, hörte ich, wie sich der Schlüssel in der Tür drehte. Ich rannte zur Haustür und nahm Leevke in den Arm.

Tränenüberströmt legte sie den Kopf an meine Brust und weinte hemmungslos.

Vorsichtig streichelte ich ihr über den Kopf und wiegte sie wie ein kleines Kind hin und her.

»Sch, sch … alles wird wieder gut«, flüsterte ich, obwohl ich ganz genau wusste, dass das leider nicht stimmte. Gab es etwas Schlimmeres, als einen geliebten Menschen zu verlieren?

Keine Ahnung, wie lange wir so aneinandergelehnt im Flur gestanden hatten, doch irgendwann löste Leevke sich aus meiner Umarmung. Sie putzte sich die Nase und bat mich, ihr einen Tee zu kochen. Während ich eine Mischung aus Melisse und Lindenblüten aufbrühte, erzählte sie stockend, was passiert war. Ihre Mutter Ava war während des Abendessens mit ihrem Mann Okke ohne jegliche Vorwarnung zusammengebrochen und nicht wieder aufgewacht. Der herbeigerufene Notarzt hatte nur noch ihren Tod feststellen können. Als Leevke eintraf, hielt ihr verzweifelter Vater seine Frau weinend im Arm und flehte sie an, ihn nicht zu verlassen.

Mir wurde schwindelig bei dem Gedanken, meinen Eltern könnte etwas geschehen. Ich sehnte mich nach meiner Kindheit zurück, als meine Eltern noch jung waren und Krankheit, Verlust und Tod in weiter Ferne lagen, wie ein böser Traum, von dem man hoffte, dass er niemals Wirklichkeit werden würde.

»Die Ärzte in der Wyker Klinik vermuten ein Aneurysma«, sagte Leevke schluchzend. »Zum Glück musste sie nicht leiden, sondern starb in Gegenwart des Menschen, den sie am meisten liebte.«

Aber weder du noch dein Vater hatten Gelegenheit, sich von ihr zu verabschieden, dachte ich betrübt und bemühte mich mit aller Macht, jeden Gedanken an meine Eltern zu verscheuchen.

»Mein Vater ist jetzt natürlich fix und fertig. Sie haben ihn heute Nacht in der Klinik aufgenommen und ihm Beruhigungsspritzen gegeben«, fuhr Leevke fort, während ihr Tränen über das Gesicht liefen.

Als spürte Patchouli, dass ihr Frauchen unendlich traurig war, sprang sie auf Leevkes Schoß und rieb ihren weichen Kopf an ihrer Wange.

»Wie lange soll er voraussichtlich dort bleiben?«, fragte ich und stellte den Becher mit der beruhigenden Kräutermischung vor Leevke auf den Tisch. Ich zog den zweiten Stuhl heran und setzte mich dicht neben sie.

»Die Ärzte wissen es noch nicht. Ich soll heute Nachmittag anrufen. So ein Schock kann mitunter schwere psychische Folgen haben …«

»Ich kann gern später mit dir ins Krankenhaus fahren«, bot ich an. »Und dir natürlich auch bei allem anderen helfen.«

Sorgenvoll dachte ich daran, was nun alles organisiert werden musste: die Beerdigung, die Trauerfeier, eine Todesanzeige.

Bis auf den Tod meiner Großeltern war ich zum Glück bisher von solchen Schicksalsschlägen verschont geblieben.

Und ich hatte mich von beiden – sie verstarben kurz hintereinander – in aller Ruhe verabschieden können.

»Du bist ein Schatz«, sagte Leevke mit leerem Gesichtsausdruck und setzte den Teebecher an ihre rissigen Lippen. Patchouli suchte derweil maunzend das Weite und fraß mit gesundem Appetit von ihrem Trockenfutter.

»Aber das kann alles noch eine Weile dauern. Willst du dir das tatsächlich antun?«

»Ich hab doch sowieso geplant, hierzubleiben«, antwortete ich. »Und du brauchst jetzt jemanden an deiner Seite. Erst recht, wenn es deinem Vater so schlechtgeht. Mein Angebot steht: Ich bleibe, bis ihr beide wieder einigermaßen auf den Beinen seid.

Schreiben kann ich auch hier, wozu habe ich schließlich einen Laptop.«
»Vielleicht wird jetzt nichts aus unserem Wohnungstausch«, sagte Leevke leise und sah mich traurig an. »So wie es aussieht, muss ich mich wohl um meinen Vater kümmern. Der ist es nämlich gewohnt, dass meine Mutter ihm immer alles abnimmt und hinterherträgt. Pardon: getragen hat …«
Der Gedanke, dass ich Föhr bald wieder verlassen musste und Frederick damit tatsächlich aus meinem Leben verschwand, streifte mich wie ein Eishauch.
Die Zeichen standen augenscheinlich nicht gut für unsere Liebe.

TEIL DREI

31. Kapitel

Freitag, 7. Juni

Oldsum, 5. Juni

Liebe Felicitas,

wie du weißt, bin ich kein Freund von Briefen.
Doch diesmal möchte ich nach langer Zeit eine Ausnahme machen.
Seit dem Tod von Leevkes Mutter und deiner Abreise von Föhr sind gut drei Monate vergangen, in denen ich viel an dich gedacht habe.
So schade, dass nun nichts aus eurem Wohnungstausch wird, wie ich von Leevke erfahren habe.
Es wäre bestimmt eine spannende Erfahrung gewesen.
Und ich hätte dich nach unserem verunglückten Abend in der Mühle gern noch mal gesehen.
Aber vielleicht kommst du ja wieder nach Föhr?!
Der Frühling taucht die Insel in ein besonders schönes Licht, und es gibt so viel, das ich dir gern zeigen würde: die Oldsumer Salzwiesen, die Traumstraße, die Godel-Niederung.
Doch ich schreibe dir auch noch aus einem anderen Grund: Die Laienspielgruppe Oldsum, bei der auch meine Schwester Anne mitmacht, hat gerade große Probleme mit der Inszenierung des Sommerstücks, das traditionell Ende Juli auf der Lembecksburg in Borgsum aufgeführt wird. Der Regisseur scheint diesmal ein bisschen »zu viel« zu wollen, was zu Streitereien innerhalb des Ensembles und zur totalen Demotivation der Darsteller geführt hat.

Dir als Großstädterin, deren Beruf der Film und das Theater sind, mag das ein wenig albern, vielleicht sogar lächerlich erscheinen.
Doch wir Föhringer freuen uns jedes Jahr auf diese Inszenierung, genau wie viele Feriengäste, die auch schon Karten vorbestellt haben.
Daher meine etwas unverschämte Frage: Könntest du dir vorstellen, bei einer der nächsten Proben dabei zu sein und dir ein Urteil zu bilden? Womöglich sogar dem Regisseur ein wenig unter die Arme zu greifen? (Ich sorge auch dafür, dass er sich nicht so despotisch aufführt wie dieser grauenvolle Lucas Kaiser!) Einige der Darsteller kennst du wahrscheinlich noch vom Komparsen-Casting im Erdbeerparadies.
Ich weiß, das kommt jetzt alles ziemlich plötzlich, und ich verstehe vollkommen, wenn du ablehnst. Obwohl: Du weißt sicherlich, dass der renommierte Theaterregisseur Nis-Momme Stockmann von unserer Insel stammt?! Wie du siehst, setzt Föhr bei manchen große kreative Energien frei …
Ich würde dich sehr gern wiedersehen.

Alles Gute,
Frederick

PS: Du schuldest mir immer noch eine Kugel Zitroneneis.

Keine Ahnung, wie häufig ich den Brief seit meiner Rückkehr von einem Werbespot-Dreh in München schon gelesen hatte. Zehnmal? Hundertmal?
Mein Herz raste, und ich war innerlich völlig in Aufruhr. Frederick Sönksen hatte es wieder einmal geschafft, mich aus dem Gleichgewicht zu bringen!
Ich war kurz versucht, Leevke anzurufen und sie um Rat zu fragen, in meinem Kopf herrschte das totale Chaos. Andererseits war ich eine erwachsene Frau, die bald vierzig wurde und

in der Lage sein sollte, selbst zu entscheiden, was das Beste für sie war.
Doch in Bezug auf Frederick fühlte ich mich wie ein Blatt im Wind – hin- und hergetrieben, ein Spielball der Launen.
Nach dem Schock über seine immer noch anhaltende Liebe zu Sophie hatte ich den Versuch unternommen, einen Schlussstrich zu ziehen und Frederick aus meinen Gedanken zu verbannen.
Warum sollte ich mein Herz an einen Mann hängen, der auf einer Insel lebte und immer noch einer Frau hinterhertrauerte, die ihn nicht hatte heiraten wollen?
Ich hatte genug damit zu tun, mein Drehbuch zu schreiben und neue Filmaufträge zu akquirieren.
Das erforderte viel Zeit und Kraft, und ich konnte es mir nicht leisten, mich noch weiter in sinnlose emotionale Wirrungen zu verstricken.
Trotzdem überfielen mich immer wieder schöne Erinnerungen an die Zeit mit ihm, und ich spürte Fredericks Küsse auf meinen Lippen. Dann glaubte ich, vor Sehnsucht zu vergehen, und ertappte mich dabei, wie ich mir überlegte, noch einen dritten Versuch zu wagen.
Waren nicht aller guten Dinge drei?
Und nun lag plötzlich dieser Brief vor mir, wie ein Fingerzeig des Schicksals, das Glück mit beiden Händen zu packen.
Aber was sollte ich antworten?
Sollte ich überhaupt reagieren?
Damit tat ich mich genauso schwer wie mit der Entscheidung, ob ich meinen Geburtstag feiern sollte.
In den vergangenen Tagen hatte ich an der Gästeliste gefeilt und unterschiedliche Örtlichkeiten für eine Feier ins Auge gefasst. Doch nichts erschien mir wirklich passend.
Wie gut, dass ich gleich mit meiner Mutter verabredet war. Viel-

leicht konnte sie ja ein wenig Ordnung in dieses Durcheinander bringen.
Punkt zwanzig Uhr stand ich vor der Tür meines Elternhauses in Eimsbüttel und klingelte.
»Da bist du ja, mein Schatz«, freute meine Mutter sich und umarmte mich. »Bevor ich es vergesse: Ich soll dich ganz lieb von Papa grüßen. Leider musste er zu einer Jubiläumsfeier. Aber vielleicht seht ihr euch ja noch kurz, bevor du gehst.«
Ich folgte meiner Mutter auf die Terrasse der hübschen Stadtvilla in der Nähe ihres Hutgeschäftes. Würde ich mich nicht auf St. Pauli so wohl fühlen, hätte mir Eimsbüttel auch gefallen, vorausgesetzt, ich hätte mir die Miete leisten können.
»Mhm, das sieht ja lecker aus«, lobte ich meine Mutter, die wie immer üppig aufgetischt hatte. »Wie viele Gäste erwartest du denn außer mir?«
Verwirrt blickte ich auf die große Auswahl italienischer Antipasti, Salate, verschiedener Brotsorten, Polentaschnittchen, kleiner Pizzen und Käse.
Alles dekorativ angerichtet auf getöpferten Schalen, verziert mit einem mediterranen Muster aus Olivenzweigen.
»Ich dachte, das könnte vielleicht eine kleine Anregung für deinen Geburtstag sein«, antwortete meine Mutter schmunzelnd. »Um die Ecke hat gerade ein toller italienischer Stehimbiss aufgemacht, zu dem ein Cateringservice gehört. Wie du siehst, haben die mir eine Auswahl ihrer Highlights zusammengestellt. Papa und ich würden dir nämlich gern die Geburtstagsparty spendieren, falls du dich entscheidest zu feiern.«
Am liebsten würde ich meinen Geburtstag auf Föhr verbringen, dachte ich in einer kurzen, sentimentalen Anwandlung.
Doch ich beschloss, meiner Mutter nichts davon zu sagen.
Dann müsste ich Leevke fragen, ob ich bei ihr wohnen konnte.
Seit Avas Tod musste Leevke sich nahezu rund um die Uhr um

ihren Vater kümmern, sich nach einer geeigneten Unterbringung für ihn umschauen und den Verkauf der elterlichen Pension abwickeln.
Nach der Entlassung aus dem Krankenhaus hatte er eine ganze Weile bei Leevke gewohnt, doch nun war sie am Ende ihrer Kräfte und wollte professionelle Hilfe suchen, bevor sie selbst seelischen Schaden nahm.
Ihr Vater litt neben der Trauer um seine verstorbene Frau an einer ernsten Depression, die auch seine Tochter nicht heilen konnte.
»Du bist dir also immer noch unschlüssig, nicht wahr?«, fragte meine Mutter, nachdem sie sich an den reichgedeckten Tisch gesetzt hatte. »Oder hast du noch etwas anderes auf dem Herzen, das gar nichts mit dem Geburtstag zu tun hat? Wie läuft es denn mit deinem Drehbuch? Ist dein Dozent zufrieden mit dir?«
Ich nickte. Zumindest beruflich ging es allmählich bergauf. Wenn auch langsam.
»Grundsätzlich findet er meine Idee und den Text gut, trotzdem hat er immer noch einiges zu kritisieren, kein Wunder, es ist ja mein erstes Drehbuch. Momentan verbringe ich die meiste Zeit mit Überarbeitungen und Korrekturen. Doch ich denke, dass es die Mühe wert ist. Daher beiße ich die Zähne zusammen und hoffe, dass ich einen der ersten drei Plätze dieses Drehbuchwettbewerbs gewinne.«
Meine Mutter nickte bedächtig und schenkte uns beiden Aqua Panna in hübsche, hellblaue Gläser, die ich noch nicht kannte.
»Wie hoch war noch mal das Preisgeld?«, fragte sie, und ich wusste genau, worauf ihre Frage abzielte. Als besorgte Mutter probierte sie sich auszurechnen, ob ich in diesem Jahr finanziell über die Runden kam.
Es tat mir leid, dass meine Eltern trotz ihres Vertrauens in mich

immer wieder mit meinem Lebensstil haderten und sich Sorgen um mich machten.
»Der erste Platz ist mit dreißigtausend Euro und der Verfilmung des Drehbuchs dotiert. Der zweite mit fünfzehntausend und der dritte mit fünftausend. Aber ich mache das ja nicht in erster Linie wegen des Geldes, sondern um Fuß im Bereich Drehbuch zu fassen. Es ist mir auf Dauer einfach zu riskant, auf Regie-Assistenzjobs angewiesen zu sein.«
»Aber eine Verfilmung wäre eine einmalige Chance … und hilfreich«, erwiderte meine Mutter nachdenklich. »Will dich denn diese Regisseurin noch mal engagieren, die Viola dir damals vermittelt hatte?«
»Ich stehe in Kontakt mit Tanja Gerhardt und weiß, dass sie gern wieder mit mir zusammenarbeiten würde. Aber sie ist zurzeit selbst am Kämpfen und hat nichts Passendes in Aussicht, das sie mir anbieten könnte. Ich soll dich übrigens von Viola grüßen, wir haben gestern telefoniert.«
Meine Mutter hob fragend die Augenbraue.
»Nanu? Ihr telefoniert sogar miteinander. Das freut mich.«
»Wir werden nie wieder so eng miteinander sein wie früher«, erklärte ich. »Aber ich bin froh, dass ich mittlerweile wieder ohne Bitterkeit an sie denken kann. Sie hat mir deutlich gezeigt, wie leid es ihr tut, und nun ist es wohl an der Zeit, dass ich lerne zu verzeihen.«
Meine Mutter lächelte.
»Da bin ich aber erleichtert, denn ich habe es sehr bedauert, dass eure langjährige Freundschaft wegen dieses Lackaffen Julian zerbrochen ist, den ich von Anfang an nicht leiden konnte. Und dein Vater übrigens auch nicht!«
Ich musste lachen. Es war alles andere als ein Geheimnis, dass mein Vater Julian auf den Tod nicht ausstehen konnte, was im Übrigen auf Gegenseitigkeit beruhte.

Mein Vater war Julian zu *normal* und nicht schöngeistig genug gewesen. Er wiederum hatte Julian von der ersten Sekunde an als selbstverliebten Spinner abgetan, der er ja im Grunde auch war.

Was würde mein Vater wohl zu Frederick sagen?

Vermutlich würde es ihm gefallen, dass Frederick handwerklich begabt und trotz seiner künstlerischen Arbeit bodenständig war. Und dass er Familiensinn besaß und auf dem elterlichen Bauernhof in Alkersum mit anpackte.

Meine Mutter schaute mich nachdenklich an.

»Darf ich meine mütterliche Fragestunde fortsetzen, oder gehe ich dir auf die Nerven?«

Ich schmunzelte. Meine Mutter war neugierig, aber auch sehr feinfühlig. Es hatte eine Weile gedauert, bis ich ihr von Frederick erzählte. Doch nach meinem Föhr-Aufenthalt im Februar hatte ich ihr mein Herz ausgeschüttet. Und sie hatte wie erwartet mit gemischten Gefühlen reagiert.

»Frederick hat mir einen Brief geschrieben und gefragt, ob ich der Theatergruppe aus Oldsum bei den Proben helfen könnte. Die haben sich da wohl etwas festgefahren, und es steht so einiges auf dem Spiel …«

Meine Mutter runzelte die Stirn und legte die Polentaschnitte, in die sie gerade hatte hineinbeißen wollen, zurück auf den Teller.

»Das fragt der dich nach über drei Monaten Funkstille? Und obwohl er scheinbar immer noch an dieser Frau hängt?« Sie wirkte ehrlich entsetzt.

Ihr Missfallen verunsicherte mich.

»Tust du dich deshalb so schwer mit der Planung deines Geburtstags?«, fragte sie prompt.

Sofort fühlte ich mich ertappt.

»Denkst du denn jetzt anders über ihn und diese Frau? Und bist du sicher, dass Frederick tatsächlich der Verfasser der Briefe ist?«

Ich nickte.

»Tim hat sich bei der Hausverwaltung nach dieser Sophie erkundigt. Es hat länger gedauert, bis er eine Antwort bekam, wegen des Datenschutzes. Aber Tim kann äußerst beharrlich und überzeugend sein, wenn er sich etwas in den Kopf gesetzt hat. Irgendwann hatte er die Sekretärin um den Finger gewickelt, und sie hat ihm alles erzählt. Sophie heißt mit Nachnamen Thalheim und hat zusammen mit einem Mann namens Michael vor Tim in unserer Wohnung gewohnt. Dann ist sie umgezogen, weil sie geheiratet hat.«

Ich sah kurz etwas wie einen Hoffnungsschimmer in den Augen meiner Mutter aufglimmen.

Genauso war es mir ergangen, als Tim mir vom Ergebnis seiner Nachforschungen berichtet hatte.

»Also sind die beiden seit zwei Jahren getrennt, und diese Sophie hat sich mit einem anderen ein komplett neues Leben aufgebaut?«, schlussfolgerte meine Mutter.

»Genau. Und zwar in Berlin«, erwiderte ich und nickte. »Kurz nach dem letzten Brief von Frederick, in dem er schrieb, dass er sie etwas fragen müsse, ist Sophie umgezogen.«

Mein Herz zog sich zusammen, als ich an seine Worte dachte, die ich mittlerweile auswendig kannte. Mit Tim hatte ich sie rauf und runter analysiert:

Geliebter Zugvogel,

diesmal schreibe ich dir, weil du kommst, und nicht, weil du gehst. Ich möchte dich etwas sehr Wichtiges fragen.

A.

Sophie Thalheim hatte endlich ein neues Kapitel in ihrem Leben aufgeschlagen.
Nun war es höchste Zeit, dass auch Frederick nach vorne blickte, schließlich hatte er lange genug um sie getrauert. Doch war ihm dies auch wirklich selbst bewusst?

32. Kapitel

Montag, 10. Juni

Nun stand ich zum dritten Mal innerhalb eines Jahres an der Haltestelle der *neg*, der Bahn, die mich von Niebüll zum Fähranleger Dagebüll Mole bringen sollte.
Schlussendlich hatte meine Sehnsucht nach Föhr, Leevke und natürlich Frederick gesiegt, und ich hatte mich entschieden, beim traditionellen Erdbeerfest im Erdbeerparadies in meinen vierzigsten Geburtstag hineinzufeiern. Tim und Nic kamen auch, reisten allerdings erst am nächsten Tag an. Ich hatte für sie ein Doppelzimmer im Haus Ogge reserviert und schlief selbst wie immer bei Leevke.
Nic freute sich, die Heimat seiner Lieblingsband Stanfour kennenzulernen, die von Föhr stammte, und auch Tim war schon ganz neugierig auf die Insel, von der ich ihm schon so viel vorgeschwärmt hatte.
Mich erfüllte kribbelnde Vorfreude, als der Kurzzug zur Fähre eintraf und auf den Gleisen rangierte, ehe er endgültig zum Stehen kam. Kaum hatte er sich wieder in Bewegung gesetzt, bestaunte ich die an mir vorbeiziehende Landschaft, die wunderbare Vorbotin Föhrs.
»Einmal Fähre hin und zurück«, sagte ich zum Schaffner, der auch die Fährtickets verkaufte.
»Verraten Sie mir, ob Sie nach Amrum oder Föhr wollen?«, fragte dieser sichtlich amüsiert. »Der Preis ist nämlich unterschiedlich hoch.«

»Äh … nach Föhr«, antwortete ich verlegen. Offenbar war für mich die Fahrt dorthin schon völlig selbstverständlich.
Nachdem ich das Ticket bezahlt hatte, beobachtete ich meine Mitreisenden und überlegte, wer wohl auf welche Insel fuhr. Waren es Einheimische, die zurück nach Hause wollten? Oder Touristen, die sich auf unbeschwerte Urlaubstage in unberührter Natur freuten?
Gab es unter ihnen eine Frau, die zu ihrem Liebsten fuhr und an der Mole von ihm abgeholt werden würde?
Mir gegenüber saß ein hellblonder Teen mit kalkweißem Gesicht, der dem Schaffner wortlos seine Fahrkarte zeigte. Er hatte sich mit dem MP3-Player von seiner Umwelt abgeschottet und wirkte völlig abwesend. Erst nachdem der Fahrkartenkontrolleur ins nächste Abteil gegangen war, sprang er plötzlich auf und rief: »Können Sie bitte in Maasbüll anhalten?«, was der Schaffner mit einem trockenen »Na siehste, kannst also doch reden« quittierte.
Typisch friesisch, kein Wort zu viel!
Ich musste grinsen und blickte wieder zum Zugfenster hinaus. Rehe grasten friedlich, während Feldhasen mit langgestreckten Ohren über die Äcker hoppelten und ein beutehungriger Bussard am strahlend blauen Himmel seine Kreise zog.
Kurze Zeit später ging ich an Bord der Uthlande, des modernsten Fährschiffs der Flotte.
Ihr Ambiente erinnerte an eine coole Lounge und hatte so gar nichts mit dem eher plüschigen Charme der älteren Schiffe gemein.
Heute setzte ich mich allerdings nicht in den Salon, sondern ging auf das Sonnendeck, um ja nicht den magischen Moment zu verpassen, in dem Föhr in Sicht kam.
Die Sonne schien, und Möwen umkreisten die Fähre.
Der sanfte Sommerwind schob watteweiße Wolken über den

Himmel, die sich immer wieder auflösten, um sich neu zusammenzusetzen. Sich stetig verändernde Formationen, die ihre eigenen Geschichten erzählten.

Ich stellte mir vor, dass Frederick an der Hafenmole auf mich warten würde. Doch dann dachte ich an Sophie – und wieder durchfuhr mich die Eifersucht wie ein scharfes Messer.

Wie häufig hatte Frederick sie wohl in Wyk abgeholt?

Ich schüttelte die quälenden Gedanken mit aller Kraft ab. Was hatte meine Mutter mir geraten? Keine großen Erwartungen aufzubauen und mit Bedacht vorzugehen. Frederick hatte mir geschrieben und mich gebeten zu kommen.

Und ich war seinem Ruf gefolgt. Alles andere würde sich zeigen, genau wie das Wetter.

Zunächst hatte die Sonne schön mein Gesicht gewärmt, doch auf einmal bezog der Himmel sich und Wind kam auf.

Ich begann zu frösteln.

Besser, ich ging nach unten in den Salon und genoss den gigantischen Blick durch das Panoramafenster.

Eine Etage tiefer nahm ich in einem der bequemen Sessel mit verstellbarer Rückenlehne Platz. Ich fühlte mich wie im Kino, während ich nach draußen schaute.

Hier hörte man keinen Maschinenlärm, es war wohltuend still. Während andere Passagiere dösten oder lasen, beobachtete ich fasziniert die weiß schäumende Fahrrinne inmitten der graublauen Nordsee, die aussah, als hätte jemand Badeschaum ins Meer gekippt. Möwen folgten der Uthlande und ließen sich mit ihren ausgebreiteten Flügeln wie Segelflugzeuge vom Wind tragen.

In zehn Minuten würden wir in Wyk ankommen, und ich stand auf, um das Anlegen der Fähre zu beobachten.

Bald sah ich die mittlerweile so vertraute Silhouette mit den erhöhten Bauten am Südstrand, im Hintergrund den Fernsehturm und dann den Wyker Hafen.

Bei der neonroten Boje 36 machte die Fähre einen Bogen und nahm Kurs auf die Mole. Vereinzelt kreuzten in der Ferne Segelboote, klein wie Spielzeug. Die silbernen Möwen begleiteten das Schiff und erinnerten an gefiederte Schutzengel.
In diesem Moment riss der Himmel auf, und die Sonne ließ die Insel erstrahlen, was mich in Hochstimmung versetzte.
Egal, wie es mit Frederick weiterging – ich war definitiv *föhrverliebt* und freute mich unbändig auf Leevke, die versprochen hatte, mich abzuholen.
»Hey, da bist du ja endlich«, rief sie und fiel mir stürmisch um den Hals, kaum dass ich wieder festen Boden unter den Füßen hatte. »Ich hab dich schrecklich vermisst.«
Ich drückte sie fest an mich, auch mir war die Zeit ohne sie lang geworden.
Wer hätte gedacht, dass sich aus einer Zufallsbekanntschaft eine tiefe Freundschaft entwickeln würde?
»Und ich dich erst«, antwortete ich, nachdem ich wieder Luft bekam. »Aber lass uns schnell los. Ich kann es kaum erwarten, Patchouli zu sehen und Kup Sin hallo zu sagen. Wusstest du übrigens, dass es ein Buch über die Naturgeister auf Föhr gibt?«
Leevkes glockenhelles Lachen erklang.
»Na klar weiß ich das, schließlich verkaufe ich es in meinem Laden. Wundert mich aber schon, dass du es kennst. Ich dachte, du hättest genug mit deinem Drehbuch zu tun?«
»Hab ich auch, aber irgendwie brauche ich seit neuestem immer einen Hauch Föhr um mich herum, wenn du weißt, was ich meine.«
»Das nennt man wohl echte Sehnsucht«, antwortete Leevke amüsiert, doch ich konnte sehen, dass die vergangenen Wochen nicht spurlos an ihr vorbeigegangen waren. Sie war blass, noch schmaler als sonst und hatte blauschwarze Ringe unter den Augen. Ich musste sie unbedingt seelisch unterstützen.

Aufgeregt plaudernd setzten wir uns in Leevkes VW-Bulli, der durch sein knalliges Orange, Pink und Hellgrün zwischen den anderen Autos auf dem Fährparkplatz ziemlich auffiel. Ich genoss jede Sekunde der mittlerweile so vertrauten Fahrt von Wyk nach Nieblum.

Kurz nach dem Ortseingangsschild fiel mein Blick auf das Eiscafé Cappuccino auf der rechten Seite.

Schlagartig bekam ich Gänsehaut.

Ob ich Frederick überraschen und mit einem Becher Zitroneneis in der Werkstatt auftauchen sollte?

Ich hatte ihm nicht auf den Brief geantwortet – er hatte mich ja auch im Regen stehen lassen. Nur nichts überstürzen, ich würde spontan entscheiden, ob ich ihn sehen wollte.

»So, da wären wir«, sagte Leevke, als wir vor ihrem Haus ankamen. Sie stellte den Motor ab. »Na? Erkennst du alles wieder?«

Ich stieg aus und staunte über die üppig bepflanzten Blumenkübel vor der Ladeneingangstür von *Träum weiter!* Vergissmeinnicht, Hornveilchen und hellrosa Bellis wetteiferten um den Preis für die schönsten Sommerblumen.

»Wow, das ist ja ein echtes Blütenmeer«, rief ich begeistert aus und konnte mich kaum sattsehen.

Vergissmeinnicht mit ihren zarten, hellblauen Köpfchen gehörten von jeher zu meinen Lieblingsblumen.

»Allerdings«, antwortete Leevke lächelnd. »Obwohl es in den Nächten teilweise noch ziemlich kühl ist. Aber bald kann die Natur nichts mehr aufhalten.«

Im Haus schien weitgehend alles beim Alten zu sein, außer dass jetzt Fotografien von Leevkes Eltern auf der Kommode im Flur standen. Aufmerksam betrachtete ich sie.

Leevkes Mutter Ava war trotz des strengen Zuges um den Mund eine schöne Frau gewesen. Leevke sah ihr sehr ähnlich. Wirklich grausam, dass sie so früh hatte sterben müssen!

»Sie fehlt mir«, sagte Leevke, die neben mir stand. »Und es tut immer noch weh, dass ich mich nicht von ihr verabschieden und mich entschuldigen konnte, dass ich so ganz anders geworden bin, als sie es sich gewünscht hat.«
Betroffen begriff ich das ganze Ausmaß ihrer schwierigen Lage: Sie musste nicht nur den plötzlichen Tod ihrer Mutter verkraften und mit den Problemen ihres Vater zurechtkommen, sondern fühlte sich offenbar schuldig.
»Ist die Pension denn mittlerweile verkauft?«, fragte ich.
»Der Vorvertrag ist schon gemacht. Es sind nur noch wenige Formalitäten zu erledigen, und wenn das Geld geflossen ist, geht das Haus der Hennings in fremde Hände über.«
Aus Leevkes Worten sprach Bitterkeit, die überhaupt nicht zu ihr passte. »Der einzige Trost ist, dass die neuen Besitzer Föhringer sind, heutzutage auch keine Selbstverständlichkeit mehr. Aber zum Glück ist Papa an dieser Stelle hart geblieben, obwohl andere Interessenten durchaus bereit gewesen sind, eine ganze Stange mehr Geld für das Haus zu bezahlen.«
Betrübt dachte ich an die Wohnungssituation auf der Insel, die im Laufe der letzten Jahre gefährlich der auf Sylt ähnelte, wo es zu großen strukturellen Schwierigkeiten gekommen war. Frederick und sein Bruder Niklas sammelten seit einem Jahr in ihren Läden Unterschriften gegen inselfeindliche Immobilienspekulationen und hatten sich mit der Initiative Zukunft Sylt zusammengetan, die auf der Nachbarinsel bereits viel Gutes bewirkt hatte.
Es sollte den Insulanern so viel Wohnraum wie möglich zur Verfügung stehen und die Ursprünglichkeit Föhrs weitestgehend bewahrt werden.
»Wollen wir uns nicht lieber setzen und in Ruhe über alles reden?«, schlug ich vor, woraufhin Leevke sich erschrocken die Hand vor den Mund schlug.

»Oh, mein Gott, bitte entschuldige. Du hast einen langen Weg hinter dir, und ich habe nichts Besseres zu tun, als dich sofort mit meinen Problemen zu überfallen. Dabei habe ich für uns gekocht und mir extra heute Nachmittag freigenommen. Los, komm mit. Deinen Koffer kannst du nachher noch ins Zimmer bringen.«

Ich folgte Leevke in die Küche, in der es bereits verführerisch duftete.

Freudig maunzend begrüßte Patchouli mich. Nachdem sie mir ein paar Mal um die Beine gestrichen war, verzog sie sich auf die Fensterbank.

Das Licht im Ofen brannte. Hatte Leevke den Ofen etwa unbeaufsichtigt gelassen?

»So, das Essen müsste fertig sein«, sagte sie strahlend, und wie aufs Stichwort begann die Küchenuhr zu läuten. »Ein Auflauf aus Auberginen, Kartoffeln und gekochten Eiern, gratiniert mit Parmesan. Na, was meinst du?«

»Sehr lecker«, antwortete ich, obwohl ich Leevkes Verhalten insgeheim fahrlässig fand.

»Dann lass uns essen, ich habe einen Bärenhunger.«

Trotz der großspurigen Ankündigung aß Leevke wie ein Spatz und stocherte in dem Gratin herum, während ich mir sogar eine zweite Portion nahm. Die familiären Probleme waren ihr buchstäblich auf den Magen geschlagen, und ihre fahrigen Bewegungen sowie ihr umherirrender Blick konnten nicht verbergen, dass sie aufgewühlt und traurig war.

Wie gern hätte ich sie von dieser seelischen Last befreit!

Als wir nach dem Essen Espresso tranken, überreichte ich ihr das Geschenk, das ich in der Hamburger Buchhandlung Sommernachtstraum besorgt hatte.

Es war das Buch *Feenstaub* von Signe Pike.

»Einfach phänomenal!«, freute Leevke sich und streichelte mit

ihren schmalen Händen verzückt über das Buchcover, das eine große und zwei kleine Elfen zeigte und in meinen Augen viel zu kitschig war.
Doch ich hatte das Buch nicht ohne Grund gewählt.
»Diese Roman-Biographie handelt von einer New Yorkerin, die den Tod ihres geliebten Vaters versucht zu verarbeiten, indem sie sich auf eine magische Reise an Kraftorte in England, Irland und Schottland begibt. Ich hoffe, du kennst es noch nicht.«
Leevke stieß einen spitzen Schrei aus, sprang vom Küchenstuhl auf und umarmte mich.
»Nein, erstaunlicherweise nicht. Aber der Inhalt klingt wundervoll. Und passt total.«
Kindliche Vorfreude spiegelte sich auf ihrem Gesicht wider, als sie die Folie löste.
Aufmerksam las sie den Klappentext.
»Hier steht, dass die Autorin sogar ihren Job gekündigt hat, um diese Reise zu unternehmen. Das ist ja krass!«
Ja, das fand ich auch, eine sehr mutige Entscheidung!

33. Kapitel

Dienstag, 11. Juni

Einen Becher mit drei Kugeln Zitroneneis bitte«, sagte ich, als ich endlich an der Reihe war.

Das schöne Wetter hatte scheinbar sämtliche Bewohner Nieblums und viele Touristen zum Cappuccino gelockt. Das Café würde heute unter Garantie großen Umsatz machen, genau wie alle anderen Läden und Restaurants mit Terrassen.

Schnurstracks marschierte ich mit dem Eis zur Kerzenwerkstatt, so wie ich es gestern Abend mit Leevke besprochen hatte. Wir waren die halbe Nacht aufgeblieben und hatten uns alles von der Seele geredet. Ich hatte ihr von Fredericks Brief erzählt, und Leevke war ziemlich überrascht, dass er mich gebeten hatte, nach Föhr zu kommen. Doch sie hielt sich zum Glück mit einem vorschnellen Urteil zurück.

»Ich drück dir die Daumen, alles wird so kommen, wie es gut für dich ist«, hatte sie heute Morgen gesagt, bevor sie nach unten in den Laden gegangen war. Ich blieb noch eine Weile am Frühstückstisch sitzen und trank meinen Föhrer Blütenzaubertee. Zu guter Letzt hatte ich mir einen Ruck gegeben und mich auf den Weg gemacht.

Hochgradig nervös blieb ich alle paar Meter stehen, um mein Aussehen im Kosmetikspiegel zu überprüfen. Ich war zwar halbwegs zufrieden mit meinem Anblick, doch *halbwegs* war in diesem Fall nicht gut genug.

Ich wollte umwerfend aussehen und – wenn ich ehrlich war –

mit meinem Auftritt jegliche Erinnerung an Sophie Thalheim für immer auslöschen.
Doch je näher ich der Kerzenwerkstatt kam, desto weniger gefiel mir die Idee. Irgendwie war es idiotisch, in Konkurrenz zu einem Phantom wie Sophie zu treten – das glich einem Kampf gegen Windmühlen – und um halb elf vormittags mit einem Eis aufzukreuzen.
Mittlerweile trennten mich nur noch etwa zwanzig Meter von Frederick, die mir plötzlich schier unüberwindbar erschienen. Wie hatte Leevke es so schön formuliert?
Alles wird so kommen, wie es gut für dich ist.
Aber war Frederick wirklich gut für mich?
Eine innere Stimme flüsterte: *Gib euch beiden eine letzte Chance*. Die andere, stärkere, sagte: *Lass es bleiben. Hast du denn gar nichts aus der Sache mit Julian gelernt?*
Ich wollte gerade wieder umdrehen und zurück zu Leevke gehen, als auf einmal Frederick vor mir stand. Er riss erstaunt die Augen auf. Instinktiv machte ich einen Schritt nach hinten auf die Straße und kollidierte mit einer Fahrradfahrerin, die daraufhin ins Schlingern geriet.
»Passen Sie doch auf, haben Sie Tomaten auf den Augen«, rief sie erbost und fuhr zum Glück unbeirrt weiter, nachdem sie ihr Gleichgewicht wiedergefunden hatte.
»Bist du in Ordnung?«, fragte Frederick besorgt, und ich rieb mir mit der rechten Hand die schmerzende Hüfte, die gegen den Lenker des Fahrrads geprallt war. Mit der linken hielt ich das Eis umklammert, als sei es ein kostbarer Schatz.
»Ja, danke, alles okay. Ich hab nur einen Schreck bekommen. Aber was machst du denn hier? Wieso bist du nicht in der Werkstatt?«
»Und wieso bist du nicht in Hamburg?«, entgegnete Frederick, den Mund zu einem schiefen Lächeln verzogen.

Dann sah er das Eis. »Ist das etwa Zitrone?«
Ich nickte.
»Ich hatte doch noch Eis-Schulden bei dir«, antwortete ich und spürte, dass ich weiche Knie bekam. Ich gab Frederick den Becher. »Ist zwar ein bisschen früh dafür, aber …« Frederick nahm den kleinen, hellblauen Plastiklöffel und probierte das bereits halb geschmolzene Eis.
»Und wieso gerade drei Kugeln?«, fragte er und wirkte belustigt.
»Keine Ahnung«, entgegnete ich schulterzuckend. »Eine war zu wenig, zwei irgendwie doof und vier zu viel.«
Um Himmels willen! Was schwafelte ich gerade für einen Blödsinn?!
Frederick leckte genüsslich den Löffel ab und hielt mir den Eisbecher hin.
»Aller guten Dinge sind drei. Hier, probier mal. Es schmeckt fantastisch, auch um diese Uhrzeit. Danke für die nette Überraschung.«
Eine Weile standen wir auf dem Gehsteig und aßen abwechselnd das köstlich erfrischende Sorbet, so dass die Passanten einen Bogen um uns machen mussten.
Die Situation war so surreal, dass ich einen Wimpernschlag lang glaubte zu träumen.
Als der Becher leer war, verharrten wir einen Augenblick verlegen.
»Hast du ein paar Minuten?«, fragte Frederick. »Ich würde uns einen Kaffee kochen, wenn du magst. An sich war ich gerade auf dem Weg zur Post, aber das kann ich auch nachher noch machen.«
»Wenn ich dich nicht zu sehr aufhalte, komme ich gern noch auf einen Sprung mit dir in die Werkstatt«, erwiderte ich, froh, dass sich unser Zusammentreffen wider Erwarten erstaunlich leicht anfühlte. »Dann kannst du mir auch erzählen, welches Stück deine Schwester und die Theatergruppe gerade proben und wo genau das Problem liegt.«

Ich folgte Frederick zur Kerzenwerkstatt und betrachtete das Schaufenster, das auch heute liebevoll dekoriert war, statt Fredericks Wachsfiguren standen dort jedoch neben verschiedenfarbigen Kerzen getöpferte Kannen, Vasen, Kerzenhalter und kleine Tierfiguren aus Ton.
»Bist du jetzt auf Keramik umgestiegen?«, fragte ich erstaunt, wenngleich ich hätte schwören können, dass diese Töpferarbeiten nicht Fredericks Handschrift trugen.
»Nur beim Verkauf«, antwortete er. »Die Ware ist von einer guten Freundin aus Süderheide, die ich unterstützen möchte. Pia ist alleinerziehend und hat zurzeit große Mühe, sich finanziell über Wasser zu halten, weil ihr kleiner Sohn Linus krank ist und sie deshalb von zu Hause aus arbeiten muss. Da sie ihre Sachen sonst nur übers Internet verkaufen kann, habe ich ihr angeboten, hier auszustellen und den Vertrieb für sie zu übernehmen.«
Beeindruckt von Fredericks Hilfsbereitschaft folgte ich ihm in den Laden, in dem es wie immer heimelig nach Bienenwachs und Paraffin duftete.
Insgesamt vier Trichtergefäße mit heißem, flüssigem Wachs standen im Raum, und auf den Tischen daneben lagen Dochte in verschiedenen Längen. An den Wänden hingen kopierte Anleitungen zum Kerzenziehen.
Ob ich es auch mal ausprobieren sollte?
»Mach es dir gemütlich, während ich den Kaffee koche. Oder möchtest du lieber Tee?«
»Nein danke, ich hab schon eine halbe Kanne Blütenzauber intus. Hast du auch Espresso?«
»Ja, hab ich. Allerdings nur ganz exotischen mit Schoko-Chili-Geschmack aus der Alten Theestube vorne an der Hauptstraße. Magst du so etwas?«
Ich antwortete: »Keine Ahnung, aber ich lasse mich gern überraschen.«

Während Frederick mit einem silbernen Herdkocher hantierte, schaute ich mich im Laden um. Auch hier war das Angebot deutlich erweitert worden. Es gab eine neue, schöne Vitrine mit einem großen Sortiment an *Yankee Candles,* Duftkerzen, die gerade sehr angesagt waren. Man bekam sie entweder als sogenannte *tarts* für Duftlampen oder hübsch verpackt als farbige Kerzen im Glas.

Ich hätte nicht vermutet, dass Frederick so etwas in sein Sortiment aufnehmen würde.

Neugierig nahm ich einige Kerzen aus der Vitrine und schnupperte daran. Sofort verfiel ich dem Aromazauber von Vanille, Lavendel, Honig und Freesien.

»Kannst dir gern ein paar aussuchen, ich schenke sie dir«, sagte Frederick, als ich versuchte, mich zwischen *Honey Blossom* und *Red Velvet* zu entscheiden. Beide dufteten gleichermaßen verführerisch.

Frederick stellte zwei Espressotassen und eine Dose Zucker auf einen kleinen, runden Tisch neben dem Empfangstresen.

Dann holte er aus dem hinteren Raum zwei Stühle und klappte sie neben dem kleinen Tisch auf.

Unglaublich, wie freundlich und fürsorglich er heute war.

»Darf ich fragen, wie lange du diesmal bleibst?«, wollte er wissen und schenkte uns beiden Espresso ein. Der geröstete Arabica verströmte einen intensiven, bittersüßen Duft nach Schokolade und Gewürzen. Und ich konnte es kaum erwarten, ihn zu kosten.

»Ungefähr zwei Wochen«, antwortete ich. »Oder vielleicht ein wenig länger. Ich habe meinen Laptop dabei und werde fleißig an meinem Drehbuch arbeiten. Es fehlen noch etwa fünfzig Seiten, und ich muss noch einige Korrekturen vornehmen. Ich nehme nämlich an einem Drehbuchwettbewerb teil. Offizieller Abgabetermin ist der erste September. Danach beginnt die Jury mit dem Lesen, und am ersten Dezember werden die drei Gewinner gekürt.«

»Und wie ist dein Gefühl? Bist du zufrieden mit dem, was du geschrieben hast?« Frederick sah mich mit seinen warmen, zimtbraunen Augen an, und ich vergaß beinahe, dass es jemals Probleme oder eine gewisse Sophie Thalheim gegeben hatte, die sich wie ein Gespenst zwischen uns drängte.

»An sich schon. Aber wenn ich daran denke, was für mich alles von diesem Drehbuch abhängt, wird mir manchmal ganz schlecht«, antwortete ich. »Unsere Branche befindet sich zurzeit dermaßen im Keller, dass ich manchmal überlege, umzusatteln und etwas vollkommen anderes zu machen. Irgendetwas Bodenständiges, das nicht vom Internet ersetzt oder verdrängt werden kann …«

Frederick nickte und trank seinen Espresso in einem Zug aus.

»Das kann ich gut verstehen. Ich möchte weder mit Musikern noch mit Autoren noch Filmschaffenden tauschen. Aber hier läuft ebenfalls nicht alles rund, denn auch wir Insulaner müssen uns immer etwas Neues einfallen lassen, um über die Runden zu kommen. Selbst die bodenständigen Berufe, wie du sie bezeichnest, sind Veränderungen unterworfen. Was glaubst du, was sich für die hiesigen hundert Bauern in den letzten Jahren alles geändert hat? Nimm nur mal die fünf Mühlen auf Föhr. In einer wohne ich, die Wrixumer Mühle wurde als Museum umfunktioniert, und man kann dort Zinn gießen. Aber in keiner wird noch Korn gemahlen.«

Fredericks Worte machten mich traurig.

Nachdenklich ließ ich meinen Blick durch den Laden wandern. Es wirkte alles heller und frischer als bei meinem letzten Besuch. Anscheinend hatte Frederick renoviert.

War das seine Art, mit der Zeit zu gehen?

Oder brauchte er selbst etwas Abwechslung?

»Hast du deshalb die Yankee Candles mit ins Programm genommen und einiges umgestaltet?«, fragte ich.

»Zum Teil. Die Kids und ihre Mütter stehen total drauf, und ich mag die *tarts* ebenfalls.«

Ich gluckste.

»Sag mal, lachst du mich aus?« Frederick blickte mich amüsiert an, während ich mich bemühte, ein ernstes Gesicht zu machen. Ich stellte mir gerade vor, wie Frederick abends vor dem Nachhausegehen vor der Vitrine stand und überlegte, welcher Duft am besten zum Ambiente seiner Mühle passte.

»Ach nö«, kicherte ich, plötzlich überdreht wie ein Teenie.

»Keine Ahnung, was gerade in mich gefahren ist. Aber nun verrat mir endlich, was es mit dem Theaterstück auf sich hat und wie ich helfen kann?«

Frederick verschränkte die Arme hinter dem Kopf und fuhr sich durch sein volles, dunkles Haar.

Vermutlich war auch er ein wenig verlegen.

»Die Oldsumer spielen eine stark gekürzte Version des *Sommernachtstraums* von Shakespeare. Sander Harken leitet die Truppe seit fünf Jahren und scheint jetzt alles neu machen zu wollen. Er hat vorgeschlagen, dass die Darsteller komplett auf Kostüme verzichten sollen und die Geschichte im heutigen Föhr spielt. Das missfällt den meisten aber, weil sie gerade besonderen Spaß daran haben, sich zu verkleiden und ein bisschen *alte Welt* zu spielen. Und ich finde ehrlich gesagt auch, dass die ursprüngliche Variante besser zum Aufführungsort Lembecksburg passt, obwohl du mich jetzt vielleicht für furchtbar altmodisch hältst.«

Ich dachte nach.

Der *Sommernachtstraum* war in der Tat ein Klassiker im Repertoire von Schul- und Laientheatern und als Stück einigermaßen unkompliziert zu inszenieren. Einerseits gefiel mir der moderne

Ansatz des Regisseurs, andererseits konnte ich aber auch die Darsteller verstehen.
Es galt also, einen Kompromiss zwischen beiden Parteien zu finden. Keine leichte Aufgabe!
»Weiß dieser Sander, dass du mich um Hilfe gebeten hast?«
»Ich habe ihm gegenüber angedeutet, dass ich gewisse Kontakte hätte, wenn er Hilfe bräuchte«, antwortete Frederick.
»Und wie hat er darauf reagiert?«
Was ich überhaupt nicht gebrauchen konnte, war ein ähnlicher Konflikt wie letzten Sommer mit Lucas Kaiser.
»Er hat sich gefreut und würde es klasse finden, wenn du mal bei den Proben dabei wärst. Die nächste findet übrigens am fünfzehnten Juni statt, also kommenden Samstag. Ich gebe dir mal seine Handynummer.«
»Ja, bitte. Bevor ich ihm antworte, schlafe ich aber noch eine Nacht drüber, okay? Apropos, ich gehe heute Abend mit Leevke, Gesche, Cäthe und Freunden aus Hamburg ins EP zum Erdbeerfest. Dort wollte ich in meinen Geburtstag reinfeiern. Hast du Lust zu kommen? Die ersten Drinks gehen auf mich.«
Fredericks Augen leuchteten auf, und er sah auf einmal ganz jungenhaft aus.
»Ja, ich komme gern. Um wie viel Uhr?«
»Leevke meinte, dass dort vor elf Uhr abends nicht viel los ist. Ich schätze, wir werden so gegen halb elf da sein. Jetzt muss ich leider weg, weil ich nachher noch Besuch von meinem Mitbewohner und seinem Freund bekomme.«
Mit diesen Worten stand ich auf, ich musste Tim und Nic von der Fähre abholen.
»Dann will ich dich nicht weiter aufhalten. Wir sehen uns ja heute Abend«, antwortete Frederick und gab mir zum Abschied einen zarten Kuss auf die Wange.
Trotz aller Unschuld, die darin lag, ging er mir durch Mark und

Bein. Ich verließ die Werkstatt und legte beschwingt den Weg zu Leevke zurück. Gutgelaunt lächelte ich alle Passanten an, die mir entgegenkamen, und die meisten lächelten erfreut zurück. Dieser Tag war wundervoll und würde noch viel wundervoller werden, das spürte ich deutlich.

34. Kapitel

Punkt 14.50 Uhr stand ich an der Mole in Wyk, um Tim und Nic abzuholen und in die Pension Ogge in Nieblum zu bringen. Da mir Leevke netterweise ihren VW-Bus geliehen hatte, fühlte ich mich plötzlich beinahe wie eine Insulanerin.

Nachdem ich das Auto geparkt hatte, stellte ich mich vorne an den Anleger, beglückt darüber, das Eintreffen der Fähre von Dagebüll einmal aus der anderen Perspektive zu erleben. Ich erblickte Tim und Nic schon auf Deck, von wo aus sie mir fröhlich zuwinkten.

»Hallo, Butterfly«, rief Tim, als er kurze Zeit später vor mir stand, und schloss mich in seine – mittlerweile kräftigen – Arme. Seit er mit Nic zusammen war, der regelmäßig Sport trieb, um fit für seine Tourneen zu sein, hatte Tim mit Kraftsport begonnen. Erst widerwillig, nun aber mit wachsender Begeisterung.

»Meine Güte, hast du fette Muckis«, antwortete ich und löste mich aus seiner festen Umarmung, um Nic zu begrüßen, der auch strahlte wie ein Honigkuchenpferd.

»Das ist also Föhr«, stellte Nic fest und ließ seinen Blick über das Hafengelände und Richtung Sandwall schweifen. »Schöner Strand. Wollen wir da gleich mal hin?«

»Wenn ihr nicht sofort in die Pension wollt, gern«, erwiderte ich. »Dann gebe ich Dörte Nielsen Bescheid, dass ihr später kommt, damit sie nicht umsonst auf euch wartet.«

Gesagt – getan.

Eine Viertelstunde später saßen wir auf der Terrasse des Café Aquamarin in Wyk, tranken eisgekühlte Rhabarberschorle und

beobachteten drei Holzboote, die träge nebeneinander im blauen Wasser schaukelten. Das Meer glitzerte in der Sonne, es war ein ungewöhnlich warmer Frühsommertag.
»Ist das da Sylt?«, fragte Nic und deutete auf die gegenüberliegende Inselgruppe.
Ich schüttelte den Kopf.
»Nein, das ist die Hallig Langeneß. Die Erhöhungen, die du dort siehst, sind Warften, insgesamt achtzehn Stück, die künstlich mit Erde aufgeschüttet wurden, um die Bewohner und ihre Tiere vor Sturmfluten zu schützen. Ihr könnt ja einen Ausflug dorthin machen. Lohnt sich bestimmt.«
»Nee danke, lass mal«, winkte Tim ab. »Ich bin froh, dass ich die Überfahrt hierher überstanden habe, ohne dass ich seekrank geworden bin. Schon die bloße Vorstellung, womöglich auf so einem Winzding festzusitzen, nur weil das Meer Zicken macht, treibt mir den Angstschweiß auf die Stirn. Allerdings hätte ich echt Lust, einen Ausflug nach Sylt zu machen.«
Bei der bloßen Erwähnung des Namens Sylt musste ich sofort an Julian und den missglückten Urlaub denken.
Wurde es nicht allmählich Zeit, diese negative Erinnerung hinter mir zu lassen?
»Dann lass uns doch morgen hinfahren«, schlug ich vor. »Es gibt eine Verbindung von Föhr nach Sylt. Ich suche nachher die Fahrtzeiten heraus, dann feiern wir meinen Geburtstag eben dort. Föhr können wir uns auch noch Donnerstag und Freitag anschauen.«
»Super Idee«, fand nun auch Nic, der heute auffallend ruhig war. Tim strahlte. Er wollte schon immer mal nach Sylt.
Er und Nic wechselten einen bedeutungsvollen Blick.
Tim räusperte sich.
»Wir müssen dir übrigens noch was sagen, Felicitas«, begann

er, und ich bemerkte erstaunt, wie unsicher er auf einmal wirkte.

»Was ist denn los?«, fragte ich besorgt. »Ist was Schlimmes passiert?«

Nic nahm Tims Hand und hielt sie fest gedrückt. Tim atmete einmal tief durch und sagte:

»Wir haben gestern Abend beschlossen, zusammenzuziehen.«

Es dauerte einen Moment, bis seine Worte zu mir durchgedrungen waren.

»Wow … das sind ja … tolle Neuigkeiten«, stammelte ich, während sich in meinem Kopf die Gedanken überschlugen: Wo würden die beiden wohnen? Musste ich ausziehen? Und wann sollte es losgehen?

»Tatsächlich?«, antwortete Tim strahlend. »Ich hatte ehrlich gesagt ein bisschen Bammel davor, es dir zu erzählen. Und ich wollte es dir eigentlich erst nach deinem Geburtstag sagen, um dir den Tag nicht zu verderben … aber irgendwie habe ich es doch nicht ausgehalten …«

»Tim denkt, dass du wahrscheinlich traurig bist«, mischte sich Nic ein. »Aber ich habe ihm gesagt, dass du dich für ihn freuen wirst und eine Lösung findest. Im Übrigen haben wir es nicht eilig. Du kannst dir also in aller Ruhe etwas Neues suchen.«

»Moment mal«, protestierte Tim und löste seine Hand aus Nics. »Felicitas und ich sind gleichberechtigte Mieter.«

»Wollt ihr denn auf Sankt Pauli wohnen?«, fragte ich, um ein bisschen Zeit zu gewinnen, um meine Fassung zurückzubekommen. Mit einer solchen Neuigkeit hatte ich wahrlich nicht gerechnet und hätte sie in der Tat lieber später erfahren.

»Der Kiez ist voll mein Ding, und eure Wohnung finde ich geil, auch wenn man ein wenig renovieren müsste«, antwortete Nic, der es offenbar doch ziemlich eilig hatte, die Dinge unter Dach und Fach zu bringen.

»Nics Wohnung ist leider zu klein«, beeilte Tim sich zu erklären. »Aber ich hätte auch nichts dagegen, woanders zu wohnen. Wilhelmsburg ist ja gerade im Kommen, das Karoviertel würde mir auch gefallen.«

Egal, wie die beiden sich entschieden – es hatte Konsequenzen für mich.

Selbst wenn Tim auszog, war ich angesichts meiner unsicheren finanziellen Lage gezwungen, mir eine Mitbewohnerin zu suchen.

Dann wäre es eventuell besser, dass ich mich gleich nach einer kleineren eigenen Wohnung umschaute. Doch würde ich ohne nachweisbares, festes Einkommen einen Vertrag bekommen?

In den letzten Jahren waren die Hamburger Mieten teilweise um vierzig Prozent gestiegen. Selbst um das kleinste Loch rissen sich an die hundert Bewerber. Den Zuschlag bekam derjenige, der das höchste Gehalt und eine Festanstellung nachweisen konnte. Ich hatte weder das eine noch das andere.

Tim schien meine Verwirrung zu spüren und sagte:

»Wir können in Ruhe darüber sprechen, wenn du zurück in Hamburg bist, okay? Und wie gesagt, weder Nic noch ich haben es besonders eilig.«

Obwohl Tim versuchte, mich abzulenken, konnte ich meine Gedanken nicht abstellen, als wir am Sandwall entlangschlenderten und dem bunten Treiben der Urlauber zusahen. Die Kastanien blühten tiefrot, die saftig grünen Eschen dahinter bildeten einen guten Windschutz und spendeten an heißen Tagen bestimmt wohltuenden Schatten.

Hier war alles an seinem Platz, nur ich war gerade im Begriff, den meinen in Hamburg zu verlieren.

Als ich Tim und Nic zur Pension Ogge in Nieblum gebracht hatte, war ich froh über ein wenig Ablenkung. Denn Dörte Nielsen freute sich sichtlich, mich zu sehen.

»Frau Mahler, da sind Sie ja wieder. Geht's Ihnen gut?«
Ich bejahte und sah aus den Augenwinkeln, dass Tim ziemlich betreten dreinschaute, während er das Gepäck aus dem VW-Bus nahm. Sofort kam Sören Nielsen herbeigeeilt und packte mit an.
»Ich bringe die beiden Herren mal nach oben, dann könnt ihr beiden in aller Ruhe schnacken«, sagte er augenzwinkernd.
»Bis nachher, ich melde mich später und sage euch Bescheid, wann Leevke und ich euch abholen«, rief ich Tim hinterher. Ich setzte mich mit Dörte Nielsen in den Strandkorb vor dem Haus und erzählte ihr, wieso ich wieder auf Föhr war und diese Insel mich nicht mehr losließ.
»Das kann ich gut verstehen«, stimmte sie mir lächelnd zu. »Ist ja auch ein kleines Paradies. Und gegen diese Sehnsucht gibt es meiner Erfahrung nach nur ein einziges Mittel.«
Neugierig horchte ich auf.
»Sie müssen hierherziehen. So wie mein Mann.«
»Ihr Mann?«, fragte ich erstaunt. »Stammt er denn nicht von Föhr?«
Dörte Nielsen grinste.
»Nein, er kommt aus Kiel. Er hat irgendwann bei uns Urlaub gemacht und ist hier hängengeblieben. Übrigens wohnen auf Föhr mittlerweile viele Nichtinsulaner. Wussten Sie das nicht?«
Nein, davon hatte ich keine Ahnung gehabt.
»Aber wovon leben die denn? Soweit ich weiß, ist es auch für Föhringer nicht einfach, einen Job zu finden.«
»Einige arbeiten in der Gastronomie oder im Hotelfach. Andere haben sich als Physiotherapeuten oder Heilpraktiker selbständig gemacht. In Alkersum wohnt sogar eine Malerin aus Paris. Sie lebt seit dreißig Jahren auf Föhr, gibt Malkurse, verkauft ihre Aquarelle und fühlt sich hier so wohl, dass sie sich

nicht mehr vorstellen kann, wieder nach Frankreich zurückzukehren. Besuchen Sie sie mal, sie freut sich sicher. Ihre stimmungsvollen Bilder sind außergewöhnlich. Sie heißt Michelle Dubois, und ihr Atelier ist gleich um die Ecke vom Museum Kunst der Westküste.«

Ich entgegnete, dass ich hoffte, eine Gelegenheit zu finden, in dem Atelier vorbeizuschauen, und verabschiedete mich von der Pensionswirtin.

Ihre Worte schwirrten mir immer noch durch den Kopf, als ich zu Leevke in den Laden ging.

Tim und Nic wollten erst einmal ein Nachmittagsschläfchen machen, weil sie die Nacht zuvor in einem Club auf der Reeperbahn durchgefeiert hatten.

»Na, sind die beiden gut angekommen?«, fragte Leevke, als ich ihr den Autoschlüssel zurückgab.

»Ja«, antwortete ich und verspürte auf einmal einen bohrenden Schmerz hinter meinen Schläfen.

Wieso musste dieser Tag auf einmal eine so blöde Wendung nehmen?

»Und wie war's mit Frederick? Hat er sich gefreut, dich zu sehen?«

»Mhmmm.«

Die Erinnerung an den Vormittag in der Kerzenwerkstatt und die Vorfreude, ihn heute Abend zu sehen, hoben meine Laune wieder ein wenig. »Ich habe ihn übrigens zum Erdbeerfest eingeladen.«

Leevke lächelte.

»Na, das hört sich ja vielversprechend an. Cäthe und Gesche werden auch kommen. Niklas wusste es noch nicht. Wir werden bestimmt unseren Spaß haben. Aber wieso guckst du gerade so, als hätte dir jemand dein Lieblingsspielzeug geklaut?«

Ich erzählte ihr von Tims Plänen.

»Bitte versteh mich nicht falsch, warum sollten die beiden nicht zusammenziehen. Ich bin froh, dass Tim nach all den Pleiten der letzten Jahre endlich in einer glücklichen Beziehung ist. Aber ich kann mir kaum vorstellen, nicht mehr mit ihm zusammenzuwohnen. Er ist doch so was wie meine Familie.«
»Dann wird es wohl Zeit, eine neue Familie zu gründen«, sagte Leevke nachdenklich. »Ich würde ja liebend gern mit in deine Wohnung ziehen, doch ich kann hier leider nicht weg, solange es meinem Vater so schlechtgeht.«
Tja, das wäre in der Tat *die* Lösung gewesen!
Nachdem ich Leevke geholfen hatte, eine Lieferung Kettenanhänger mit Elfen- und Feenmotiven mit Preisen zu versehen, ging ich hinauf in die Wohnung. Auch ich wollte mich vor dem Fest im EP noch hinlegen.
Ich zog die Vorhänge zu und legte mich aufs Bett.
Zwei Stunden später erwachte ich vom Klingeln meines Weckers. Sofort dachte ich wieder an die Wohnungssuche, die mir in Hamburg bevorstand, doch dann fiel mir ein, dass ich noch gar nicht wusste, was ich anziehen sollte. Schließlich wollte ich heute Abend gut aussehen.
Warum sollte ich mir jetzt das Hirn über meine Zukunft zermartern? Ich war doch hier, auf dieser traumhaften Insel, um mit meinen Freunden in meinen Geburtstag hineinzufeiern, und das Wetter spielte auch mit – alles andere würde sich schon fügen!
Nach einer ausgiebigen Dusche cremte ich mich besonders gründlich mit meiner nach Vanille duftenden Lieblingsbodylotion ein und schlüpfte in meinen kuscheligen Bademantel, den meine Mutter mir zu Weihnachten geschenkt hatte.
Dann ging ich zu Leevkes Schrank im Gästezimmer, in dem sie ihre Bastelutensilien aufbewahrte, aber Platz für mich frei geräumt hatte.

Ich zog drei Outfits in die engere Auswahl: ein schwarzes, figurbetontes, knielanges Kleid mit einer Blumenbordüre um die Taille, ein blaues Jeanskleid und meine Lieblingsjeans mit einem grauen Longshirt, das mir aufgrund seines weiten Ausschnitts immer wieder über die Schultern rutschte und ziemlich sexy aussah.

Doch halt, wo waren das Shirt und das Jeanskleid?

Irritiert durchsuchte ich den Schrank, aber Fehlanzeige. Das konnte doch nicht wahr sein!

Ob Leevke sich mein Jeanskleid genommen hatte? Sie hatte sich schon ein paar Mal Klamotten von mir ausgeliehen. Doch sie hätte mich vorher sicherlich gefragt, ob mir das recht sei. Aber wo steckte sie eigentlich?

In diesem Moment hörte ich die Haustür, dann stand Leevke im Zimmer. Sie sah abgekämpft aus.

»Wo warst du denn?«, fragte ich, immer noch ein bisschen durcheinander. Leevke setzte sich auf die Bettkante.

»Bei meinem Vater. Ich wollte ihm nur schnell etwas von dem Gratin von gestern vorbeibringen. Aber er war wieder so schlecht drauf, dass ich länger bleiben musste. Dabei wollte ich in Ruhe duschen und mich fertig machen. Wie spät ist es überhaupt?«

»Es ist kurz nach acht, du hast also noch jede Menge Zeit«, versuchte ich sie zu beruhigen, setzte mich neben sie und strich ihr übers Haar. »Tut mir leid, das mit deinem Vater. Was passiert denn jetzt mit ihm?«

Leevke seufzte.

»Wenn ich das nur wüsste. Ich habe Unterlagen von psychosomatischen Kliniken angefordert, aber ich traue mich nicht, sie ihm zu geben. Ich weiß, dass er sich mit Händen und Füßen dagegen wehren wird. Psychologie und Therapie sind für ihn so was wie Teufelszeug, und ich weiß einfach nicht, wie ich ihm das beibringen soll. Schade, dass er nicht so ist wie meine Oma. Die ist davon nämlich ziemlich angetan.«

»Vielleicht hat sie ja eine Idee, wie man ihn knacken könnte«, sagte ich nachdenklich. »Wie verstehen die beiden sich denn?«

»Geht so«, antwortete Leevke betrübt. »Sie ist ein solcher Freigeist, dass sie meinem Vater schon immer ein Dorn im Auge war. Ich glaube, er war froh, dass meine Mutter und Beeke sich nie so besonders verstanden haben. Er glaubt nur an das, was er sieht – und damit basta! Aber lassen wir das, sonst werde ich noch depressiv und bleibe zu Hause.«

»Kommt nicht in Frage, meine Liebe«, widersprach ich energisch. »Ich will nämlich heute Abend mit dir den Tanzboden zum Wackeln bringen. Also ab unter die Dusche. Soll ich dir in der Zwischenzeit einen Tee kochen? Oder lieber einen Espresso?«

Ich musste mir unbedingt Fredericks köstlichen Schoko-Chili-Arabica besorgen!

»Lieber einen Espresso«, antwortete Leevke dankbar.

»Aber bevor du ins Bad verschwindest, weißt du zufällig, wo mein Jeanskleid und das graue Longshirt abgeblieben sind? Die sind wie vom Erdboden verschluckt.«

»Was?«, fragte Leevke erstaunt. »Wie kann das denn sein? Ich hab nichts angerührt. Du weißt doch, dass ich dich immer vorher frage, wenn wir Klamotten tauschen. Merkwürdig!«

»Nun ja, dann ziehe ich eben mein schwarzes Kleid an«, sagte ich und nahm es vom Kleiderbügel. »Ich hoffe nur, dass die Sachen wiederauftauchen, denn ich hänge an ihnen.«

»Das hoffe ich auch. Seltsam …«, murmelte Leevke und ging kopfschüttelnd aus dem Zimmer.

Kurz darauf hörte ich die Dusche plätschern.

Ich schlüpfte in das Kleid und betrachtete mich im Spiegel.

Was ich sah, gefiel mir ausnahmsweise.

Ich hatte schon etwas Farbe, meine Augen strahlten, und mein Körper kribbelte vor Vorfreude.

Um Viertel nach zehn holten wir Tim in der Pension ab. Alle waren ausgelassener Stimmung und quasselten auf der Fahrt wild durcheinander, auch Leevke hatte sich wieder gefangen.
Als im Licht der Straßenlaterne plötzlich die Silhouette eines griechischen Restaurants auftauchte, dessen künstliche, auf antik getrimmte Säulen weder zu Föhr noch zu der davorliegenden Mühle passten, begann Nic zu lachen.
»Das sieht ja aus wie eine Filmkulisse«, amüsierte er sich, und Tim flüsterte mir verschwörerisch zu:
»Ist sie das?«
Natürlich hatte ich ihm von Fredericks Mühle vorgeschwärmt.
»Nein, Frederick wohnt in Oldsum«, antwortete ich, spürte jedoch, wie allein der Anblick von Mühlenflügeln mich in Aufregung versetzte und gleichzeitig gemischte Gefühle in mir auslöste. Nach wie vor hatte ich nicht den Anblick der Vogelbilder vergessen.
Doch warum sollte ich diese Erinnerungen heute Abend an mich herankommen lassen? Ich wollte mich amüsieren.
Schließlich hatte ich Geburtstag!
Kurz vor halb elf stellte Leevke den VW auf dem Parkplatz vom EP ab, der noch ziemlich leer war. Eine halbe Stunde später hätten wir keine Chance mehr gehabt, weil anscheinend halb Föhr beschlossen hatte, den Abend im EP zu verbringen.
»Du siehst einfach umwerfend aus.« Leevke warf mir einen anerkennenden Blick zu, als ich ausstieg und mein Kleid zum letzten Mal glättete.
Auch Tim war hingerissen.
»Wenn dieses Outfit Frederick nicht aus den Socken haut, dann weiß ich auch nicht«, sagte er augenzwinkernd.

»Und die Hochsteckfrisur steht dir auch super«, fiel Nic in die Lobeshymnen mit ein. »Der *Undone-Look* sieht wild und sexy aus!«

»Danke, ihr Lieben – ihr seid aber auch sehr schick«, murmelte ich verlegen. Würde Frederick sich mit Tim und Nic verstehen?

»Lasst uns reingehen, ich hab Lust auf diesen leckeren EP-Cocktail aus Limes und Sekt auf Eis, den ich letzten Sommer dort getrunken habe.«

»Vergiss den Erdbeer-Drink. Auf Föhr musst du *Manhattan* trinken«, ertönte auf einmal eine Stimme neben mir – es war Frederick.

Drei Augenpaare richteten sich neugierig auf ihn.

»Den haben die Föhringer aus den USA auf die Insel gebracht. Hartes Zeug, aber sehr lecker!«

Er gab Tim und Nic die Hand und stellte sich vor.

Beide lächelten, ein gutes Zeichen.

Beschwingt folgte ich Frederick und Leevke in den Eingangsbereich des EP, wo sie sogleich mit dem Besitzer Michael ins Gespräch kamen, während wir Eintritt zahlten.

Im großen Saal spielten sie einen meiner Lieblingssongs, ja, der Abend schien unter einem guten Stern zu stehen!

Bald tauchten Gesche und Cäthe auf, irgendwie hatten sie es beide geschafft, ihre Männer von ihren Babysitterqualitäten zu überzeugen.

Ich fühlte mich an die Zeiten erinnert, in denen ich mit Viola durch die Clubs gezogen war und wir die Nacht durchgetanzt hatten, bis wir vor Erschöpfung beinahe zusammenbrachen.

Frederick beobachtete mich die ganze Zeit, und meinen Körper überzog ein Prickeln. Zunächst hatte ich Hemmungen, mich der Musik hinzugeben – doch irgendwann war mir alles egal. Hier war ich in meinem Element, hier fühlte ich mich so frei. So frei hätte ich mich auch gern im normalen Leben gefühlt. Als die Zeiger der Uhr sich unaufhaltsam Mitternacht näherten, schoss mir durch den Kopf, dass dies meine schönste Geburtstagsfeier seit langem war.

Anscheinend wollte Frederick sich lieber etwas im Hintergrund halten und gratulierte mir als Letzter.

»Happy Birthday, Felicitas«, sagte er und küsste mich auf die Wange. Flüsternd fügte er hinzu: »Übrigens steht dir das Kleid wunderbar. Du bist einfach unwiderstehlich, vor allem wenn du tanzt. Und ich muss dir noch etwas sagen: Ich habe die Vogelbilder in der Mühle abgehängt.«

Ein schöneres Geburtstagsgeschenk hätte er mir nicht machen können. Frederick war anscheinend bereit, seine Vergangenheit mit Sophie hinter sich zu lassen und einen Schritt auf mich zuzugehen.

Der Rest der Nacht verging wie in Trance. Frederick und ich tanzten viel zusammen. Zum Glück hatte der DJ so viele gute Songs in seinem Repertoire, dass für jeden etwas dabei war, der Tanzboden bebte.

Um drei Uhr morgens brachte ich Frederick zu seinem Auto, er war bis auf einen winzigen Schluck von meinem *Manhattan,* den ich natürlich probieren musste, nüchtern geblieben.

Bevor er in den Pick-up stieg, nahm er mich in den Arm und küsste mich. Und immer noch durchströmte mich dieses himmlische, wundervolle Gefühl, als ich später im Zimmer den Wecker stellte. In nur wenigen Stunden wollten wir zu unserem Ausflug nach Sylt aufbrechen.

Ich überlegte kurz, Frederick noch eine SMS zu schicken und zu unserem Ausflug einzuladen, entschied mich jedoch dagegen. Dieser Tag galt ganz allein mir und meinen engsten Freunden.

So, wie es sich momentan anfühlte, würde ich noch genug Zeit

mit Frederick verbringen können. Voller Freude und Zuversicht, was die Zukunft noch alles für mich bereithalten würde, kuschelte ich mich in meine gemütliche Decke.
Ja, dies war definitiv der schönste Geburtstag meines Lebens gewesen!

35. Kapitel

Mittwoch, 12. Juni

Happy birthday to you, happy birthday to you, happy birthday, liebe Felicitas, happy birthday to yoooooouuuuu.«

Mit diesem etwas schief gesungenen Ständchen empfingen Leevke, Tim und Nic mich am folgenden Morgen in der Küche, nachdem ich aus dem Bad gekommen war.

Nachdem mich alle umarmt hatten, setzten wir uns erschöpft an den von Leevke liebevoll gedeckten Geburtstagstisch.

»Boah, bin ich fertig«, sagte Tim gähnend und legte seinen Kopf auf die Tischplatte. »Ich hatte eindeutig zu viele *Manhattans*. Das ist ja ein echter Killer-Cocktail. Aber eins muss ich dir noch sagen, Butterfly, bevor ich gleich wieder einschlafe: Dein Frederick ist der absolute Hammer-Typ. Eine super Mischung aus Hugh Jackman und Adrien Brody. Bist du dir sicher, dass das ein echter Friese ist?«

Ich wurde einen Moment lang verlegen.

Mit Tim über so etwas zu sprechen war eine Sache – aber in Gegenwart von Nic … Wahrscheinlich musste ich mich daran gewöhnen, die beiden künftig nur noch im Doppelpack anzutreffen, wenn Nic nicht gerade mit den Jungs von Gorgeous auf Tournee war oder Bandprobe hatte.

»Nix da, hier wird nicht geschlafen, wir müssen gleich aufs Schiff. Oder hast du keine Lust mehr, nach Sylt zu fahren?«, antwortete ich in der Hoffnung, Tim vom Thema Frederick abzubringen.

Leevke grinste bedeutungsvoll, sagte jedoch nichts. Stattdessen stellte sie den Erdbeerkuchen, den sie in aller Herrgottsfrühe für mich gebacken hatte, auf den Tisch.

Im Gegensatz zu uns hatte sie als Fahrerin gestern Nacht ausschließlich Softdrinks getrunken.

»Nö, nö«, nölte Tim. »Ich warte nur darauf, dass der Kaffee und die Kopfschmerztablette endlich wirken. Geschenke gibt's übrigens erst auf Sylt.«

Mit zitternder Hand schenkte Nic Tim Kaffee nach, auch er wirkte angeschlagen.

»Meinst du, wir könnten auch mal im EP auftreten?«, fragte er, an Leevke gewandt. »Der Laden gefällt mir, ich hätte echt Lust, mit meinen Jungs da zu spielen. Wenn ich sehe, wer dort schon alles war, bekomme ich immer noch Gänsehaut.«

»Ich kann ja Michael vom EP fragen, was er davon hält«, bot Leevke an. »Aber jetzt frühstücken wir erst mal. Wer möchte ein Stück Kuchen? Und vergiss die Kerzen nicht, Felicitas.«

Es war gut, dass Leevke nur vier Kerzen auf die Erdbeertorte gesteckt hatte, weil ich sie zum einen leichter auspusten konnte und zum anderen nicht so deutlich an meinen nächsten runden Geburtstag, den fünfzigsten, erinnert wurde.

Was mir dieses neue Lebensjahr wohl bringen würde?

So vieles in meinem Leben stand momentan auf der Kippe. Andererseits war ich gespannt, weil ich gerade eine tiefgreifende Veränderung durchmachte.

Noch bis vor ein paar Tagen hatte ich die Geschichte mit Frederick und mir beinahe abgeschrieben, und nun schwebte ich wieder auf watteweichen Wolken.

Nachdem wir alle ein Stück des luftig-lockeren Erdbeerkuchens gegessen hatten, wurde es Zeit, zur Alten Mole nach Wyk zu fahren, von wo aus das Schiff nach Sylt fuhr.

»Ui, das ist ja eine Nussschale im Vergleich zur Fähre, mit der

wir gekommen sind«, sagte Tim, als wir an Bord des Ausflugsschiffes der Adler-Reederei gingen. »Hoffentlich überlebe ich das!«
Ich musste grinsen, weil mein liebster Freund gerade mächtig auf Drama Queen machte.
»Ich bin ja bei dir und halte dein Köpfchen über der Toilettenschüssel, sollte es zum Äußersten kommen«, lachte Nic und knuffte Tim in die Seite.
»Und ich habe Bachblüten-Rescue-Tropfen für den Notfall dabei«, beruhigte Leevke Tim und hielt ihm zum Beweis ein Glasfläschchen mit gelbem Etikett unter die Nase.
Nach einer etwas unruhigen Überfahrt erreichten wir List auf Sylt. Obwohl Tim sich wacker geschlagen hatte, war er ein wenig grün im Gesicht, als wir von Bord gingen.
»Ich brauche unbedingt eine Cola, sonst sterbe ich«, japste er und setzte einen so flehentlichen Blick auf, dass Nic sofort losrannte und ihm bei Gosch in der Alten Bootshalle das Gewünschte besorgte.
»Und, wo wollen wir als Erstes hin?«, fragte Leevke, nachdem Tim einen halben Liter Cola hinuntergeschüttet und ein trockenes Brötchen gegessen hatte. »Eigentlich würde ich gern nach Keitum und nach Kampen. Irgendwelche Einwände?«
Ich schüttelte den Kopf.
»Mir ist alles recht, solange wir nach Keitum fahren. Dort soll es dieses traumhaft schöne Buchcafé Büchernest geben, das wollte ich mir immer schon mal anschauen. Und ein bisschen weißer Sandstrand wäre natürlich auch nicht schlecht.«
»Dann also erst nach Kampen und auf dem Rückweg nach Keitum«, stimmte Nic zu und klatschte begeistert in die Hände. »Mädels und Jungs, dann werfen wir uns wohl am besten in den nächsten Bus.«
Zum Glück mussten wir nicht allzu lange warten und fuhren

nach Kampen, dem Lieblingsort der Sylter High Society. Erinnerungen an Julian wurden wach …
Ich dachte daran, wie magisch Julian sich damals zu allem hingezogen gefühlt hatte, das nur entfernt nach Ruhm oder Geld roch. Von dem jungen Wilden, der sogar einmal vorgehabt hatte, in München eine Off-Bühne für Stücke ambitionierter Jung-Theaterautoren zu gründen, war nicht mehr viel übrig.
Ein wenig widerwillig ging ich abends mit ihm in jede Location auf der sogenannten Whiskey-Meile in Kampen. Beim Abendessen im Restaurant Sansibar hatte er sich jedes Mal beinahe den Kopf verrenkt, wenn ein Prominenter zur Tür hereinkam. Damals hatte Gunter Sachs noch gelebt.
»Ey, das ist ja unglaublich. Totaler Bling-Bling-Alarm«, kreischte Tim begeistert, nachdem wir aus dem Bus gestiegen waren, der direkt vor der Designer-Meile hielt.
Juweliere, Parfümerien, Boutiquen … ein wahres Shopping-Mekka, ausschließlich gedacht für ein Publikum, für das Geld keine Rolle spielte. Tim und ich hätten uns dort noch nicht einmal ein T-Shirt leisten können.
Endlich riss sich Tim von den Schaufensterauslagen los, und wir nahmen Kurs auf den Leuchtturm von Kampen.
»Wusstest du eigentlich, dass Niklas zurzeit eine Freundin hat?«, fragte ich Leevke, während Nic und Tim vorneweg in ausgelassener Stimmung zum Meer stürmten.
Niklas war gestern erst kurz vor Mitternacht im EP mit einer hübschen Brünetten im Schlepptau erschienen, die ihn verliebt anschmachtete und den Rest der Nacht an ihm hing wie eine Klette.
Ob es Leevke etwas ausmachte, war schwer zu durchschauen. Jedenfalls ließ sie sich nichts anmerken und tat so, als freue sie sich für Niklas.
»Nein, bis gestern hatte ich keine Ahnung«, antwortete Leevke

und kramte in ihrer riesigen Beuteltasche. Dann setzte sie eine Nickelbrille mit getönten Gläsern auf. Der sanfte Sommerwind bauschte ihr bodenlanges, buntes Kleid, dazu trug sie ein Kopftuch, das ihre blonden Locken im Zaum hielt. Leevke, meine zauberhafte Hippie-Elfe.

»Sie scheint aber nett zu sein.«

»Kennst du sie denn nicht?«, fragte ich erstaunt. »Ich dachte, auf so einer kleinen Insel kennt jeder jeden.«

»Kennst du denn jeden, der in eurem Haus wohnt? Oder auf Sankt Pauli?«, gab Leevke zurück. »Auf Föhr leben immerhin achteinhalbtausend Menschen.«

Ich schüttelte den Kopf. Nein, natürlich nicht. Oft bekam ich nicht einmal mit, wenn nebenan neue Mieter einzogen.

»Auf Föhr ist das nicht anders. Jeder bewegt sich in bestimmten Kreisen, und es kommt nur selten zu Überschneidungen. Und Sandra scheint genauso sportlich zu sein wie Niklas. Hast du gesehen, wie durchtrainiert ihre Arme sind?«

Ich verstand: Leevke wollte nicht über Niklas reden, also ließ ich sie in Ruhe.

Mittlerweile waren wir beim Leuchtturm angekommen.

Auf Föhr gab es – im Gegensatz zu Sylt – nur einen Leuchtturm, nämlich das acht Meter hohe Leuchtfeuer von Olhörn, ein Bau, der auf dem Geestrücken des Südstrands von Wyk stand und vergleichsweise unauffällig war.

Einige Meter weiter erstreckte sich die Nordsee blau glitzernd vor unseren Augen und lud dazu ein, sich in die Fluten zu stürzen.

Doch so warm es auch in der Sonne war, die Wassertemperatur betrug um diese Jahreszeit maximal vierzehn Grad; nur etwas für Fans von Kneipp-Kuren und ganz Hartgesottene. Selbst für Wattwanderungen von Föhr nach Amrum war es noch zu kühl, hatte Leevke mir erzählt.

Trotz der kalten Temperatur zogen wir vier Schuhe und Strümpfe aus und gingen vorsichtig ins Wasser.
Ich dachte daran, wie ich im vergangenen Sommer mit Leevke am Südstrand in der Nähe vom Pitschis baden gewesen war, und es kam mir vor, als sei es erst gestern gewesen.
Nachdem wir eine ganze Weile herumgetollt und uns gegenseitig nass gespritzt hatten, bekamen Tim und Nic Hunger. Also enterten wir den letzten freien Tisch des Strandbistros La Grande Plage, das auf hölzernen Pfählen in den Dünen stand. Ich lud alle zum Essen ein. Wir bestellten Fischpfanne mit provenzalischem Gemüse und scharfes Maishähnchen mit gebackenen Kartoffeln und Dips. Als Dessert nahmen wir rote Grütze mit Vanillesoße. Dazu gab es für jeden ein Gläschen Sekt.
Satt und zufrieden schauten wir durch die schützende Glasscheibe auf das unter uns liegende Meer und räkelten uns in den Strandkörben.
»Und jetzt ist es Zeit für die Geburtstagsgeschenke«, sagte Leevke, als wir unseren Kaffee tranken. »Mach die Augen zu, und öffne sie erst wieder, wenn ich es sage.«
Ich legte die Hände auf die Augenlider und wartete gespannt. Als Leevke ihr Okay gab, erblickte ich etwas Schmales, das wie ein Umschlag aussah, der liebevoll und aufwendig verpackt war.
»Das ist von mir«, sagte Leevke lächelnd. »Los, mach es auf.«
Behutsam löste ich das mit kleinen Perlen bestickte, selbstgenähte Stoffband und wickelte mein Geschenk aus dem schlichten, dunkelblauen Papier. Es war tatsächlich ein Kuvert, wunderhübsch bestempelt mit Blumenmustern.
Darin lag ein Gutschein, auf den Leevke in schönster Schreibschrift geschrieben hatte: *Lebenslanges Wohnrecht bei Kup Sin und mir.* Und ein Haustürschlüssel, befestigt an einem kirschroten Band.

Ich kämpfte mit den Tränen, ein schöneres Geschenk hätte mir Leevke nicht machen können.

»Damit du mich nie wieder fragen musst, ob du bei mir übernachten kannst«, erklärte sie. »Egal, wo ich später auch immer wohnen werde.«

»Und das hier ist von Nic und mir«, sagte Tim. »Es ist auch ein Gutschein und hat ebenfalls mit Föhr zu tun.« Er sah aus, als platze er gleich vor Aufregung.

So war das immer mit Tim: Keiner besorgte Weihnachtsgeschenke so früh wie er – und keiner konnte damit so wenig hinter dem Berg halten. In der Regel hielt er es vor Vorfreude nicht mehr aus und überreichte das Geschenk schon vorher bei der nächstbesten Gelegenheit. Ich bat ihn jedes Mal, Weihnachten bitte Weihnachten sein zu lassen, jedoch ohne Erfolg. »Oh, das ist ja eine super Idee«, rief ich beglückt aus.

Tim und Nic hatten mir neben einem Jahresabonnement für die NOB, die von Hamburg-Altona nach Niebüll fuhr, auch ein Jahresticket für die neg und die WDR-Fähren geschenkt.

»Wir hatten so eine Ahnung, dass du nicht das letzte Mal nach Föhr fährst«, sagte Tim mit schelmischem Augenzwinkern.

»Und da du ja noch nicht weißt, ob das mit deinem Drehbuch klappt, kannst du die Tickets sicher gut gebrauchen.«

»Oh Mann, ihr Lieben, ihr seid ja total verrückt.« Ich stand auf, um alle drei zu umarmen.

»Nicht verrückt, sondern kreativ und einfühlsam«, widersprach Tim stolz.

Ich war vor Freude sprachlos. Ein eindeutiges *Zeichen,* dass Föhr eine zunehmend wichtige Rolle in meinem Leben spielen würde. Bei diesem Gedanken breitete sich in meinem Bauch ein wohliges Kribbeln aus.

Nachdem wir noch eine Weile geplaudert und aufs Wasser geschaut hatten, machten wir uns auf den Weg nach Keitum. Mit

Hilfe seines Smartphones hatte Nic die exakte Lage des Büchernests herausgefunden. Tim betrachtete staunend die lieblichen, zumeist weiß getünchten Friesenhäuschen mit den Reetdächern und den üppig bepflanzten Vorgärten. Auf den Friesenwällen blühten Lupinen, knallroter Klatschmohn und Margeriten. Nachdem Tim zum fünften Mal hintereinander »Hier will ich wohnen« geflüstert hatte, stieß ich ihn sanft in die Seite. »Nieblum ist mindestens ebenso hübsch.«
Doch auch ich konnte mich kaum dem Zauber entziehen, den dieses puppenstubenartige Dorf auf uns alle ausübte.
Selbst der sonst so coole Nic stieß ab und zu einen verzückten Seufzer aus. Doch dann gewann sein Pragmatismus wieder die Oberhand.
»Und was ist nun so besonders an dieser Buchhandlung?«, fragte er und drehte sich eine Zigarette. »Auf Föhr gibt es doch insgesamt vier, oder habe ich das vorhin falsch verstanden, Leevke?«
»Aber kein Buchcafé«, entgegnete Leevke, als wir die Tür zum Büchernest öffneten. »Schaut mal, ist das nicht entzückend?«
Ich nickte. Ja, wie im Bilderbuch. Die große Auswahl an Büchern wurde liebevoll in hellen Regalen und auf einladenden Thementischen präsentiert. Die Buchhandlung ging über in ein Café, dessen hellgraue Korbmöbel mit den buntgestreiften Kissen sofort zum Hinsetzen, Naschen und Lesen verführten. In der Luft lag ein Duft von frisch gebackenen Waffeln, Vanille und Kaffee. Aus dem Nebenraum ertönte fröhliches Lachen. Über dem Türrahmen hing ein handgetöpfertes Schild mit dem niedlichen Namen *Inselkrabben.* Neugierig trat ich näher und steckte meine Nase durch den Türspalt. Kinder unterschiedlichen Alters waren dabei, Bilder zu malen. Auf einem langen, niedrigen Holztisch, der mit Zeitungspapier bedeckt war, standen Wassergläser mit Pinseln, während weiter hinten Bilder auf mehreren Staffeleien trockneten.

»Wollen Sie eines der Kinder abholen?«, fragte eine attraktive, dunkelhaarige Frau, die ich auf Mitte vierzig schätzte.
»Nein, ich war nur neugierig … sagen Sie, ist das eine Kita?«
Leevke war mir gefolgt und stellte sich neben mich.
Die Frau lachte.
»Nein, auch wenn es hier genauso lebhaft zugeht.«
Einer der kleineren Jungs malte dem Mädchen neben ihm einen schwarzen Punkt auf die Nase.
»Wir betreuen hier die Kinder von Insulanern und Feriengästen. Uns gibt es schon seit knapp zwei Jahren, und wir können uns vor Anfragen kaum retten. Hier wird gelesen, gemalt, gekocht, gebastelt, und die Kinder schreiben gerade zusammen an einem Buch, das *Inselkrabben* heißt. Ich bin übrigens Paula.«
»Und ich heiße Felicitas und das hier ist meine Freundin Leevke. Ich komme aus Hamburg und mache gerade Urlaub auf Föhr. Heute sind wir jedoch hier, weil Leevke unbedingt mal dieses berühmte Buchcafé sehen wollte.«
Paula lachte wieder.
»Ich bin ebenfalls aus Hamburg. Aber ich habe mich gleich bei meinem ersten Aufenthalt in Sylt verliebt und lebe seitdem hier, von einigen Trips nach Hamburg zu meinem Mann abgesehen.«
Ich dachte sofort an Frederick.
Vielleicht sollte ich ihm sagen, dass Beziehungen zwischen Hamburgern und Insulanern durchaus funktionieren konnten, wenn man nur wollte.
Leevke stupste mich an.
»Siehst du, das ist ein Fingerzeig des Schicksals, dass wir heute hier sind.« Und zu Paula gewandt: »Ich bin nämlich der Meinung, dass Felicitas nach Föhr ziehen sollte. Sie ziert sich noch ein bisschen, aber ich schätze, es dauert nicht mehr lange, bis ich sie rumgekriegt habe.«
»Ach, nur Mut, das machen heutzutage immer mehr«, entgegne-

te Paula. »Larissa Wagner, die Mitbesitzerin des Büchernests, stammt ursprünglich ebenfalls aus Hamburg. Sie vertrat ihre Tante Bea, die Inhaberin dieser Buchhandlung, eine Zeitlang und verliebte sich in einen Sylter. Heute sind die beiden glücklich verheiratet und Larissa Mutter einer zauberhaften Tochter namens Liuna-Marie. Aber bitte entschuldigen Sie mich jetzt, ich muss zurück zu den Kindern. Essen Sie doch im Café ein Stück Kuchen. Vero ist die beste Bäckerin, die ich kenne, ihre Friesentorte ist Glück pur. Viel Spaß noch auf der Insel.«

Als wir am späten Abend wieder in Nieblum eintrafen, dachte ich immer noch an Paula und Larissa. Leevke hatte mir erklärt, dass der Name Liuna nordfriesischen Ursprungs war, was darauf hindeutete, dass diese Larissa sich offenbar immer mehr mit der Lebensweise auf den nordfriesischen Inseln identifizierte.
Diesen Tag auf Sylt mit meinen Freunden hatte ich ausgiebig genossen und war rundum glücklich. Auch die Begegnung mit der sympathischen Paula hatte einen tiefen Eindruck bei mir hinterlassen.
Während Leevke nebenan bereits friedlich schlief, begann ich mich zu fragen, ob ich den Mut hätte, ebenfalls einen solchen Schritt zu wagen …

36. Kapitel

Donnerstag, 13. Juni

Als ich Donnerstagmorgen den Kleiderschrank öffnete, traute ich meinen Augen kaum: Als wären sie niemals verschwunden gewesen, hingen dort plötzlich beide Outfits, die am Tag vor dem Erdbeerfest unauffindbar gewesen waren.
Verblüfft nahm ich mein geliebtes Shirt heraus, strich über den weichen Stoff und rieb meine Wange daran, als hätte ich einen lang verloren geglaubten Freund wiedergefunden.
Übrigens steht dir das Kleid wunderbar. Du bist einfach unwiderstehlich, vor allem wenn du tanzt.
Immer noch hatte ich Fredericks Worte im Ohr, und mit einem Mal beschlich mich ein Verdacht: Hatte vielleicht Kup Sin seine Koboldfinger im Spiel und eigenmächtig das richtige Kleid für mein Date mit Frederick herausgesucht? Hatte er höchstpersönlich meine Kleidung entwendet? Es wäre nicht das erste Mal, dass er versucht hätte, mein Schicksal zu beeinflussen.
Mit einer Mischung aus Belustigung und Schaudern dachte ich daran, dass Leevkes umtriebiger Puk im letzten Sommer mein Handy in den Müll befördert hatte. Da es wohl keine andere Erklärung für dieses seltsame Ereignis gab, beschloss ich, ihm heute Abend als Belohnung etwas besonders Leckeres zu geben.
Immerhin hatte ich Frederick so betört, dass er mir heute Morgen auf die Mailbox gesprochen hatte, um mich zu fragen, wann wir uns wiedersehen würden.

Ich hatte ihm bislang noch nicht geantwortet, weil ich mich zuvor noch mit Tim absprechen musste.
Nic wollte heute nach Wyk zu Pitschis Strandhütte, um sich ein Surfboard zu mieten oder auf einem Katamaran mitzusegeln.
Tim zog es vor, die Insel zu erkunden, und hatte für heute Vormittag einen Besuch auf dem beliebten Bauernmarkt in Oevenum vorgeschlagen.
Ich holte ihn ab, und wir fuhren mit dem Bus in das beschauliche Dorf.
»Na, hast du noch nicht genug Föhrbilder?«, witzelte Tim, da ich, kaum in Oevenum angekommen, bereits an die zwanzig Fotos von den weißen, reetgedeckten Friesenhäusern mit den taubenblauen Fenstern gemacht hatte. Über den Türen waren eiserne Maueranker mit der Jahreszahl der Erbauung angebracht, ähnlich wie auf Sylt.
Als Nächstes kamen wir an der Töpferstube Töpperhüs vorbei. Am Eingang thronte auf einem efeuberankten Holzbalken eine weiße Katze aus Porzellan, die so aussah, als würde sie jeden Moment herunterspringen wollen. Auf dem hölzernen Klappstuhl vor der Tür standen ein Terrakotta-Topf mit leuchtend blauen Blumen und eine gusseiserne Pfanne, auf deren Boden mit weißer Farbe die Worte *Come in, we're open* gemalt waren.
Der Weg zum Markt, der jeden Donnerstagvormittag von Mai bis September stattfand, führte vorbei an moderneren, rotgeklinkerten Häusern. Dann kamen die ersten Verkaufsstände mit ihrem reichhaltigen Angebot in Sicht: Marmeladen und Senf aus Oldsum, handgefilzte Stofftiere und Taschen, Eier von glücklichen Hühnern, frisch gefangene Fische, handgemalte Aquarelle, Schaffelle, Tee, getöpferte Schalen, Gürtel, Schmuck, selbstgestrickte Mützen ließen Käuferherzen höherschlagen. Auf die Kleinen wartete sogar ein Karussell, wo man auf einem türkisfarbenen Dinosaurier, einem Pony oder einem

Schlumpf reiten konnte, während über einem fröhlich bunte Lichter blinkten.
Die Erwachsenen ließen es sich in der Zwischenzeit gutgehen, tranken Bier, aßen gegrillte Bratwürste, Kartoffelpuffer oder Fischbrötchen. Es ging ein bisschen zu wie auf einem Jahrmarkt, nur wesentlich gemütlicher.
»Was ist das dahinten?«, fragte Tim und zerrte mich zu einem Haus, das einen Hofladen beherbergte. Zuerst konnte ich nicht erkennen, was genau Tim meinte, da die drei pelzigen Tiere teilweise von neugierigen Zuschauern verdeckt wurden. Doch auf einmal erblickte ich zwei weiße und ein braun-weiß geflecktes Alpaka.
Ein Schild am Zaun verkündete in Form einer Sprechblase: *Spende sonst Spucke*. Ich schmunzelte und zückte sofort mein Portemonnaie, um Geld in die Metallbox zu werfen.
»Sind das Kamele?«, fragte Tim und wollte das strubbelige Köpfchen des kleinsten Alpakas streicheln.
Doch es wich zurück und wandte Tim prompt sein pelziges Hinterteil zu, was von Gelächter und Gejohle begleitet wurde.
»Hast Glück, dass es dich nicht angespuckt hat«, rief ein hübsches, blondes Mädchen mit abstehenden Zöpfen, und zu meinem großen Erstaunen wurde Tim rot.
Nachdem ich ihn zusammen mit den drei Alpaka-Kamelen fotografiert hatte, zog es mich zu einem hübsch dekorierten Fahrrad, das vor dem Gartenzaun des an den Hofladen angrenzenden Hauses stand. Es war rot lackiert, der Sattel mit rotem, weißgepunktetem Stoff überzogen, am Hinterrad hing ein Schild: *Möge dein Weg dir freundlich entgegenkommen*. Der Fahrradkorb war bepflanzt mit roten Bellis, am Lenker baumelte eine weiße Milchkanne aus Emaille, aus der sich gelbe Blütenköpfe der Sonne entgegenreckten.
»Diese Föhrer sind ja total im Dekowahn«, schmunzelte Tim,

nahm mir die Kamera aus der Hand und machte ein Bild von dem Fahrrad.
Ja, das stimmte.
Nie zuvor hatte ich an einem Ort so viele Bänke zum Verweilen gesehen, so viele Spielplätze, die zeigten, wie kinderfreundlich die Föhringer waren – und so viel Deko-Schnickschnack. Obwohl ich dieses Ambiente in Hamburg als puren Kitsch abgetan hätte, empfand ich es hier als äußerst freundlich, einladend und stimmig. Deshalb wunderte es mich auch nicht, als Tim und ich über einen Teeladen stolperten, der offenbar nur für die Dauer des Bauernmarktes in einem Stall untergebracht war. Bei einem freundlichen Herrn mit Kapitänsmütze kauften wir Kräutertee.
»Wollen wir hier etwas essen oder zu diesem süßen Café in Midlum, das in einer alten Schule untergebracht ist?«, fragte Tim.
»Du hast schon wieder Hunger?«, gab ich irritiert zurück.
Immerhin hatte Tim ausgiebig mit Nic in der Pension gefrühstückt. Tim spannte seine Arme an und demonstrierte mir seine Muskeln.
»Die brauchen dringend Aufbaustoffe«, versicherte er mir mit einem Zwinkern.
»Aber doch eher in Form von Proteinen und nicht von Kuchen«, widersprach ich, konnte mir aber ein Lächeln nicht verkneifen.
»Der Mensch braucht auch Zucker«, entgegnete Tim und schaute mich mit seinem unwiderstehlichen Hundeblick an, der auch diesmal nicht seine Wirkung verfehlte.
Ich sah auf die Uhr. Es war kurz nach eins, an sich eher Zeit fürs Mittagessen. Dörthe Nielsen hatte mir einmal von dem tollen Essen im Midlumer Krug vorgeschwärmt.
Sie bekommen nirgendwo besseren Spargel und köstlichere Kartoffeln! Sollten wir also nicht lieber dorthin gehen?

Aber Tim hatte Lust auf etwas Süßes.

»Okay, überredet«, antwortete ich. »Aber nur, wenn wir zu Fuß gehen.«

»Wenn du meinst«, maulte Tim zunächst, doch dann hellte sich sein Gesicht auf. »Dafür gibt's aber als Belohnung auch noch Schlagsahne auf den Kuchen!«

»Mach, was du willst«, entgegnete ich grinsend und dirigierte Tim zur Hauptstraße Richtung Midlum.

Plötzlich fiel mein Blick auf einen Wagen: *Hofladen, Föhrer Inselkäse* stand darauf, und ich blieb stehen, weil mir die Frau hinter dem Verkaufstresen bekannt vorkam.

»Hallo, Gesche, was machst du denn hier?«, begrüßte ich Leevkes Freundin. Gesche schien ebenso verwirrt zu sein, mich zu sehen.

Tim schaute amüsiert von einer zur anderen.

»Felicitas, na, das ist ja eine nette Überraschung«, antwortete Gesche freudig lächelnd und gab einem der vielen Kunden, die gerade Schlange standen, eine Tüte mit Käse. »Ich arbeite doch im Hofladen in Alkersum, schon vergessen? Deshalb bin ich immer donnerstags auf dem Markt. Besuch uns mal im Laden, dann können wir zusammen Tee trinken und ein bisschen quatschen, wenn du magst. Jetzt muss ich nämlich leider wieder …«

»Das mache ich gern«, antwortete ich und nahm mir vor, bei Gesche vorbeizuschauen, sobald sich eine Gelegenheit ergab.

Nach einem kleinen Marsch von Oevenum nach Midlum standen wir auch schon vor dem ovalen grünen Schild mit der Aufschrift *Café Alte Schule,* auf dem außerdem ein altmodischer Füllfederhalter zu sehen war. Die Öffnungszeiten waren mit Kreide auf einer Schiefertafel notiert und glichen einem Stundenplan.

Vor dem Eingang stand ein Holztisch mit einer kirschroten

Tischdecke, über die wiederum eine Spitzendecke gebreitet war. Eine Tafel im antiken Rahmen pries die Spezialität des Tages, die Marzipantorte *Die weiße Dame,* an. Davor standen hauchdünne, weiße Porzellantassen und eine bauchige Teekanne, eingebettet in einem Blumenkranz.

»Schlicht geht irgendwie anders«, amüsierte sich Tim und zog mich zum Eingang, wo man durch eine Gartenpforte zum Café gelangte. Daran hing ein Hinweis, dass sich im Garten Hühner namens *Herkules und seine Püppies* aufhalten würden und man die Pforte unbedingt wieder verschließen solle.

Nachdem wir bestellt und an einem Tisch namens *Elfentanz* Platz genommen hatten, musterte Tim mich, ohne jedoch etwas zu sagen.

»Was ist los?«, fragte ich irritiert. »Hab ich irgendwas im Gesicht?« Verunsichert wischte ich mir über Wangen und Nase.

»Nein, keine Sorge, du siehst toll aus«, antwortete Tim kopfschüttelnd. »Ich wüsste nur gern, was gerade in deinem Kopf vor sich geht. In den letzten Tagen ist ja so einiges passiert, worüber wir noch gar nicht in Ruhe sprechen konnten. Die Sache mit dem Umzug, aber auch das mit Frederick. Weiß er eigentlich mittlerweile, dass du die Briefe an Sophie kennst?«

Tims Frage trieb mir das Blut in die Wangen.

Daran hatte ich vor lauter Freude, Frederick endlich wiederzusehen, gar nicht mehr gedacht.

»Also nein«, sagte Tim und wirkte besorgt. »Du weißt aber schon, dass du es ihm sagen musst. Immerhin war er, soweit ich das überblicken kann, immer ehrlich zu dir.«

Das stimmte!

Sosehr es mich manchmal verletzt hatte – Frederick Sönksen hielt mit seiner Meinung wahrlich nicht hinter dem Berg.

»Gut, dass du mich daran erinnerst«, murmelte ich und überlegte, wie ich es am besten begründete, dass ich erst jetzt mit der

Wahrheit herausrückte. »Das habe ich nämlich vor lauter Verwirrung vollkommen vergessen. Aber wo wir gerade von Frederick reden, hättest du etwas dagegen, wenn ich ihn heute oder morgen Abend treffe?«

»Natürlich NICHT!«, antwortete Tim. Mit großem Appetit stürzte er sich auf einen sogenannten Knetschkuchen mit Kirschen und einer doppelten Portion Schlagsahne. Mir servierte die sympathische Cafébesitzerin, die ein bodenlanges rotes Trachtenkleid mit weißer Schürze trug, eine Torte namens *Rendezvous*. Ein Traum aus Buttercreme, Biskuit, Kokosflocken und einem Schuss Eierlikör.

»Ich bin froh, dass ihr euch gerade so gut versteht. Fühl dich also auf gar keinen Fall von uns eingeschränkt. Nic und ich wissen uns schon bis Samstagmorgen zu beschäftigen.«

»Danke«, erwiderte ich. »Und was ich dir noch sagen wollte, Frederick hat endlich diese blöden Vogelbilder in der Mühle abgehängt.«

»Siehst du«, freute Tim sich, »das sieht doch verdammt nach einem Happy End aus.«

»Ganz so einfach ist es leider auch wieder nicht«, widersprach ich. »Ich muss Frederick immer noch von den Briefen erzählen, ihn fragen, warum er sie eigentlich mit *A* unterschrieben hat, und mir überlegen, wie ich es einrichten kann, häufiger nach Föhr zu kommen. Und ach ja, beinahe hätte ich es vergessen: Geld muss ich so ganz nebenbei auch noch verdienen.«

Mit einem Mal bekam ich doch schlechte Laune. Denn ich hatte nicht die leiseste Ahnung, wie ich das alles bewerkstelligen sollte.

Tim seufzte und tätschelte meine Hand.

»Ach was, nimm es nicht so schwer. Vertrau einfach auf dein Glück! Wenn es sein soll, dann kommt ihr zusammen und findet auch einen Weg, da bin ich mir sicher. Und wenn ich euch beiden irgendwie helfen kann, nur zu, versprochen. Also, Butterfly, mach nicht so ein trauriges Gesicht.«

Ich bemühte mich, mich von Tims Optimismus anstecken zu lassen.

»Sieh es doch mal so: Wir sitzen gerade in diesem wunderschönen Elfengarten, in dem man das Gefühl hat, dass alles möglich ist, wenn man nur fest daran glaubt. Schau dich um, dieser Ort hat etwas zauberhaft Magisches. Ich würde mich nicht wundern, wenn diese Feenfiguren nachts, wenn alle schlafen, zum Leben erwachen und im Mondschein durch den Garten flattern …«

Ich dachte über Tims Worte nach.

Da war sie wieder, die Sache mit dem Glauben und dem Schicksal. Die vielzitierte Magie, an die ich erst allmählich zu glauben wagte. Bei Feen hatte man drei Wünsche frei, so heißt es im Märchen.

Mir würde bereits die Erfüllung eines einzigen genügen.

»Vielleicht sollte ich wirklich Leevkes Angebot annehmen und mir die Tarotkarten legen lassen«, sagte ich wieder etwas entspannter. »Momentan habe ich nämlich das Gefühl, dass das Schicksal mir mitteilen will, dass ich etwas lernen soll – oder klingt das total gaga?«

Tim grinste.

»Nein. Du scheinst endlich mal deinen Kopf abzuschalten, du musst nicht immer alles und jedes zu Tode analysieren. Versteh mich nicht falsch, ich finde es beeindruckend, dass du so ein kluges Köpfchen bist. Aber in Liebesdingen braucht es eben einfach mehr als das … und ein wenig spirituelle Nachhilfe hat noch niemandem geschadet.«

Nachdem ich eine Buttercremetorte für Kup Sin hatte einpacken lassen, schenkte mir die Besitzerin ein kleines Herz aus rotem Holz und lächelte so bedeutungsvoll, als trage sie das ganze Wissen um die Zukunft der Menschen in sich. Die Welt schien tatsächlich voller Wunder zu sein. Man musste nur offen dafür sein.

Kaum hatte ich mich von Tim verabschiedet, wählte ich Fredericks Nummer. Ich konnte es kaum erwarten, ihn wiederzusehen.

37. Kapitel

Gebannt schaute ich zu, wie Leevke noch am selben Abend die Schachtel mit dem Tarot-Set öffnete, ein Arbeitsbuch, einen kleinen Block, einen Stift und schließlich die Karten herausnahm.

Es war kurz nach zehn, draußen begann es zu dämmern, und Leevke hatte Räucherstäbchen und Kerzen angezündet. Im Hintergrund lief leise Sitar-Musik, die meinen Herzschlag verlangsamte und mich angenehm schläfrig machte. Leevke und ich saßen auf dem Boden, vor uns auf einem indischen Baumwolltuch zwei Becher Tee und das Karten-Set. Patchouli hatte sich auf Leevkes buntbesticktem Meditationskissen zusammengerollt.

Ich atmete den Duft von Sandelholz und Rosen ein, während ich gespannt darauf wartete, was geschah.

»Es ist sehr wichtig, dass du dich einen Moment lang stark darauf konzentrierst, worum es dir in deiner Frage geht«, erklärte Leevke.

Ich dachte nicht zum ersten Mal, wie gut es war, dass sie sich den Plänen ihrer Eltern widersetzt und ihren eigenen Weg gegangen war. Leevke war voll in ihrem Element, das sah ich in ihren Augen, die im Licht des Kerzenscheins noch stärker schimmerten als sonst.

»Die Frage, die dir auf dem Herzen liegt, können die Karten nicht mit Ja oder Nein beantworten. Du kannst sie nur um Hilfe bitten, dir zu sagen, was du dazu beitragen kannst, um ein bestimmtes Ziel zu erreichen oder dir einen Wunsch zu erfüllen.«

Demnach war es also nicht sinnvoll, zu fragen: *Hat die Liebe zwischen Frederick und mir eine Chance?*
»Wenn du dich innerlich bereit fühlst, solltest du die Karten mischen und anschließend im Halbkreis auffächern. Danach ziehst du insgesamt sieben, von denen du die erste zuunterst legst. Alles Weitere übernehme ich.«
Ich begann vor Aufregung zu zittern.
Würde ich die Antwort der Karten verkraften?
»Es ist übrigens vollkommen egal, ob du die sieben Karten spontan ziehst oder dir Zeit lässt. Dein Gefühl entscheidet, es wird dir den richtigen Weg weisen.«
Ich tat, was Leevke mir gesagt hatte, und beobachtete aufmerksam, wie sie das Tarot vor mir auf dem Tuch plazierte: Die erste Karte lag oben in der Mitte, die restlichen sechs waren links und rechts darunter verteilt, auf jeder Seite drei.
»Und nun deckst du die erste auf. Sie steht für das Thema, das dich gerade bewegt«, erklärte Leevke mit sanfter Stimme, als sei ich in einer Hypnosetherapie-Sitzung.
Als sie sah, welches Motiv die hübsch bemalte Karte schmückte, runzelte sie die Stirn. Es war *Der König der Schwerter,* der mit gezücktem Schwert auf einem von Wolken umrahmten Thron saß. Mein Herz rutschte in den Keller.
Auch wenn ich nichts davon verstand, hatte ich intuitiv ein mulmiges Gefühl.
»Diese Karte hat eine klärende, häufig aber auch distanzierende Bedeutung«, las Leevke aus dem Handbuch vor, und ich dachte: *Verdammt! Warum habe ich mich nur auf diesen Hokuspokus eingelassen?*
Auch die folgenden fünf Karten trugen nicht gerade dazu bei, mich optimistisch zu stimmen. Es waren allesamt weitere Schwerter- und Kelchkarten, die alle ein und dasselbe Thema hatten: Trennung, Abschiedsschmerz.

Ich schluckte schwer und kämpfte mit den Tränen.
Auch Leevke schaute betreten drein, ihre Augen hatten ein wenig von ihrem Glanz verloren.
Aber warum ließ mein erneutes Zusammentreffen mit Frederick sich so gut an, wenn die Karten das genaue Gegenteil sagten?
Morgen Nachmittag wollte er mir seinen Lieblingsplatz an den Oldsumer Salzwiesen zeigen und hatte extra dafür eine Vertretung in der Werkstatt engagiert, wie er mir vorhin am Telefon gesagt hatte.
Er war frei, ich war frei – warum also diese negativen Botschaften?
»Und jetzt kommt die letzte und alles entscheidende«, kündigte Leevke an und drehte die siebte Karte um. Vor mir lag das Motiv *Sieben Kelche,* auf der die Rückansicht eines Mannes in dunklem Anzug zu sehen war. Aus den goldenen Kelchen ragten jeweils ein Lorbeerkranz, ein Schloss, ein Drache, eine Schlange, bunte Kugeln, ein Kopf und ein Ding, das aussah wie eine Qualle. Ich begann, hysterisch zu kichern.
Sollte ich das alles wirklich ernst nehmen?
»Und was bedeutet sie nun? Sieht ziemlich gruselig aus. Am besten packen wir die Karten wieder ein und vergessen das Ganze.«
»Immer mit der Ruhe«, mahnte Leevke. »Wart doch erst mal ab, was die sieben Kelche bedeuten. Also, hier steht:
›Wagen Sie eine kühne Vision. Lassen Sie sich von Ihren Träumen und Fantasien leiten. Dann entscheiden Sie sich für eine von ihnen, und setzen Sie alles daran, Ihren Traum Wirklichkeit werden zu lassen. Sie werden dabei von außen unterstützt.‹«
Leevke strahlte, und auch ich spürte, wie gut diese Worte taten. Träume, Visionen, Fantasien, Unterstützung, das klang schon

ganz anders … Allerdings deckte sich die Aussage genau mit dem, was ich zuvor schon zu Tim gesagt hatte: Ich musste einiges dafür tun oder sogar aufgeben, wenn ich mit Frederick zusammen sein wollte.

»Weißt du, was mit Unterstützung gemeint ist?«, fragte ich, während ich Patchouli streichelte, die sich schnurrend neben mich gelegt hatte.

»Na, was wohl? Hast du schon deine Geburtstagsgeschenke vergessen? Tim, Nic und ich haben einiges dazu beigetragen, dass du öfter nach Föhr kommen kannst. Und wenn du möchtest, kannst du auch dauerhaft hier wohnen. Ich räume meine Sachen aus dem Gästezimmer, und du kannst dich genau so einrichten, wie du willst. Du musst dir doch sowieso eine neue Wohnung suchen.«

»Du meinst, ich soll nach Föhr ziehen?«, fragte ich beinahe atemlos. War das die kühne Vision, von der die Karten sprachen? Ich wusste nicht, was ich denken sollte, meine Hände zitterten, mein ganzer Körper, meine Seele waren in Aufruhr. »Aber selbst wenn ich bei dir wohnen kann, wovon soll ich leben? Ich kann im Grunde genommen nichts, außer Regie führen, über Filme und Theater quatschen und ein bisschen schreiben. Damit kann ich hier aber überhaupt nichts anfangen. Selbst die Leitung der Laienschauspielgruppe von Oldsum ist nur eine ehrenamtliche Tätigkeit.«

Stöhnend streckte Leevke ihre Beine aus, die sie zuvor zum Lotossitz verknotet hatte, und massierte sie.

»Du könntest in der Gastronomie arbeiten, Artikel für den *Inselboten* schreiben, in einem Laden am Sandwall, bei einem Fahrradverleih oder auch in einem Supermarkt aushelfen. Wenn es dir wirklich wichtig ist, hierzubleiben, findet sich schon das Richtige. Die Karten sagen doch, dass du Hilfe bekommst, wenn du nur den Mut aufbringst, einen neuen Weg einzuschlagen.«

Ich dachte an Paula, die ich im Büchernest auf Sylt kennengelernt hatte. Auch sie hatte den Sprung gewagt und war offenbar glücklich.
Also, warum eigentlich nicht?
Was hielt mich schon groß in Hamburg?
Tim war beinahe jede freie Minute mit Nic zusammen, bis auf einige Bekannte hatte ich dort kaum nennenswerte Kontakte. Natürlich hatte ich außer Tim noch andere Freunde, die sich jedoch auf ganz Deutschland verteilten. Und auch wenn ich ab und zu mit Viola telefonierte, waren wir meilenweit davon entfernt, wieder Freundinnen zu werden.
Blieben nur noch meine Eltern, doch Hamburg war ja nicht allzu weit entfernt, so dass wir uns regelmäßig gegenseitig besuchen konnten. Beide mochten die Insel und hatten früher dort mehrmals Urlaub gemacht.
Sollte ich einen Regieauftrag oder ein anderes Projekt an Land ziehen, müsste ich sowieso reisen.
Und das konnte ich auch von Föhr aus.
Doch dann kam mir wieder einer der Briefe in den Sinn, die Frederick, alias *A*, geschrieben hatte:

Geliebter Zugvogel,

wieso erreiche ich dich nicht? Wo bist du? Warum bist du nicht bei mir? Ich will nicht immer wieder Lebewohl sagen und dich zum Hafen bringen. Zusehen, wie der Wind mit deinem Haar spielt, während die Fähre ablegt, die dich wieder von mir fortbringt. Du bist so weit weg.
Du fehlst mir so …
Ich wünschte, du wärest jetzt hier.

A.

Auch wenn ich mir immer wieder einredete, dass es mir nichts ausmachte, schmerzte es mich in Wahrheit ungemein, dass Frederick Sophie so sehr geliebt hatte.
Würde er jemals etwas Ähnliches für mich empfinden?
Und wenn ja: Würde er damit fertig, dass auch ich immer wieder reisen musste, weil mein Beruf das nun einmal mit sich brachte?
Bei dem Gedanken an all diese Widrigkeiten wurde mir wieder schwer ums Herz.
»Erde an Felicitas, bist du noch da? Ich hab dich was gefragt.«
Irritiert hob ich den Kopf und schaute in Leevkes lachende Augen.
»Soll ich uns zur Feier des Tages ein Glas Rotwein einschenken? Irgendwie habe ich nämlich das Gefühl, dass du bald eine echte Föhringerin wirst.«
»Diese These kommt mir zwar noch etwas gewagt vor, aber ich trinke trotzdem gern ein Gläschen. Aber vorher will ich Kup Sin unbedingt noch die Buttercremetorte hinstellen.«
Wir standen auf und gingen in die Küche.
Leevke kramte in ihrem Vorratsschrank nach Wein, während ich den Kuchen für ihren Hauskobold aus dem Kühlschrank holte und auf einen Teller legte.
Ich war gespannt, ob die Torte am Morgen noch an Kup Sins Platz im Wohnzimmer stehen würde. Erstaunlich, dass Patchouli weder seinen Abendbrei anrührte noch sich in sein Schlafkörbchen legte, das Leevke für Kup Sin zurechtgemacht hatte.
Allem Anschein nach waren auch hier geheimnisvolle, magische Kräfte am Werk …

38. Kapitel

Freitag, 14. Juni

Na, kann's losgehen?«, fragte Frederick, als er mich Freitagnachmittag bei Leevke abholte.
Den ganzen Tag befand ich mich schon in einem emotionalen Ausnahmezustand und war kaum zu ertragen, wie Tim und Leevke mir abwechselnd versicherten. Ich hatte zusammen mit Nic und Tim auf der Terrasse des Haus Ogge gefrühstückt und danach ein Weilchen mit Dörte Nielsen geplaudert, während sie die Blumen goss, die mit ihrer üppigen Blütenpracht den Garten in ein kleines Paradies verwandelten.
Anschließend war ich Leevke im Laden auf die Nerven gegangen, weil ich ihr verschiedene Frisuren vorführte, bis sie mich irgendwann rauswarf.
Als plötzlich Wind über Föhr aufkam und Sonne und breite Wolkenbänder sich abwechselten, wurde ich noch nervöser. Ich hatte mir gutes Wetter für unseren Ausflug gewünscht, und nun schien es jeden Augenblick anzufangen zu regnen.
»Ja, ich bin bereit«, antwortete ich, darum bemüht, mir meine Aufregung nicht anmerken zu lassen. Wenn Frederick wüsste, dass ich gestern Abend seinetwegen sogar die Karten befragt hatte!
Frederick lächelte, als er sich hinters Lenkrad setzte, und ich dachte: *Von diesem umwerfenden Lächeln kann ich einfach nicht genug kriegen.*
Überwältigt von meinen starken Gefühlen, schaute ich aus dem Fenster und genoss den Augenblick.

Kurz hinter dem Ortsschild von Nieblum entdeckte ich einen parkenden Kastenwagen mit der Aufschrift *Elektro-Sönksen.*
»Bist du mit diesem Sönksen verwandt?«, unterbrach ich neugierig unser Schweigen und deutete auf das dunkelblaue Auto.
»Nö, nur mit Elektro«, antwortete Frederick trocken.
Ich konnte nicht anders und musste schallend lachen.
Es war, als lösten sich all die Anspannung, meine Nervosität, meine Zukunftssorgen in diesem Lachen auf – ein wundervolles Gefühl.
Kurz darauf parkten wir in der Nähe des Deiches. Zwei Schafe und drei Lämmer grasten auf der Deichkrone und schauten neugierig zu uns herüber. Ich war immer wieder erstaunt, wie wenig die *echten* Tiere mit Plüschspielzeug oder den Darstellungen in Bilderbüchern gemein hatten.
»Findest du nicht auch, dass Schafe ganz schön ernst aussehen?«, fragte ich.
»Ja, stimmt. Aber Schafe sind nichts im Vergleich zu Ziegen. Vor denen habe ich nämlich aus irgendeinem Grund Angst«, antwortete Frederick grinsend und öffnete den Kofferraum. Ich schmunzelte. Dann sah ich, was er alles für unseren Ausflug eingepackt hatte.
»Nanu, was ist denn das alles?«, rief ich verwundert gegen den Wind an, der im Laufe der letzten beiden Stunden zugenommen hatte und die Wolken über den Himmel trieb.
Fröstelnd stellte ich den Kragen meiner Jeansjacke auf und suchte in der Handtasche nach einem Halstuch. Seit ich zum ersten Mal auf einer nordfriesischen Insel Urlaub gemacht hatte, wusste ich, dass es ratsam war, immer einen Schal oder ein Tuch dabeizuhaben.
Und am besten einen warmen Pulli.
»Alles, was man für ein Strandpicknick braucht«, entgegnete

Frederick und beförderte Decken, einen Schirm und einen braunen Weidenkorb aus dem Inneren des Pick-ups.
»Das ist ja fantastisch«, freute ich mich und schnappte mir den Schirm sowie eine zusammengerollte Fleece-Decke.
Dann erst sah ich das Schild, das den Besuchern dieses Landstrichs untersagte, die Salzwiesen zu betreten.
»Äh … schau mal da …«, sagte ich, doch Frederick wischte meine Bedenken mit einem Lächeln weg.
»Das gilt nur für die anderen – nicht für uns!«, behauptete er und öffnete das Gatter, das auch prompt aufsprang.
»Hast du irgendwelche besonderen Beziehungen, von denen ich wissen sollte? Föhr-Mafia oder etwas in der Art?«, erwiderte ich und folgte ihm staunend.
Über uns flogen Abertausende von Vögeln, sie schienen zum Greifen nah. So etwas hatte ich noch nie zuvor gesehen. Ihr Singen und Kreischen hallte in meinen Ohren wider und verband sich mit dem raunenden Flüstern des Windes zu einer überirdisch schönen Melodie.
Der Melodie der Zugvögel …
Hier schien die Welt zu Ende zu sein und stillzustehen – und zugleich neu zu beginnen.
Frederick ging eine Weile auf und ab, bückte sich immer wieder und legte sein Ohr an den Boden.
»Was um Himmels willen machst du da?«, fragte ich belustigt. Dieser Mann überraschte mich immer wieder.
»Ich will herausfinden, wo es windstill ist«, entgegnete Frederick.
Staunend stand ich da und nahm die atemberaubend schöne Landschaft in mich auf. Kurz darauf breitete Frederick eine Thermodecke auf dem Sandboden aus. Dann nahm er mir den Schirm und die Fleece-Decke ab, legte sie behutsam über die erste Decke.
»Den Schirm werden wir zum Glück nicht brauchen. Hier un-

ten ist es warm und ruhig. Komm, setz dich, dann wirst du es auch spüren. Möchtest du Tee und Kekse?«

Ich nickte.

Obwohl mir der Wind gerade noch eine Strähne aus dem Zopf gezerrt hatte, stellte ich erstaunt fest, dass Frederick recht hatte. Es war unerwartet warm auf dem Boden, und das Sausen in meinen Ohren ließ nach. Alles wirkte so friedlich …

Als ich mich umschaute, durchzuckte mich einen Augenblick lang der schmerzliche Gedanke, dass Frederick hier auch mit Sophie gewesen war.

Hatten sie an derselben Stelle gesessen, gar gelegen, und hatte er ihr ebenfalls wärmenden Tee angeboten?

Wahrscheinlich hatte auch Sophie die Einzigartigkeit Föhrs fasziniert. Immerhin war sie Fotografin, eine Frau, die in Bildern dachte. Die davon lebte, zu beobachten und außergewöhnliche Momente des Lebens für immer festzuhalten.

Momente wie diesen.

Durch das hohe Seegras sah man auf das trockengefallene Watt. Wasser und Sand hatten im Wechselspiel einzigartige Muster erschaffen. Ich beobachtete die Vögel, die sich ihr seidiges Gefieder putzten und sich in den salzhaltigen Pfützen spiegelten.

Die Seegrashügel zwischen den Muscheln und Steinen wogten im Wind sanft hin und her und erinnerten an Federschmuck.

»Ist das nicht großartig?«, fragte Frederick, legte sich neben mich und streckte seine langen Beine im Sand aus.

Ich saß immer noch da, verzaubert von der Vielfalt der Vogelarten, die dicht über unseren Köpfen kreisten. Manchmal hatte ich das Gefühl, ihre Flügel würden mich berühren.

»Was sind das für Vögel?«, wollte ich wissen und bedauerte, dass ich kein Fernglas dabeihatte.

»Austernfischer, Kiebitze, Lerchen, Wildgänse …«, begann Frederick aufzuzählen. »Erst kommen die Seevögel und, wenn die

satt sind, am Abend die Wiesenvögel. Aber horch! Hörst du das?«
Verwirrt spitzte ich die Ohren.
»Es klingt wie der Wind«, erklärte Frederick und begann erst meinen nackten Arm und dann meine Hand zu streicheln, mit der ich mich auf der Decke aufstützte.
»Aber es ist die Brandung, die von Sylt hier herüberdonnert. Wenn es klarer wäre, könntest du sogar den Hindenburgdamm erkennen. An manchen Tagen hat man das Gefühl, den Fahrgästen zuwinken zu können.«
Ich legte mich ebenfalls hin, wobei mir das Kunststück gelang, dass unsere beiden Hände sich ineinander verschränkten.
Nun ruhte mein Kopf auf Fredericks Schulter, und ich hatte einen unverstellten Blick auf den Sommerhimmel über uns. Ein großer, weiter Himmel, wie man ihn in einer Großstadt wie Hamburg niemals sieht. Innerhalb von Sekunden wechselten die Wolken ihre Farbe von Tiefblau zu Dunkelgrau.
War dies der geeignete Moment, Frederick von Sophies Briefen zu erzählen?
Obwohl meine Lippen begannen, den Satz: »Du, ich muss dir etwas sagen …« zu formen, brachte ich es nicht über mich, ihn laut auszusprechen. Stattdessen wurde mein Mund von Fredericks Lippen versiegelt, die sich warm und weich auf meine legten und mit ihnen verschmolzen.
Ich vergaß Sophie.
Ich vergaß die Briefe.
Ich vergaß meine Ängste.
Ich vergaß die Zukunft.
Alles, was ich wollte, war, in der Gegenwart zu schwelgen. Das Leben – die Liebe – zu feiern.
»Wollen wir nachher zu mir?«, flüsterte Frederick dicht an meinem Ohr. »Ich sehne mich so nach dir.«

Als ich mich einige Stunden später in Fredericks Mühle wiederfand, konnte ich es kaum glauben. Schließlich war die Erinnerung an meinen letzten unerfreulichen Besuch noch frisch.
Frederick küsste die sonnenwarme Haut meiner Schulter, die das herabrutschende Shirt freigab, und mir entfuhr ein Seufzer. Wenn ich durch diese Tür ging, gab es kein Zurück mehr. Wenn ich seinen Händen erlaubte, Dinge mit mir zu tun, von denen ich schon so lange geträumt hatte, wäre ich verloren, das spürte ich genau.
»Komm, gib mir deine Hand«, sagte Frederick mit sanfter, zärtlicher Stimme und zog mich mit sich.
Ich folgte ihm in das angrenzende Zimmer, das mir bislang verborgen geblieben war.
Ich war bereit, den nächsten Schritt zu tun.
Bereit, meine Ängste über Bord zu werfen.
Bereit, mich hinzugeben.

39. Kapitel

Samstag, 15. Juni

Ich erwachte, als es hell wurde und die Vögel ihr Gutenmorgenlied anstimmten.

Wie lange hatte ich geschlafen?

Eine Stunde? Zwei?

Oder hatte ich nur gedöst, war zwischen Traum und Wirklichkeit hin und her gedriftet?

Ich schaute auf die Uhr. Tim und Nic wollten heute die Fähre um zehn Uhr fünfzig nehmen, und ich hatte versprochen, mit ihnen zu frühstücken, bevor ich sie nach Wyk brachte.

Nun war es sechs.

Neben mir lag Frederick, von dem nur die dunklen Locken zu sehen waren, und schlief tief und fest.

Ich musste auf die Toilette und schälte ich mich aus den kuschelweichen Daunen. Leise schlich ich aus dem Schlafzimmer. Im Bad betrachtete ich erstaunt mein Spiegelbild. Die Frau, die mir dort entgegenblickte, kam mir zugleich vertraut und fremd vor.

Diesen Ausdruck in meinen Augen hatte ich schon sehr lange nicht mehr wahrgenommen. Keine meiner kurzen Affären nach der Trennung von Julian hatte eine derartige Wirkung auf mich gehabt.

»Du bist ja schon früh auf«, hörte ich Frederick auf einmal rufen. »Komm zurück ins Bett. Wir haben noch jede Menge Zeit, bis du losmusst.«

Einen Moment später schlüpfte ich in die warme, weiche Höhle zurück, in der ich am liebsten für immer geblieben wäre.
»Du hast mir gefehlt«, murmelte Frederick und bedeckte meinen Hals mit Küssen. Unwillkürlich musste ich an seine Worte *Du fehlst mir* denken, die damals Sophie gegolten hatten.
Es war höchste Zeit, Frederick endlich zu erzählen, dass ich im Besitz der Briefe war.
Doch das würde noch eine Weile warten müssen, weil alles in mir nach einer Wiederholung der schönsten und aufregendsten Nacht schrie, die ich seit langem erlebt hatte. Frederick war ein unglaublicher Liebhaber, sanft, geduldig und fordernd zugleich. Jede noch so kleine Berührung seiner Hände versetzte mich in Flammen. Ich konnte es kaum erwarten, wieder mit ihm zu schlafen.
»Wie oft haben wir jetzt schon?«, flüsterte Frederick, während er mit sanftem Druck meinen Bauch massierte und zwischendrin immer wieder spielerisch meine Oberschenkel berührte. »Dreimal? Viermal? Ich wusste gar nicht, dass ich noch so gut in Form bin.«
»Das bist du allerdings«, antwortete ich lächelnd und streichelte seinen Rücken, während Fredericks Hände immer tiefer wanderten.

Um zehn nach neun stand ich am Eingang der Pension Ogge und klopfte. Dörte Nielsen öffnete und bat mich mit einem fröhlichen »Moin« herein. »Die beiden Herren sitzen schon in der Stube und warten auf Sie.«
»Da bist du ja endlich, wir dachten schon, wir müssten eine Vermisstenanzeige aufgeben«, rief Tim, als er mich sah. Er stand auf und umarmte mich.
»Na, war's gut?«, flüsterte er mir ins Ohr.
Ich nickte und murmelte: »Es war mehr als das. Es war der

helle Wahnsinn.« Dann setzte ich mich neben Nic, der mich süffisant grinsend musterte.
»Du siehst super aus. Scheinst eine heiße Nacht gehabt zu haben.«
Ich nahm mir ein Brötchen aus dem Brotkorb und zerteilte es in zwei Hälften. Erstaunlicherweise war ich verlegen wie ein Schulmädchen nach dem ersten Kuss.
»Was habt ihr denn so gemacht?«, fragte ich, um vom Thema abzulenken. Die Erinnerung an die letzte Nacht wollte ich noch eine Weile für mich allein genießen. »Hattet ihr gestern einen schönen Tag?«
»Ja«, antworteten Tim und Nic im Chor. »Wir haben am Nachmittag in Nieblum im Strandkorb gechillt und waren abends in einer netten Weinbar namens Alte Druckerei in Wyk. Da solltest du auch mal hingehen.«
Nach dem Frühstück mussten wir auch schon aufbrechen. Wieder hatte Leevke uns netterweise ihren Bulli geliehen.
»Schade, dass wir nach Hamburg zurückmüssen«, sagte Tim und umarmte mich zum Abschied. »Ich kann sehr gut verstehen, warum es dir hier so gut gefällt. Danke für die schöne Geburtstagsfeier. Ich muss unbedingt wieder herkommen.«
Auch Nic nahm mich in den Arm, bedankte sich, und um Viertel vor elf standen Tim und Nic an der Reling der Uthlande und winkten mir zu.
Ich winkte so lange zurück, bis die beiden nur noch Lichtpunkte am Horizont waren. Dann ging ich zur Kaimauer, um aufs Wasser zu schauen. Heute war es wieder schön und mit fünfundzwanzig Grad angenehm warm.
Das perfekte Wetter für die Proben des *Sommernachtstraums* nachher auf der Lembecksburg. Frederick hatte angeboten, mich hinzufahren und mich wieder abzuholen. In der Zwischenzeit würde er ein Abendessen für uns vorbereiten.

Zuvor musste ich mich aber noch umziehen und Leevke im Laden hallo sagen. Bestimmt platzte sie schon vor Neugier.
Bevor ich ins Bad ging, um eine ausgiebige Dusche zu nehmen und noch ein wenig vor mich hin zu träumen, warf ich einen Blick auf Kup Sins Platz im Wohnzimmer.
Und siehe da: Der Kuchenteller war bis auf den letzten Krümel leer, von dem Brei hingegen war noch etwas übrig. Die Reste hatten bereits einen braunen Rand, und ich hob den Teller und die Schale auf, um sie zu spülen. Patchouli strich mir maunzend um die Beine und fuhr sich mit ihrer rosigen Zunge ein paar Mal um das Katzenmäulchen.
Natürlich würde ich nie erfahren, ob die Buttercremetorte im Magen des Puk oder doch in dem von Patchouli gelandet war. Aber ich hatte mein Bestes getan, um mich bei Leevkes Hausgeist für seine Hilfe bei der Kleiderwahl zu bedanken. Und ich hoffte, er wusste das zu schätzen.

Um kurz vor vier holte Frederick mich ab, um mich zu den Theaterproben nach Borgsum zu bringen. Als wir uns zur Begrüßung küssten, fühlte sich das so gut an, als seien wir schon seit längerem ein Paar. Dennoch war ich nervös, weil ich gleich Anne, Fredericks Schwester, kennenlernen würde, die im Stück Titania, die Frau des Elfenkönigs Oberon, spielte.
»Hast du denn auch Lust dazu?«, fragte Frederick fürsorglich, als wir ankamen und einen Augenblick lang noch im Auto sitzen blieben. Er nahm meine Hand. »Immerhin habe ich dich dazu überredet.«
»Aber natürlich«, antwortete ich, obwohl ich in Wahrheit lieber mit ihm an den Strand gefahren wäre und mich dort in der Sonne geaalt hätte, anstatt zu arbeiten. »Schließlich bin ich gespannt, wie die Proben bei diesem Laientheater ablaufen. Außerdem: Versprochen ist versprochen!«

»Na schön. Ich stelle dich gleich Sander Harken und meiner Schwester Anne vor. Du wirst beide mögen.«
Wie aufs Stichwort schauten zwei tiefblaue Augen, die zum Gesicht einer hübschen Frau nordischen Typs gehörten, neugierig durch das Autofenster. Ich schaute sie ebenso interessiert an.
»Wenn das Anne ist, musst du mir mal bei Gelegenheit verraten, ob du nicht doch nach deiner Geburt vertauscht wurdest«, sagte ich, weil die hübsche Blondine mit den raspelkurzen Haaren ihrem Bruder Niklas viel ähnlicher sah als Frederick. Ich stieg aus. Mit belustigter Miene öffnete Frederick die Wagentür und umarmte seine Schwester liebevoll.
Dann deutete er auf mich.
»Anne, das ist Felicitas Mahler aus Hamburg. Sie ist Regisseurin und hat versprochen, euch bei euren Problemen zu helfen.«
»Also, erstens bin ich nur Assistentin, und zweitens kann ich überhaupt nicht garantieren, dass ich tatsächlich etwas ausrichten kann«, widersprach ich und gab Anne die Hand. »Aber ich tue mein Bestes.«
»Das ist wirklich lieb von Ihnen«, entgegnete sie und schenkte mir ein so warmes Lächeln, dass ich gar nicht anders konnte, als sie sofort ins Herz zu schließen. »Sie tun uns einen großen Gefallen damit. Ah, dahinten kommt ja auch schon Sander. Also, Frederick. Danke, dass du Felicitas hergebracht hast. Und bevor ich es vergesse: Liebe Grüße von den Eltern, sie haben vorhin angerufen. Sie würden sich freuen, wenn du sie mal wieder besuchst.«
Frederick antwortete: »Grüß bitte zurück und sag ihnen, dass ich mich morgen bei ihnen melde.« Er gab mir einen Abschiedskuss. »Ich komme gegen sieben vorbei, vielleicht seid ihr dann ja schon fertig.«
Annes Blick wanderte zwischen uns hin und her, und ich registrierte erstaunt, wie gelassen und souverän Frederick demons-

trierte, dass wir zusammengehörten. Hatte er seiner Schwester erzählt, dass wir mehr als nur flüchtige Bekannte waren?

Dann stieg Frederick ins Auto, und ich sah zu, wie der Pick-up hinter der nächsten Biegung verschwand.

Sander trat auf mich zu. »Freut mich, Sie kennenzulernen«, sagte er lächelnd. »Ich habe schon viel von Ihnen gehört. Dieser Föhr-Film, den Sie letztes Jahr gedreht haben, war übrigens nicht so schlecht, wie ich befürchtet hatte.«

Sander Harken war Mitte dreißig, groß, schlaksig und hatte sein dunkelblondes Haar zu einem Zopf zusammengebunden. Das Ziegenbärtchen erinnerte an D'Artagnan. Der Regisseur trug einen schwarzen, dünnen Rollkragenpulli und trotz des warmen Sommertags eine leicht ausgebeulte, dunkelgrüne Cordhose.

»Wir können uns ruhig duzen, das ist ja in Theaterkreisen üblich. Wollen wir uns vielleicht kurz allein unterhalten?«, fragte ich. Ich wollte die Schwierigkeiten mit der Theatertruppe ungern vor Anne erörtern.

»Gute Idee«, antwortete Sander lächelnd. »Anne, geh doch schon mal zu den anderen und sag, dass wir gleich kommen. Vielleicht kann die Technik schon einen Sound- und Lichtcheck machen.«

Anne nickte, marschierte los und erklomm den zehn Meter hohen Ringwall, um auf der anderen Seite wieder hinunter zur Probebühne zu gehen, die in der Mitte der Ruine aufgestellt worden war.

»Also, wo hakt es?«, fragte ich und hörte Sander geduldig zu. Im Grunde war es genau, wie Frederick gesagt hatte: Im Gegensatz zu den Ensemble-Mitgliedern wollte er eine moderne Inszenierung, wie man sie am Wiener Burgtheater oder beim Berliner Theatertreffen vermutet hätte.

»Wie lange leitest du die Laienspielgruppe denn schon?«, wollte ich wissen.

»Das ist jetzt meine dritte Inszenierung«, antwortete Sander und fuhr sich mit den schmalen, blassen Fingern über sein Ziegenbärtchen. »Und bisher sind wir alle gut miteinander klargekommen. Bis es vor drei Wochen zu einem Eklat kam. Die Handwerker wollten in ihrer traditionellen Kluft auftreten, ich hatte aber die Vision von Galeerensträflingen, die Hartz-IV-Plakate in die Luft halten. Sag du mir als Profi: Was ist so verkehrt daran?«

Ich musste mich sehr zusammenreißen, um nicht zu kichern. Sander wollte partout die große, weite Theaterwelt nach Föhr holen, doch die Darsteller zogen das Altbewährte vor. Ich konnte die Schauspieler gut verstehen, denn sie spielten Theater, weil sie Lust dazu hatten, ohne berufliche Ambitionen. Und ob es den eher bodenständigen Touristen wirklich gefallen würde, wenn das Ensemble plötzlich auf Avantgarde machte, wagte ich zu bezweifeln.

»Was hast du denn langfristig beruflich vor?«, fragte ich, um ein wenig mehr über Sanders Motivation herauszufinden.

»Ich gehe nach Berlin«, erwiderte der Regisseur wie aus der Pistole geschossen. »Das hier ist quasi der letzte Akt meiner Theaterarbeit auf Föhr. Gleich nach der Premiere beginne ich mit der Suche nach einem Nachfolger für mich. Ich habe nämlich für die übernächste Spielzeit ein Engagement als Regie-Assistent am BE und ziehe deshalb im Herbst um.«

Soso, das Berliner Ensemble also.

Ein renommiertes Schauspielhaus, an dem ich selber liebend gern engagiert gewesen wäre, als ich noch geglaubt hatte, mein Leben würde sich am Theater abspielen.

»Das ist ja toll, herzlichen Glückwunsch«, antwortete ich und wusste, dass ich nun mit viel Fingerspitzengefühl vorgehen musste, wenn ich mein Ziel erreichen wollte. »Das bedeutet, dass du diese Inszenierung nicht für deinen Lebenslauf brauchst, habe ich recht?«

Sander schüttelte den Kopf.
»Warum lässt du dann den Schauspielern nicht ihren Willen und erlaubst ihnen die historischen Kostüme? Sie können trotzdem in einer modernen Welt agieren, wie sie dir vorschwebt. Das eine schließt das andere nicht aus.«
Während ich Sander erwartungsvoll anblickte, spukten mir seine Worte *Gleich nach der Premiere beginne ich mit der Suche nach einem Nachfolger für mich* im Kopf herum.
Doch halt!
So reizvoll ich diese Aufgabe auch fand, sie löste keines meiner existenziellen Probleme. Als Leiterin einer Laienspielgruppe hätte ich bestimmt meinen Spaß, konnte Erfahrung sammeln – aber Geld kam leider nicht herein.
»Hm, mal sehn … ich denk drüber nach«, entgegnete Sander. »Vielleicht sollte ich es lockerer angehen … verwirklichen kann ich mich ja immer noch in Berlin.« Er schaute auf die Uhr. »Ich danke dir auf alle Fälle für den Vorschlag und freue mich sehr, dass du heute gekommen bist. Die Schauspieler sind auch schon ganz aufgeregt, weil du vom Fach bist.«
Ich folgte ihm zur Probebühne und verspürte auf einmal wieder dieses wohlige Prickeln, das die Welt des Theaters immer wieder bei mir auslöste. Dort fühlte ich mich heimisch.

40. Kapitel

Mhhmm, das schmeckt ja köstlich«, lobte ich Frederick, der wie versprochen nach der Theaterprobe für uns gekocht hatte. Sander schienen meine Worte tatsächlich beeindruckt zu haben, so dass ich die Probe mit dem Gefühl verlassen hatte, etwas Positives bewirkt zu haben.

Zufrieden genoss ich das Essen. Als Vorspeise gab es sommerliche Blattsalate mit Avocado, Kirschtomaten und Schafskäse, als Hauptgang hauchdünne Spaghetti mit einer Spinat-Lachs-Soße.

»Ich esse zum ersten Mal in meinem Leben auf der Galerie einer Mühle«, sagte ich. »Weißt du, dass du mir damit einen echten Kindheitstraum erfüllt hast?«

Frederick schmunzelte.

»Nein, das wusste ich nicht. Doch sag mal, ist es dir nicht zu kalt hier draußen? Ich kann dir gern einen Pulli holen, wenn du möchtest.«

Obwohl ich fröstelte, wollte ich nicht reingehen, sondern ließ meinen Blick über die umliegenden Felder schweifen und genoss den Espresso, den Frederick zum Abschluss gekocht und mit einem hauchdünnen Butterkeks serviert hatte.

Allerdings zitterte ich auch, weil ich mir fest vorgenommen hatte, Frederick endlich das mit den Briefen zu sagen.

Zuerst jedoch erzählte ich ihm von den Proben auf der Lembecksburg und Sander Harkens Plan, Föhr zu verlassen, erwähnte, wie sympathisch ich Anne fand – und wie talentiert sie war. Doch ich wusste, dass ich nur Zeit schindete und mich drückte.

»Könntest du dir nicht vorstellen, Sanders Nachfolge anzutreten?«, fragte Frederick unvermittelt, und ich zuckte zusammen. Konnte er sich immer noch keine Fernbeziehung vorstellen und pochte darauf, dass ich dauerhaft nach Föhr zog?

Nun musste ich die Karten auf den Tisch legen.

»Du, ich muss dir etwas sagen …«, begann ich mit zitternder Stimme. Frederick sah mich erstaunt an.

»Was Schlimmes? Du guckst auf einmal so ernst.«

Jetzt oder nie!

»Ich hätte es dir schon längst sagen sollen, habe mich aber nicht getraut, weil … weil … es zwischen uns ohnehin schon kompliziert genug war«, fuhr ich fort, obwohl ich wusste, dass ich die entspannte Stimmung zwischen uns zerstören würde. »Ich kenne deine Briefe an Sophie Thalheim. Und ich kenne sie nicht nur, sie befinden sich sogar in meinem Besitz. So, nun ist es raus!«

Frederick wurde von einer Sekunde auf die andere aschfahl. Einen Augenblick lang sah er mich ungläubig an, als hoffte er, dass alles ein großes Missverständnis war. Etwas, worüber man später gemeinsam lachte.

»Also doch«, antwortete er eine gefühlte Ewigkeit später tonlos. »Ich hatte schon so etwas befürchtet, als du mir damals deine Visitenkarte gegeben hast. Aber ich habe nach dem ersten Schock, dass du dieselbe Adresse hast wie Sophie, darauf gebaut, dass es in eurem Haus viele Mietparteien gibt und du nicht gerade in derselben Wohnung wohnst wie sie. Und dann findest du sogar noch meine Briefe … wie konnte das passieren?«

Fredericks Miene verriet nichts darüber, was er von meinem Geständnis hielt. Alles, was ich in seinem Gesicht lesen konnte, war Fassungslosigkeit.

»Ich habe die Briefe auf dem Dachboden gefunden, als ich nach einem Koffer gesucht habe. Sie waren unter einem losen Dielenbrett versteckt, das mir gegen das Schienbein geknallt ist.«

»Sophie hat sie einfach so unter dem Holzboden versteckt und zurückgelassen, als sie auszog?«, fragte Frederick, und ich konnte buchstäblich körperlich fühlen, wie sehr ihm Sophies Verlust immer noch weh tat.
Es war, als stünde Sophie auf einmal hier auf der Galerie, als säße sie mit uns gemeinsam beim Abendessen.
Würde es mir jemals gelingen, ihren geisterhaften Schatten zu vertreiben?
»Sie hat sie mit einem Satinband zusammengebunden und in eine hübsche Schachtel gelegt, wo sie sicher aufgehoben waren«, beeilte ich mich ihm zu versichern.
Aber warum verteidigte ich eine Frau, die mir das Leben schwermachte und die kein Problem gehabt hatte, diese persönlichen Erinnerungsstücke einfach zurückzulassen, als müsse sie ihre lästige Vergangenheit abschütteln?
»Und woher wusstest du, dass die Briefe von mir waren?«, fragte Frederick. In seinen dunklen Augen schimmerten mit einem Mal Tränen. »Ich habe sie doch gar nicht mit meinem Namen unterschrieben.«
»Anfangs habe ich auch gedacht, sie seien von einer Frau«, erklärte ich so sachlich wie möglich, während mir Fredericks trauriger Gesichtsausdruck beinahe das Herz zerriss. »Die Sprache ist so poetisch, so romantisch. Deine Handschrift ist übrigens ziemlich feminin, wenn ich das sagen darf. Ich konnte mir einfach nicht vorstellen, dass derart sehnsuchtsvolle Zeilen von einem Mann stammen könnten. Als du mir allerdings bei meinem ersten Besuch in der Mühle von Sophie erzählt hast und ich die Fotos von den Zugvögeln gesehen habe, wurde mir auf einmal alles klar. Tim hat über die Hausverwaltung Nachforschungen angestellt und erfahren, dass unsere Vormieterin Sophie Thalheim hieß. Verrätst du mir denn, wofür das A steht? Hast du einen zweiten Vornamen?«

»Das A ist die Abkürzung für Augenstern, Sophies Kosename für mich«, antwortete Frederick mit einem bitteren Zug um den Mund. Diese Antwort traf mich wie ein Faustschlag.

Zugvogel und Augenstern … welch eine romantische Verbindung … eine Verbindung für die Ewigkeit …

Doch in der Realität hatte diese Beziehung nur wenige Jahre gehalten, weil Sophie Thalheim sich für einen anderen Mann entschieden und Frederick verlassen hatte.

»Hast du noch Kontakt zu ihr?«, wagte ich zu fragen, in dem Versuch, herauszufinden, was Frederick nach all der Zeit wirklich empfand.

»Nein. Nachdem sie meinen Heiratsantrag abgelehnt und mir gestanden hatte, dass sie während der gesamten Zeit unserer Beziehung mit einem anderen Mann zusammen war, habe ich darauf ehrlich gesagt keinen Wert gelegt. Sie hat mir zwar vor kurzem eine Karte von der Vogelinsel Runde in Norwegen geschickt, aber ich habe nicht reagiert.«

Sophie Thalheim hatte zur selben Zeit zwei Männer gehabt? Und sie hatte sich erst neulich wieder bei Frederick gemeldet? Das wurde ja immer verworrener.

»Aber bevor du jetzt denkst, dass ich blind und taub und zu unsensibel war, um zu merken, welches Spiel Sophie mit mir getrieben hat, möchte ich dir eines sagen: Sie war eine Meisterin der Betörung und der Verschleierung. Durch ihren Beruf war sie ständig unterwegs, oft auch in Regionen, in denen ihr Handy keinen Empfang hatte. Also kam ich gar nicht auf die Idee, sie würde in den Armen eines anderen liegen, weil ich dachte, sie sei irgendwo in Afrika oder sonst wo. In Hamburg habe ich sie nie besucht, weil sie Föhr ach so sehr liebte und angeblich eine blöde Mitbewohnerin hatte. Ich habe erst sehr viel später herausgefunden, dass diese *Mitbewohnerin* in Wahrheit der Mann war, mit dem sie mich die ganze Zeit betrogen hat. Oder den sie

mit mir betrogen hat – je nachdem, aus welcher Perspektive man es betrachtet.«
Während ich noch überlegte, was ich darauf erwidern sollte, veränderte sich sein Gesichtsausdruck auf einmal.
Hatten eben noch Tränen in seinen Augen gestanden, so funkelte er mich jetzt wütend an, und ich bekam eine Gänsehaut.
»So, nun habe ich genug von mir erzählt. Sag mir endlich, weshalb du mir so lange nichts von den Briefen erzählt hast. Wie kannst du es nur zulassen, dass ich mich von Tag zu Tag mehr in dich verliebe, ohne mir die Wahrheit zu sagen? Du wusstest, wie sehr ich wegen Sophie gelitten habe. Hat es dir Spaß gemacht, mit meinen Gefühlen zu spielen?«
Ich schluckte schwer.
Warum war er bloß so ungerecht!
»Du weißt doch, dass ich alles daransetze, nicht noch einmal solch eine Enttäuschung zu erleben. Das habe ich schon letztes Jahr mehr als deutlich gemacht, nicht wahr? Oh Mann! Hätte ich bloß den Kontakt zu dir abgebrochen, als ich festgestellt habe, dass ihr beide im selben Haus wohnt! Ich hätte besser auf meine Intuition hören sollen.«
Der Kloß in meinem Hals wurde immer größer, meine Wut ebenso. Verwechselte Frederick da nicht etwas?
Sein Zorn sollte doch eher Sophie gelten als mir.
Mittlerweile schien Frederick kurz vor einer Explosion zu stehen. Ich musste es irgendwie schaffen, ihn zu beruhigen – andernfalls brauchten wir gar nicht weiterzureden.
»Ich habe dir doch vorhin erklärt, dass ich unsere ohnehin schon schwierige Beziehung nicht belasten wollte …«, stammelte ich hilflos. »Außerdem hatte ich ursprünglich vor, es dir bei unserem Ausflug zu den Salzwiesen zu erzählen. Doch dann war es so romantisch, wir haben uns geküsst, und ich wollte nicht den Zauber zwischen uns zerstören.«

»Stattdessen bist du lieber mit mir ins Bett gegangen«, erwiderte Frederick und wich meinem Blick aus. Seine Stimme war so kühl, dass ich wie Espenlaub zu zittern begann.
Doch diesmal bot er mir nicht an, mir etwas Warmes zum Anziehen zu holen, sondern starrte vor sich hin.
Dieses Schweigen war so unerträglich, dass ich beschloss zu gehen. Wenn ich eines über Auseinandersetzungen mit Männern gelernt hatte, dann, dass sie irgendwann nicht mehr zugänglich für Argumente waren und abschalteten. Je mehr man versuchte, seinen Standpunkt zu verteidigen, desto schlimmer wurde es.
Also fragte ich Frederick nach einer Weile, ob ich besser gehen sollte.
Er antwortete lediglich: »Ja, mach das. Ich denke, du findest allein raus.«
Mit zitternden Knien stand ich auf und ging zur Tür.
Kaum war ich draußen, fing ich hemmungslos an zu weinen.
Was sollte ich denn jetzt tun?
In meiner Not wählte ich Leevkes Nummer und bekam sie zum Glück sofort ans Telefon.
Nachdem ich kurz erzählt hatte, wo ich war und dass ich ihre Hilfe brauchte, sagte sie: »Geh ein paar Meter die Straße runter zur Kreuzung und warte dort auf mich. Ich bin in ungefähr zehn Minuten da.«
Leevke hielt Wort und holte mich nach einer gefühlten Ewigkeit ab. Aufgeregt war ich auf und ab gegangen und hatte auf jeden sich nähernden Schritt gehorcht, weil ich hoffte, Frederick käme mir hinterher.
Ein fataler Trugschluss!
Frederick war verletzt, fühlte sich im Recht und würde auf seiner Position beharren.
Mir blieb im Augenblick nichts anderes übrig, als abzuwarten.

Dankbar schlüpfte ich auf den Beifahrersitz und nahm das Taschentuch, das Leevke mir reichte.
Meine Tempos waren bereits aufgebraucht.
»Und? Was ist los?«, fragte Leevke mit sanfter Stimme, während sie einer Katze auswich, die unbekümmert die Fahrbahn überquerte. Ich begann erneut zu schluchzen, nun konnte ich meinen Tränen freien Lauf lassen.
Kurz vor Nieblum fand ich endlich meine Stimme wieder und erzählte Leevke, was passiert war. Ich konnte selbst kaum glauben, in welche ausweglose Situation ich mich hineinmanövriert hatte.

41. Kapitel

Montag, 17. Juni

Nach der zweiten durchweinten, schlaflosen Nacht erwachte ich am Montagmorgen, als Leevke mir Tee ans Bett brachte.
»Du liegst jetzt schon seit über zwanzig Stunden nonstop im Bett«, sagte sie und schaute mich besorgt an. »Ich finde, es ist an der Zeit, aufzustehen und an die frische Luft zu gehen. Mach einen Spaziergang am Meer oder durch die Marsch. Das wird dir guttun.«
Ich rappelte mich auf und nahm dankbar den dampfenden Tee. Mein Nacken schmerzte, als hätte mich jemand in einen Schraubstock gepresst, mein Kopf fühlte sich an wie eine große Wattekugel.
»Trink in Ruhe deinen Tee, und iss bitte nachher was. Ich muss jetzt leider los, aber Patchouli leistet dir gern Gesellschaft.«
Wie aufs Stichwort sprang Leevkes Katze auf meine Bettdecke und rollte sich auf meinen Beinen zusammen. Ich kraulte sie hinter dem Ohr und trank einige Schlucke.
»Ich komm nachher zu dir runter. Und danke für alles.«
Leevke lächelte.
Dann streichelte sie mir über die Wange.
»Gern geschehen. Tut mir leid, dass ich dir den Liebeskummer nicht abnehmen kann. Aber vielleicht meldet sich Frederick ja noch, wenn er sich erst einmal wieder beruhigt hat.«
Eineinhalb Stunden später ließ ich mir von Leevke den Weg durch die Marsch nach Alkersum erklären. Bewegung, ein we-

nig Wind um die Nase und die friedvolle Natur würden mich hoffentlich auf andere Gedanken bringen.

Außerdem wollte ich bei dieser Gelegenheit Gesche im Hofladen besuchen.

Kaum hatte ich Nieblum verlassen, wurde es angenehm still um mich herum. Ich bog auf einen schmalen, asphaltierten Weg ein. Über mir thronte ein stahlblauer, nahezu wolkenloser Himmel. Es war warm, und gleichzeitig ging eine angenehme Brise. Ich sah viele Vögel, Wildgänse, einen Bussard. Den Weg säumten schiefe Bäume, sogenannte *Windflüchter,* deren Wuchsrichtung durch den Wind bestimmt wurde, der überwiegend aus ein und derselben Himmelsrichtung kam.

Wäre ich nicht so abgrundtief traurig gewesen, hätte ich mich über das durch das saftige Gras tappende Entenpärchen und die Fasane gefreut, die keine Scheu an den Tag legten. Feldhasen hoppelten über die Äcker, stellten sich auf die Hinterläufe, um im nächsten Augenblick verwegen Haken zu schlagen. Gedankenverloren überquerte ich ein Bächlein und staunte, dass ich seit knapp einer halben Stunde keiner Menschenseele begegnet war. Ein wenig verunsichert, ob ich überhaupt auf dem richtigen Weg war, setzte ich mich am Wegesrand ins Gras.

Auf Föhr kann man sich nicht verlaufen, orientiere dich einfach an den Kirchtürmen, hatte Leevke gesagt, als ich mich von ihr im Laden verabschiedet hatte. Dort herrschte heute Hochbetrieb, was mich sehr für sie freute.

Ich schraubte den Verschluss der Wasserflasche auf und atmete ein paar Mal tief ein und aus.

Der Schmerz über Fredericks verletzende Reaktion brannte immer noch wie Feuer. Wie viele Tränen hatte ich in den vergangenen Tagen seinetwegen vergossen? Doch keine von ihnen hatte das Feuer löschen können. Je länger ich nachdachte, desto wütender wurde ich.

Was zum Teufel hatte ich eigentlich verbrochen?
Ich hatte ihn weder betrogen noch verlassen wie Sophie. Alles, was er mir vorwerfen konnte, war, dass ich ihm nicht sofort von den Briefen erzählt hatte.
Aber so war das Leben – die Dinge liefen eben nicht immer nach Plan.
Gerade als ich wieder aufstehen wollte, klingelte das Handy, es war Frederick.
Für den Bruchteil einer Sekunde war ich versucht, nicht ans Telefon zu gehen, doch dann siegten Neugier und nicht zuletzt meine Sehnsucht. Seine Worte kamen unerwartet und nahmen mir sofort den Wind aus den Segeln, und mein Herz begann zu flattern wie frisch gewaschene Wäsche im Sommerwind:
»Es tut mir leid. Ich habe mich benommen wie der letzte Idiot! Was kann ich tun, um meinen Fehler wiedergutzumachen?«
Wider Willen musste ich schmunzeln. Frederick klang zerknirscht wie ein kleiner Junge, der seinen Eltern beichtete, dass er die Schule geschwänzt hatte.
»Felicitas? Bist du noch da? Ich höre dich atmen, oder ist das der Wind?«
»Ja, ich bin da«, antwortete ich. »Ich gehe gerade in der Marsch spazieren. Bin froh, dass du dich meldest. Du brauchst nichts wiedergutzumachen, denn was passiert ist, lässt sich nicht rückgängig machen. Aber ich glaube, es wäre gut, wenn wir reden.«
»Sehr gern.« Frederick klang erleichtert. »Was hältst du davon, wenn ich wieder für dich koche, aber diesmal ohne dass wir uns streiten? Oder noch besser: Ich packe meinen Picknickkorb, und wir sehen uns zusammen den Sonnenuntergang in Utersum an. Ich könnte dich um halb neun abholen.«
»Mach das«, antwortete ich. »Also bis später dann.«
Ich legte ohne ein weiteres Wort auf, denn sosehr ich mich auch

über Fredericks Anruf freute – allzu leicht wollte ich es ihm nicht machen, dazu hatte er mich zu sehr gekränkt.
Beschwingt von der Hoffnung, dass sich vielleicht doch noch alles zum Guten wendete, marschierte ich weiter bis zum Ortsschild von Alkersum. Hier war ich letzten Sommer mit Frederick gewesen, als wir uns die Ausstellung im Museum Kunst der Westküste angeschaut hatten.
Ich passierte einen Reitplatz am Ortseingang und viele, schnuckelige Friesenhäuser, deren Wände mit Ornamenten aus Metall wie Schiffe oder Pferde geschmückt waren.
Alkersum war nicht nur das Dorf der schönen Künste, sondern auch der Reiter. An einer Kreuzung stieß ich auf ein Schild, das zum Atelier der Aquarellmalerin Michelle Dubois führte.
Kurz darauf hatte ich den Hofladen erreicht. Der Hinweis *Milchtankstelle* brachte mich zum Schmunzeln, und ich bestaunte den gemütlichen Garten mit den dunkelgrün-weiß gestreiften Strandkörben und den einladenden Holzmöbeln, die in der Sonne glänzten. Endlich war ich wieder offen für die Schönheit der Insel und machte mir nicht ständig Gedanken über Frederick.
Vor der weißgetünchten Stalltür standen mit bunten Blumen bepflanzte Kübel, alles wirkte so ländlich-romantisch. Ich freute mich schon auf Gesches Gesicht.
»Moin, Felicitas, wie schön«, rief diese auch prompt und kam hinter der Käsetheke hervor, um mir die Hand zu geben. »Ist das jetzt Zufall, oder kommst du meinetwegen?«
»Ich wollte mir gern anschauen, wo du arbeitest. Und ich habe den Auftrag, Käse für Leevke zu kaufen.«
In diesem Moment klingelte das Telefon.
Während Gesche telefonierte, schaute ich mich in dem gemütlichen Lädchen um. So etwas sollte es auch in Hamburg geben! Kartoffeln, frische Landeier von Bauer Jacobsen in Wrixum,

Senf und Marmeladen aus Oldsum, Föhrer Sekt, Pasta und selbstgestrickte Socken von *Oma Clara* verführten zum Kaufen. Im hinteren Teil des Ladens erblickte ich in einer Ecke Stoffrollen, die als Meterware angeboten wurden, und selbstgenähte Kissen, Kulturbeutel und Stofftiere. Ein kleines behagliches Wohlfühlparadies.

»Na, was kann ich dir anbieten?«, fragte Gesche, nachdem sie das Telefonat beendet hatte. »Waffeln? Apfelstrudel? Einen Himbeer-Quark-Strudel oder Alkersumer Flammkuchen?«

Obwohl ich vorhin erst gefrühstückt hatte, lief mir das Wasser im Mund zusammen. Genau genommen hatte ich nur ein halbes Brötchen heruntergebracht, weil mir der Streit mit Frederick so sehr auf den Magen geschlagen war.

Doch jetzt, wo die Zeichen wieder auf Versöhnung standen, spürte ich, wie mein Magen knurrte.

»Ich hätte gern eine frisch gebackene Waffel mit Pflaumenmus«, sagte ich mit Blick auf die schwarze Schiefertafel vor dem Holztresen. »Und einen Becher Kaffee mit Milch. Hast du denn Zeit, dich kurz zu mir zu setzen?«

»Leider nicht so richtig«, antwortete Gesche, »denn ich bin gerade allein hier. Kann also sein, dass ich zwischendrin immer mal wieder aufspringen muss, um Kunden zu bedienen. Allerdings müsste mein Kollege gleich kommen, der nur mal eben schnell was besorgen musste, vielleicht haben wir ja Glück und bleiben ungestört.«

Doch schon betraten drei Urlauber den Laden und schauten sich verzückt um. Dann kam eine ältere Dame, offenbar eine Stammkundin. Sie bestellte je einhundert Gramm Käse mit Bärlauch, Kümmel, Bockshornklee und Kräutern, alles aus Rohmilch, wie ich dem Schild in der Käsetheke entnahm.

»Ah, da ist er ja«, freute sich Gesche, als ein junger Mann zur Tür hereinkam. Er hieß Gonne.

»Ist es in Ordnung, wenn ich einen Augenblick mit Felicitas plaudere?«
Gonne nickte und machte sich an die Arbeit. Einige Kunden hatten Kaffee und Kuchen bestellt.
»Wie lange hast du denn heute noch zu tun?«, fragte ich, weil ich wusste, dass Gesche Kinder hatte. Gesche schaute auf die Uhr, es war halb eins.
»Um eins muss ich meine beiden Süßen aus der Kita in Midlum abholen«, antwortete sie. »Danach geht Max zu einem Kindergeburtstag in Klein-Dunsum, und ich muss mit Emi Lotta zum Kinderarzt. Sie hat eine Ohrenentzündung. Und abends kommen die Schwiegereltern zum Essen, also muss ich noch kochen.«
»Oh, mein Gott, wie schaffst du das denn alles?«, fragte ich schockiert. Ich wäre vollkommen überfordert gewesen.
Gesche zuckte mit den Schultern.
»Ich sag immer: Was ich nicht ändern kann, muss ich akzeptieren. Wozu also aufregen? Hat mich ja keiner dazu gezwungen, Kinder zu kriegen. Und Schwiegereltern gehören nun mal dazu, wenn man verheiratet ist.«
Sie grinste schelmisch.
»Wie lange bleibst du noch auf Föhr? Unsere Insel scheint es dir ja sehr angetan zu haben.«
Ich trank den letzten Rest Kaffee in einem Zug leer und überlegte kurz, ob ich ihr von Frederick berichten sollte. Vielleicht wusste sie ja etwas über ihn.
»Um ehrlich zu sein, ich weiß es nicht. Das hängt ein bisschen davon ab, wie lange Leevke mich erträgt, und von einem Mann …«
»Geht's um Frederick? Ich hab schon von deinem Techtelmechtel mit ihm gehört«, sagte Gesche. »Die halbe Insel spricht davon.«
»Ehrlich?«, fragte ich verblüfft. »Aber wieso das denn?«

»Weil man Frederick seit Jahren nicht mehr mit einer Frau zusammen gesehen hat und sogar gemunkelt wurde, er sei schwul. Außerdem waren ja einige bei der Theaterprobe dabei und haben gesehen, wie er dich zum Abschied geküsst hat. Und euer Ausflug in die Oldsumer Salzwiesen ist auch nicht unbemerkt geblieben. Diese Insel ist ein Dorf, vergiss das nicht.«

Verwundert fragte ich mich, warum niemand je Frederick und Sophie zusammen gesehen hatte.

Es gab noch einiges zu klären.

42. Kapitel

Mit zusammengekniffenen Augen starrte ich auf meinen Laptop und versuchte mich zu konzentrieren.
Seitdem ich auf Föhr war, hatte ich keine Sekunde lang gearbeitet.
Frederick kam erst in ein paar Stunden, und so blieb mir genügend Zeit. Doch meine Gedanken schweiften ständig ab.
Die Arbeit an meinem Drehbuch führte mir nur allzu deutlich vor Augen, dass ich einem Trugbild aufsaß, wenn ich glaubte, einfach so nach Föhr übersiedeln zu können, irgendwie musste ich ja Geld verdienen.
Natürlich konnte ich auf Jobsuche gehen, fand womöglich sogar eine Anstellung im Kulturbereich. Gerade gestern hatte im *Inselboten* eine Annonce des Wyker Kinos gestanden, das jemanden für die Nachmittagsschicht suchte. Leevke hatte mir das Job-Angebot Sonntagmorgen beim Frühstück gezeigt, doch ich war nicht darauf angesprungen. Ohne Frederick gab es für mich keinen Grund hierzubleiben.
Und selbst wenn: Würde mich der Verkauf von Kinokarten und Popcorn auf Dauer glücklich machen?
Am späten Nachmittag gelang es mir schließlich, einige Szenen so umzuarbeiten, dass sie den Vorstellungen meines Dozenten entsprachen. Erstaunt erkannte ich, wie sehr sich im Laufe des Schreibens bei diesem Stoff Fantasie und Wirklichkeit vermischt hatten. Meine Heldin stand an einem Wendepunkt ihres Lebens und musste sich mit der existenziellen Frage auseinandersetzen, wie weit sie bereit war, für die Liebe zu gehen und sich woanders ein neues Leben aufzubauen.

Aber wie weit war *ich* eigentlich bereit, zu gehen?
Würde ich mich nach der nervenaufreibenden und schmerzhaften On-and-off-Beziehung mit Julian überhaupt noch vorbehaltlos öffnen?
Beziehungsfähigkeit setzte Vertrauen in sich selbst und in den anderen voraus. Doch konnte ich wirklich einem Mann vertrauen, der sich, ähnlich wie ich, in eine aussichtslose Liebesgeschichte verstrickt hatte und immer noch dabei war, seine Wunden zu lecken?

»Ob wir beide zusammengehören, können wir nur herausfinden, indem wir es versuchen«, sagte Frederick, als wir abends am Strand von Utersum saßen und aufs Meer schauten. Die blauen, gelben, weißen und grünen Strandkörbe waren auf dem weißen Sand verteilt wie bunte Würfel auf einem Spielfeld. Vor einem gelben Strandkorb hatte Frederick Decken ausgebreitet. Wie die anderen war auch er um diese Uhrzeit durch ein Holzgitter und Vorhängeschlösser verschlossen.
Äußerst liebevoll hatte Frederick alles vorbereitet, ein Zeichen dafür, wie sehr er sich auf das Wiedersehen mit mir gefreut hatte. Auf einer weißen Leinentischdecke standen ein Windlicht und eine Flasche Rotwein. In einem mit Wasser gefüllten Becher steckte eine pinkfarbene Heckenrose, die er zuvor am Wegesrand für mich gepflückt hatte. Ich war gerührt und genoss es, so verwöhnt zu werden.
Nachdenklich biss ich von dem köstlichen Sandwich ab und überlegte, was ich darauf sagen sollte. Wenn ich in seiner Nähe war, gab es nur eine einzige Antwort, nämlich:
Ja, ich will!
Ich fühle, dass wir zusammengehören.
Ich ahne, dass das Schicksal uns zusammengeführt hat, damit die alten Wunden endlich heilen können.

Nur in den sorgenvollen Stunden, in denen die Nachtgespenster ihr Unwesen trieben, befürchtete ich, erneut verletzt zu werden, und verlor den Mut.

Als Frederick den Arm um mich legte, lehnte ich meinen Kopf an seine Schulter. Die Mulde schien wie geschaffen für mich zu sein, und ich hätte alles gegeben, diesen zauberhaften, zärtlichen Augenblick einzufrieren.

»Also gut«, murmelte ich. »Ich gebe mich geschlagen. Ich will mit dir zusammen sein, und ich werde alles dafür tun. Aber ich kann dir zu diesem Zeitpunkt nicht versprechen, ganz nach Föhr zu ziehen. Sosehr ich diese Insel und das Landleben auch liebe, ich bin eine Großstadtpflanze. Ich habe Angst vor dem langen, kalten Winter. Außerdem bin ich beruflich womöglich viel unterwegs, auch wenn es momentan nicht danach aussieht. Das wäre also im Grunde nicht anders als bei Sophie.«

Es fiel mir schwer, es laut auszusprechen.

Doch Frederick musste wissen, was ich fühlte und was ich brauchte, um ein glücklicher, zufriedener Mensch zu sein.

»Aber du wärst nicht mit einem anderen Mann zusammen«, antwortete er leise und streichelte meine Hand, die auf seinem Bein lag.

»Eine Zeitlang habe ich tatsächlich geglaubt, dass es die räumliche Distanz zu Sophie war, die mir so zu schaffen machte. Erst bei dir habe ich erkannt, dass ich unter etwas anderem gelitten habe. Ich habe gespürt, dass sie nie richtig anwesend war. Sophie war nicht nur rastlos, weil sie ständig reiste, sondern auch, was ihre Gefühle betraf. Ich konnte mich bei ihr nie vollkommen entspannen, weil sie sich mir immer wieder entzog. Im Grunde hat es sich nie wirklich *richtig* angefühlt.«

Seine Worte waren Balsam für meine Seele.

Mein Herz öffnete sich wie ein weites Tor, und ich wollte, dass Frederick durch dieses Tor ging und bei mir war.

»Weißt du eigentlich, wie sehr ich es genieße, überall mit dir hingehen zu können?«, fuhr Frederick fort. »Mit Sophie musste immer alles heimlich geschehen. Irgendwann habe ich mich an ihrer Seite gefühlt wie ein Nachtschattengewächs. Wir haben uns fast ausschließlich in der Mühle getroffen, und wenn wir mal spazieren gegangen sind, dann nur in der Dämmerung. Sophie benutzte alle möglichen Ausreden. ›Ich brauche meine Ruhe, ich habe sonst genug Menschen um mich herum‹ … Bla bla bla … Doch die Wahrheit war unheimlich banal: Sie hatte einfach Angst, mit mir gesehen zu werden, weil sie befürchtete, ihr Freund könne davon erfahren.«

Ich schluckte.

Das war also der Grund, weshalb man bereits über Frederick getuschelt hatte.

»Aber jetzt genug von diesen alten Geschichten! Ich wollte dich fragen, ob du dir vorstellen könntest, für den Rest deines Urlaubs zu mir zu ziehen? Ich würde nämlich gern so viel Zeit wie möglich mit dir verbringen.«

Anstelle einer Antwort gab ich Frederick einen langen Kuss. Leevke würde es bestimmt verstehen.

Mittlerweile war es stockdunkel am Strand und menschenleer. Vor lauter Aufregung hatte ich doch tatsächlich den Sonnenuntergang verpasst!

Aber was machte das schon, es würde noch viele Gelegenheiten geben.

»Was hältst du eigentlich von Erotik in freier Natur?«, fragte ich und nestelte an Fredericks Gürtelschnalle.

»Unglaublich viel«, antwortete Frederick und löschte das Windlicht. Als wir uns liebten, funkelten über uns die Sterne, und ich war so glücklich wie noch nie zuvor in meinem Leben.

43. Kapitel

Dienstag 18. Juni

Am nächsten Morgen ging ich sofort zu Leevke in den Laden, nachdem Frederick mich auf dem Weg zur Kerzenwerkstatt abgesetzt hatte. Obwohl die Nacht unheimlich kurz gewesen war, fühlte ich mich frisch und erholt.

»Du strahlst ja wie ein Honigkuchenpferd«, sagte Leevke zur Begrüßung und umarmte mich. »Habt ihr euch ausgesöhnt?«

Zum Glück war gerade kein Kunde im Laden, und ich konnte ihr alles haarklein erzählen.

Nun ja – fast alles …

Leevke lauschte gebannt, während sich ein freudiges Lächeln auf ihrem Gesicht ausbreitete.

»Ihr gehört einfach zusammen«, sagte sie. »Ich freu mich so für dich. Das hast du wirklich verdient. Und jetzt verstehe ich auch, warum Frederick sich mit keiner Frau in der Öffentlichkeit hat blicken lassen. Übrigens habe auch ich Neuigkeiten.«

»Wie? Erzähl«, bat ich neugierig. »Ist es was Positives?«

Leevkes Augen funkelten, als sei sie ebenfalls frisch verliebt.

»Ja, und im Grunde verdanke ich die ganze Sache dir.«

»Nanu? Was habe ich denn gemacht?«

»Du erinnerst dich doch noch an das Buch *Feenstaub* von Signe Pike, das du mir geschenkt hast.«

»Ja, natürlich.«

»Ich habe beschlossen, es so zu machen wie die Autorin und mich auf die Suche nach Feen und Elfen zu begeben. Allerdings nicht in England, Schottland und Irland, sondern in Deutschland. Und dann schreibe ich ein Buch über meine Erfahrungen. Na, wie findest du das?«

Ich war sprachlos.

Als sie ihre Idee laut aussprach, dachte ich, dass ich mir das sehr gut vorstellen konnte.

Leevke, die *Feenflüsterin,* die selbst aussah wie eine Elfe und Hauskobolde betörte. Wer sollte sich auf solch eine Reise begeben und darüber schreiben, wenn nicht sie?

»Ich … ich find's super«, stammelte ich. »Und ich glaube, dass du damit großen Erfolg haben würdest … aber …«

»Aber du fragst dich, wie ich das finanzieren will und ob ich einen Verlag für das Buch finde«, fiel Leevke mir ins Wort und sah dabei so vergnügt aus, als hätte sie für all ihre Probleme bereits eine Lösung. Und so war es auch.

»Papa hat endlich das Geld für den Hausverkauf bekommen und mir meinen Anteil am Erbe überschrieben. Ich sage dir die genaue Summe nicht, aber es ist so viel Geld, dass ich mir sowohl diese lange Reise leisten als auch das Buch im Eigenverlag und parallel als E-Book veröffentlichen kann. Ich habe nämlich keine Lust, mich dem Stress auszusetzen, einen Verlag suchen zu müssen und mich dann nach deren Vorstellungen verbiegen zu lassen.«

Auf einmal überkamen mich Zweifel.

»Und was wird aus deinem Vater?«, fragte ich. Natürlich gönnte ich Leevke ihr Glück, aber ich wollte sie davor bewahren, einen Fehler zu machen.

»Mein Vater zieht zu meiner Großmutter Beeke«, erwiderte Leevke. »Ich weiß, dass das jetzt alles sehr plötzlich kommt, und eigentlich verstehen die beiden sich ja nicht besonders. Doch meine Oma hat sich in der letzten Zeit sehr um meinen Vater gekümmert und sich nicht von seiner ruppigen Art in die Flucht schlagen lassen. Ursprünglich wollte sie mich entlasten, dann jedoch hat sie wohl gemerkt, dass sie so besser ihre Trauer um meine Mutter bewältigen. Denn beide haben einen Menschen verloren, den sie sehr geliebt haben.«

Ich war baff.

Mit einem Mal schien sich alles zum Guten zu wenden, nicht nur bei mir.

»Wow, da bin ich aber platt«, sagte ich. Ich wusste, wie sehr Leevke die Situation mit ihrem zu Depressionen neigenden Vater bedrückte.

»Und wer weiß? Vielleicht schafft deine Großmutter es sogar, ihn doch dazu zu bewegen, einen Therapeuten aufzusuchen. Aber was machst du dann mit deinem Laden?«

»Wenn du nicht dort arbeiten möchtest, stelle ich jemanden als Vertretung ein«, antwortete Leevke. »Gesche hat eine Bekannte, die interessiert ist. Wenn du ihn jedoch haben willst, wäre mir das natürlich viel lieber.«

»Wie lange habe ich denn Bedenkzeit?«, wollte ich wissen und spürte, wie mein Puls sich beschleunigte.

Ich könnte in Leevkes Wohnung wohnen und bei ihr arbeiten, so, wie wir es Anfang des Jahres bereits geplant hatten.

»Keine Ahnung«, entgegnete Leevke. »Vielleicht eine Woche?«

»Ich denk drüber nach«, murmelte ich gedankenverloren.

Wieder einmal schien das Schicksal einen Plan für mich zu haben.

Was hatten die Karten prophezeit?

Wagen Sie eine kühne Vision. Lassen Sie sich von Ihren Träumen und Fantasien leiten.

Es war an der Zeit, diese Vision in die Tat umzusetzen.

44. Kapitel

Samstag, 22. Juni

Seit vier Tagen wohnte ich nun bei Frederick. Vier Tage und Nächte voller Liebe, Leidenschaft, intensiver Gespräche, langer Spaziergänge und inniger Momente.
Ich war rundum glücklich.
Zunächst hatte Frederick sich über die Idee gefreut, dass ich Leevke vertreten sollte, mich jedoch dann daran erinnert, dass dieser Job so gar nichts mit meinen sonstigen beruflichen Plänen zu tun hatte.
Ich entschied mich, noch einmal intensiv alles zu überdenken und Leevke am morgigen Sonntag Bescheid zu geben. Und nachdenken konnte ich am besten in der Badewanne.
»Hast du alles, was du brauchst?«, fragte Frederick, während das Wasser in die Wanne lief, und legte ein frisches Badehandtuch über die Heizung. Heute war es kalt und stürmisch, und Regen prasselte mit voller Wucht gegen die Fensterscheiben. Selbst die Vögel hatten sich verkrochen und suchten irgendwo Schutz.
Doch das machte mir alles nichts aus, denn was gab es Schöneres, als sich einzukuscheln, ich freute mich auf den vor mir liegenden Abend am prasselnden Kaminfeuer.
So ein Tag nahm mir ein wenig die Angst vor dem langen friesischen Winter.
Man konnte auch ohne Sonne glücklich sein.
»Ja, danke, alles bestens«, antwortete ich und gab Frederick ei-

nen Kuss. Nachdem ich mich ausgezogen hatte, glitt ich ins warme Schaumbad. »Und du willst wirklich nicht mit mir in die Wanne?«
»An sich ist dieser Gedanke sehr verführerisch, aber ich muss noch ein paar Dinge am Computer erledigen. In den letzten Tagen hat sich einiges angesammelt, schließlich war ich nur sporadisch in der Werkstatt. Genieß du nur die Ruhe und entspann dich.«
Mit diesen Worten ging er aus dem Badezimmer und ließ die Tür einen winzigen Spalt offen.
Ich glitt tiefer ins warme Wasser und schloss die Augen.
Gerade war ich ein wenig eingedöst, als es an der Tür klingelte.
Hoffentlich dauert das nicht länger, dachte ich und seifte mich mit dem Badeschwamm und einer duftenden Waschlotion ein.
Ich hörte, wie Frederick von seinem knarzenden Bürostuhl aufstand und zur Tür ging. Nachdem er geöffnet hatte, war es einen Augenblick lang still.
Dann hörte ich ihn entsetzt fragen: »Was machst du denn hier?« Seine Stimme klang plötzlich vollkommen fremd, wie aus einem anderen Universum.
Leider konnte ich die Antwort nicht verstehen, aber es klang, als käme sie von einer Frau. Gespannt lauschte ich. Offenbar hatte Frederick die Frau hereingelassen, deutlich vernahm ich das Klackern von Absätzen auf dem Dielenboden.
Dann schloss Frederick die Badezimmertür.
Mit einem Mal befiel mich eine äußerst ungute Vorahnung, ohne dass ich genau sagen konnte, wieso. Ich stieg aus der Wanne, wickelte mich in das vorgewärmte Handtuch und presste mein Ohr dicht an die Tür.
»Was denkst du dir dabei, einfach so hereinzuschneien?«, hörte ich Frederick sagen. Er klang sehr wütend. »Du hast mich damals übel abserviert, mir sehr weh getan, und ich habe nicht

ohne Grund den Kontakt zu dir abgebrochen. Also, was willst du?«

Wieder erklang die weibliche Stimme:

»Ich bin hergekommen, um dir zu sagen, dass ich einen riesigen Fehler gemacht habe. Ich hätte deinen Heiratsantrag annehmen und bei dir bleiben sollen.«

Diese beiden Sätze trafen mich mit voller Wucht!

Mir wurde schwindelig, und es begann hinter meinen Schläfen zu pochen.

Meine Vermutung war also richtig gewesen: Wie aus dem Nichts war Sophie Thalheim bei Frederick aufgetaucht.

Am liebsten wäre ich ins Wohnzimmer gestürmt und hätte sie höchstpersönlich rausgeworfen, doch dazu hatte ich natürlich kein Recht.

»Und was erwartest du jetzt von mir?«, fragte Frederick, und ich hielt gebannt den Atem an.

»Ich … ich wollte dich fragen, ob du mir vielleicht eine zweite Chance gibst. Ach Mann, es fällt mir so schwer, mit dir zu reden, wenn du mich so wütend ansiehst und ich das Gefühl habe, alles in drei Sätzen erklären zu müssen, damit ich dich nicht zu sehr nerve.«

Frederick sagte nichts, was Sophie dazu zu ermuntern schien, weiterzureden.

»Ob du es glaubst oder nicht: Ich habe mich in den letzten beiden Jahren verändert. Ich weiß jetzt viel besser, was wichtig im Leben ist und wer ich bin. Und ich spüre ganz deutlich, dass mein Platz hier, bei dir ist. Es tut mir unendlich leid, dass ich dir so weh getan habe und so lange gebraucht habe, um das zu erkennen.«

Vor Entsetzen schlug mir das Herz bis zum Hals, ich war einer Ohnmacht nahe.

»Und was sagt dein Mann dazu?«, fragte Frederick mit unüber-

hörbarem Sarkasmus in der Stimme. »Weiß er überhaupt, dass du hier bist?«
Sophies Stimme zitterte.
»Ja, er weiß es, und er hat mich im Grunde sogar ermutigt, dich zu besuchen, so seltsam das auch klingen mag. Er hat erkannt, dass wir beide keine Chance haben, weil du immer noch zwischen uns stehst. Er spürt, wie viel du mir noch bedeutest und wie häufig ich an dich denke. Ich liebe dich nämlich. Und wie sehr, ist mir leider erst vor kurzem klargeworden. Ich würde dir gern alles ausführlicher erklären, weil ich vermutlich gerade wie eine Irre klinge …«
Oh, mein Gott – diese Frau zog ja alle Register!
»Tja, was soll ich dazu sagen?«, antwortete Frederick, und ich konnte förmlich spüren, wie er resigniert den Kopf schüttelte. »Du tauchst einfach so hier auf und überrumpelst mich völlig. Warum hast du nicht vorher angerufen? Und was erwartest du, wie ich reagiere?«
»Nimm mich einfach in den Arm und sag mir, wie sehr du mich vermisst hast, Augenstern.« Sophies Stimme hatte einen flehentlichen Tonfall angenommen. »So wie in deinen Briefen.«
Ich war kurz davor, mich zu übergeben.
Diese Szene klang wie aus einem schlechten Film.
Wäre ich nicht persönlich betroffen gewesen, hätte ich Sophie gefragt, ob sie sich denn gar nicht schämte, derart platte Worthülsen von sich zu geben.
Und wieso ging sie eigentlich so selbstverständlich davon aus, dass Frederick immer noch solo war?
»Gut, dass du die Briefe erwähnst. Dann kannst du mir ja die Frage beantworten, wieso du sie auf deinem alten Dachboden versteckt hast. Da hättest du sie auch gleich in den Müll werfen können. Hast du eigentlich eine Ahnung, wie ich mich gefühlt habe, als ich davon erfuhr?«

Nun konnte ich Sophie förmlich nach Luft schnappen hören.
»Du weißt von den Briefen?«
»Ja, weil meine Freundin sie nämlich zufällig gefunden hat. Und ich muss sagen, ich war alles andere als begeistert.«
»Dd… dd… deine Freundin?«, stammelte Sophie, und ich musste grinsen.
Im Film wäre diese Stelle *mein* Stichwort gewesen, bei dem ich in ein seidenes Negligée gehüllt und hocherhobenen Hauptes aus dem Badezimmer stolziert wäre und Sophie vor die Tür befördert hätte.
»So, nun muss ich dich bitten zu gehen. Felicitas und ich wollen nämlich jetzt kochen und uns einen schönen Abend vor dem Kamin machen.«
»Felicitas also … Ich hätte mir eigentlich denken können, dass ein so toller Mann wie du nicht auf Dauer allein bleibt. Mein Fehler! Und wie ich sehe, hast du die Vogelbilder abgehängt. Schade, sie haben sich immer gut an dieser Wand gemacht.« Sophie klang, als würde sie gleich weinen. »Tja, dann gehe ich wohl besser, bevor ich mich komplett lächerlich mache. Ich bin übrigens bis Mittwoch auf der Insel. Du kannst mich jederzeit anrufen, wenn du mich noch sprechen möchtest. Meine Handynummer ist dieselbe, genau wie meine Gefühle für dich.«
Danach hörte ich die Tür ins Schloss fallen.
Ich atmete tief durch und sammelte mich einen Augenblick. Als Frederick ins Badezimmer kam, war er weiß wie die Wand, er sah aus, als wäre er einem Gespenst begegnet.
Mir selbst ging es ähnlich, auch wenn ich nur eine unfreiwillige Zeugin dieses Vorfalls gewesen war.
Frederick nahm mich seufzend in den Arm.
»Es tut mir so leid, dass du das alles mit anhören musstest. Ich wünschte, ich hätte dir Sophies Auftritt ersparen können.«
Ich bemühte mich, eine unschuldige Miene aufzusetzen.

»Keine Ahnung, wovon du sprichst«, murmelte ich und bedeckte sein Gesicht mit Küssen. »Also, was gibt's zu essen?«
Frederick drückte mich fest an sich. »Danke schön. Lass uns jetzt nicht drüber reden. Sophies Auftritt hatte so etwas Surreales, das muss ich erst mal verdauen.«
Den Rest des Abends tat ich Frederick zuliebe so, als hätte Sophies Besuch niemals stattgefunden. Aber ich bemerkte, wie Frederick immer wieder gedankenverloren vor sich hin blickte, und von Minute zu Minute wuchs meine Angst, Sophie könne doch noch Macht über ihn haben.
In dieser Nacht schliefen wir zum ersten Mal nicht miteinander. Frederick gab mir einen Gutenachtkuss auf die Wange und rollte sich auf die Seite, mit dem Rücken zu mir. Ich lag lange wach und überlegte, wie ich mit dieser neuen Situation umgehen sollte.
Kaum hatte ich beschlossen, mich angstfrei fallenzulassen, erschien Sophie Thalheim auf der Bildfläche und machte mit einem Schlag alles zunichte, was Frederick und ich uns gerade mühevoll aufgebaut hatten.
Das war einfach nicht fair!
Erschöpft vom vielen Grübeln, stand ich irgendwann auf, um mich ein wenig abzulenken.
Nachdem ich ein halbes Glas Rotwein getrunken hatte, setzte ich mich an meinen Laptop, um nicht völlig durchzudrehen.
Zum Glück hatte ich ihn mit zu Frederick genommen, um zu arbeiten, während er in der Werkstatt war. Vielleicht konnte ich mir ja auf YouTube irgendeine Serie anschauen, die mich kurzfristig auf andere Gedanken brachte, oder ein bisschen im Internet surfen.
Doch zuvor checkte ich meine Mails. Zu meinem großen Erstaunen fand ich eine lange Nachricht von Tanja Gerhardt vor, der Regisseurin, an die Viola mich damals vermittelt hatte. Sie schrieb:

Liebe Felicitas,

lange nichts gehört, ich hoffe, es geht dir gut?!
Könntest du dir vorstellen, mit mir an einem mehrteiligen Projekt zu arbeiten?
Die neue Serie ist ein 90-Minüter, angelehnt an Reihen wie *Traumschiff* oder *Traumhotel*. Gedreht wird an exotischen Schauplätzen auf der ganzen Welt. Der Pilotfilm spielt auf Bali, ein absoluter Traum!
Im Mittelpunkt dieser Geschichten stehen Frauen, die einen Schicksalsschlag zu verkraften haben und sich einer neuen Aufgabe stellen müssen, an der sie letztlich wachsen – und die ihr Leben komplett auf den Kopf stellt. Natürlich darf auch die Liebe nicht fehlen, schließlich ist die Produktion im Bereich Romance angesiedelt.
Mit dir könnte ich sicherlich mehr daraus machen als die übliche, kitschige Sonntagabend-Unterhaltung. Zwei Produktionen im Jahr sind geplant, so dass uns beiden Zeit für andere Projekte bleibt. Die Produktionsfirma zahlt gut und ist ein big name im Geschäft.
Näheres erzähle ich dir, wenn ich weiß, ob du Interesse und Zeit hast.
Freue mich auf deinen Anruf,

Tanja

45. Kapitel

Sonntag, 23. Juni

Oh, mein Gott, das ist ja schrecklich«, rief Leevke und kaute aufgeregt auf ihrer Unterlippe herum.
Wir spazierten am Strand von Nieblum entlang, und ich hatte ihr von Sophie und meinem unerwarteten Job-Angebot berichtet. »Tut mir leid, aber ich brauche dringend ein Eis! Du auch?«
Ich nickte und folgte ihr zum Strandkiosk Café am Wattenmeer, der wegen des eher durchwachsenen Wetters nicht so gut besucht war wie sonst.
Frederick war heute früh schon eine Stunde Joggen gewesen und hatte sich, nachdem er geduscht hatte, wieder hingelegt. Wir hatten nur das Nötigste miteinander gesprochen und behandelten uns gegenseitig wie rohe Eier. Spannung lag in der Luft, doch keiner wagte es, offen über Sophie zu sprechen. Auch mein Job-Angebot erwähnte ich nicht.
Kurz entschlossen hatte ich Leevke gefragt, ob sie Lust auf einen Strandspaziergang hatte. Frederick schrieb ich eine kurze Nachricht, bevor ich mit dem Bus von Oldsum nach Nieblum fuhr.
»Ich hätte gern einen grünen Tee«, sagte ich, als wir an der Reihe waren, es war ein Café mit Selbstbedienung.
Leevke bestellte sich ein *Magnum Mandel* und biss mit solchem Appetit hinein, dass mir schon beim bloßen Anblick die Zähne weh taten.

»Aber du machst dir doch keine ernsthaften Sorgen?«, fragte sie, nachdem sie das Eis binnen kürzester Zeit verputzt hatte.
»Nein, nicht wirklich«, antwortete ich gedehnt und spürte, wie falsch diese Antwort in meinen Ohren klang.
Natürlich machte ich mir Sorgen!
Die Beziehung mit Frederick und mir hatte so holprig begonnen, und es hatte insgesamt beinahe ein Jahr gedauert, bis wir so weit waren, es miteinander versuchen zu wollen. In Fernsehfilmen gab es für Liebespaare traditionell zwei größere Hürden zu überwinden. Die erste war die sogenannte *Viertel-nach-neun-Krise.*
Die durchlebten wir, als Frederick zum ersten Mal den Kontakt zu mir abbrach.
Die zweite fand in der Regel fünf Minuten vor Schluss statt, wenn das Paar bereits augenscheinlich auf das Happy End zusteuerte.
Doch an welchem Punkt waren wir?
Bei der Fünf-Minuten-vor-Schluss-Krise?
Oder standen wir bereits vor dem traurigen Ende?
Mit einem Mal bekam ich ein starkes Ziehen im Magen und schreckliche Sehnsucht. Ich musste unbedingt Frederick anrufen. Ich wollte seine Stimme hören, die mir glaubhaft versicherte, dass uns nichts mehr trennen konnte – und schon gar nicht Sophie. Also sagte ich Leevke, dass ich kurz telefonieren müsse. Sie nickte verständnisvoll.
Nervös lief ich am Strand auf und ab, über mir ein aufklarender Himmel und Seeschwalben, die fröhlich ihre Kreise zogen. Unter meinen Füßen Muscheln und Steine und knirschender, weißer Pulversand. Vor mir das graublaue Meer.
Eine malerisch schöne Kulisse, wäre ich nicht so traurig gewesen.
Nach ungefähr zehnmaligem Läuten sprang der Anrufbeant-

worter in der Mühle an. Doch ich hinterließ keine Nachricht, ich wollte mit Frederick sprechen. Ich probierte es vergebens auf seinem Handy und landete sofort auf der Mailbox.

»Er schläft bestimmt noch«, bemühte Leevke sich, mich zu beruhigen. »Sprich ihm auf die Box und bitte um Rückruf. Er wird schon verstehen, dass du gerade ein wenig unsicher bist. Er weiß doch am besten, wie sich Eifersucht anfühlt.«

Ermutigt durch ihre Worte hinterließ ich eine Nachricht und hoffte, dass Frederick sich bald zurückmeldete.

Unschöne Erinnerungen an die Zeit, als sich Julians Affäre mit Viola angedeutet hatte, wurden in mir wach, breiteten sich aus wie das Gift einer Schlange, die darauf wartete, ihr Opfer zu verschlingen.

Bevor ich die beiden in jener Nacht im Nachtclub erwischt hatte, war Julian manchmal ohne Erklärung wie vom Erdboden verschluckt. Dann konnte ich ihn auch telefonisch nicht erreichen. Anfangs hinterfragte ich sein Verhalten nicht. Später jedoch hatte ich begriffen, dass unsere Beziehung zu diesem Zeitpunkt bereits Geschichte gewesen war.

»Ich an deiner Stelle würde das Job-Angebot unabhängig von Frederick annehmen. Außerdem lassen sich zwei Drehs pro Jahr gut mit einer Beziehung vereinbaren. Und wenn es schiefgeht und ihr nicht zusammenbleibt, hast du immerhin was, worauf du aufbauen kannst. Vergiss nicht, du brauchst Geld.«

Ich schluckte bei dem Wort *schiefgehen*.

Diesen Gedanken wollte ich gar nicht erst zu Ende denken.

»Dann kann ich aber leider nicht im Laden für dich einspringen«, antwortete ich und nahm mir fest vor, Tanja Gerhardt nachher zu schreiben, wie gern ich dabei wäre.

»Kein Problem«, winkte Leevke ab. »Ich hab dir doch gesagt, dass Gesche jemanden kennt, die passen könnte. Sie heißt Swaantje, ist Heilpraktikerin und kommt aus Münster. Vor zwei

Monaten ist sie der Liebe wegen nach Wyk gezogen und möchte sich nun hier eine Existenz aufbauen. Bis dahin muss sie erst einmal etwas Geld verdienen.«

Eine Heilpraktikerin, das klang ideal.

»Wenn du den Job also nicht haben willst, treffe ich mich nächste Woche mit Swaantje, okay?«

Ich nickte und fühlte mich immer noch ein bisschen benommen.

Wieso überschlugen sich die Dinge auf einmal so?

»Ach, Felicitas, du guckst so traurig aus der Wäsche, dagegen müssen wir dringend etwas tun. Womit können wir dich denn aufmuntern?«, fragte Leevke und hakte mich unter. »In Wyk ist heute Drachenfest. Wie wär's?«

»Gute Idee«, antwortete ich lahm, aber ich war froh über ein wenig Ablenkung.

Eine halbe Stunde später parkten wir in der Nähe des Sandwalls, wo der Bär steppte.

Überall flatterten kunterbunte Drachen in allen möglichen Größen, Farben und Formen umher. Am Strand waren Zelte aufgebaut, und fröhlich lachende Kinder präsentierten stolz ihre Schätze, die Drachenschnur fest in den kleinen Händen haltend.

»Meinst du, Niklas ist auch hier?«, fragte ich, weil mir plötzlich der Verdacht kam, dass Leevke nicht nur hier war, um mich auf andere Gedanken zu bringen.

»Schon möglich«, antwortete sie schulterzuckend. »Aber das ist nicht der Grund, warum ich dich hierhergelotst habe. Das mit Niklas ist längst Geschichte. Und er hat eine neue Freundin, schon vergessen?«

»Ich habe mich nie getraut, dich zu fragen, weil du beim Thema Niklas immer auf Abstand gegangen bist. Bedauerst du es immer noch, dass es mit euch beiden nicht geklappt hat, oder hast du mit der ganzen Sache wirklich abgeschlossen?«

Leevkes Mund verzog sich zu einem schiefen Lächeln.
»Aus dir spricht mal wieder die hoffnungsvolle Romantikerin Felicitas, die sich wünscht, dass das Leben so abläuft wie im Film. Aber denkst du nicht auch, dass es ein bisschen arg kitschig wäre, wenn zwei gute Freundinnen auch noch mit zwei Brüdern zusammen wären?«
Ich stutzte einen Moment. Aus Leevkes Mund klang es unrealistisch und kitschig.
Aber war das Leben nicht manchmal so?
Wenn mir jemand gesagt hätte, dass ich ausgerechnet an dem Ort, an dem ich einen Film drehte, meiner großen Liebe begegnen würde, hätte ich ihn vermutlich auch ausgelacht.
Und die Briefe auf dem Dachboden machten die Geschichte noch weniger glaubwürdig.
»Okay, ich gebe mich geschlagen. Aber bei diesem Schicksals- und Zufallswirrwarr in meinem Leben wundert mich allmählich gar nichts mehr. Ich komme immer noch nicht darüber hinweg, dass ausgerechnet *ich* in dieselbe Wohnung gezogen bin, in der Sophie gewohnt hat.«
Leevke schmunzelte und blickte einem Drachen in Gestalt eines überlebensgroßen Zauberers hinterher, der über unsere Köpfe hinwegflog, was von lautem Kindergejohle und Beifall begleitet wurde.
»Kennst du die Theorie von den sieben Töchtern Evas, nach der wir alle von einer von insgesamt sieben Urmüttern abstammen und somit weltweit miteinander verwandt sind?«, fragte Leevke. »Ich weiß, dass das esoterisch klingt, aber es gibt diverse wissenschaftliche Experimente und Abhandlungen darüber, mit denen ich mich eine Zeitlang beschäftigt habe.«
Ich schluckte.
Ja, darüber hatte ich mal etwas im *Spiegel* gelesen, es interessiert zur Kenntnis genommen, dann aber sofort wieder vergessen.

»Willst du damit sagen, dass ich um sieben Ecken mit Sophie oder Frederick verwandt bin?«, fragte ich grinsend. »Dann wäre er mein Halbbruder und Sophie meine Stiefschwester. Aber du wärst mir als Halbschwester eindeutig lieber!«

Leevke schmunzelte ebenfalls und umarmte mich kurz.

Nachdem wir noch eine Weile am Strand den Drachen zugeschaut hatten, musste Leevke los, weil sie versprochen hatte, ihrem Vater beim Packen zu helfen. Kommenden Sonntag sollte er zu Leevkes Großmutter ziehen, und es musste noch einiges entrümpelt und organisiert werden. Mein Angebot, ihr zu helfen, lehnte sie mit der Begründung ab, ich solle den Abend lieber nutzen, um wieder mit Frederick ins Reine zu kommen.

Leevke fuhr mich zurück zur Mühle, für die ich mittlerweile einen Schlüssel besaß. Doch Frederick schien nicht zu Hause zu sein, denn sein Pick-up stand nicht auf dem Parkplatz. Ich checkte mein Handy, um sicherzugehen, dass ich keinen Anruf verpasst hatte – doch Fehlanzeige!

»Soll ich meinem Vater lieber absagen, und du kommst mit zu mir?«, fragte Leevke, doch ich schüttelte den Kopf.

»Nein, lass mal. Ich komme schon allein klar. Sorg du lieber dafür, dass mit deinem Vater und dem Umzug alles glattgeht, das ist weitaus wichtiger als mein emotionales Chaos.«

»Na gut …«, murmelte Leevke, wirkte jedoch nicht ganz überzeugt. »Aber ruf mich an, wenn was ist. Egal wie spät.«

Ich versprach, mich zu melden, und verabschiedete mich von ihr. Als der Bulli um die Ecke gebogen war, öffnete ich mit gemischten Gefühlen die Tür.

Vielleicht war Frederick ja doch da und nur sein Auto aus irgendeinem Grund nicht.

Vielleicht hatte er es verliehen?

Vielleicht …

Ich kämpfte so gut es ging gegen meine Ängste an und schrieb

Tanja Gerhardt, wie sehr ich mich freute, als Assistentin für sie zu arbeiten. Dann setzte ich mich vor den Fernseher.

Als jedoch gegen Mitternacht immer noch jede Spur von Frederick fehlte und ich nur die Mailbox erreichte, musste ich mir eingestehen, dass es keinen Sinn hatte, länger auf ihn zu warten. Frederick mochte einige Macken haben und in gewissen Dingen speziell sein.

Aber er war zuverlässig.

Wenn ihm also nichts zugestoßen war, gab es für sein Verschwinden nur eine einzige Erklärung:

Er war bei Sophie …

46. Kapitel

Montag, 24. Juni

Gegen zwei Uhr morgens erwachte ich vom Klacken der Eingangstür.

Da ich sowieso nur gedöst hatte, war ich innerhalb weniger Sekunden hellwach. Ich hörte leise Schritte, doch es drang kein Lichtschein durch den Türspalt.

Dann kam Frederick ins Schlafzimmer.

»Da bist du ja endlich«, sagte ich mit bemüht ruhiger Stimme.

Jetzt bloß keine Szene machen und hysterisch werden wie damals bei Julian. Mittlerweile war ich erwachsener, wenngleich mich die Eifersucht genauso stark plagte. Doch diesmal würde ich kein Geschirr zerschlagen, sondern versuchen, die Kontrolle zu bewahren.

»Oh, du hast noch nicht geschlafen?«, fragte Frederick, zog sich aus und schlüpfte zu mir ins Bett. Sein Atem roch nach Rotwein.

»Nein, denn ich bin halb umgekommen vor Sorge!«

Beschwichtigend legte Frederick die Hand auf meinen Arm, den ich sofort wegzog. So einfach wollte ich ihn nicht davonkommen lassen. Er konnte nicht einfach so verschwinden, ohne mir Bescheid zu geben, und dann in aller Seelenruhe hier hereinspazieren.

»Es tut mir leid, dass ich abgehauen bin, ohne dir etwas zu sagen. Ich weiß, du hast probiert, mich zu erreichen.« Er klang zerknirscht.

Ich verkniff mir eine wütende Bemerkung und schwieg.
»Darf ich kurz das Licht anmachen? Ich würde dir gern etwas zeigen.«
Mein Herz pochte wie wild.
Was kam denn jetzt?
Ich antwortete: »Wenn es unbedingt sein muss.«
Als Frederick die Nachttischlampe anknipste, bemerkte ich, dass sein T-Shirt verknittert und leicht feucht war. Seine Augen waren gerötet, er sah mitgenommen aus.
»Schau mal, ist die nicht wunderschön?«, fragte er zu meinem Erstaunen und gab mir eine Postkarte. Eine zweite legte er vor sich auf die Bettdecke. Beide Motive waren identisch. Müde rieb ich mir die Augen und erblickte ein hübsches Hintergrundbild aus zartem Vergissmeinnicht und las:

Gegenwärtig

Du bist nicht hier …
Doch wenn ich die Augen schließe,
kann ich dich riechen,
kann den Klang deiner Stimme hören.
Kann deinen Blick auf mir spüren.
Und dein Lächeln sehen.
… sagte ich gerade, du wärst nicht hier?

»Ja, das klingt wundervoll«, erwiderte ich völlig überrascht und gerührt von der Zärtlichkeit, die aus diesen Worten sprach – als wären sie nur für Frederick und mich geschrieben worden. »Wo hast du die Postkarte her?«
»Ich habe sie in einem Geschenkladen am Sandwall gefunden und gleich zwei davon gekauft, damit jeder von uns eine hat, wenn wir getrennt sind.«

Wenn wir getrennt sind …

Das Blut rauschte in meinen Ohren.

»Oje, bitte versteh mich nicht falsch«, sagte Frederick und streichelte abermals meine Hand. »Ich meine, wenn du in Hamburg bist oder woanders arbeitest. Ich weiß, dass ich mich heute dir gegenüber mehr als ungerecht verhalten habe. Aber jetzt verstehe ich endlich so einiges: Ich habe Sophie immer geschrieben, wie sehr ich sie vermisse, und mich dann über ihre eher abweisende Reaktion gewundert.«

Ich legte die Karte neben mich auf den Nachttisch und setzte mich kerzengerade hin. Was auch immer kam, ich wollte gewappnet sein.

»Sophie hat diese starke Sehnsucht stets irritiert, weil sie der Meinung ist, dass dieses Verlustgefühl, diese Leere, die ich beschrieben habe, lediglich ein Ausdruck eines Gefühls von Mangel sei. Und dass nur ich diesen Mangel beseitigen könne, weil kein anderer Mensch eine Lücke zu füllen vermag, die man in sich selbst verspürt.«

Sosehr ich mich auch dagegen wehrte, an Sophies Worten war etwas dran. Wenn man mit sich und seinem Leben im Reinen war, war man nicht so sehr darauf angewiesen, dass andere Menschen einen glücklich machten.

»Was ich dir damit sagen will, Felicitas, ist, dass ich Sophie zwar geliebt habe, aber eher die Vorstellung von ihr als sie selbst. Das habe ich deutlich erkannt, als ich dir begegnet bin und erst recht, als Sophie Samstagabend hier hereingeschneit ist. Das hatte nichts mit Liebe, sondern mit ihrem unglaublichen Ego zu tun. Und genau das habe ich Sophie heute auch gesagt, als wir zusammen essen waren.«

Also doch, Frederick und Sophie hatten sich getroffen!

Allein bei dem Gedanken an ein romantisches Abendessen (in welchem Restaurant? Womöglich in einem, in dem wir auch schon gewesen waren?) bohrte sich ein tiefer Schmerz in mein Herz.

»Und wie hat sie reagiert?«, fragte ich, darum bemüht, das Zittern in meiner Stimme zu verbergen.

Frederick legte den Arm um mich, und ich versteifte mich instinktiv.

Vielleicht hatte er noch ein paar Stunden zuvor Sophie umarmt? Frederick schien zu spüren, wie unwohl ich mich fühlte, und ließ mich los.

»Sophie hat es letztendlich akzeptiert und mir Glück gewünscht. Natürlich war sie traurig, als ich ihr sagte, wie sehr ich dich liebe, aber es blieb ihr nichts anderes übrig, als die Nachricht zu schlucken. Sie hat schon so etwas befürchtet, als ich nicht auf ihre Karte aus Norwegen reagiert habe, aber sie wollte dennoch einen Versuch wagen. Nun ja, beharrlich war sie schon immer …«

Einen Augenblick lang hatte ich einen Kloß im Hals, weil ich mir vorstellte, wie Sophie sich fühlen musste.

Sie hatte einen großen Fehler gemacht, sich für den falschen Mann entschieden, war ihm gegenüber ehrlich gewesen – nur um von einem anderen abgewiesen zu werden.

»Aber ehrlich gesagt ist es mir egal, wie es ihr geht«, fuhr Frederick fort. »Der einzige Mensch, der für mich zählt, bist du! Bitte verzeih, dass ich dich so habe hängenlassen. Aber dieses letzte Gespräch mit Sophie war echt nötig, um damit ein für alle Mal abzuschließen. Unserer Liebe soll von nun an nichts mehr im Wege stehen. Zumindest nicht von meiner Seite.«

Mein Herz wollte mir vor Freude zerspringen, als ich die Bedeutung von Fredericks Worten erfasste.

Sophie gehörte von nun an der Vergangenheit an – und würde uns nicht mehr als Gespenst heimsuchen und unsere Zweisamkeit stören.

Frederick hatte sich endgültig für mich entschieden.
Erst hatte er sich – entgegen aller Ängste und Vorsicht – in mich verliebt.
Und dann hatte er Sophie klargemacht, dass ich die Einzige war, die für ihn zählte.
Es stand also nichts mehr zwischen uns, bis auf …
»Ich kann' s gar nicht glauben«, murmelte ich zutiefst ergriffen. Doch plötzlich gewann die Realität wieder die Oberhand. Ich musste Frederick von Tanjas Mail erzählen. »Dann würde es dir also nichts ausmachen, wenn ich ab sofort zwei Filme pro Jahr im Ausland drehe?«, fragte ich und erzählte von meinem Job-Angebot.
Frederick nahm mich wieder in den Arm, und diesmal ließ ich ihn gewähren. Und ich traute meinen Ohren nicht, als er sagte: »Nein, Liebes, ganz im Gegenteil. Du sollst doch glücklich sein und dich frei fühlen. Wenn wir beide zusammen sein wollen, dann, weil uns danach ist. Und wo das sein wird, ob auf Föhr, in Hamburg oder in Schottland, ist mir vollkommen egal. Ich wünsche mir eine ehrliche Liebe auf Augenhöhe, in der jeder den anderen so sein lässt, wie er ist.«
»Das klingt toll«, murmelte ich mit belegter Stimme und spürte, wie auf einmal eine tonnenschwere Last von mir abfiel.
»Aber verrate mir noch eines: Wieso hast du mich zu dieser Theaterprobe gelotst? War das ein Versuch, mich davon zu überzeugen, dass ich in Zukunft die Laienschauspielgruppe von Oldsum leiten soll?«
Frederick gab mir einen Kuss auf die Stirn und lachte.
»Ich gebe zu, ich habe daran gedacht, als Sander mir erzählte, dass er plant, nach Berlin zu gehen, was aber eigentlich Unsinn ist, weil man bei dieser Arbeit ja nichts verdient. Ich wollte eben einen Köder für dich auslegen. Schlimm?«
»Nein«, antwortete ich schmunzelnd und rutschte noch ein biss-

chen tiefer unter die Bettdecke. »Ich finde das sogar äußerst charmant. Das beantwortet dann auch die Frage, weshalb diese angeblich so großen Probleme verhältnismäßig leicht zu lösen waren, denn immerhin sind sich alle Beteiligten einig geworden. Und außerdem habe ich deine Schwester kennengelernt, ich finde sie sehr sympathisch.«

»Genau das hat Anne auch von dir gesagt und mich gefragt, ob du die Richtige für mich bist.«

»Und was hast du geantwortet?«

»Dass ich mir nichts sehnlicher wünsche, als mit dir zusammen zu sein, und hoffe, dass es dir umgekehrt genauso geht.«

47. Kapitel

Vier Wochen später …

So, jetzt müssen nur noch diese drei Kisten, die Yucca-Palme und die Stehlampe in den Umzugswagen«, sagte Tim und wischte sich den Schweiß von der Stirn. »Wer hätte gedacht, dass ein Umzug so anstrengend sein kann, Butterfly?«

»Nun stell dich nicht so an, das ist gut für die Figur«, antwortete ich grinsend. »Außerdem weißt du, wofür du den ganzen Stress auf dich nimmst.«

»Genau«, stimmte Nic lachend zu und schnappte sich Tims Lampe, ein antikes Stück vom Flohmarkt, das ich ihm für die neue gemeinsame Wohnung im Karolinenviertel überlassen hatte.

»Also los, jammre nicht rum und schwing deinen Hintern nach unten. Die Jungs warten nicht ewig, und wir müssen auch noch meine Sachen abholen.«

»Soll ich schon mal die Suppe warm machen?«, rief Leevke aus der Küche. »Die beiden sollten etwas essen, bevor sie die zweite Fuhre holen, und ich habe ehrlich gesagt auch Hunger.«

Ich schaute ihr über die Schulter, während sie die sämige Tomatensuppe umrührte, die später mit gerösteten Croutons verfeinert werden würde.

»Mhm, das duftet total lecker, ich bekomme auch Appetit.«

Leevke war seit gestern in Hamburg, um Tim und mir beim Entrümpeln der Wohnung und des Dachbodens zu helfen.

Heute Abend sollte es eine kleine Abschiedsparty für Tim und sie geben, zu der auch meine Eltern kommen würden, bevor Leevke zu ihrer magischen Reise in die Welt der Elfen und Feen aufbrach.

Beginnen würde sie mit dem Gartenreich Wörlitz in Dessau. Leevke wollte sich allerdings nicht auf die Länge ihrer Reise festlegen. Wie lange sie wegblieb, hing davon ab, wie sie sich fühlte und was ihr alles begegnete. Swaantje sollte sie deshalb bis mindestens Ende des Jahres vertreten. Patchouli kam in die Obhut ihrer Großmutter Beeke. Genau wie Kup Sin, der mit umgezogen war – zumindest ging Leevke davon aus. Wie wohl das Zusammenleben von Oma, Vater, Katzendame und Puk verlief …

»Du wirst mir fehlen«, jammerte ich, während ich einige Blätter Basilikum abwusch. »Immerhin bist du fast ein halbes Jahr weg, wenn nicht sogar länger.«

»Du kannst jederzeit nachkommen, wenn du magst«, bot Leevke lächelnd an und würzte die Suppe mit frisch gemahlenem Pfeffer. »Aber du wirst sehen, die Zeit vergeht wie im Flug. Du hast den Dreh auf Bali und pendelst zwischen Föhr und Hamburg. Ehe du es dich versiehst, steht Silvester vor der Tür.«

»Ich höre ja schon auf, herumzunölen und nur an mich zu denken, versprochen. Hoffentlich findest du auf der Reise das Glück, das dir die Karten prophezeit haben«, entgegnete ich.

Dann klingelte es an der Tür.

»Das ist sicher Frederick«, sagte Leevke und stellte die Herdplatte eine Stufe höher. »Pünktlich zum Essen.«

»Hier wohnst du also«, sagte Frederick, nachdem ich ihm geöffnet hatte, und ich fiel ihm um den Hals.

Seit meinem Abschied von Föhr vor drei Wochen hatten wir viel telefoniert und gelegentlich geskypt.

»Komm rein«, antwortete ich mit klopfendem Herzen, da ich wusste, was dieser Schritt für ihn bedeutete.

Er betrat zum ersten Mal die ehemalige Wohnung von Sophie, in der sie mit einem anderen Mann zusammengelebt hatte, mit dem sie Frederick jahrelang betrogen hatte.

Hier in diesem Haus hatte sie seine Briefe versteckt, Zeugnisse einer längst vergangenen Liebe, die vielleicht nie eine echte Liebe gewesen war …

»Na, dann wollen wir mal sehen, welche Wohnung ich ab August als Zweitmieter gemietet habe«, sagte Frederick strahlend. Leevke kam aus der Küche, um ihn zu begrüßen, und er umarmte sie. Ich freute mich, dass die beiden sich so gut verstanden. Sie hatten sich sogar auf Föhr einmal abends auf ein Glas Wein verabredet.

»Schaut euch ganz in Ruhe um, ich decke inzwischen den Tisch«, sagte Leevke. Ich nahm Fredericks Hand.

»Das hier ist mein Zimmer«, erklärte ich und deutete auf den hellen Raum mit dem Dielenboden, der in warmes Sonnenlicht getaucht war. Neugierig sah Frederick sich um und schien jedes Detail in sich aufzunehmen.

Sein Blick fiel auf den Buchengel, der wie immer seinen Platz auf meinem Nachttisch hatte. Vorsichtig nahm er ihn und streichelte über seine zarten Flügel.

»Als ich den Wunsch verspürte, ihn dir zu schenken, ahnte ich, dass es kein Zurück mehr gab«, sagte Frederick lächelnd und stellte den Engel zurück.

»Dafür haben wir aber ganz schön viele Umwege und Hürden nehmen müssen«, antwortete ich und gab ihm einen langen Kuss.

Wie gut seine Lippen sich anfühlten!

Wie sehr hatte ich mich nach seiner Nähe und seinem Körper gesehnt!

»Bist du bereit, nach oben zu gehen?«, fragte ich leise und drückte Fredericks Hand, so fest ich konnte.